**OBRAS DE JORGE DE SENA**

# OBRAS DE JORGE DE SENA

**TÍTULOS PUBLICADOS**

**OS GRÃO-CAPITÃES**
(contos)

**ANTIGAS E NOVAS ANDANÇAS DO DEMÓNIO**
(contos)

**GENESIS**
(contos)

**O FÍSICO PRODIGIOSO**
(novela)

**SINAIS DE FOGO**
(romance)

**DIALÉCTICAS TEÓRICAS DA LITERATURA**
(ensaios)

**DIALÉCTICAS APLICADAS DA LITERATURA**
(ensaios)

**80 POEMAS DE EMILY DICKINSON**
(tradução e apresentação)

**LÍRICAS PORTUGUESAS - II volume**
(selecção e apresentação)

**OS SONETOS DE CAMÕES E O SONETO QUINHENTISTA PENINSULAR**
(ensaio)

**A ESTRUTURA DE «OS LUSÍADAS»**
(ensaios)

**TRINTA ANOS DE CAMÕES**
(ensaios)

**FERNANDO PESSOA & C.ª HETERÓNIMA**
(ensaios)

**ESTUDOS DE LITERATURA PORTUGUESA-I**
(ensaios)

**ESTUDOS SOBRE O VOCABULÁRIO DE «OS LUSÍADAS»**
(ensaio)

**UMA CANÇÃO DE CAMÕES**
(ensaios)

**EDIÇÕES 70**
Av. Duque de Ávila, 69-r/c Esq. — 1000 Lisboa
Tels.: 556898/572001
Delegação no Porto: Rua da Fábrica, 38-2.º Sala 25 — 4000 Porto
Tel.: 382267

**Distribuidor no Brasil: LIVRARIA MARTINS FONTES**
Rua Conselheiro Ramalho, 330/340 — São Paulo

# DIALÉCTICAS
APLICADAS
DA LITERATURA

Capa de A. Saldanha Coutinho

© Jorge de Sena — Edições 70, 1978

# JORGE DE SENA
# DIALÉCTICAS APLICADAS DA LITERATURA

edições 70

# Introdução

O termo *texto* refere-se a qualquer semanticamente organizada sequência de signos (...) *Montagem* (...) deve ser entendido em termos da geração do texto artístico (a síntese); a *estrutura* do texto artístico, há que considerá-la como o resultado do processo inverso: a análise.

        Uspenski, *Poetika Komposizii*, Moscovo, 1970

(1977)

Neste volume reúnem-se, graças ao interesse amigo de Edições 70 que me publicou as Dialécticas da Literatura (agora em reedição ampliada como Dialécticas Teóricas da Literatura), oito estudos dispersos e um inédito, que constituem aplicação prática da metodologia crítica dialéctico-estruturalista que venho pessoalmente desenvolvendo, de público, há quase trinta anos. Estes estudos são, seis deles, referentes a poetas portugueses (dois do século XVI, os restantes contemporâneos todos), outro a um influentíssimo e famoso poeta hispano-americano (exactamente da mesma idade dos nossos António Nobre, Raul Brandão e Camilo Pessanha), e um outro a um curiosíssimo poema (dado em tradução portuguesa) de um grande escritor francês, François Mauriac. Foram publicados entre 1963 e 1974, nas condições descritas nas Notas Bibliográficas ao fim do presente volume, excepto, é claro, o inédito (que é de 1971). É interessante observar que, com excepção do estudo sobre a sextina de Bernardim Ribeiro e do sobre o poema de François Mauriac, escritos espontaneamente pelo autor, todos os outros foram solicitados, tal como é dito nas supra-referidas notas. É de crer que de outro modo, dadas a concentração do autor nos seus diversos estudos em curso, e as exigências do seu trabalho de catedrático, administrador universitário, e conferencista (digamos com ironia amena) intercontinental, eles não teriam sido escritos (o que explica a ausência, em análises deste tipo, de tantos outros poetas antigos e modernos que profundamente admiro). Foram porém escritos com o prazer que eles mesmos reflectem. O leitor interessado em estudos literários, e os estudiosos em particular, devem todavia recordar-se (ou associar na sua mente, aonde, lusitanamente, tal associar ou recordar são, quase sempre, tão raros ou tão levianamente injustos) que estes nove escritos, mais breves ou mais longos, vão de par com outros estudos — e livros — do autor, em que, tal como nestes, diversas ou análogas perspectivas da mesma metodologia são aplicadas, uma vez que, tecnicamente falando e também quanto às épocas a que se reportam uns e outros, todos se iluminam mutuamente ou tentam completar-se; e que a aparição desses (e destes) estudos ou livros data de 1961, como adiante se historia rapidamente, antes de tratar-se, um por um sucintamente, do significado de cada um dos escritos aqui reunidos. Essa data de 1961 não é de somenos importância, porquanto é nessa década, e sobretudo na de 70, que o «estruturalismo» de raiz lévi-straussiana, aplicado à literatura, começa a desenvolver-se efectivamente e só nos fins dos anos 60, e até mais recentemente, ele penetrou e se assentou finalmente em algumas cátedras em Portugal ou no Brasil. O que significa que o meu trabalho — sempre informado, perdoem-me desde sempre, do que se passava e passa no universo das letras e da crítica nos mais variados lugares — se desenvolveu lado a lado de metodologias que são mais ou menos paralelas às minhas, e de que muito me aproximo ou radicalmente afasto. Na língua portuguesa, pode sempre parecer petulância alguém pretender-se original, uma vez que as grandes glórias e honras são para a divulgação estentórica do que, como dizia o Eça, «chega pelo paquete». Eu não sou contra essa divulgação, e muitíssimo menos contra o respeitável trabalho sério sobre ela feito — que o tem sido. E não sou contra a gritaria, numa multicivilização de surdos ou de fala-sós, aonde, como no Brasil se diz, «quem não chora não mama». E sou, decididamente, contra o que impeça uma possível cientificização da crítica e do entendimento linguístico — o que, obviamente, não implica a supressão da liberdade (esta, acima de tudo!) de cada qual ter o seu método ou não-método, seguir mestres, ou procurar por si mesmo. Nisto de procurar por si mesmo, sei bem que, em qualquer das minhas duas pátrias, Portugal ou o Brasil, estou perdido ab initio, **no presente e para a eternidade** — e por isso **nunca chorei, e consequentemente nunca mamei ou mamarei, nem depois de morto.** E também por isso é que sobretudo na criação sempre me buscaram os «mestres», que não tenho, para diminuir-me, quando os outros os têm tido impunemente; e na crítica principalmente, trataram de ridicularizá-la ou de ignorá-la, já que parecia uma coisa abstrusa, antes de ser moda a abstrusidade...

O estudo titular do que veio a ser o meu volume A Estrutura de «Os Lusíadas» etc. **(1970) começou a aparecer por secções na carioca e respeitável** Revista do Livro, **em 1961 (uma segunda secção e uma terceira saíram nela em 1964 e 1967).** A primeira versão do meu livro, Uma Canção de Camões, **preparada para um concurso de Livre-Docência na Universidade de Minas Gerais, que não chegou a realizar-se, circulou em edição policopiada em 1962, sobretudo no Brasil, mas em Por-**

tugal também. É nesse ano que é escrito o estudo sobre Bernardim Ribeiro, aqui reunido em volume, e de que houve separata. Em 1963, começaram a sair na revista Ocidente, em fascículos, os meus Estudos de História e de Cultura. A partir do n.º 306, de Outubro desse ano, começam a aparecer os fascículos referentes ao meu imenso estudo do desenvolvimento do mito de Inês de Castro, implicando a análise estrutural de todas as obras referentes a ela, desde as origens até aos meados do século XVII — estudo esse que de facto constitui, em capítulos sucessivos, quase exclusivamente aquela imensa e exaustiva obra de cerca de um milhar de largas páginas significativamente quase ignorada ou silenciada pela crítica erudita ou outra, nacional e estrangeira (com honrosas excepções que os louvaram ou citaram, eles têm sido um manancial para historiadores e críticos, na melhor tradição ibérica do «é tudo nosso»). Em 1964, enquanto prosseguia a publicação destes «estudos» em Ocidente, saiu a edição policopiada da minha tese de doutoramento e livre-docência em São Paulo, Os Sonetos de Camões e o soneto quinhentista peninsular, concurso defendido em Novembro desse ano. Um mês antes saíra em Lisboa, a 1.ª edição das Poesias Completas de António Gedeão, com o meu prefácio aqui reunido em volume. Como já acima se disse é desse ano a publicação de uma segunda secção de a «Estrutura de Os Lusíadas». Em 1965, saiu em O Tempo e o Modo (e depois em separata) o estudo sobre «O Sangue de Átis», de François Mauriac. Em 1966, foi publicado, em Lisboa, o volume Uma Canção de Camões, texto revisto, ampliado, e profusamente acrescentado de notas, daquela 1.ª versão de quatro anos antes. Em 1968 (Agosto), saiu a 2.ª edição das Poesias Completas de A. Gedeão, com o Post Scriptum que ampliava e confirmava, com a obra entretanto publicada do poeta, o que sobre ele eu havia publicado quatro anos antes.

Por esses fins de 1968 (ainda que datado de 1967) foi lançado o 1.º volume (620 págs.) dos Estudos de História e de Cultura, cuja publicação prosseguia (o 2.º volume) em Ocidente: perto de 400 páginas chegaram a sair (e os fascículos desse 2.º volume na revista ficaram esquecidos de quase todos) desde o n.º 353, Setembro de 1967, ao n.º 379, Novembro de 1969. Deste ano de 1969 são também, publicada em Janeiro, a edição em volume de Os Sonetos de Camões etc., revisão, ampliação e acrescentamento de notas do que havia sido o texto «doutoral» de cinco anos antes, e o breve prefácio à Poesia de Helder Macedo escrito em Julho, mas publicado nos fins do ano. Em 1970 (quando os EHC tinham ficado «encalhados» até hoje, e lhes faltavam apenas os fascículos referentes ao último capítulo, à larga Adenda e Corrigenda, e aos Índices), saiu (Novembro) o volume de A Estrutura de «Os Lusíadas» etc., em que, ao estudo publicado no Brasil em 1961-67, se acrescentavam outros e numerosas notas. No fim desse ano ou princípios do seguinte, saiu o estudo sobre Eugénio de Andrade, aqui incluído, e então publicado em 21 Ensaios etc. (ver Notas Bibliográficas). Em 1971, foi encomendado e escrito o estudo «Do Conceito de Modernidade etc.», inédito aqui incluído. Entretanto, vinha eu ocupando-me dos meus minuciosos e ainda inéditos Estudos Sobre o Vocabulário de «Os Lusíadas» de que, em 1972, ofereci mais do que uma apresentação (em Paris, em Bruxelas, e em várias universidades dos Estados Unidos), uma das quais é aqui reunida. Desse mesmo ano é o prefácio escrito para A Terra de meu Pai de A. Pinheiro Torres. Entretanto, na sequência dos estudos hispânicos a que Camões, desde os anos 50, e D. Inês de Castro, desde os anos 60 (que tremendo par!) me haviam arrastado (sendo bom acentuar que o meu 1.º livro de poemas, em 1942, tinha já uma epígrafe de um dos meus reais «mestres» que nunca ninguém se lembrou de encontrar, o grande Antonio Machado) dedicava-me ou a prosseguir as minhas investigações sobre o admirável poeta quinhentista espanhol Francisco de la Torre e o português castelhanizado D. João de Almeida que terá reunido para publicação os papéis de quem não se sabe quem seja. É o volume, Francisco de la Torre e D. João de Almeida, publicado em 1974, intimamente ligado às minhas pesquisas anteriores. Nesse ano colaborei com a análise de um soneto de Rubén Darío, aqui incluída (no original espanhol), numa monumental Antología Comentada del Modernismo hispano-americano. E, the last but not the least, impressa em fins de 1974 mas distribuída em 1975, saiu enfim a minha edição bilingue e crítica dos Poemas Ingleses de Fernando Pessoa, com um prefácio que considero fundamental (pelo menos para mim e para ele, pensem os mais o que quiserem), e no qual, simbolicamente, trabalhei intermitentemente desde os fins da década de 50 até aos meados de 1974.

Recentemente (Dezembro de 1976) contribuí, por convite, para o Simpósio sobre Garcilaso de la Vega (o grande quinhentista espanhol que foi, de certo modo, um dos «mestres» de Camões), que se realizou em Nova York com uma análise de um soneto (e sobretudo de um único verso deste), conduzida nas mesmas linhas dos estudos sobre o vocabulário de Os Lusíadas, que deram as «novas observações». Todavia, esta análise de Garcilaso, mais estritamente hispânica e garcilasesca do que é possível em Portugal, guardo-a para outras núpcias.

Este desenvolvimento cronológico da minha obra de crítica «aplicada» (na descrição do qual, obviamente, se não incluem aqui muitos outros artigos ou comunicações a congressos, já reunidos em volume ou ainda dispersos) foi o que me incitou a publicá-los neste volume, não numa ordem aparentemente lógica por «literaturas», ou de «cronologia histórica» das personalidades poéticas estudadas (note-se que todos os estudos aqui reunidos são de poesia, o que não significa menos interesse pela prosa à qual todavia tenho tido menos oportunidades ou solicitações para aplicar estas metodologias de análise), mas pela ordem pela qual foram sendo escritos e publicados. É assim que, abrindo com Bernardim Ribeiro (de qualquer modo o mais historicamente antigo), passamos a António Gedeão, deste a François Mauriac (e ao romano Catulo também, que aparece junto com ele), para voltarmos à poesia portuguesa mais jovem com Helder Macedo, recuarmos um pouco no tempo (que não na actualidade) com Eugénio de Andrade, apreciarmos o que significará modernidade [1], exemplificando com três poemas respectivamente de

---

[1] Muito amplo e informativo estudo do modernismo ocidental, do presente autor, está no prelo, como introdução a *Poesia do Século XX*, colectânea das traduções suas de poetas modernos (Ed. Inova).

Carlos de Oliveira, Gastão Cruz e Armando da Silva Carvalho, debruçarmo-nos sobre a criação de Pinheiro Torres, volvermos ao século XVI com Camões, e saltarmos aos fins do século XIX acompanhando Rubén Darío. Tanto metodologicamente como nos seus resultados ou observações críticas, é óbvio que o autor pretende — como quando os escreveu e/ou publicou sem explicações — que estes estudos aqui coligidos falem por si mesmos. No entanto, será útil chamar a atenção dos leitores (ou de quem só lê os meus celebrados prefácios) para certos aspectos deles, e as diversas «internacionalidades» metodológicas que os informam.

O estudo sobre Bernardim Ribeiro, e tal como o título indica, começa por não ser sobre ele ou um poema seu, mas sobre as origens e invenção da forma sextina, cuja descoberta aritmosófica é no estudo obtida (ainda que grande parte dos estudiosos internacionais que não lêem português ou não se dignam notar que tal língua existe continuem a dizer que a forma da sextina é um mistério...). Mas o que uma sextina implica permeia a análise daquela que Bernardim (quem quer que ele tenha sido) escreveu. Tal análise, todavia, é conduzida em diversos planos, como o da observação aprofundada das variações métricas do seu heptassílabo (para muito mais além do simplismo dos acentos principais a que se confinam todas as poéticas e estilísticas da língua portuguesa), correlacionando essas variações com o próprio desenvolvimento do poema, para atingir o âmago de um pensamento pessoalíssimo, representado por um dos grandes (e mais estranhos) poemas da língua. Uma nota final, sobre a cronologia das églogas de Bernardim, complementa e amplia as achegas para o estudo da sua poesia que a análise pretende ser, em termos de investigação estrutural, concreta e objectiva.

O prefácio à obra completa de António Gedeão tem ambições diversas. Através das mais diversas estatísticas de aspectos vários da sua criação, procura «localizar» o poeta, como personalidade, e como membro de uma geração e de uma época, tentando fundir a análise estritamente «formalista» (em termos descendentes do formalismo russo) com a compreensão dialéctico-histórica de uma originalidade poética.

«O Sangue de Átis», de François Mauriac, analisado e traduzido em mais de uma das versões existentes, representa um passo mais: o de ligar a análise formal, a conotação histórico-sociológica, e a correlação arquetípica da psicologia profunda, em seus aspectos religioso-mitológicos e sexuais. Diga-se de passagem que o presente autor aceita, no âmbito da sua metodologia, a noção jungiana de arquétipo, despojando-a todavia de todo e qualquer idealismo filosófico, e apenas como recorrências, ao longo do tempo e do espaço, de experiências milenárias da humanidade, ainda persistentes (a História, de que temos uns escassos milhares de anos, nada é a comparar com os mil de milhares que «humanamente» a precedem), num misto quiçá de heranças genéticas, conformações psico-fisiológicas, condicionamentos culturais e histórico-sociais.

Os estudos sobre Helder Macedo e Pinheiro Torres extrapolam de aspectos da criação deles, em alguns poemas ou passos, para a compreensão dessa criação mesma, enquanto o dedicado a As Mãos e os Frutos, de Eugénio de Andrade, é, como será fácil reconhecer, não só um estudo em profundidade (ainda que não pareça) do poeta, numa fase decisiva da sua carreira, mas também, através dele, toda uma análise métrico-linguística de uma dicção poética e de aspectos do «português» como fala.

O estudinho sobre o conceito de modernidade, usando três poemas de três importantes poetas contemporâneos, pretendia esclarecer, pela análise «formal» interna e externa, algumas confusões existentes acerca daquele conceito.

A conferência sobre Camões, apresentando sucintamente alguns dos resultados do estudo sistemático de contextos semântico-linguísticos em Os Lusíadas, deve ser entendida à luz de várias «lâmpadas», umas genericamente críticas, outras histórico-literárias, e outras especificamente «camonianas». Estas últimas, sobretudo, devem ser mencionadas aqui, uma vez que, infelizmente, muita gente contemporânea não se interessa por nada do nosso passado literário (e mesmo, por novas razões erradas, detesta Camões, como o detestaram aqueles para quem ele era usado para horrendos exercícios de gramática ou de patriotismo rasca). Este patriotismo rasca, não esqueçamos porém como é de longa e ilustre tradição: oposição «clássica», na verdade maneirista, ao barroquismo rampante, como também exemplo da grandeza portuguesa num Portugal absorvido no complexo hispânico (e é o que sucede desde o fim do século XVI até aos meados do século XVII que, inteiro, de um modo ou de outro, foi fiel a Camões e largamente o editou); exemplo supremo de «classicismo nacional», para o neo--classicismo dos Árcades; inspiração primordial como arquétipo do poeta-infeliz-amoroso-infeliz-cidadão-mal--pago, «morrendo com a pátria», para o nacionalismo romântico, na romântica idealização do poeta como amoroso e patriota; pretexto ideal para o nacionalismo patrioteiro dos republicanos-positivistas (Teófilo Braga e Comp.ª) no ataque à monarquia, nacionalismo que prosseguiu na 1.ª República e em sectores da oposição «moderada» ao salazarismo (que, por essas e outras, caíram na esparrela da «salvação do império», quando era necessário criar as condições da sua transformação em países autónomos, com direito a dispor de si mesmos); refém precioso para a reacção católico-conservadora (esquecendo-se, por ignorância, as suspeitas de mais sábia gente inquisitorial de outros tempos, contra a qual Faria e Sousa, no século XVII, teve de defender-se e a Camões) opor um Camões supercatólico ao só patriótico dos Teófilos, o que aparece na viragem do século e floresceu ao longo do combate reaccionário à República, e prosseguiu triunfalmente no conúbio católico-fascista (um tanto desconfiado, de parte a parte) do salazarismo; e, por fim, o que veio a dar recentemente frutos desastrosos e ridículos, alvo supremo de certo esquerdismo simplista que aceitou (e aceita) sem discussão o que, por tanto tempo, as «direitas» haviam servido (requentado) de ortodoxia católica e de imperialismo colonialista no pobre Camões. Antes de mais, e no que se refere a esta última fase, há que sublinhar como, em correctos termos de análise marxista da História (ou de avaliação estético-ideológica de um autor), a falta de «perspectiva histórica» não é apenas uma heresia absurda, mas um erro crasso. Não é necessário citar os evangelistas (Marx e Engels) ou os vários e sucessivos Doutores da Igreja, desde os primeiros comentadores daqueles até aos nossos contemporâneos, sucessores de Lukacz (e dos mais ortodoxos), para dever saber-se isso mesmo. Porque eu não tive nunca cartão de ortodoxo (ou de seja o que fôr) para afirmar tais coisas, algumas Esquerdas decidiram ignorar, como às Direitas realmente convinha (elas que, para o efeito, se confundiam com aqueles liberais republicanos e etc., acima referidos), o meu grito de 1948, numa conferência de celebração de S. Camões em Junho, no Porto, e que só consegui lugar para primeiro publicar em 1951 (em Cadernos de Poesia): A Poesia de Camões — ensaio de revelação da dialéctica camoniana, **texto incluído mais tarde na minha colectânea de ensaios (a primeira que consegui publicar ao fim de vinte anos de vida literária),** Da Poesia Portuguesa, **Ática, Lisboa, 1959, actualmente esgotada. Nesse ensaio, e não apenas por motivos políticos, «reve-**

lava-se» a real existência de uma profunda e peculiar dialéctica em Camões, antecipadora de Hegel e de Marx, e assim se criavam as condições críticas para um novo entendimento do poeta, roubando-o à Fé e ao Império, que nenhum deles ele defendera ou propusera jamais nos termos que lhe vinham sendo atribuídos. Havia — desejava eu que se visse — um Camões muito mais revolucionário, subversivo, e original, e bastava querer olhar para ele. Mas sucedia que eu também não tinha — como continuo a não ter — «cartão» de «universitário lusitano», e nunca passei pela obrigatória iniciação de carregar a mala, da estação ao hotel, de qualquer Dona Carolina, macho ou fêmea (com perdão da ilustre senhora), mesmo no mais metafórico sentido. Quem era eu para me atrever a «camonizar»? No entanto, aquele estudo de 1948 era já resultado de larga meditação da obra de Camões e do que sobre ele se escrevera, e continuei a meditar no nosso homem. Em 1960, naquela mesma Revista de Letras, de Assis (vol. I, 1960) saiu (texto de 1959) o meu Ensaio de Tipologia Literária, de que então se fez separata, e que veio a ser coligido em volume só em 1973, na 1.ª ed. de Dialécticas da Literatura (agora, em reedição ampliada, Dialécticas Teóricas da Literatura). Aí, como exemplo da proposta análise tipológica, era Camões classificado de maneirista (o que, com um largo exemplo apendicular era acentuado no texto de 1973), distinção crucial, para retirá-lo do optimismo e quejandas coisas de um Renascimento que ele já não pôde viver, e para entender-se em profundidade o carácter dialéctico do seu pensamento poético. Já antes, no texto de 1948-51, eu referira o «maneirismo» de Camões (a um tempo em que, se permitem, não me parece que houvesse em Portugal muita gente ciente de que existira uma coisa a que se vinha chamando «maneirismo», e como a haveria, se nesse tempo, ainda o Barroco era anátema no jardim da Europa etc. e tal), antecipando duplamente o eminente estudioso Helmut Hatzfeld, nos seus Estudios sobre el Barroco (ao confundir absurdamente «maneirismo» e «estilo manuelino», no subcapítulo intitulado Estilo manuelino en los sonetos de Camões, um daqueles disparates sempre autorizados a estes eminentes produtos da Mittel-Europa «qui viennent faire l'Amérique»), como oportuna e corajosamente denunciou o ilustre estudioso e lusófilo Gerald Moser. Em 1961, apareceram (documentando e amplificando as minhas observações), em jornais de Portugal e do Brasil (O Comércio do Porto, onde Lisboa não me leu, e O Estado de São Paulo, onde Portugal me não podia ler), três artigos fundamentais, ainda não coligidos em volume por aquelas vicissitudes que me atrasam a publicação de tudo, e precipitam a de todo o mundo e ninguém. Esses artigos são O Maneirismo de Camões, e Camões e os Maneiristas — I e II. Em 1961, também como já se disse, começou a sair no Rio de Janeiro, ignorada de

Portugal, A Estrutura de «Os Lusíadas», e eu preparava a 1.ª versão de Uma Canção de Camões (ed. policopiada, 1962, ed. em volume, 1966), em que procurava demonstrar a centralidade da metamorfose dialéctica e maneirista, na canção Manda-me amor etc., tão fundamental para Camões, que dela possuímos várias versões distintas (diga-se de passagem que aquele livro, carregado de notas eruditas, sistematicamente ignoradas pela crítica pelo que devastavam da superficialidade de muitos eruditos, também tratava das canções e odes todas de Camões, além de as comparar com Petrarca, Sanazzaro, e Garcilaso de la Vega, o que também foi ignorado, para só ridicularizarem-se inocentes aritméticas que nada tinham de extraordinário). Em 1965, tendo havido separata com alguma distribuição, saiu na americana Luso-Brazilian Review o artigo Maneirismo e Barroquismo na Poesia Portuguesa dos séculos XVI e XVII, artigo que também até hoje não teve oportunidade de ser coligido em volume, e em que novamente Camões é apresentado como fulcro (maneirista) da evolução poética portuguesa num momento crítico e altíssimo da sua história. Todavia, este artigo era o texto de uma conferência proferida em São Paulo, em 1962, sob os auspícios da Universidade e da Fundação A. Álvares Penteado, no âmbito do ciclo O Barroco Literário, organizado por uma das figuras máximas do pensamento e da crítica no Brasil: o meu colega e amigo, o Prof. Dr. António Cândido de Mello e Souza, autor, entre outras obras, da Formação da Literatura Brasileira, monumento de interesse português que a maioria dos portugueses olimpicamente (ou provincianamente) ignora, esquecendo-se de que, em Portugal, o século XVIII é «brasileiro»[1]. Nos meus Estudos de História e de Cultura, publicados em fascículos na revista

---

[1] A propósito, acabam de sair no Brasil os primeiros volumes da monumental *História da Inteligência Brasileira*, do Prof. Dr. Wilson Martins, outra grande figura que, com

Ocidente, de 1963 a 1969, Camões aparece numerosas vezes, e evidentemente que, no magno estudo sobre Inês de Castro, o episódio respectivo de Os Lusíadas é objecto de análise estrutural, e é correlacionado com o que o precedeu e o seguiu, em literatura e historiografia, na formação do mito — o qual, como mostrei também na Estrutura de «Os Lusíadas», é central para a compreensão do papel simbólico de Inês, num poema em que o Amor está por dentro e por detrás de tudo. Os meus livros «camonianos» saíram sucessivamente, em letra de forma em 1966, 1969, 1970. A crítica, em grande parte, ou os ignorou ou se divertiu, sem discutir ou atentar no Camões profundo que se apontava no texto e nas notas, com as minhas congeminações sobre a «forma externa» das canções petrarquista, ou dos

António Cândido, não foi nunca suspeito do nefando pecado de lusofilia, mas que também como ele, não sofre de anti-portuguesismo obsessivo, claro ou disfarçado.

esquemas de rimas dos sonetos, e acusando-me de não analisar textos (o que não era verdade em nenhuma das obras, dentro de certos limites). O caso é que eu não podia nem devia (a não ser comparando rigorosamente diversos textos das versões de Manda-me amor etc., como fizera) tratar de estudos semântico-linguísticos de textos ainda hoje não criticamente estabelecidos (tendo-se em devida e modernizada conta todos os cancioneiros manuscritos conhecidos e ainda não todos à plena disposição dos estudiosos, bem como todas as edições que para tal importam como «primeiras»), e muito menos antes de reabrir a questão dos cânones de autoria, revendo documentação e opiniões e atitudes, e contribuindo para ela com algumas observações limitadas, mas de certa importância (todos os ulteriores estudos sobre a evolução do esquema de rimas dos sonetos confirmaram os primeiros, por exemplo). Foi o que tratei de fazer com aquele amplo texto camoniano, em que as mitologias contemporâneas haviam baseado as suas distorções ideológicas: Os Lusíadas, cujas variantes são relativamente mínimas. Pondo de parte a questão de se há uma ou duas primeiras edições, uma falsa e outra verdadeira (quando o que deve ter havido foi uma sucessão de reimpressões enquanto durava o alvará real para publicar o poema), ative-me a um volume de 1.ª edição, e dediquei-me ao estudo sistemático e comparativo de contextos, em que ocorriam os mesmos ou coincidentes vocábulos — descendo da semântica aparente à que existiria no sistema de pensamento de Camões. Os resultados foram sensacionais, chocaram meio-mundo: um Camões provavelmente herético, condenador do Império, antioficial tanto no seu tempo, como hoje? Foi o que expus nos textos de 1972, um dos quais se apresenta aqui, não para que Camões apareça e eu possa contar esta longa história dos meus estudos camonianos (menos a das infâmias e

perfídias «universitárias» que os rodearam em Portugal
e no Brasil), mas como exemplos da minha metodologia
aplicada à análise semântico-ideológica, de modo objectivamente
irrespondível. Outros escritos camonianos dispersos
resumem as observações contidas em estudos proferidos
ou publicados desde vai para trinta anos, ou os
ampliam, como o artigo sobre Babel e Sião, em que
**Camões é analisado através das famosas redondilhas**
Sobre os rios que vão **(ver** Notas**), ou o amplo artigo**
Camões **da última edição da Enciclopédia Britânica
(1974), ou o prefácio escrito para** Camões-Some Poems,
transl. from the Portuguese by Jonathan Griffin, Londres,
1976 (volume em que, como na presente colectânea,
me encontro com Helder Macedo, já que ele escreveu
também um estudo para esse volume de traduções admiráveis
por um grande poeta), para não mencionarmos
aquele escrito que seria em 1972 o discurso inaugural
da 1.ª Reunião Internacional de Camonistas, em Lisboa,

a que por doença não pude assistir (publicado nas Actas respectivas, Lisboa, 1973), e que foi, em pleno tempo do fascismo, a proclamação do Camões que não era «deles» nem de quem não o entendesse como um livre e audacioso espírito, mas sim do Portugal eterno, sonhando com liberdade, dignidade, honestidade e justiça.

Cumpre-nos apontar que diversos estudos que têm que ver com os séculos XVI e XVII, no nosso volume Maquiavel e outros estudos (1974), colocam estas coisas portuguesas numa perspectiva europeia que aliás não falta (e até fui acusado de abusar dela) nas minhas obras camonianas. E não é por acidente que, nessa colectânea, se inclui uma leitura de Marx, escrita em 1962 e publicada em 1963, ao tempo em que «lê-lo de novo» não se tornara ainda um dever científico e filosófico.

O estudo sobre Rubén Darío é a confluência e uma análise «formal» a diversos níveis, com a crítica sociopolítica, devastadora, desmascarando as pompas do modernismo hispânico e hispano-americano, como de muito simbolismo. Desmascaramento que a análise estrutural semântico-formal pode realizar com um carácter de implacabilidade tanto mais necessário quanto eu (que não conheço a Ásia, mas a quem sempre doía e doi a pobreza do povo português) descobri que não se pode falar de pobreza, se se não viu a América Latina e o que significa a destruição imperialista dela e dos seus recursos. Rubén Darío é um grande poeta, e um dos que, no mundo ibérico e ibero-americano, faz e prepara a transição «moderna» (ainda que tanto romantismo banal e medíocre exista nele), mas é um símbolo também do que falta às vezes e, quando falte, à crítica compete suplementar: a consciência concreta de «estar no mundo» e ser-se, pelo menos no exprimi-lo e portanto criá-lo em poesia, responsável por ele. E não fica mal que, com Darío (mestre do que diríamos parnasianismo-simbolismo contra os restos românticos) se encerre este volume. Ele está na origem, como tantos outros, da poesia moderna a que, portuguesmente, pertencem todos os outros poetas (menos um também não-português) estudados neste livro, e que todos (menos aquele um) possuem, os modernos, essa consciência social que nos cumpre ter. Como Bernardim e Camões a tiveram à sua maneira, num tempo contraditório, tão semelhante àquele que nos foi dado viver. E por isso o século XVI e os princípios do XVII ressuscitam de novo ou para novos sentidos no nosso tempo. Haviam-se acabado então as «festas galantes» do Renascimento, como para nós se acabaram as idênticas festas que vão dos fins do simbolismo (ou mesmo antes) aos sucessivos ismos da Vanguarda.

Ser-se aristocraticamente «bourgeois» (ou vice-versa), ou burguesmente aristocrático, acabou-se para sempre. Só temos uma escolha ante nós, seja qual for o sistema proposto, se fitamos o mundo com verdadeira visão dialéctica: ou lutar pela aristocracia de todos, ou resignarmo-nos à baixeza «burguesa» da humanidade inteira. E, lutando contra isto, para roubarmos ao fascismo lusitano, um dos slogans com que emporcalhava a língua, todos juntos não seremos demais.

Registe-se que, salvo aonde actualizações de texto ou notas eram indispensáveis, estes estudos são publicados como primeiro apareceram, para que conste.

Santa Bárbara, Califórnia, Março de 1977.

Jorge de Sena

# A Sextina
## e a Sextina de Bernardim Ribeiro

*If there was any simbolism in this rigid order, it has long ago been lost.*

CLEMENT WOOD — *Poet's Handbook*, New York, 1942.

(1963)

# 1 — OBSERVAÇÕES GERAIS

A edição de Ferrara, 1554, das obras de Bernardim Ribeiro — a que se juntavam as do mais misterioso ainda Cristóvão Falcão [1] — incluía poemas curtos

---

[1] Além das poesias publicadas no *Cancioneiro Geral* (1516), já uma das églogas — a III.ª, de «Silvestre e Amador» — fora objecto, em vida de Bernardim, de publicação avulsa (c. 1536). Se, como de conjecturas se depreende, um Bernardim Ribeiro morreu em 1552, logo se cuidou de editar-lhe, e em Ferrara, as obras, com um êxito a que por certo a edição de Évora, em 1557-58, e a de Colónia, em 1559, procuraram corresponder. Tudo isto se passou ainda em vida de quem é suposto o maior amigo do poeta, Sá de Miranda, que, falecido em 1558, só teve as suas obras editadas em 1595. O atraso na publicação de Sá de Miranda repetiu-se na geração seguinte: o intelectualmente eminente António Ferreira, morto em 1569 e só publicado em 1598; o socialmente eminente D. Manuel de Portugal, que morreu octogenário em 1606, e se deixou editar muito incompletamente em 1605; e o autor dos *Lusíadas* (1572), morto em 1580 (?), cuja obra lírica só foi impressa em 1595. O curioso, porém, é que, se Cristóvão Falcão (suposto trinta anos mais novo que Bernardim) morreu, como se julga, em 1553(?), a precipitação de o publicarem foi muito maior que para Bernardim, com as do qual foram juntas obras suas que, aliás (como a 3.ª égloga de Bernardim), já haviam tido publicação avulsa também. Isto, se pensarmos que as obras completas de Gil Vicente aparecem

que não haviam sido impressos no *Cancioneiro Geral*, onde ele colabora com uma dúzia deles. Entre esses poemas breves e de publicação póstuma, figura, a fls. CXXX-verso, a sextina «*Ontem pôs-se o Sol e a noute*» que é dos mais fascinantes e extraordinários poemas da língua portuguesa.

Para um homem de quem se não sabe praticamente nada de positivo, é impossível supor a que período da sua obra esse poema pertence. Porque presumivelmente nasceu em 1482, e o «cancioneiro» foi publi-

em 1562 (quando ele morreu uns vinte e cinco anos antes, preparando já essas obras para publicação), levar-nos-ia a interessante conclusão: que as edições feitas até 1570 se integram no mesmo movimento editorial e de gosto, a que pertencem hispanicamente, por exemplo, as sucessivas edições de Encina e a publicação das obras de Jorge de Montemor; e que, depois de 1570, e independentemente da muito generalizada mania quinhentista de as pessoas não se imprimirem em vida (pelo menos à escala do «completo»), o habitual tradicionalismo dos livreiros é vencido pela difusão, em camadas mais largas, de outro gosto que, na alta intelectualidade, estava então firmado havia quase meio século. O exemplo do séc. XX, em que a revolução modernista representou um corte com o passado, tão violento (ou mais) como o que se verificou em princípios do segundo quartel do séc. XVI, é, a este respeito, muito elucidativo. Reflictamos que, se a revista *Orpheu* é de 1915, Fernando Pessoa nunca propiciou a publicação de *Indícios de Ouro* (de que era o detentor), de Sá-Carneiro (que se suicidara em 1916), a qual foi feita só em 1938; e dele mesmo, morto em 1935, as obras apenas em 1942 iniciaram uma publicação que, mais de trinta anos depois, ainda está inconclusa.

Como se sabe, a edição de Ferrara (que a de Colónia reproduz) saiu aos cuidados dos Usques, e é a única obra profana que eles imprimiram, na vasta actividade editorial a que se dedicaram na capital dos Estes. A *Consolação às Tribulações de Israel*, de Samuel Usque, cuja impressão precedeu de muito pouco a das obras de Bernardim e Falcão, e com ser um dos grandes clássicos da prosa portuguesa, insere-se numa actividade que fornecia obras devotas aos judeus dispersos e expulsos. O facto de os Usques terem editado os dois eminentes poetas do bucolismo — e os maiores — não é argumento para a identificação de Bernardim com um judeu, como foi tentado. Prova apenas que os Usques, sendo judeus, eram também portugueses cultos do seu tempo, ainda que exilados; e que Ber-

cado em 1516, quando ele teria quase trinta e cinco anos, é de crer que os poemas lá impressos correspondam a uma fase juvenil, enquanto os outros, como as églogas, seriam mais tardios. No entanto, com mais de trinta anos, a juventude de um poeta, se for uma juventude decente, já amadureceu e não seria impossível supor que o gosto de Garcia de Resende, homem dez anos mais velho (e mais próximo, pois, do espírito que se prolonga em Gil Vicente), excluísse composições mais «modernistas» que não precisariam, aliás, de ser salvas do esquecimento. O «modernardim, como Falcão, era poeta altamente estimado pelas élites literárias da língua portuguesa.

Note-se que a obra de Bernardim Ribeiro não foi incluída na lista de livros proibidos senão em 1581. A determinação do Cardeal D. Henrique († 1580), referente aos livros impressos no estrangeiro — que não deviam ser distribuídos aos livreiros importadores, sem que um agente da censura estivesse presente à abertura das caixas —, data de 1550, e é anterior à edição de Ferrara. O impressor da edição de Évora, André de Burgos, era-o do cardeal também. E as listas de livros proibidos, de 1559 e de 1564, se naturalmente não incluem a edição de Évora, igualmente não mencionam a de Ferrara (nem a de Colónia). Parece que ao severo Cardeal-rei a obra de Bernardim Ribeiro não era antipática, ao contrário do que tem sido insinuado; e é certo que a edição de Évora, que podemos entender como uma resposta nacional à edição príncipe estrangeira (a questão de uma edição anterior à de Ferrara faz parte das mitomanias pseudo-eruditas do século passado, pelo menos nos termos em que foi posta), não é de modo algum um Bernardim «morigerado», mas um Bernardim mais completo (no que se refere ao texto da *Menina e Moça*, se é que é dele o mais que a edição de Ferrara não possuía). Não importa ao nosso presente estudo o problema do texto da *Menina e Moça*. Mas é achega, para o caso da sextina em pauta, o poder supor-se que o manuscrito (autógrafo ou apógrafo) que os Usques possuíam, e que usaram na edição de 1554, é porventura anterior (por menos completo) àquele que André de Burgos usou. Só um rigoroso estudo não--impressionista da linguagem do texto ferrarense e dos capítulos da *Menina e Moça* acrescentados na edição eborense — e que não foi feito, pois que considerações de crítica externa o não substituem — poderia contribuir eficazmente para esclarecer aquele problema.

nismo» de Bernardim Ribeiro é, todavia, muito peculiar. Ao contrário do seu amigo Sá de Miranda, só no género pastoril ele introduziu, ou desenvolveu, as novas espécies poéticas. E, se é de crer que sejam juvenis as composições insertas no *Cancioneiro Geral*, nada obsta a que sejam suas contemporâneas algumas das que só viram a luz em 1554, e que apenas o acaso — ou a escolha que o autor faz para corresponder ao convite de Garcia de Resende (se é que este se não serviu das suas colecções pessoais de autógrafos ou apógrafos) — excluiu da compilação. Devemos considerar que, no «cancioneiro», a representação concedida a Bernardim Ribeiro não é fugaz, como a de muitos poetas menoríssimos ou eventuais, nem goza da generosidade — se não considerarmos o jogo colectivo do «Cuidar e Suspirar» — com que foram tratados alguns poetas que precisamente ilustram e individualizam a amostragem, que Garcia de Resende fez, de sessenta anos de poesia portuguesa. É compreensível que assim tenha sido: na sua preocupação de (à imagem e semelhança do que Hernando del Castillo fizera no seu *Cancionero General* de 1511) salvar para a posteridade os espécimes poéticos de toda uma época, a preferência do secretário do defunto rei D. João II naturalmente iria para os poetas já mortos ou mais velhos, mesmo que tivesse a melhor simpatia pelo modernismo dos mais novos. Mas que Bernardim figure com uma dúzia de poemas prova, em qualquer caso, a relativa estima de que desfrutava aos trinta anos, e que as edições apressadamente póstumas das suas obras parecem reflectir bem.

Quando Bernardim terá acompanhado Sá de Miranda à Itália, em 1521 (se é que acompanhou), ambos os amigos orçam pelos quarenta anos, o que em poetas é já, para inovações não antecipadas no gosto e na cultura, uma idade provecta. Curiosíssimo é que — e já foi apontado — Bernardim manteve-se fiel aos seus esquemas líricos (e à excepção, que ele foi, como António Ferreira mais tarde, de só escrever em português), que eram os da tradição hispânica, enquanto Sá de Miranda se repartirá entre as «velhas» e as «novas» formas. Isto mais nos deveria confirmar na impressão de que tão autónomo é o conservantismo formal de um, quanto o experimentalismo do outro. Eles não iam a Itália descobrir nada que não conhecessem: mas respirar a atmosfera viva do muito que haviam já lido. Nessa Itália — em que Bernardim se terá demorado menos que Sá de Miranda, o que evidentemente não serve de explicação para um «trazer» o soneto e outro não... [2] —, os sumos-pontífices literários eram, então, Sannazaro (1458-1530), Pietro Bembo (1470-1547), Ariosto (1474-1533), Trissino (1478--1550), isto é, a gente que depura e refina os experimentalismos do Renascimento [3]. Entre eles, porém,

---

[2] Seria o mesmo que supor serem necessários mais de três anos, e pelo menos cinco — as respectivas prováveis demoras —, para aprender a fazer sonetos, quando se é, aos quarenta anos, um poeta necessariamente consciente das próprias possibilidades... E, desta consciência, precisamente raros poetas portugueses serão tão bom exemplo como Sá de Miranda e como Bernardim Ribeiro, muito pessoais ambos, e muito lucidamente adequados aos limites das próprias personalidades poéticas. Ver, a este respeito das suas personalidades, os estudos do autor: «Reflexões sobre Sá de Miranda, ou a arte de ser moderno em Portugal» (1958), incluído em *Da Poesia Portuguesa*, Lisboa, Ática, 1959, e «O Poeta Bernardim Ribeiro» (1952), incluído no volume colectivo, *Estrada Larga n.º 1*, Porto, Porto Editora, 1958.

[3] Lourenço de Médicis morreu em 1492, Poliziano e Boiardo em 1494; e Maquiavel e Miguel Ângelo, praticamente inéditos, não têm celebridade literária. Com efeito, o *Príncipe* só foi impresso em 1532; e os poemas de Miguel Ângelo em 1623. Sobre a «reforma» de Sá de Miranda e o problema da «influência»

pelo menos dois, Sannazaro e Bembo, eram cultores da *sextina*. Não pretendemos insinuar que Bernardim, se não «trouxe» sonetos e canções *ao itálico modo*, trouxe, todavia, uma sextina.

A questão é outra. A sextina, forma de mestria muito anterior ao chamado Renascimento e seus prolongamentos e transformações, conheceu no século XVI um renovo de interesse, por parte dos poetas mais representativos, ainda quando a não cultivaram largamente (o que não está na índole «obrigada» dessa forma). Mas o carácter obsessivo da sextina, com as suas seis palavras fixas a baralharem-se repetitivamente em seis estrofes, coaduna-se muito bem na paisagem interior de loucura, que a lenda desenhou para Bernardim Ribeiro. E poucas vezes a língua portuguesa terá servido, como na sextina dele, para poema tão asfixiante, tão sombrio, tão fatalístico, tão angustioso, tão enigmático como o desespero de uma vida perdida — e, ao mesmo tempo, tão paradoxalmente triunfante.

Por outro lado, há que separar, nesta sextina, aquilo que Bernardim, com a sua personalidade, podia fazer de uma forma extremamente rígida, e aquilo que, numa qualquer sextina, é apenas consequência das regras a que esta forma obedece. Por sua estrutura, qualquer sextina é obsessiva; e esse carácter pode ser usado, por um poeta, como «efeito» elegante, e não, ao que parece fazer Bernardim Ribeiro, como intrínseca expressão de uma experiência interior.

A sextina em causa poderia, portanto, ser até uma

---

italiana, ver o estudo do autor, «A Viagem de Itália», publicado no Suplemento Literário de *O Estado de São Paulo*, de 8 de Setembro de 1962, e no de *O Comércio do Porto*, de 9 de Outubro do mesmo ano.

obra de juventude, em que a forma *sextina* serviu premonitoriamente para acentuar os aspectos peculiares de uma personalidade que tendia a ser terrivelmente deprimida e ensimesmada. Todavia, sendo a *sextina* uma forma de extrema mestria, um jogo muito refinado com seis palavras terminais; e sendo, no *Cancioneiro Geral*, Garcia de Resende tão particularmente sensível a peças breves em que a habilidade se patenteia — não é crível, a menos que Bernardim ciosamente conservasse a sua sextina no bolso, que este poema seja anterior à impressão das páginas do *Cancioneiro Geral* (das últimas da compilação) em que se arquivam outros poemas seus. Se as composições insertas na compilação de Resende não têm a densidade trágica deste poema, nem a pungência comovida dos poemas intercalados na *Menina e Moça*, nem a gravidade meditativa de muitos passos das églogas, há, em alguns deles, o mesmo tom de personalidade dividida, de comprazimento na amargura, de desesperança lúcida, de sensibilidade agudamente aberta à intelectualização das emoções e das paixões, que é timbre da grande poesia de Bernardim Ribeiro, como da sua belíssima prosa poética, em que a presença do real — tão presente nas églogas também — serve a contrastar a incongruência entre a Natureza que, eleita pelos olhos comovidos, docilmente se afina pelo sentimento, e a vida humana que tão asperamente ao sentimento maltrata. Seria de supor que a sextina de Bernardim Ribeiro reflicta a identidade — que ele terá verificado no seu próprio espírito — entre a fatalidade que via pendente, sempre, sobre a sua vida, e a sensação de catástrofe iminente que era a da Itália, quando ele a visitou. Porque, na Itália, Bernardim não ia encontrar nada de semelhante à «pax manuelina» que, em Portugal, transitava para as mãos de D. João III, nesse mesmo ano de 1521 [4], em que os dois amigos partiram para lá; e a Europa mergulhava, precisamente então, no dilaceramento dos protestantismos triunfantes. Mas nada disto prova que a sextina de Bernardim seja de facto filha da viagem de Itália, afinal tão hipotética. Apenas nos cumpre situar, na mentalidade europeia, a mentalidade que essa sextina reflecte.

## 2 — A FORMA «SEXTINA»

A *sextina*, como forma extremamente rígida, era então muito antiga. Fixou-a o trovador Arnaut Daniel (activo em 1180-1210), quando «substituiu a rima pela identidade das palavras» [5], e com a obrigação de cada estrofe ter, como palavra final do 1.º verso, a palavra com que terminara a estrofe anterior. Mas não apenas isto, porquanto a ordem da repetição nos versos intermédios, nem é arbitrária, nem obedece a uma

[4] O rei D. Manuel I morreu a 13 de Dezembro de 1521, tendo adoecido no dia 4, subitamente, «de uma espécie de letargo, doença a que então chamavam modorra, que fez grande estrago em Lisboa» (António Caetano de Sousa, *História Genealógica da Casa Real Portuguesa*, Tomo III, reedição diplomática de Coimbra, Atlântida, 1947, p. 113). Isto significa que, morrendo D. Manuel de uma espécie de pestilência, com cinquenta e dois anos, estando então casado havia três anos com Leonor de Áustria, irmã de Carlos V e sua 3.ª mulher (que, em Junho desse ano, lhe dera uma filha, a infanta D. Maria), nada fazia prever, durante 1521, a sua morte. Esta, de resto, favorecia os «modernistas» que tinham no herdeiro, o futuro D. João III, um patrono. Não deixa de ser curioso que, como bons cortesãos fariam, se o eram, Sá de Miranda e Bernardim Ribeiro não tenham interrompido a sua hipotética viagem...
[5] Karl Vossler, *Formas Poéticas de los Pueblos Románicos*, trad. esp., Buenos Aires, 1960.

mera permutação circular. Essa ordem é obtida pelo que poderíamos chamar a permutação sucessiva, *em espiral*.

Com efeito, se se reparar na forma como as seis palavras finais das seis estrofes de uma sextina mudam de posição, estrofe a estrofe, notaremos que mudam sempre da mesma maneira, e da última para a primeira estrofe também: a primeira palavra numa estrofe ocupa o 2.º lugar na estrofe seguinte; a 2.ª palavra, o 4.º lugar; a 3.ª palavra, o 6.º; a 4.ª palavra, o 5.º; a 5.ª palavra, o 3.º; e a 6.ª palavra, o 1.º lugar, em final do primeiro verso dessa estrofe seguinte. Se numerarmos, numa estrofe, 1,2,3,... as seis palavras terminais, tudo se passa como se, para obter-se a ordem na estrofe seguinte, a permutação se fizesse segundo os arcos de uma espiral que se fechasse a partir de 6. Assim:

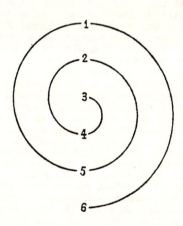

Isto quer dizer que, se numa estrofe tivermos, pela ordem, 1-2-3-4-5-6, na seguinte teremos: 6-1-5-2-4-3. E assim sucessivamente [6].

Esta rigidez do esquema formal da sextina é tal, e por certo envolve tais implicações «mágicas», que Dante (admirador quase incondicional de Arnaut Daniel, segundo as suas declarações expressas) o seguiu sem alterá-lo, e o mesmo fizeram Petrarca e, no encalço dele, Sannazaro, Bembo, Sá de Miranda, Jorge de Montemór, Ferreira, Camões, Diogo Bernardes, Tasso, Sidney, etc.

Façamos, pois, algumas investigações aritméticas. E suponhamos, para tal, que escrevemos lado a lado, e por colunas, a posição da mesma palavra nas suces-

---

[6] No *Dictionnaire de Poétique et de Rhétorique*, de Henri Morier, Paris, P.U.F., 1961, assim se explica a formação das mutações. Mas nada mais se investiga sobre o carácter da sextina, além da tola afirmação de que é um poema imitado da sextina italiana de Petrarca (que em nada difere da de Arnaut Daniel), e que a «sextina francesa» é composta... de exactamente o mesmo que a rígida forma de todas as sextinas não francesas. O autor cita F. de Grammont, menoríssimo poeta francês, como tendo «criado» essa forma em França, entre 1830 e 1848... O Conde de Grammont apenas escreveu sextinas em francês moderno e romântico, e as fez preceder de um estudo histórico sobre a sextina, ao que informa Vossler na obra citada em nota anterior. E o Sr. Morier chega ao ponto de dar notícia, em verbete especial, de *sixtine* ser um «poema de forma fixa, praticado na Idade Média, em língua de oc, e composto de 6 estrofes e 6 versos, dotados de estribilho»... Não sabe que «sextina» e «sixtina» são exactamente a mesma coisa desde Arnaut Daniel, e que, além disso, estribilho não é *envoi*... Que este exemplo de sapiência de um autor que é catedrático de Métrica Francesa em Genebra, editado pelas P.U.F. e coroado — duas vezes — pela «Académie Françaises», sirva de escarmento aos que bebem do fino de Paris. De resto, Clement Wood, na obra citada em epígrafe deste estudo, também ignora o sentido oculto da sextina; e, como ele e o outro, todos os tratadistas, e o mais recente e admirável editor de Arnaut Daniel, Gian Luigi Toja, autor da edição crítica dos 18 poemas conhecidos do poeta (*Canzoni*, Firenze, 1960), apenas *um* dos quais é uma sextina.

sivas estrofes, indicando cada palavra pelo seu número de ordem na 1.ª estrofe.

|   |   |   |   |   |   |
|---|---|---|---|---|---|
| 1 | 6 | 3 | 5 | 4 | 2 |
| 2 | 1 | 6 | 3 | 5 | 4 |
| 3 | 5 | 4 | 2 | 1 | 6 |
| 4 | 2 | 1 | 6 | 3 | 5 |
| 5 | 4 | 2 | 1 | 6 | 3 |
| 6 | 3 | 5 | 4 | 2 | 1 |

Notemos — olhando a última coluna — que tudo se passa como se a ordem de mudança obrigatória (a 1.ª palavra para o 2.º lugar, etc.) fosse representada pela ordenação das palavras na 6.ª estrofe: 2-4-6-5-3-1. E reflictamos que esta peculiar permutação em espiral limita a seis as possibilidades de ordenação das seis palavras, que, de outro modo, seriam 720.

Escrevamos novamente os 36 números, a constituírem um quadrado, e dividamos este quadrado em quatro partes:

```
31                          32
   1  6  3 | 5  4  2
   2  1  6 | 3  5  4
   3  5  4 | 2  1  6
   ――――――――――――――――
   4  2  1 | 6  3  5
   5  4  2 | 1  6  3
   6  3  5 | 4  2  1
32                          31
```

A parte superior esquerda e a inferior direita, somados os algarismos, valem 31 cada; as outras duas, superior direita e inferior esquerda, valem 32 cada uma. Mas podemos verificar que a parte esquerda é formada por seis números — 163; 216; 354; 421; 542; 635 — que, na direita, são os mesmos, mas baralhados: 542; 354; 216; 635; 163; 421. Se aplicarmos à mudança de lugar destes seis números a mesma regra com que as palavras mudaram no final das estrofes, teremos (se considerarmos número de ordem o 1.º algarismo delas):

$$5 - 3 - 2 - 6 - 1 - 4$$

que é a ordenação figurada pela 4.ª estrofe. E muitas outras descobertas análogas poderíamos fazer. Mas, reconsiderando os números 31 e 32, há que verificar o seguinte: com outro tipo de permutação, não se conseguiriam dois números contíguos, como eles, na série dos números inteiros. E, reconsiderando ainda os seis números de três algarismos, e somando-os em cada quarto do quadrado, teremos:

| 733 | 1112 |
|---|---|
| 1598 | 1219 |

em que, é evidente, as duas colunas valem o mesmo:

$$733 + 1598 = 1112 + 1219 = 2331$$

Mas 2331 é formado pelo simétrico de 32 e por 31, os números que eram a soma dos dígitos de cada quarto do *quadrado mágico*.

Este número 2331 tem, porém, ainda outras «propriedades»... Repare-se:

$$\underline{2 \; 3} = \underline{3 \; 1}$$

Somando os algarismos unidos entre si por traços que formam um esquema simétrico (de simetria inversa, e em que a soma ou subtracção de dois deles é o outro), a soma é sempre 6, número representativo da *sextina*. E, somando todos os algarismos, a soma é 9. O algarismo 9 foi sempre, esotericamente, o número representativo de Adão ou da Humanidade, e está oculto nos 33 anos da idade de Cristo (3×3=9). Por outro lado, 2331 é o produto de 333 por 7. Sete são os dias da criação, os planos cósmicos, os globos, os períodos do mundo, etc., em magia; e 333, metade do valor da Besta Triunfante (666), é o número representativo de Cristo (e, consequentemente, da redenção humana: 3+3+3=9). Mas 333 é igual a 73×3×37; de modo que 2331 é igual a 63×37, ou seja o produto do número «contrário» de 36 (6×6=36, o número de versos obrigatórios da sextina) pelo seu contíguo 37, tal como, ao que vimos, ele mesmo é formado pelo «contrário» de 32 e por 31, os números que eram a soma dos dígitos do *quadrado mágico* que, afinal, a sextina representa.

Mas não só isto é 2331. Reparemos que 33 é soma de 21 e de 12, ou sejam os dois «números» entre os quais, lido 2331 da esquerda para a direita ou da direita para a esquerda, o 33 está nele contido.

Observe-se, ainda, o seguinte: o número três que aparece em 33 e em 333, foi sempre altamente «significativo»: três são as pessoas da Santíssima Trindade, três serão as Idades do Mundo (o que reapareceu no positivismo de Augusto Comte), e três é, oniricamente, para Freud (e fora-o sempre), representativo do órgão sexual masculino. O que tudo se contém em 2331 que é «formado» do contrário de 32 (que é 33−1) e de 31 (que é 33−2). De modo que esse número 2331 inclui simbolicamente, em relação ao seu «centro», 33, que é Cristo, as duas castrações possíveis, o que intimamente concorda com o catarismo provençal.

Mas o número de versos da sextina é 36, ou seja, Cristo (33), mais a Santíssima Trindade (3) que é a sua undécima parte:

$$36 = 33 + 3 = 33 + \frac{33}{11} = 33 \times \left(1 + \frac{1}{11}\right) = 33 \times \frac{12}{11}$$

Pelo que o número de versos da sextina, com todas as implicações que a forma arrasta, é o produto de 33 pela relação 12/11, isto é, o número da redenção multiplicado pelo número irracional que representa astrologicamente o tempo humano (o número de signos do Zodíaco, dividido por onze, seu imediatamente anterior). O que, aliás, estava contido mais complexamente ainda, na verificação de que, sendo 33 a soma de 21 e de 12, o número 2331 era «feito» desses três números...

Com efeito, temos:

$$36 = 33 \times \frac{12}{11} = (21+12) \times \frac{12}{11} = 21 \times \frac{12}{11} + 12 \times \frac{12}{121}$$

Nesta decomposição, 36 aparece-nos formado por 12 multiplicado pelo seu «contrário», mais 12 multiplicado por si mesmo, dividida a soma pelo imediatamente anterior. Trata-se de uma decomposição em que os números são formados só pelos algarismos 1 e 2 (cuja soma é 3, e sendo o segundo o dobro do primeiro), de tal modo que temos 12 e 21, e 11 que é, trocado, igual a si mesmo. Tudo se passa como se 36 (que é 12 vezes 3) fosse um número em que o seu componente máximo (3) pudesse ser *ocultado*... E vimos que 2331 era precisamente, nas combinações da sextina, o representativo das castrações que o *ocultam*.

Tudo isto nos mostra que Arnaut Daniel, ao fixar o esquema da sua sextina em tão rigorosos moldes, sabia perfeitamente o que o número dos versos e a permutação em espiral arrastava consigo. E, se a espiral foi sempre, arquetipicamente, o tempo desenrolando-se, é evidente que a reconquista deste, ou o seu perpétuo regresso, era simbolizada por uma espiral que, para efectuar-se a permutação, tinha de ser percorrida ao invés, de fora para dentro. As implicações esotéricas do pensamento da Provença e do Levante espanhol na viragem do séc. XII para o XIII são por demais conhecidas, para que, feitas estas verificações, nos reste qualquer dúvida acerca do significado «oculto» da forma *sextina*. E, em mentalidade tão obsessivamente pitagórica como foi a dessa gente, a sextina não podia deixar de ter, para o criador dela, um significado ainda mais peculiar: basta pensarmos que as duas palavras do seu nome — Arnaut e Daniel — ambas têm *seis* letras...

Arnaut Daniel completava os 36 versos das sextinas, com um *envoi* de três versos — o que os seus seguidores nem sempre fizeram, e Bernardim não fez, a menos que, do original para a edição de Ferrara, esse *envoi* se tenha perdido [7]. Nos três versos, entra-

---

[7] Já Faria e Sousa notara a falta dele, do mesmo passo que atesta ter sido Bernardim o primeiro a compor sextinas na Península Ibérica: «El primero en quien las hallo en España es B.R. (...) aunque no en versos endecasilabos mas en redondillas, si faltanle los tres versos que las sirven de remate» (cit. por Carolina Michaëlis, in *O Cancioneiro do Pe. Pedro Ribeiro*, Coimbra, 1924).

vam, em cada um, duas das seis palavras, como que prolongando a sextina numa combinação mais cerrada, de grau superior. E que é essa a intenção é comprovado pelo esquema da repetição:

```
............ 2 ............ 5
............ 4 ............ 3
............ 6 ............ 1
```

Neste esquema, como se vê, a ordem obrigatória — 2-4-6-5-3-1 — aparece bipartida em duas colunas paralelas, por forma a que os pares de números de ordem somem sempre 7. Que é o que sucede a *todas* as colunas do *quadrado mágico*, se lhe aplicarmos a mesma repartição [8].

[8] É de notar, a este respeito, que a sextina de Camões, «Foge-me pouco a pouco a curta vida», primeiro publicada logo na edição de 1595 das *Rimas*, possui *envoi*, segundo o modelo original de Arnaut Daniel. Apenas Camões não respeita, no seu *envoi*, o esquema de repetição, e limita-se a repetir as palavras (intercaladas e finais) na ordem da primeira estrofe: 1 - 2 / / 3 - 4 / 5 - 6.
Jorge de Montemor, na sua *Diana* (Valência, 1559?), tem uma sextina em castelhano (em versos «hendecassílabos», como a de Camões), cujo *envoi* é de esquema idêntico ao camoniano. Há também, nessa obra, uma *sextina dupla* (isto é, uma sextina que, concluída a permutação espiral, a repete desde o início, possuindo portanto doze estrofes de seis versos), igualmente em versos «hendecassílabos», mas cujo *envoi* é diverso: 6 / 2 - - 1 / 3 - 4. Cf. Menendez y Pelayo, *Orígenes de la Novela* (consultada *in* seu Tomo IX, da ed. Glem, 1943, Buenos Aires), que transcreve o texto da novela de Montemor. Como é sabido, a 1.ª edição da *Diana* não é datada, sendo que a 2.ª, motivada pelo fulminante sucesso, é de 1560. Jorge de Montemor foi assassinado na Itália, em princípios do ano seguinte. É interessante notar como as edições da obra postumamente publicada de Bernardim, e as das de «Montemayor», que este ia lançando ou reeditando, alternam numa espécie de competição.
Diogo Bernardes tem duas sextinas em *Várias Rimas ao Bom Jesus* (1594) e uma em *Rimas Várias — Flores do Lima* (1596), as três em verso de «dez» sílabas, como as de Camões e Montemor. E as três têm o *envoi* que falta em Bernardim.

A sextina, com a sua travação tão rígida de uma análise combinatória que a si mesma se reflecte, nitidamente portanto visa a simbolizar o *eterno retorno* de todas as coisas, relacionando-o com a

Os esquemas de repetição das 6 palavras no *envoi* variam: 1 - 2 / 5 - 4 / 3 - 6; e 4 - 1 / 5 - 2 / 6 - 3, nas sextinas de V.R.B.J., e 1 - 4 / 2 - 6 / 5 - 3, na sextina de R.V. - F.L. António Ferreira, na *Castro*, compõe em sextina decassilábica a 1.ª parte da intervenção do Coro, no final do 4.º acto («*Já morreu Dona Inês, matou-a Amor*»). Tem *envoi* (1 - 2 / 6 - 3 / 4 - 5).
Quanto ao facto de Bernardim não ter composto um *envoi* para a sua sextina — se é que não fez —, é verosímil aceitar que, em forma tão rígida, obrigando à repetição das 6 palavras em 3 versos, ele tivesse evitado o excesso de artificialismo, que teria sido tentar essa repetição adentro do verso octossílabo que usara e era a sua medida pessoal (está por fazer um inventário rítmico da *Menina e Moça*, que documente quais as células rítmicas que predominam na prosa dele) em verso. E não era fácil... Com efeito, nesse *envoi*, ele disporia metricamente de 24 sílabas. Mas as seis palavras — terra, sol, tempo, vontade, dia, noite — somavam, só elas, 11 ou 12 (conforme *dia* tivesse uma ou duas). Ficavam apenas 12 sílabas disponíveis para as restantes palavras que articulassem a frase. Construir o *envoi* seria, pois, não só um excesso de artificialismo, mas um milagre de expressão... Note-se que Sá de Miranda tem, nas suas obras, uma sextina heptassilábica que, nas edições de sua obra (com excepção das *Poesias Escolhidas*, ed. Pina Martins, Lisboa, 1969), anda perdida entre as redondilhas — «*Não posso tornar os olhos*». Tem *envoi*, em que só a arte do «velho Sá» conseguirá, como conseguiu, comprimir as seis palavras (não na ordem de Daniel, mas 1 - 3 / 5 - 4 / 6 - 2).
A título de informação, registe-se que há também uma sextina dupla, na *Arcadia* de Sir Philip Sidney (1554-1586), obra escrita por influência da *Diana*, que aliás só foi publicada em tradução inglesa em 1598. A obra de Sidney foi impressa postumamente em 1590, mas fora escrita muito antes (c. 1580). O eminente crítico William Empson, no célebre livro *The Seven Types of Ambiguity* (consultado na ed. revista de 1955, Meridian Books), estuda a sextina de Sidney, chamando a atenção (sem aprofundar a análise) para o que diz ser — e é — o seu magnificente ritmo. Esta sextina oferece a particularidade de ser construída como um diálogo, estrofe a estrofe, entre duas personagens: algo que recorda as «tenções medievais». E é em versos de dez sílabas (se contadas e lidas pelo nosso esquema latino e moderno). A melhor edição da *Arcadia* (obra que, em 1593, teve uma reedição ampliada, como sucedera à *Menina e Moça*) é a diplomático-crítica de Albert Feuillerat, Cambridge, 1912.

humanidade e o seu destino: o eterno retorno ante o qual a vida do poeta é o que se escoa e se esvai, sendo ao mesmo tempo *aquilo* que, em verso, *fica*. Não seria necessário concluirmos isto, para notarmos que tal essência estrutural encontra a mais esplêndida das realizações na sextina de Bernardim Ribeiro.

Voltemos, porém, ao ponto em que substituímos as letras representativas das palavras por números. O esquema havia sido construído segundo a posição das rimas nas estrofes, correspondendo os números à ordem delas na 1.ª estrofe. Construamos outro esquema, em que os números correspondam à posição das rimas nas estrofes, isto é, em que, de estrofe para estrofe, não é a palavra mas o seu lugar o que numeramos:

|   |   |   |   |   |   |
|---|---|---|---|---|---|
| 1 | 2 | 4 | 5 | 3 | 6 |
| 2 | 4 | 5 | 3 | 6 | 1 |
| 3 | 6 | 1 | 2 | 4 | 5 |
| 4 | 5 | 3 | 6 | 1 | 2 |
| 5 | 3 | 6 | 1 | 2 | 4 |
| 6 | 1 | 2 | 4 | 5 | 3 |

Se olharmos atentamente para as colunas deste quadrado, verificaremos que ele seria o quadrado formado pela simetria em relação à diagonal que desce da esquerda para a direita, caso a 5.ª coluna estivesse em 3.º lugar. Isto significará que, numa sextina, *há* uma estrofe *ambígua*, a 5.ª estrofe, e que o texto deve ser interpretado de dois modos, conforme a posição que imaginemos — independentemente das obrigações do esquema externo — que essa estrofe ocupa. É como se a 5.ª estrofe carregasse consigo dois sentidos, um *exotérico* e outro *esotérico*, que completam duas faces do sentido global da composição.

Essa posição resulta do carácter obrigatório do «quadrado mágico» que rege a sextina. Mas examinemos a ordenação 1-2-4-5-3-6, e que implicará a transposição de 3. A um lado do grupo 4-5, está o grupo 1-2, e a outro lado o grupo 3-6, que é o produto deste por 3, algarismo cuja complexa significação simbólica já recapitulámos. De modo que a transposição de 3 corresponde a refazer-se a sucessão natural dos números que é a do *tempo absoluto*, interrompida pelo *sexo* (que é o pecado original) e pela *redenção* que possibilita a reconstituição da inocência primeira. E escusado é lembrar que $4+5=9=3\times3$ [9].

---

[9] Depois deste par de capítulos, com as suas numerologias esotéricas, que, por antipáticas que sejam a muita gente, estabelecem a *descoberta* de uma forma poética de grande importância, já que alguns dos maiores poetas deste mundo nela executaram algumas das suas obras-primas, e a qual era, e continua a ser, tida por «misteriosa» quanto à sua complexa estrutura formal, há que acrescentar algumas observações contra os atrevidos, e em protecção dos incautos ou menos lúcida ou atentamente esclarecidos. Antes de mais, qualquer historiador ou crítico da cultura (ou das «culturas»), por muito que numerologias mais ou menos pitagóricas e cabalísticas lhe pareçam indignas de altos espíritos ou da sua mesma ciência de crítico ou de historiador, deve profissionalmente e intelectualmente reconhecer que tais coisas, ainda ou já antes de Pitágoras, existiam e eram usadas ou praticadas, que o foram muito particularmente em certas épocas da História, e que mesmo aspectos culturais do nosso tempo não são entendíveis sem elas, quer a gente goste, quer não goste — e que quem, com responsabilidades culturais, minimiza a importância que estas coisas tiveram, demonstradamente, para muitas ideologias ou muitos escritores eminentes, atraiçoa a sua mesma função de historiador ou de crítico. Obviamente, esoterismo e numerologia não vão necessariamente de par: mas, em muitos casos, assim aconteceu (melhor dizendo: se o primeiro pode existir sem o segundo, este não existe sem aquele). Quer o historiador seja conservador e tradicionalista, quer seja marxista (e, portanto, ao menos por definição, revolucionário), a situação não se altera. Pode mesmo dizer-se que o «marxista», com a sua consciência dia-

léctica da História, e a sua noção de perspectiva do entendimento dela, ainda mais que o tradicionalista tem dever e obrigação de atentar em aspectos que, se parecem contrários à deusa Razão, o são muito mais àquela «razão» estática e perene (que por exemplo o Tomismo fez doutrina central da Igreja, ou esta a fez, quando adoptou uma filosofia que primeiro lhe pareceu repelente) contra a qual se levantou a «razão dialéctica» estabelecida por Hegel, e materialisticamente invertida por Marx, do que o são contra esta. Mais: há que notar que, variamente, em muitas circunstâncias de época, estes esoterismos e numerologias (as do Dante insigne são conhecidas de qualquer pessoa minimamente informada em coisas italianas e universais) representaram um papel *revolucionário*, pois que eram usadas como suporte (oculto ou disfarçado) de significados *subversivos* da ordem ideologicamente estabelecida. Quanto ao escritor ou crítico de raiz ou tendência conservadora, em que em geral subsistem (como em outros) memórias de um catolicismo de infância, cumpre recordar que este catolicismo, ao aceitar a Santíssima Trindade, colocou Pitágoras & C.ª dentro da própria natureza do seu Deus. Postas estas adequadas palavras de aviso, digamos que, escrito em 1962 e publicado em 1963, mas publicado numa revista erudita de escassa circulação, e para mais no Brasil, este estudo permaneceu largamente ignorado em Portugal, aonde, não tendo aparecido em volume, não pôde então ser vítima das troças dos pseudo-eruditos (e seus compadres da internacional universitária), como o foi A *Estrutura de «Os Lusíadas»*, em livro publicado em Lisboa em 1970, e que, de 1961 a 1967, sem as imensas notas e outros estudos, também aparecera no Brasil, fora do alcance ou da atenção dos doutos lusos (para os quais o Brasil só serve de base para passeio transatlântico, seja quem for o Senhor que lá governe, o que se propicia abrindo a brasileiros umas portas que de outro modo se fechariam como a toda a gente não rentável...). Ao apresentar este estudo, e os camonianos que iam sendo preparados ao mesmo tempo, o presente autor deles não estava ainda respaldado por uma prestigiosa massa de obras eruditas, em que o esoterismo e depois a numerologia da Antiguidade, e sobretudo do Renascimento (sejam quais forem os períodos em que este se divida até chegar o Barroco, e desde Petrarca e Guilherme de Ockham no século XIV, ou mesmo desde o Dante em muito da sua obra complexa) que aqui mais nos importa, eram estudados com renovada atenção, respeito e moderna análise. Não é necessário, para doutos portugueses, dar referências francesas (e, para uns raros, italianas). Mas algumas de língua inglesa, menos conhecidas por falta de língua, aqui vão referidas, para que conste. É certo que Edgar Wind publicara já *Pagan Mysteries in the Renaissance*, Londres, 1958 (obra fundamental que teve reedição revista e ampliada em 1967); e que George E. Duckworth dera à lume o sensacional *Structural Patterns and Proportions in Vergil's «Aeneid»*, Ann Arbor, 1962, obra que o

## 3 — ANÁLISE RÍTMICA

Para passarmos, agora, à análise do sentido da sextina de Bernardim Ribeiro, comecemos por decompô-la ritmicamente. Eis o texto [10]:

presente autor só conseguiu aliás ver dez anos depois de publicada. O esplêndido e básico estudo de Charles G. Nauert Jr., *Agrippa and the Crisis of Renaissance Thought*, é de Urbana, 1965. Foi em Londres, 1964, que Alastair Fowler publicou o vasto escândalo que *Spenser and the Numbers of Time* constituiu, trazendo o grande poeta isabelino para a companhia dos «esotéricos» (o que deveria ter sido esperado, tendo-se em conta o neoplatonismo dessa grande figura). O mesmo Fowler, em *Triumphal Forms — Structural Patterns in Elizabethan Poetry*, Cambridge, Londres, 1970, ampliou ao mesmo período da literatura inglesa as suas observações anteriores sobre Spenser. Nesse mesmo ano de 1970, em Londres, Fowler é o organizador de uma importante colectânea colectiva, *Silent Poetry — Essays in Numerological Analysis*; e do mesmo ano e lugar é o essencial Christopher Butler, *Number Symbolism — Ideas and Forms in English Literature*. Em Berkeley, Londres, 1972, saiu uma obra da mais alta importância, escrita por um dos mais amplamente admirados historiadores do Renascimento: Wayne Shumaker, *The Occult Sciences in the Renaissance — a Study in Intellectual Patterns*. É desse mesmo ano, mas publicada em Groningen, a interessantíssima obra de Henk de Vries sobre um autor espanhol contemporâneo de Bernardim Ribeiro: *Materia Mirabile — estudio de la composición numérico-simbólica en las obras contemplativas de Juan de Padilla, el Cartujano (1467?-1520) etc.* Que estas coisas no Renascimento não eram brincadeira, ressalta da notável colectânea preparada por Robert S. Kinsman, *The Darker Vision of the Renaissance — Beyond the Fields of Reason*, Berkeley, Londres, 1974. Deste mesmo último ano é o magnífico *Touches of Sweet Harmony — Pythagorean Cosmology and Renaissance Poetics*, de S. K. Heninger Jr., editado pela respeitável Huntington Library, California. No que a Bernardim Ribeiro respeita, se o presente estudo analisara o poema que ele escrevera numa forma eminentemente esotérica, sem todavia envolver (mais que na análise mesma) o poeta em cabalismos, compreende-se que, por 1971, animássemos e aprovássemos o estudo de Helder Macedo, *Do Significado Oculto da «Menina e Moça»*, tese londrina (o que aqui dizemos só porque o autor revela que o fizemos, como alguns outros, sem dúvida com muito variável simpatia por tais ocultismos) agora publicada, em versão revista e ampliada, em Lisboa, 1977.

[10] O texto é o da leitura diplomática da edição, «Bernardim

Hontem posse ho sol e a noute    1
cobrio de sombra esta terra
agora he jaa outro dia
tudo torna torna o sol
soo foi a minha vontade    5
para nam tornar co tempo

Todalas cousas per tempo
passam como dia e noute
hũa soo minha vontade
nam, que a dor comigo a aterra    10
nella cuido en quanto ha sol
nella em quanto nam ha dia

Mal quero per hum soo dia
a todo outro dia e tempo
que a mim posseme o sol    15
onde eu soo temia a noute
tenho a mim sobre a terra
debaxo minha vontade

Dentro na minha vontade
nam ha momento do dia    20
que nam seja tudo terra
ora ponho a culpa ao tempo
ora a torno a por a noute
no milhor ponsseme o sol

Primeiro nam auera sol    25
que eu descance na vontade
ponsseme hua escura noute
sobre a lembrança de hum dia
ynda mal por que ouue tempo
e por que tudo foi terra    30

Auer de ser tudo terra
quanto ha debaxo do sol
me descança por que o tempo
me vingara da vontade
senam que antes desse dia    35
ha de passar tanta noute

Em primeira aproximação rítmica, e segundo a metrificação estabelecida para a língua portuguesa por

Ribeiro e Cristóvão Falcão — *Obras* — nova edição conforme a de Ferrara, preparada e revista por Anselmo Braamcamp Freire, e prefaciada por Carolina Michaëlis de Vasconcelos», 2 vols.,

António Feliciano de Castilho, em 1851, os versos deste poema são de 7 sílabas (não esqueçamos que a contagem anterior permitia a ambiguidade 7-8). Mas bastará lê-los, para sentir-se que o ritmo deles é por

Coimbra, 1932, tal como figura a pp. 252-254 do vol. II. Há uma leitura modernizada de M. Rodrigues Lapa, em *Bernardim Ribeiro, Églogas*, selecção, prefácio e notas, que, para cotejo e verificação interpretativa, foi consultada na 4.ª ed., Lisboa, 1959.

Deve notar-se que, na edição ferrarense, como se vê, a sextina não tem qualquer pontuação, salvo uma vírgula depois de *nam*, no 4.º verso da 2.ª estrofe. O que, para nós, modernos, não constitui obstáculo ao entendimento de um texto poético, desde que não sejam aplicados — como os poetas modernistas não aplicam — critérios de pontuação gramatical.

Mas a leitura rítmica a que procedemos pressupõe o seguinte:

1.º — Que a ditongação de copulativa e vogal *a* se faça no 1.º verso;

2.º — que a ditongação de *que* e *vogal* se faça nos versos 10 (que a), 26 (que eu) e 35 (que antes);

3.º — que haja hiato de *que* e *vogal* no verso 15 (que / a);

4.º — que haja hiato intervocálico no verso 17 (sobre / a);

5.º — que *hua*, nos dois versos em que aparece (9 e 27), tenha duas sílabas.

Segundo investigações de Celso Cunha, em «Hiato, Sinalefa e Elisão na Poesia Trovadoresca», e de um modo geral nos ensaios incluídos em *Estudos de Poética Trovadoresca*, Rio de Janeiro, I.N.L., 1961, a ditongação de *e* (copulativa) e vogal *a* constitui quase regra de Bernardim Ribeiro em diante, que, pode dizer-se, usa deste hiato como recurso artístico, já que, na nossa língua, a copulativa só perde por inteiro o valor silábico em meados do século XVI (pp. 50-53). A sinalefa de «*que e vogal*» é quase absoluta em Bernardim, o qual representaria «o término de longa evolução para o ditonguismo» (pp. 69-71), pelo que podemos supor o supracitado caso do verso 15 como um exemplo de hiato expressivo. Basta olhar o verso no contexto, para vermos que o hiato permite *silabar dramaticamente*: que / a / / mim...». É aliás o caso do verso 17, onde, se não fizermos esse hiato, teremos de fazê-lo em «tenho / a mim». Quanto ao caso de *hua*, que tantos erros de correcção pretensa tem dado em edições dos nossos poetas antigos, vêmo-lo confirmado por numerosos exemplos de versificação em que, mesmo que o *u* não seja nasalado (por necessidades fonético-rítmicas), não menos a palavra tem duas sílabas.

A título de informação — e acentuando uma conclusão que ele deixa implícita por não ser o foco do seu trabalho —, note-se que as investigações fonético-rítmicas de Celso Cunha mostram

69

demais diverso para que apenas essa versificação os caracterize. Com efeito, nestes 36 versos, há 11 diferentes combinações rítmicas a que eles obedecem. Vejamos como.

E, porque ele nos será útil para a análise rítmico--semântica, estabeleçamos um quadro da transcrição podálica dos versos da sextina, pela sua ordem, e tal como silabicamente a leitura deles se processa. Mas, para melhor compreendermos essa transcrição e o valor dela, consideremos o primeiro verso.

On / tem / pôs -/ se o / sol / e a / nou /te

Numa leitura desatenta, teria sete sílabas (muda a última), com acentos tónicos na 3.ª e na 7.ª. Mas, na verdade, ele tem acentos na 1.ª, na 3.ª, na 5.ª e na 7.ª sílabas. Pelo que a sua transcrição rítmica é:

/ | - | / | - | / | - | / | -

em que destacamos as sílabas acentuadas das que o não são.

Esta transcrição rítmica revela-nos, porém, que as oito sílabas do verso se sucedem numa alternância regular de sílaba acentuada e não acentuada, e que

---

que, em relação a Bernardim Ribeiro, Cristóvão Falcão é um arcaizante. No caso do hiato de copulativa e vogal, Falcão em 22 exemplos pratica-o 20 vezes. Parece-nos que isto constitui contributo para a destruição, por crítica *interna*, do que ainda resta das lendas identificando Falcão e Bernardim. Eis, ampliando a área de investigação nas obras deles, um estudo a fazer. Mas não deixa de ser paradoxal, ou pelo menos muito interessante, o arcaísmo de Falcão em relação a Bernardim, suposto trinta anos mais velho e que, por sua vez, também arcaizava à sua maneira... Não seria de rever a cronologia hipotética de Cristóvão Falcão, já que há mais de uma?... (V. *Nota*, no final.)

o grupo «sílaba acentuada — sílaba átona» se repete quatro vezes. Teremos então:

/ - || / - || / - || / -

O que é a representação de um verso de quatro pés troqueus. Procedendo analogamente para todos os versos, é possível então estabelecer o quadro seguinte, em que numa coluna lateral se contam os pés verificados.

| N.º de: || | Transcrição dos versos | N.º pés p/ || Obs. |
| Versos | Estrofes | Versos | | Verso | Estrofe | |
|---|---|---|---|---|---|---|
| 1 |      | 1 | / - / - / - / - | 4 | | |
| 2 |      | 2 | - / - / / - / - | 4 | | |
| 3 | 1.ª  | 3 | - / - / / - / - | 4 | | |
| 4 |      | 4 | - - / - / - /   | 3 | | (1) |
| 5 |      | 5 | - / - / - - / (-) | 3 | | |
| 6 |      | 6 | - - / - / - / (-) | 3 | 21 | |
| 7 |      | 1 | / - - / - - / -   | 3 | | |
| 8 |      | 2 | / - / - / - / -   | 4 | | |
| 9 | 2.ª  | 3 | - - / / - / - / (-) | 3 | | |
| 10 |     | 4 | / - / - / - / -   | 4 | | |
| 11 |     | 5 | - - / - / - /     | 3 | | (1) |
| 12 |     | 6 | / - / - / - / -   | 4 | 21 | |
| 13 |     | 1 | - / - - / - / (-) | 3 | | |
| 14 |     | 2 | - - / - / - / (-) | 3 | | |
| 15 | 3.ª | 3 | - - / / - - /     | 3 | | |
| 16 |     | 4 | - - / - / - / (-) | 3 | | |
| 17 |     | 5 | - - / / - - / (-) | 3 | | |
| 18 |     | 6 | - / - / - - / (-) | 3 | 18 | |
| 19 |     | 1 | / - - / - - / (-) | 3 | | |
| 20 |     | 2 | - / - / - - / (-) | 3 | | |
| 21 | 4.ª | 3 | - - / - / - / (-) | 3 | | |
| 22 |     | 4 | / - / - / - / -   | 4 | | |
| 23 |     | 5 | / - / - / - / -   | 4 | | |
| 24 |     | 6 | - - / / - - /     | 3 | 20 | (1) |

| | | | | | |
|---|---|---|---|---|---|---|
| 25 | | 1 | - / - / - / - / | 4 | | |
| 26 | | 2 | / - / - - - / (-) | 3 | | |
| 27 | 5.ª | 3 | / - / - / - / - | 4 | | |
| 28 | | 4 | / - - / - - / (-) | 3 | | |
| 29 | | 5 | - - / - / - / (-) | 3 | | |
| 30 | | 6 | - / - / - - / (-) | 3 | 20 | |
| 31 | | 1 | - / - / / - / - | 4 | | |
| 32 | | 2 | - / - / - - / | 3 | | (1) |
| 33 | 6.ª | 3 | - - / - / - / (-) | 3 | | |
| 34 | | 4 | - / - / - - / (-) | 3 | | |
| 35 | | 5 | - - / - / - / (-) | 3 | | |
| 36 | | 6 | / - - / / - / - | 4 | 20 | |
| | | | | 120 | 120 | (1) |

[1] Ver nota 11.

A simples observação deste quadro, na coluna da transcrição, mostra este facto excepcional: a 5.ª estrofe não tem dois versos que sejam ritmicamente análogos; e, nas outras cinco estrofes, à excepção da 2.ª (2-4-6), cada uma tem apenas dois (2 e 3 na 1.ª; 2 e 4, e 3 e 5 na 3.ª; 4 e 5 na 4.ª; 3 e 5 na 6.ª), e apenas em dois casos esses versos são contíguos. Mas há mais: estas analogias processam-se com quatro tipos de verso, um na 1.ª estrofe, outro para a 2.ª e 4.ª, outro para a 3.ª e a 6.ª, e outro ainda para a 3.ª. Tudo isto nos explica que o que nos parece, à leitura sem profundidade, uma arritmia da sextina, é, na verdade, uma extraordinária riqueza rítmica, intuitivamente apoiada em recorrências distantes, e acentuada por, de estrofe para estrofe, não haver analogia rítmica entre último e primeiro verso [11].

[11] A leitura rítmica dos versos 4, 11, 24 e 32, na verdade, tal como está transcrita (respeitando-se o heptassílabo auditivo), não é rigorosamente exacta. Se todos os versos têm oito sílabas,

Se agora classificarmos os versos quanto ao número de pés, veremos que, na totalidade, 24 versos são *ternários* e 12 *quaternários*, numa proporção de dois terços para um terço. E é interessante notar, de estrofe para estrofe, como a proporção realmente varia:

|  | N.º de quaternários | % | N.º de ternários | % |
|---|---|---|---|---|
| 1.ª estrofe | 3 | 50 | 3 | 50 |
| 2.ª estrofe | 3 | 50 | 3 | 50 |
| 3.ª estrofe | 0 | 0 | 6 | 100 |
| 4.ª estrofe | 2 | 33 | 4 | 67 |
| 5.ª estrofe | 2 | 33 | 4 | 67 |
| 6.ª estrofe | 2 | 33 | 4 | 67 |
| Val. médios | 2 | 33 | 4 | 67 |

Considerada pois cada estrofe globalmente, vemos que a sextina se divide em três partes: uma primeira, em que a proporção de quaternários e ternários é

eles, ao contrário do que pode parecer, não falham a essa medida. E, ritmicamente, o último pé dos vs. 4 (na o sol), 11 (to há sol), 15 (me o sol) e 24 (me o sol), como o primeiro do vs. 32 (quan to há), é um anapesto que se jambiza à proximidade do monossílabo fortemente acentuado e terminal (ou, no caso do vs. 32, por a 2.ª sílaba, átona, estar entre uma primeira que é acentuada mais do que ela e muito menos que a 3.ª, fortemente acentuada e de tendência enclítica). Em comparação com o outro verso terminado em «sol» (vs. 25), esta questão é retomada adiante, a propósito da análise estrutural da 5.ª estrofe da sextina. Registemos apenas que o esquema daqueles cinco versos, rigorosamente transcrito, não é ( - - / -/ - / ) para quatro deles, e ( - / - / - - / ) para o outro, mas ( - - / - / - - /), ou «1 a, 2 t, 1 a» para os cinco, usando a notação adiante aplicada no texto. A igualdade de esquema de cinco dos seis versos em que entra a palavra «sol», não deixa de ser interessante. Considerá-la, na nossa análise, é levar esta a um excesso que o ouvido não capta, embora a métrica o determine. Mas convém ter presente que a riqueza rítmica da sextina de Bernardim inclui esta subtil ambiguidade podálica que simplificamos.

meio-a-meio, e composta pelas duas primeiras estrofes; uma segunda, em que apenas há versos ternários (e é o único caso de, numa estrofe, haver só ternários, não se dando nunca o caso de haver só quaternários) e que é a terceira estrofe; e uma terceira parte, composta pelas três últimas, em que a proporção de 2/3 em favor dos versos ternários é a da média geral do poema.

Acontece, porém, que a consideração global das estrofes esquece que, *em nenhuma* delas, as proporções, ainda quando idênticas, correspondem a uma igual ordem. Com efeito, na 1.ª estrofe, temos 4 versos quaternários, seguidos de três ternários; mas, na 2.ª estrofe, a mesma proporção é obtida pela alternância de ternário e quaternário. E, nas três últimas estrofes, a posição dos versos quaternários é sempre diferente: 4 e 5, na 4.ª; 1 e 3, na 5.ª; e 1 a 6, na 6.ª. Tudo isto mais aprofundadamente nos mostra o «segredo» da riqueza rítmica.

Mas os versos não são apenas quaternários e ternários. São-no muito diversamente, e dissemos que de 11 maneiras diferentes. Classifiquemo-los em função dessas 11 maneiras. E organizemos um quadro em que os tipos de verso e os próprios versos fiquem registados pela sua ordem de aparição:

| N.º de pés | Transcrição rítmica | Designação dos versos p/ estrofe e p/ n.º de ordem na estrofe |
|---|---|---|
| (4) | /- /- /- /- | 1-1; 2-2; 2-4; 2-6; 4-4; 4-5; 5-3 |
| (4) | -/ -/ /- /- | 1-2; 1-3; 6-1 |
| (3) | --/ -/ -/ | 1-4; 1-6; 2-5; 3-2; 3-4; 4-3; 5-5; 6-3; 6-5 |
| (3) | -/ -/ --/ | 1-5; 3-6; 4-2; 5-6; 6-2; 6-4 |
| (3) | /-- /-- /- | 2-1 |
| (3) | --/ /- -/ -/ | 2-3; 3-3; 3-5; 4-6 |
| (3) | -/ --/ -/ | 3-1 |
| (3) | -/ -/ --/ | 4-1; 5-4 |
| (4) | -/ -/ -/ -/ | 5-1 |
| (3) | /- /- --/ | 5-2 |
| (4) | /- -/ /- /- | 6-6 |

Se designarmos

d — dáctilo
j — jambo
a — anapesto
t — troqueu

será fácil representar sinaleticamente, e computar, os diversos tipos de verso, sem entrarmos em nomenclaturas para que poderia adaptar-se a da métrica greco-latina. Teremos, portanto, para um verso formado, por exemplo, por três troqueus seguidos de um jambo, o esquema seguinte: 3 t, 1 j.

Versos quaternários:

```
4 t ......................................  7
t, j, 2 t ................................  3
2 j, 2 t ................................  3
4 j ......................................  1
                                           ──
                                           12
```

Versos ternários:

| | |
|---|---|
| 1 a, 2 j | 9 |
| 2 j, 1 a | 6 |
| 1 j, 1 a, 1 j | 1 |
| 1 a, 1 t, 1 j | 4 |
| 1 t, 1 j, 1 a | 2 |
| 2 t, 1 a | 1 |
| 2 d, 1 t | 1 |
| | 24 |

Como vemos, há 12 versos quaternários que se distribuem por 4 espécies diversas, e 24 ternários que se distribuem por 7; ou, se preferirmos, os 36 versos da sextina materializaram-se, no espírito de Bernardim Ribeiro, segundo 11 variedades rítmicas.

Um *índice de variedade* — valor que deve aumentar com o número de espécies rítmicas, e diminuir quando o número de versos aumenta — podemos imaginá-lo representado, para cada classe podálica, ou para um total de classes, pelo quociente do número de espécies pelo número de versos. É óbvio que:

$$\text{versos quaternários:} \quad \frac{4}{12} = 0,33$$

$$\text{versos ternários:} \quad \frac{7}{24} = 0,29$$

$$\text{totalidade dos versos:} \quad \frac{11}{36} = 0,30$$

E terá de ser, dada a proporção destas duas classes

$$0,30 = \frac{1}{3} \times 0,33 + \frac{2}{3} \times 0,29$$

de versos — como de facto é aproximadamente.

A relativa identidade destes valores patenteia o facto espantoso de Bernardim Ribeiro *harmonizar em absoluto a tão grande quantidade de variações que pratica.*

Isto nos força, para detectar essa tão harmónica riqueza, a discriminar as variedades dos versos. E, para melhor evidenciarmos os aspectos interessantes, destaquemos várias conclusões:

*a)* Nenhum dos versos quaternários contém dáctilos ou anapestos;

*b)* Dos 12 versos quaternários (1/3 do poema), 11 contêm troqueus;

*c)* Dos versos ternários, 17 são formados por anapestos e jambos, sem que, em nenhum deles, haja apenas uma ou outra espécie destes pés, e havendo sempre combinação de ambas;

*d)* Nos versos quaternários: 7 são inteiramente trocaicos; 1 é-o predominantemente; em 3 há equilíbrio de jambos e de troqueus; e 1 é formado apenas por jambos;

*e)* Nos versos ternários: 16 são anapéstico-jâmbicos (sem que o anapesto jamais predomine sobre o jambo); 6 são-no predominantemente; em 1 predomina o troqueu (sobre anapesto); e 1 verso é predominantemente dactílico (com troqueu);

*f)* os dáctilos aparecem apenas num verso;

*g)* na totalidade dos versos, teremos: 8 versos trocaicos ou dáctilo-trocaicos; 2 com predominância trocaica (com jambo no quaternário, e com anapesto no ternário); 3 versos equilibrando os dois ritmos (são versos quaternários de esquema: 2 t, 2 j); 6 com predomínio anapéstico-jâmbico (são versos ternários); e 17 versos puramente jâmbicos ou anapéstico-jâmbicos (1 só é puramente jâmbico, 4 j, e é quaternário, como não podia deixar de ser, com as oito sílabas);

*h)* 50 % dos versos do poema contém dáctilos ou troqueus, no todo ou em parte.

Mas a globalidade de uma verificação podálica não nos elucida quanto à distribuição dos diversos tipos de pés pelas estrofes e os versos. Estabeleçamos, pois, o quadro da página seguinte.

Deste quadro, podemos concluir, quanto à maneira como os diversos tipos de pés se repartem pelas estrofes, e repartem entre si o total de 120 que constitui o total podálico da sextina:

*a)* No total de 120, temos 72 pés jâmbicos ou anapésticos (60 %) e 48 trocaicos ou dactílicos (40 %);

*b)* Daqueles 60 % de jambos ou anapestos, 68 % são jambos e 32 % anapestos; o que, no total, corresponde a 40 % de jambos e 20 % de anapestos;

*c)* Dos 40 % de troqueus ou dáctilos no total, 96 % são troqueus e 4 % são dáctilos; o que corresponde, nesse total, a 38 de troqueus e 2 % de dáctilos.

*d)* Estrofe a estrofe, a distribuição de trocaico-dáctilos, em relação a jambos e anapestos, é a seguinte:

```
1.ª estrofe: 39 % ( 8 em 21 pés)
2.ª    »   : 76 % (16 em 21 pés)
3.ª    »   : 11 % ( 2 em 18 pés)
4.ª    »   : 50 % (10 em 20 pés)
5.ª    »   : 35 % ( 7 em 20 pés)
6.ª    »   : 25 % ( 5 em 20 pés)
```
───────────────────────────────
Média: 40 % ( 5 em 20 pés)

| ESTROFE e VERSOS | CLASSIFICAÇÃO DE PÉS ||||  TOTAIS POR ESTROFE ||||
|---|---|---|---|---|---|---|---|---|
| | Jambo | Anapesto | Troqueu | Dáctilo | | | | |
| 1.ª estrofe: 1 | — | — | 4 | — | | | | |
| 2 | 2 | — | 2 | — | | | | |
| 3 | 2 | — | 2 | — | | | | |
| 4 | 2 | 1 | — | — | j | a | t | d |
| 5 | 2 | 1 | — | — | | | | |
| 6 | 2 | 1 | — | — | 10 | 3 | 8 | — |
| 2.ª estrofe: 1 | — | — | 1 | 2 | | | | |
| 2 | — | — | 4 | — | | | | |
| 3 | 1 | 1 | 1 | — | | | | |
| 4 | — | — | 4 | — | j | a | t | d |
| 5 | 2 | 1 | — | — | | | | |
| 6 | — | — | 4 | — | 3 | 2 | 14 | 2 |
| 3.ª estrofe: 1 | 2 | 1 | — | — | | | | |
| 2 | 2 | 1 | — | — | | | | |
| 3 | 1 | 1 | 1 | — | | | | |
| 4 | 2 | 1 | — | — | j | a | t | d |
| 5 | 1 | 1 | 1 | — | | | | |
| 6 | 2 | 1 | — | — | 10 | 6 | 2 | — |
| 4.ª estrofe: 1 | 1 | 1 | 1 | — | | | | |
| 2 | 2 | 1 | — | — | | | | |
| 3 | 2 | 1 | — | — | | | | |
| 4 | — | — | 4 | — | j | a | t | d |
| 5 | — | — | 4 | — | | | | |
| 6 | 1 | 1 | 1 | — | 6 | 4 | 10 | — |
| 5.ª estrofe: 1 | 4 | — | — | — | | | | |
| 2 | — | 1 | 2 | — | | | | |
| 3 | — | — | 4 | — | | | | |
| 4 | 1 | 1 | 1 | — | j | a | t | d |
| 5 | 2 | 1 | — | — | | | | |
| 6 | 2 | 1 | — | — | 9 | 4 | 7 | — |
| 6.ª estrofe: 1 | 2 | — | 2 | — | | | | |
| 2 | 2 | 1 | — | — | | | | |
| 3 | 2 | 1 | — | — | | | | |
| 4 | 2 | 1 | — | — | j | a | t | d |
| 5 | 2 | 1 | — | — | | | | |
| 6 | 1 | — | 3 | — | 11 | 4 | 5 | — |
| Totais | 49 | 23 | 46 | 2 | 49 | 23 | 46 | 2 |
| | | | | | 72 || 48 ||

*e)* Vemos que, por estrofe, a 1.ª tem uma percentagem de troqueus e dáctilos que dá o tom geral do poema (39 % é sensivelmente 40 %), e que esse tom é mantido por uma variação que aumenta violentamente da 2.ª estrofe (quase 100 % da média), cai bruscamente na 3.ª estrofe (para a quarta parte da média), recupera-se na 4.ª (para mais que a média e não muito), e decresce com quase regularidade da 4.ª para a 5.ª, e desta para a última. A percentagem é mais baixa na estrofe podalicamente mais breve.

Importa agora comparar esta presença, tomada em absoluto, dos diversos pés, com as espécies de versos que eles, combinando-se, formam. Recapitulando, havíamos verificado o seguinte nos 36 versos:

| | |
|---|---|
| 8 — eram trocaicos ou dáctilo-trocaicos | 22 % |
| 2 — tinham predominância trocaica | 6 % |
| 3 — equilibravam trocaico-dáctilos com anapéstico-jâmbicos | 7 % |
| 6 — tinham predominância anapéstico-jâmbica | 14 % |
| 17 — eram jâmbicos ou anapéstico-jâmbicos | 50 % |

Destas percentagens, verificamos que:

*a)* Em 50 % dos versos *não há* troqueus ou dáctilos;
*b)* Em 78 % dos versos *há* anapestos ou jambos;
*c)* Em 22 % dos versos *só há* troqueus ou dáctilos.

Isto significa que:

*a)* 60 % de pés anapésticos ou jâmbicos estão distribuídos de forma a aparecerem em cerca de 80 %

dos versos da sextina; e constituem 50 % dos versos todos;

*b)* 40 % de pés troqueus ou dáctilos estão distribuídos em 50 % dos versos; e constituem, sozinhos, mais de 20 % dos versos todos.

A interpretação dos dois ritmos opostos — cuja variação de estrofe para estrofe nos é dada pelas percentagens de troqueus e de dáctilos nelas — fica, pois, estruturalmente evidenciada, se compendiarmos várias das observações que fizemos:

*a)* O tom rítmico do poema é regido pela presença de troqueus e dáctilos, numa percentagem (40 %) que parece extremamente elevada para a metrificação portuguesa. Só um estudo geral dos versos de Bernardim Ribeiro (e mesmo da sua prosa) nos poderia dizer se é característica dele, como supomos, ou em especial deste peculiaríssimo poema;

*b)* Esse tom rítmico é dado logo pela primeira estrofe que não só se inicia por um verso puramente trocaico, como possui uma presença de troqueus que é a correspondente à média geral;

*c)* A distribuição de troqueus, altíssima na 2.ª estrofe (onde é acentuada pela presença dos únicos dáctilos do poema), faz-se em 50 % dos versos, de modo que o movimento rítmico do poema é, de verso para verso, e dentro dos próprios versos, caracterizado pela constante hesitação entre o ritmo trocaico-dactílico e o ritmo anapéstico-jâmbico, o que lhe dá o seu ritmo geral abrupto, constantemente revertendo sobre si mesmo;

*d)* A distribuição de anapestos e jambos (40 % de jambos e 20 % de anapestos), faz-se em 80 % dos versos, e eles dominam francamente a 3.ª estrofe (na proporção de 10 jambos para 6 anapestos); mas o domínio deles só duas vezes excede os 76 % que troqueus e dáctilos têm na 2.ª estrofe. Essas duas vezes são na 3.ª estrofe (inteiramente formada por versos ternários), e na última (em que, como na 4.ª e na 5.ª, a presença de versos ternários é a da média geral do poema: dois terços);

*e)* Os versos quaternários são quase integralmente caracterizados pela presença absoluta ou parcial de troqueus, o que significa que, neste poema, uma intensificação da cadência corresponde ao ritmo trocaico, o que está estritamente de acordo com o carácter ansioso e obsessivo (mas *não sonhador*) da sextina de Bernardim Ribeiro.

## 4 — ANÁLISE ESTRUTURAL

Podemos agora passar à análise estrutural do sentido do maravilhoso poema que estamos estudando. Com efeito, procuramos esclarecer o lugar do poema de Bernardim em relação à obra deste e ao seu tempo (problema histórico-literário); definimos e investigamos, em seguida, a origem da forma «sextina» (problema teórico-formal), e descobrimos a transcendência de que ela se revestiria, consciente ou subconscientemente, para quem a cultivava (cotejo necessário do problema teórico-formal com o histórico-literário); determinamos em profundidade a composição rítmica do poema em causa — só agora, pois, estamos em condições de, sem extrapolar do texto, e repelindo os devaneios culturalistas que ainda hoje passam por crítica literária, interpretar esta sextina.

Interpretá-la, porém, sem paráfrase, mas estruturalisticamente, partindo do princípio de que não existe dicotomicamente uma diferença entre forma e conteúdo, que são apenas aspectos da mesma unidade indissociável que é o *texto*, um *objecto estético* com o seu sentido que, ao mesmo tempo, cria o ritmo em que se desenvolve, e é criado no próprio desenvolvimento que suscita. O que efectivamente importa, na análise estrutural de um texto, não é o sentido dele (o mesmo sentido, ou análogo, poderá ter um texto muito diverso), mas a *construção de sentido, que ele é*. Tomemos então, uma a uma, as seis estrofes da sextina, usando uma discreta actualização ortográfica que não fira a autenticidade fonética ou a rítmica.

## 1.ª estrofe

«Ontem pôs-se o sol e a noute/ cobriu de sombra esta terra/ agora é já outro dia»: o poeta dá-se conta da passagem dos dias. O sol pôs-se ontem; a noute que a ausência dele criou cobriu de sombra esta terra; agora (hoje) é já outro dia. Mas — atente-se — a terra não é genérica, é *esta*, aquela em que o poeta está, aquela que ele *é*. «Tudo torna, torna o sol»: tudo torna, (como) o sol torna. «Só foi a minha vontade/para não tornar com o tempo»: (mas, se tudo torna, como o sol torna, ou vice-versa), a vontade do poeta (os seus desejos, as suas apetências, aquilo que ele *quer*) faz excepção à regra, e não entra no jogo do eterno retorno, indo e voltando, como tudo com tempo vai e volta, permitindo um repouso análogo ao da noute e da sombra com que ela cobre a terra.

A análise rítmica está em íntimo acordo com esta análise de uma estrofe que é expositiva de uma situação. O primeiro verso é puramente trocaico, dando em pureza total, como vimos, o tom geral do ritmo do poema, que é o da presença dos pés trocaicos nesta estrofe em que versos quaternários e ternários se equilibram. O segundo verso introduz o ritmo jâmbico na sua primeira metade (*cobriu de som*), e logo reverte ao trocaico (*bra esta terra*), acentuando *esta terra*. O terceiro verso repete o esquema do 2.º, do que resulta uma alternância, desde o fim do 1.º até ao início do 4.º, de pares de jambos e pares de troqueus: Co-*briu*-de *som*: par de jambos; *bra es*-ta-*terra*; par de troqueus; a-*go*-ra e *já*: par de jambos; *ou*-tro--*di*-a: par de troqueus. Esta alternância introduz-se no ritmo anapéstico-jâmbico que é o dos três últimos versos que se constituem assim: 1 anapesto, 4 jambos, 2 anapestos, 2 jambos. Ou seja: tu-do-*tor*: anapesto; na-*tor*: jambo; na o *sol*: jambo; só *foi*: *jambo*; a *mi*: jambo; nha-von*ta*(de): anapesto; pa-ra-*não*: *anapesto*; tor-*nar*: jambo; co-*tem*(po): *jambo*. O alongamento e o encurtamento irregulares do ritmo anapéstico--jâmbico coincidem com a acentuação do verbo «tornar» três vezes (duas na 1.ª sílaba, e uma na última), com a vontade pessoal do poeta, com o *não* que a caracteriza e que não permitiria que a acentuação de «tornar» fosse, para ela que «não torna» com o *tempo*, a mesma que impele o movimento do «sol» e de «tudo».

## 2.ª estrofe

«Todalas cousas per tempo / passam como dia e noute» — e é o eterno retorno, a dialéctica do tempo que passa, restituindo, no seu giro irreversível, a repetição, o que é claramente identificado em função do que fora observado. «Ũa só (cousa) minha vontade / não,» — e em face da identificação do passar, com o regresso sempre passado de «dia e noute», melhor se vê que a vontade do poeta *não*, como aliás era fortemente acentuado pela única vírgula do texto de Ferrara. E por que? — «que a dor comigo a terra». Isto é: a «dor comigo», a dor em mim e junta comigo, separa o poeta da lei geral, precisamente porque o submerge *nesta* terra que ele é, onde dia e noute não existem, substituídos por um pavor sem nome. «Nela (na dor, ou na vontade que a tem por consequência) cuido enquanto há sol / nela enquanto não há dia.» E a exigência de que a palavra «dia» surja no fim da estrofe coincide muito bem com a transformação da noute em algo que é não uma entidade por si mesma, mas a negação do dia, do haver sol.

Ritmicamente, como se passa isto? De um modo extremamente subtil, extremamente afinado com o sentido do poema. A 2.ª estrofe é a mais intensamente trocaico-dactílica, e os versos dela, para maior dramaticidade, são alternadamente ternários e quaternários. O 1.º verso é, após a continuidade anapéstico-jâmbica da metade final da estrofe anterior (entrecortada pela irregularidade ansiosa e amarga da distribuição dos anapestos), a mais violenta transição rítmica do poema: é ele que contém, e seguidos e no início, os dois únicos dáctilos da sextina, prolongados por um troqueu que se soma aos quatro do 2.º verso (que é, puramente trocaico, ritmicamente igual ao verso inicial da composição). Vejamos: *Tô*-da-las: dáctilo; *cou*-sas-per: dáctilo; *tem*-po: troqueu; *pas*-sam: troqueu; *co*-mo: troqueu; *di*-a e: troqueu; *nou*-te: troqueu. É como se a verificação anapéstico-jâmbica (da metade final da estrofe anterior) de que tudo torna, menos a vontade do poeta, se transformasse na consciência indignada de que, «per tempo», todalas cousas passam, como dia e noute. A reiteração de que uma só cousa não obedece ao curso de passar-tornar e tornar-passar é dada pela introdução anapéstica do 3.º verso: «u-a-*só*», a que se segue o troqueu de «*mi*-nha» e o jambo de «von--*ta*(de)». A tensão entre a vontade e o facto de ela ser do poeta é marcada pelo ritmo troqueu-jambo em que se transforma a unidade jambo-anapesto, com que «minha vontade» fora apresentada no 5.º verso da 1.ª estrofe. O 4.º verso é, como o 2.º, e como será o 6.º, puramente trocaico, igual ao que iniciou o poema. O paralelismo progressivo destes quatro versos é perfeito:

|  |  |  |  |
|---|---|---|---|
| *On* tem | / *pôs*.- se o | / *sol* e a | / *nou* te |
| *pas* sam | / *co* mo | / *dia* e | / *nou* te |
| *não* que a | / *dor* co | / *mi* go a | / *ter* ra |
| *ne* la em | / *quan* to | / *não* há | / *di* a |

Com efeito, de um para outro, nós vemos o seguinte, pé por pé:

Ontem → passagem genérica → não (da vontade) → nela (o poeta cuida)
pôs-se (o sol) → como (tudo passa) → dor (com o poeta e a vontade) → (em) quanto
sol → dia → (co)migo → não
noute → noute → terra → dia (que não há na terra que o poeta é).

Este paralelismo impressionante, e ao contrário do que possa parecer, é vincado pela doçura anapés-

tico-jâmbica do 5.º verso: ne-la-*cui*: anapesto; do em-
-*quan*: jambo; to há-*sol*: jambo. O «nela cuidar»
sintetiza em *nela*, no verso seguinte, o «quanto» continua sendo centro de acentuação emocional; e o
«haver sol» não se distingue, para o cuidado, de não
havê-lo... E note-se que o texto de Ferrara não permite a assimilação de *en quanto* e *em quanto* ao
moderno *enquanto*, nem a *em quanto* (sendo esta
última forma a leitura de Rodrigues Lapa em ambos
os versos). A análise estrutural, parece-nos, mostra
que os dois versos estão correctos na edição, apenas
com um espaço «indevido» no primeiro deles: Bernardim separa a área lógica de «enquanto há sol» e a
área lógica (inversa) de «em quanto não há dia» (em
tudo quanto *não tem* dia).

*3.ª estrofe*

«Mal quero per um só dia / a todo outro dia e
tempo». Estes dois versos são extremamente crípticos,
e abrem, em relação às duas estrofes anteriores, novas
perspectivas morais. Que «um só dia» é este? O «só»
havia regido, nas duas estrofes anteriores, a vontade
do poeta, distinguindo-a de todas as outras coisas.
E, nesta mesma, aparecerá definindo qual o temor
do poeta, que insinuado fôra ser o mergulho adentro
da terra onde dia e noute não há. O poeta, «per um
só dia», quer mal a tudo o que seja dia e seja o
discurso do tempo, a tudo o que o retirou da ordem
geral das cousas. Houve, pois, na vida dele, um dia
que *não passou*, e que lhe gerou a teimosa e persis-
tente «vontade» que é a sua. E que, de facto, assim
se deve entender, eis o que evidenciam os dois versos
seguintes: «que a mim pôs-se-me o sol / onde eu só

temia a noute». Ou seja: para ele, que apenas temia a noute (e, mais que a noite, o que *não tem* dia), e precisamente na situação («onde») em que ele a temia, o sol pôs-se. Para o poeta, aquela simples verificação inicial do sol posto *ontem*, no passado, arrastava consigo o temor de mergulhar na noite, de ser coberto de sombra. E esse passado não era apenas o tempo passado, mas um ontem que, de não ter passado, o magoa, e o magoa porque passou. Foi «um só dia» que radicalmente o arrancou ao discurso dos dias, e o deixou... Como? Ele o diz: «tenho a mim sobre a terra / debaixo minha vontade». À primeira vista, parece que o poeta se dá colocado entre a terra (sobre a qual anda) e a vontade (sob a qual sofre as suas penas), situação esta de que a dor, *nele*, seria a mediadora. Mas não apenas isto. Porque a terra fora uma determinada terra, e fora, logo depois, um aterrar-se nela. Pelo que o poeta *também* se tem a si mesmo sobre a terra e (tem) debaixo (da terra) a sua vontade. É uma visão em que o direito e o inverso coincidem: o que é reiterado pela estrofe seguinte, como veremos.

Esta terceira estrofe é toda ela em versos ternários. É a de menor número de pés (18), e estes são 9 jambos e 6 anapestos (um em cada verso), contra 3 troqueus. Os troqueus aparecem apenas a meio do 3.º e do 5.º verso. Que palavras são eles? «Pôs-se» no 3.º; e «sôbre» no 5.º verso. Notemos que, das quatro aparições do verbo *pôr* no poema, três se referem a «pôr-se o sol» («pôs-se» — duas vezes; «põe-se-me» — uma vez), e uma a o poeta deitar a culpa ao tempo («ponho a culpa ao tempo»). Ora sucede que as três aparições referentes a pôr-se o sol, todas elas são trocaicas, tal como intensamente ficou determinado no 1.º verso da sextina. A acentuação abrupta

que destaca o «sôbre», obrigando e justificando o hiato seguinte, é simétrica do hiato belíssimo, anapesticamente formado no início do terceiro verso.
Quatro versos (o 2.º, o 3.º, o 4.º e o 5.º) começam por anapesto:

    (2.º) a - to - do ou
    (3.º) que - a - mim
    (4.º) on - de eu - só
    (5.º) te - nho a - mim

E, se notarmos que estes anapestos são alternadamente seguidos de jambo e troqueu, compreendemos a força expressiva do hiato contido no anapesto do 2.º verso, equivalendo-se à contracção de ter-se a ele mesmo, no 5.º verso; e isto porque os jambos e troqueus sucessivos são: tro-*di*; *pôs*-se; te-*mi*; *sô*-bre — que paralelisam a alternância do curso solar e do temor do poeta.

*4.ª estrofe*

«Dentro na minha vontade / não há momento do dia / que não seja tudo terra.» Como vemos, lá dentro da vontade em que está preso, lá dentro da terra para que a dor arrasta consigo a vontade do poeta (e a ambiguidade do primeiro verso, para que signifique estas duas verificações, é patente), não há, necessariamente, um (só) momento do dia que não seja tudo terra, que não seja a preocupação fundamental que retirou o poeta à superficialidade material do eterno retorno. E o poeta, dilacerado na ambiguidade de estar dentro da vontade que está dentro dele, hesita entre dois culpados do seu estado: «ora ponho a culpa ao tempo», ao tempo que para ele não passa (precisamente porque passou), «ora a torno a pôr à noute», àquela ausência de dia, àquele ter-se posto o sol, que era a única cousa que ele mais temia. E vem então um verso de comentário, amargamente irónico: «no milhor põe-se-me o sol!». Como «no milhor»? No melhor de quê o sol se lhe pôs? E note-se que ele não diz que no melhor, no estado feliz que fora o seu, naquele dia a que ele quer mal, é que o sol se pôs. O sol *põe-se agora*. Isto é: aquele sol posto *actualiza-se*, por efeito da hesitação, que é a dele, em definir o culpado da situação em que se encontra. O passado que era um presente da memória tornou-se subitamente, graças à análise causal, um presente *real* da consciência do poeta, e o sol põe-se-lhe, quando ele estava no melhor das suas considerações sobre uma culpa *alheia*... Que ironia terrífica! No seu giro implacável, o sol-posto da vida do poeta repete o gesto de sumir-se, abandonando-o, de cada vez que ele se dá a meditar sobre uma causa que nada explica.

Tudo isto é dito com o equilíbrio rítmico de troqueus, e de anapestos e jambos (6 jambos e 4 anapestos contra 10 troqueus). O número de troqueus triplicou em relação à estrofe anterior. O número de jambos e anapestos (mantendo-se aqueles em número superior aos destes) desceu. E dois versos (seguidos) são integralmente trocaicos (como 1-1, 2-2, 2-4 e 2-6): os versos 4 e 5, premonitoriamente anunciados pelo primeiro pé, também trocaico, do primeiro verso desta estrofe (a única que assim começa como a 1.ª, e ambas como a 2.ª, em dáctilo). É que a 4.ª estrofe passa-se toda *dentro* (na minha vontade), lá onde ele *ora ponho a culpa ao tempo* (ou) *ora a torno a pôr à noute* — e são estes os troqueus da estrofe, como o *pon-se-me* intermédio do último verso. E a concentração preparatória da ironia final começa por ser colocada dentro do poeta; depois, na busca de um culpado que ele busca; e desfecha na actualização efectiva de o sol se lhe pôr...

## 5.ª estrofe

«Primeiro não haverá sol / que eu descanse na vontade.» Rodrigues Lapa (ed. cit.) interpreta assim estes dois versos: «Descansar desta minha paixão é tão impossível como deixar de haver sol.» Esta interpretação, como todas as paráfrases, é apenas aproximada. E vejamos de que modo o é. No melhor, dizia o poeta, punha-se-lhe o sol. E a ironia está claramente expressa na passagem do «melhor» ao «antes de mais nada («primeiro»)» com que esta estrofe se inicia. Porque ela resulta, expressamente, de não haver sol que o poeta descanse na vontade. *A inversão da frase, a que obriga a rigidez da repetição das palavras finais, implica, porém, uma riqueza de sentido muito superior à da simples paráfrase.* O poeta afirma: nenhum sol existe que ele possa descansar na vontade. E não afirma que o giro solar é um termo de comparação, na sua eterna persistência, para a persistência, para a persistência da sua «vontade». O sol é algo que ele *não pode* descansar na sua própria vontade. E não, é claro, o que seria absurdo, algo que ele não comanda; mas algo que, na vontade dele, *não deveria* pôr-se nunca, ao contrário do que fez logo no início da 1.ª estrofe. E que assim é, adentro do seu próprio espírito de poeta, logo ele o esclarece: «Põe-se-me ua escura noute / sôbre a lembrança de um dia...» (o grau do *pôr* ascende, porque é, agora, o da noite que resultou de o sol se *lhe* ter posto). E comenta: «Inda mal porque houve tempo / e porque tudo foi terra.» O ter havido tempo e o tudo ter sido terra é que lhe merecem o «inda mal» com que os comenta. Por que? Porque, como vimos, a dor lhe aterrou tudo, e porque, «per tempo», «tôdalas cousas passam», e ele ficou simultaneamente no nada que não passa, com o tudo que se lhe escapa.

O primeiro verso da 5.ª estrofe é o único verso puramente jâmbico de todo o poema [12]. Mas logo é seguido por três versos com troqueus (um dos quais, o 3.º, é o último verso inteiramente trocaico dos sete que o poema contém). A estes três versos, sucedem-se os dois finais da estrofe, anapéstico-jâmbicos, que prenunciam a atmosfera predominantemente jâmbica da última estrofe. Qual a razão daquela acumulação de jambos, a que logo se seguirá uma acumulação de troqueus (nada menos de sete, com um anapesto entre o 2.º e o 3.º)?

Pri - *mei* / ro - *não* / ha - *ve* / rá - *sol*

---

[12] Este verso levanta curiosos problemas, que mostram a inanidade de «corrigir» versos dos grandes autores. Com efeito, como heptassílabo, está *errado*. Para que o não estivesse, necessário seria supor-se que Bernardim Ribeiro elidia o *e* de *haverá*, e lia *hav'rá*. É um tipo de elisão que não concorda com a prosódia do tempo, e tal como cristalizou nas áreas periféricas actuais da língua portuguesa. E, por outro lado, basta examinar o que Bernardim fez com os outros cinco versos da sextina, que terminam igualmente pela palavra *sol*. Todos eles, como este em causa, têm rigorosamente *oito* sílabas; e oito sílabas é que, pela metrificação da época, Bernardim devia contar... e contou. De modo que o verso não está errado, mas certo. Note-se que ele é jâmbico, segundo as tolerâncias autorizadas pela métrica clássica, que permite aliviar a acentuação de uma sílaba acentuada, contígua a outra que o deva ser (é o caso da sílaba *há*, antes de *sol*). A metrificação «românica» oferece, aliás, inúmeros casos de análoga resolução rítmico-prosódica.

Eis o que é indicativo da posição ambígua desta 5.ª estrofe, em que se altera e, ao mesmo tempo, se reconstitui a ordem natural... Leiamos de trás para diante este verso: «Sol haverá não primeiro.» O sentido não se alterou, a não ser em que a ordem das palavras não é indiferente numa análise de sentido, que, acima de tudo, deve respeitá-la. Mas trata-se, agora, de um caso muito especial, porque *primeiro* coincide com *sol* e *não haverá* é o mesmo que *haverá não*. Antes de mais nada, não haverá sol. Não há sol algum que o poeta descanse na vontade. O sol é o «primeiro» que não há; tal como não há «primeiro» que sol seja. A ordem inversa das palavras é predominantemente trocaica. De modo que a sequência jâmbica, invertendo o tom geral, marca categoricamente a circunstância de que, afinal, tudo depende: e é a sequência trocaica (com a interrupção anapéstica de «na vontade») que se suspende na 2.ª sílaba do 4.º verso, ante a cisão entre a actualização do movimento do sol pondo-se, e a desactualização teimosa que a memória implica (lembrança de um dia...). «Inda mal» — e a sequência jâmbico-anapéstica prolonga-se no juízo que avalia do que houve e do que foi.

## 6.ª *estrofe*

«Haver de ser tudo terra / quanto há debaixo do sol», isto é, tudo ser ou acabar por ser a terra em que, em si mesmo, o poeta é forçado a mergulhar; o não haver neste mundo, «debaixo do sol», exactamente como acontecia «debaixo minha vontade», nada que escape à extinção total (como se o «aterrar» constante que a dor provoca fosse a metamorfose gradual do vivo em morto, do ser em terra a que regressa), eis o que o «descansa», apesar de não haver sol que o descanse, como ele tinha dito. «Porque o tempo / / me vingará da vontade.» Isto é: tal como «tudo foi terra», e, quanto mais terra for, mais o descansa, assim o haver tempo contribui decisivamente para essa transformação final que é a paz da morte conquistada. E é o que reiteram, não desesperadamente, mas vitoriosamente, os dois versos finais: «se não que antes deste dia / há-de passar tanta noute». Qual «êste dia»? O da libertação. «Há-de passar tanta noute...» — há-de haver tantas noutes de angústia, noutes de desespêro, a inexorável passagem repetitiva da solidão dorida, tanta *noche oscura* da alma. E quantas mais houver, tanto melhor o tempo vingará o poeta, tanto melhor este será a terra em que dormirá tranquilo.

O genial sentido desta estrofe que coroa o que poderia parecer um exercício hábil, praticado com uma forma especificamente de mestria, é altamente significativo da concepção do mundo, que aflora em toda a obra — tão curiosamente indiferente em matéria de religião — de Bernardim Ribeiro. Não há apelos à imortalidade, não há confiança num transcendentalismo compensador, não há nada *fora* da própria *consciência poética* que se torna, ela mesma, uma *consciência ética*. A vida é algo que vivemos para a morte; e tanto mais dignamente caminhamos para esse fim fatal, quanto melhor nos vingarmos da própria vontade de viver, quanto melhor assumirmos a nossa própria dor que na vida nos mergulha. E o tão celebrado comprazimento sentimental de Bernardim Ribeiro transforma-se, assim, numa ética, que será obsessiva e melancólica, mas é também uma aceitação heróica dos limites humanos. Isto ainda hoje basta, se plenamente assumido sem cautelas, para endoidecer qualquer pessoa. Que diremos do século XVI? É o que magnificamente é dado pela acuidade das variações do ritmo, nesta 6.ª estrofe. Os troqueus vinham descendo de número: 10 na 4.ª, 7 na 5.ª; e são agora 5, o valor mais baixo, com excepção da tão jâmbico-anapéstica 3.ª estrofe. Os anapestos, que eram 6 na 3.ª, são 4 nas três últimas estrofes. Mas os jambos têm, na 6.ª, a sua maior concentração (11): superior, ainda que pouco, às mais altas (1.ª e 3.ª, com 10). A partir da 4.ª estrofe, em que há equilíbrio de jambo e anapestos, em face dos troqueus (j+a= =t=10), acentua-se, estrofe a estrofe, o predomínio de j+a sobre t, e, em j+a, o de j. A sextina caminha para a sua resolução final, para a pacificação contraditória (sublinhada pelos troqueus com que o poema termina: *há*-de / *tan*-ta / *nou*-te). Com efeito:

|          | 4.ª  | 5.ª  | 6.ª  |
|----------|------|------|------|
| $\dfrac{j}{a}$     | 1,50 | 2,25 | 2,25 |
| $\dfrac{j+a}{t}$   | 1,00 | 1,85 | 3,00 |

Os cinco únicos troqueus da estrofe formam a metade do 1.º verso e do último, e o início deste último: «tudo terra» e «tanta noute»; e «há-de». Precisamente os dois pólos, entre os quais se estabelece, no inenarrável desespero, a triunfal superação da vida perdida e ganha. Entre esses dois pólos, a simetria rítmica dos quatro versos intermédios, é perfeita. De facto, não só eles são ternários entre dois versos quaternários, como os pés que os formam se agrupam simetricamente

2 j - 2 a - 4 j - 2 a - 2 j

— em relação ao centro da estrofe. Após esta simetria (que é a do tempo vingando-o da vontade), apenas resta o «allegro» final do último verso, para encerrar-se a medonha experiência, que o poeta fez, de significar o seu destino em *sextina*, uma sextina que é, toda ela, uma única metáfora rigidamente travada no esquema de Arnaut Daniel.


5 — ESTROFE TRANSPOSTA

Analisada que foi a gloriosa sextina, pela sua ordenação exotérica, vejamos em que o sentido nos é esclarecido, se a 5.ª estrofe passar a ser a 3.ª.

Se a consideração de não haver sol que o poeta descanse na vontade, e de se lhe ter posto uma escura noite sobre a lembrança daquele dia em que se lhe apagou a falsa luz do mundo, for posposta à informação de que, «dia e noute», o poeta «cuida»; e se anteceder, assim, o «mal querer» que «um só dia» lhe merece — verificaremos que os cuidados do poeta se identificam com a lembrança que o obsidia. E, como o resto da 5.ª estrofe transposta associa a ideia de «mal» ao haver tempo e ao ser tudo terra, entenderemos como, para ele, o tempo é profundamente interior, uma *vivência*, e como tudo o que no espírito se passa é a *outra face* dessa vivência que o tempo é. E descobriremos que, para o poeta, o mal, longe de ser apenas, como primeiro víramos, o ficar no nada que não passa, com o tudo que se lhe escapa, é a própria *essência da vida humana*, essa vida que é «tempo» e «terra»; e é, assim, algo cuja acumulação (reiterada no «mal querer per um só dia / a todo outro dia e tempo») dá sentido à vingança que é viver. Este sentido, tornado exotérico, não abona em favor do cristianismo de Bernardim Ribeiro. Mas também vai contra o judaísmo oculto que se quis ver nele [13]. É, fundamentalmente, um dualismo [14] em que um Deus, com o qual não há

---

[13] José Teixeira Rego — *Estudos e Controvérsias*, 2.ª série, Porto, 1931.
[14] No nosso *Ensaio de Uma Tipologia Literária* (*Revista de Letras*, n.º 1, Assis, 1960) e *Dialécticas da Literatura*, 1973, 2.ª ed., *Dialécticas Teóricas da Literatura*, 1977) dissemos que o dualismo, como concepção do mundo, se definia em função dos planos de análise da *vidência* e da *vivência*, quando um poeta era *egovidente* e de *vivência transcendente*. Foi o que, nesse mesmo «ensaio», exemplificámos com Camões. A comparação de Bernardim Ribeiro com Camões levar-nos-ia muito mais longe do que cabe numa breve nota esclarecedora; e está de resto aflorada no nosso ensaio *O Poeta Bernardim Ribeiro*, citado em nota anterior. Aqui apenas cabe responder à pergunta: se, como é dito no texto desta análise da sextina extraordinária, não há, em Bernardim, «confiança nesse transcendentalismo compensador», que espécie de vivência *transcendente* será a sua, já que, nos nossos termos, a concepção dualista, em sua configuração estética, implica esse tipo de vivência? O não haver nada fora da própria consciência poética tornada consciência ética, eis o que não implica uma vivência imanente, em que o poeta se veja como hipóstase expressiva na racionalidade superestrutural, e não como mediador entre uma escala de entes «superiores». O carácter mediador da poesia de Bernardim é patente, e tê-lo-á ficado mais, na análise que fizemos. Seria confundirmos a *vivência* com a *sageza*, e tomarmos expressamente transcendentalismo por sageza de salvação, que essa não existe em Bernardim, aquisitivamente empenhado numa sabedoria para a morte, e comprazendo-se nela. Que não existe imanentismo, mas transcendentalismo, nele, cumpre-nos reconhecê-lo, após aquela distinção, notando que, se nada há fora da consciência poética, é precisamente porque, para Bernardim, esta é vivida transcendentalmente, como algo que reflecte a própria natureza contraditória de um universo, para o qual não há outra expressão senão

Graça que nos faça comunicar, contém em si, indiversificados, o Bem e o Mal. E estes, na consciência, apenas se diversificam segundo a assunção que deles fizermos para aceitação de um mal de que ninguém nos livra. Aquelas bandas da Provença, onde se inventaram sextinas, não há dúvida de que mereciam fogueira... O drama de Bernardim Ribeiro, escrevendo quando as fogueiras se reacendiam por toda a parte [15],

a que a poesia — mediadora entre o superior e o inferior, que o poeta deliberadamente ignora — lhe dá. Bernardim toma o partido de fechar-se na ignorância do que esteja para *além*, mas o carácter terrível da sua solidão absoluta resulta precisamente de que, em termos da concepção religiosa que era a do seu tempo, a transcendência *existia*, e como algo que tinha força para destruir o poeta na sua própria consciência. Poeta da mais lúcida análise, Bernardim é também o da incomunicabilidade trágica — as églogas são, sob este aspecto, angustiosos diálogos de surdos —, e a incomunicabilidade não é apanágio de imanentistas, mas de transcendentalistas que se amputem da transcendência. Mediador entre o ser e o nada, entre a consciência e a expressão, entre o eu que vive e o eu que se reflecte, entre o supramundo que deliberadamente ignora e o inframundo que o ignora a ele, Bernardim vive na transcendência como no inferno — e é essa uma das características que fazem dele uma das mais excepcionais personalidades poéticas da língua portuguesa. A tal ponto *personalidade*, que o «novo» espírito não o interessou em elegia, em soneto, em canção; e que os pastores das suas églogas meditam em redondilha menor, e não no hendecassílabo da mais ilustre lição italiana. O verso de 7 sílabas era o da sua respiração entrecortada e fluida, o do seu pensamento denso e compacto, o da sua linguagem em que as metáforas não cabem. Aliás, a este respeito, Bernardim seguia muito pessoalmente o exemplo do *Cancionero* de Juan del Encina, que, publicado em 1496, tivera um êxito retumbante (mais seis edições sempre ampliadas nos vinte anos seguintes), e no qual se incluíam as célebres «églogas dramáticas», em *linguagem pastoril*, que inspiraram igualmente, mas noutro rumo, Gil Vicente. A vida de Encina, que coincide, mais ou menos, com a do dramaturgo português, pertence a uma geração separada por quinze anos da — provavelmente — de Bernardim Ribeiro.

[15] Esta metáfora ou símile, reportada à «pax manuelina» de que falámos primeiro, exige algumas precisões. A Inquisição eclesiástica, como alçada especial e de directa obediência a Roma, ou a um bispo delegado, conhecera-a largamente toda a Idade Média, para os crimes de heresia. Em Portugal, há neste

é o de ter posto a fogueira em si mesmo. Não nos custa a crer que aí tenha ardido, na solidão terrífica de que, como raros poetas portugueses, tão nobremente falou sempre.

Araraquara, São Paulo, Julho-Agosto de 1962.

sentido, notícia de inquisidores portugueses na segunda metade do século XIV, nos reinados de D. Fernando I e de D. João I. A Inquisição de Estado — teoricamente subordinada ao rei, e, na verdade, não prestando contas nem ao Papa — apareceu em Espanha, a pedido dos Reis Católicos, em 1478. O nosso D. Manuel I, em 1515, numa extensão do mesmo espírito, e talvez para corresponder às pressões de uma opinião pública já fanatizada, solicitara-a já. Em 1506, precisamente quando se conjectura que Bernardim chegara à capital, haviam irrompido terríveis tumultos em Lisboa, em que é de supor que a população manejada por agitadores chacinou, nos três dias que eles duraram, cerca de três mil judeus (as crónicas portuguesas oficiais calculam modestamente dois mil, e as alegações dos cristãos-novos, apresentadas ao Papa Paulo III, quando eles lutavam em Roma contra a concessão do Santo Ofício à corte de D. João III, queixam-se de que haviam sido mortos quatro mil). As negociações entre Lisboa e Roma, iniciadas em 1531, não se concluíram quando o Papa cedeu em 1536, porque a bula papal não dava satisfação aos intolerantes, à frente dos quais estava o Cardeal-Infante D. Henrique, nomeado inquisidor-mor em 1539, e que veio a ser o último rei da dinastia de Avis. As novas negociações — e, entretanto, o Santo Ofício ia sendo instalado em Évora (1536), Lisboa (1537), Porto, Coimbra e Lamego (1541), e Tomar (1543) — foram coroadas do êxito desejado, em 1547. Se, em 1548, o rei D. João III fazia publicar o perdão geral (e retroactivo) dos cristãos novos, contrariando os desejos do mano inquisidor, não menos as denúncias feitas pelos zelosos ao Tribunal datavam, parece, logo de 1537; e, antes de 1548, já houvera autos-de-fé com fogueira e tudo. Bernardim Ribeiro terá morrido em 1552, no ano em que foi aprovado o *Regimento* interno da Inquisição. Tudo isto é de recordar, não para que, na hipótese incomprovada de Bernardim ser cristão-novo, se imagine que ele teria endoidecido (se é que era ele...) da angústia de temer-se queimado, mas para ser bem compreensível que a atmosfera política da Península era, durante a vida dele, favorável à intolerância anti-semita que se ampliava aos protestantismos que se difundiam pela Europa, no segundo quartel do século XVI. Mas a intolerância religiosa (que era uma intolerância política) foi expediente comum a todas as oligarquias, a partir dos meados

*NOTA à nota 10* — Quando em 1963 estava em últimas provas este estudo, chegou às mãos do autor a importante comunicação de Celso Cunha ao IX Congresso Internacional de Linguística Românica, realizado em 1959, «A linguagem poética portuguesa na primeira metade do século XVI: hiato, sinalefa e elisão nas églogas de Bernardim Ribeiro e no *Crisfal*», nesse ano de 1963 inserta no volume *Língua e Verzo* do mesmo filólogo, e em que a investigação daqueles fenómenos fonético-rítmicos

daquele século. Isabel I de Inglaterra não deixou de ser a «Gloriana» dos seus anglicanos poetas, por ter queimado, em média anual do seu longo reinado, em defesa do anglicanismo estatal, uns oito católicos por ano, o que é sensivelmente a média — para judeus, heréticos, etc. — da Inquisição portuguesa, nos dois séculos seguintes à sua introdução no país. Com efeito, até 1732 (e por um cômputo provavelmente determinado pelo rei D. João V), o Santo Ofício queimou, só no continente português, mil e quinhentos dos vinte e quatro mil presos que, nesse período, terão passado pelos seus cárceres metropolitanos. As populações não repudiavam esses tristes espectáculos, para os quais disputavam de véspera os lugares (Cf. Sampaio Bruno, *O Encoberto*, Porto, 1904, onde se transcreve o testemunho de um viajante). Enquadradas numa intolerância primária e suspeitosa, que servia os interesses oligárquicos, não seriam elas quem guardaria reservas da tolerância renascentista que ia desaparecendo — por entusiasmo, adesão, indiferença, cautela ou artifício — nas classes cultas. A «pax manuelina», fortificada em meados do século XVI pela Inquisição e pelo monopólio educacional dos jesuítas, oferecia uma paz interna (e todos os países temiam os horrores das guerras de religião, em que D. João III recusou envolver-se) que quem não tinha apetites de liberdade de consciência, de bom grado comprava pela da consciência dos outros. É a aguda noção ética desta situação o que se reflecte premonitoriamente no dualismo espiritual de Bernardim, em quem uma das probabilisticamente possíveis concepções típicas do mundo se torna uma vivência existencial do que, em breve, seria uma plena vivência social, e que, na segunda metade do século, reverteria, na literatura, a um espiritualismo esteticista e laico (que ele já apontara), adicionado, porém, de uma visão idealizante das «virtudes antigas» (que Sá de Miranda já valorizara).

foi feita — como havíamos desejado que viesse a sê-lo, em face do citado ensaio anterior de Celso Cunha — para as seis églogas. O cálculo apresentado, na comunicação, para a determinação da incidência daqueles fenómenos, é apenas porcentual. Celso Cunha declara, em conclusão do inquérito a que procedeu, que, ao contrário do que tem sido afirmado, «a métrica do Crisfal não é mais adiantada e perfeita que a de Bernardim. Cristóvão Falcão adopta ainda o sistema de contagem silábica dos poetas do *Cancioneiro Geral*; é com Bernardim Ribeiro que a linguagem poética decididamente caminha para a iodização (ou elisão) sistemática (...). A Écloga II (*Jano e Franco*) já documenta, praticamente, a norma a que obedeceu Camões». A seguir, C. Cunha diz: «a precedência, geralmente aceita, das églogas de Bernardim sobre o *Crisfal* deve ser posta sob caução, pois esta representa, sem dúvida, um estágio linguístico anterior», comparada com as de Bernardim, à excepção da III (*Silvestre e Amador*); e, após acentuar como «o problema da cronologia das églogas de Bernardim pode ser melhor esclarecido pela análise dos factos linguísticos e métricos ocorrentes», sugere que a ordem da edição de Ferrara não será a da composição (como, acentuemo-lo, tem sido mais ou menos tacitamente considerada por todos os estudiosos), «sendo de supor que a III e a V sejam as mais antigas, e a IV e a II as mais modernas».

Em crítica externa, é de notar que a égloga III foi precisamente a que teve uma prévia edição avulsa que mencionamos (e que — informa Carolina Michaëlis no n.º 10, Março de 1890, da revista *Círculo Camoneano*, e mais ampliadamente na sua introdução à publicação diplomática da edição de Ferrara — é seguida, no folheto, pelo velho romance *«Oh Belerma»*, por uma trova glosada por Boscán — e cujo mote não é de Boscán, ao contrário do que terá suposto Camões, quando o glosou, mas de Fr. João Manuel, filho bastardo do nosso rei D. Duarte, ou de Jorge Manrique —, e por um soneto de Garcilaso, que, para caber nas duas colunas de composição tipográfica do folheto, está impresso como se fosse em 28 versos). Este facto, sobretudo se atentarmos em que um fragmento da mesma égloga foi publicado no *Cancioneiro Geral* (C. Michaëlis, ed. cit., vol. I, p. 167), de certo modo confirma a anterioridade desta égloga em relação às outras. O *Crisfal* teve igualmente publicação avulsa, como a égloga III de Bernardim, e coeva desta de *Silvestre e Amador* — ambos os folhetos impressos por Germain Gaillard cerca de 1536, ao que se presume desta data gravada numa das colunas ornamentais do frontispício comum aos dois e a outras edições do mesmo impressor, cuja data é essa. Carolina Michaëlis alegou, com razão, que o aproveitamento das gravuras não prova que a data não seja tardia; mas os seus argumentos para a fixação de uma data ulterior são menos concludentes. Por incluir poemas de Garcilaso e de Boscán, o folheto não seria anterior a 1543, quando foram publicadas, em volume póstumo, as obras de ambos, que tiveram reedição lisboeta no mesmo ano. Mas, numa época em que — e ninguém o saberia melhor que C. Michaëlis, compulsadora de tanto «cancioneiro de mão», que não publicou — os poetas circulavam manuscritos, a razão não colhe. E é muito lógico supor que a publicação do folheto, inserindo Garcilaso e Boscán, veio corresponder a uma curiosidade que foi depois satisfeita pelo aparecimento das obras completas em volume.

Que a égloga de Bernardim tenha sido acrescentada de poemas dos fundadores castelhanos do novo estilo, eis o que contribui para reiterar esta interpretação, e para notar-se que a égloga de Bernardim era tida como uma composição «modernista». Já a outra data extrema que Carolina Michaëlis propõe — 1547 — seria mais plausível, embora resulte de atribuição «precisa» de data a uma das cartas em prosa, de Camões, e há, para essa carta («Esta vai com a candeia na mão...»), pelo menos quatro datas imensamente «precisas», oscilando entre 1546 e 1550...

Em crítica interna da forma externa daquelas seis églogas, e feito o cômputo estatístico e comparativo das diversas percentagens que, por fenómeno fonético-rítmico e por égloga, Celso Cunha apresenta, parece-nos possível esclarecer — e a minúcia justificativa não cabe aqui — um pouco mais o problema. A égloga III de Bernardim — e é pena que Celso Cunha não tenha estendido as suas verificações, comparativamente, ao texto dos folhetos existentes na Biblioteca Nacional de Lisboa — será posterior efectivamente ao *Crisfal*, mas quase sua contemporânea. A égloga V será a seguinte, muito distanciada daquelas duas no tempo (pelo menos quanto à forma da edição de Ferrara), mas imediatamente anterior às églogas I e IV, que devem ter tido composição (ou revisão) praticamente simultânea. A égloga II, tal como a conhecemos, será de facto muito mais tardia que qualquer das outras. De modo que, na dependência de um sistemático inquérito estatístico a todos os aspectos matematizáveis da forma externa e da forma interna das seis églogas, já que só a metrificação não será factor unicamente decisivo numa época ainda ortograficamente flutuante (e, no caso da edição de Ferrara, seria de verificar em que medida a ortografia dos Usques, observável na *Consolação às Tribulações de Israel*, obra que amplia à História apologética os recursos estilísticos da prosa sentimental de Bernardim, e foi publicada em 1553, naquele exílio italiano, não contaminou o texto do nosso poeta), parece que o autor de *Crisfal* não será o Cristóvão Falcão *trinta* anos mais novo que Bernardim, como tem sido correntemente admitido.

Não repetimos, para os 36 versos da sextina, o cálculo porcentual dos supracitados fenómenos a cujo estudo se entregou em tão boa hora Celso Cunha (ainda que os tenhamos mencionado, quando se verificam), porquanto esse número de versos, tomados isoladamente, não constitui amostragem suficiente para comparação, nesse plano, com as éclogas, cuja extensão média (488 versos) é treze vezes e meia maior.

Quanto à extensão das éclogas, em correlação com a hipotética ordem de composição que indicamos, é curioso observar que a primeira e a última são de igual extensão (a écloga III com 530 versos e a II com 527), que a segunda na ordem, a V, é a mais extensa de todas (682 versos), e que o par que, depois da Quinta, terá sido de composição próxima tem, cada uma, metade da extensão da mais longa (a I com 340 e a IV com 360 versos). A edição de Ferrara, com excepção para a écloga que numerou em quarto lugar, ordenou-as *da mais curta para a mais extensa*, simplesmente. E a alteração de ordem para a écloga *Jano* terá resultado apenas do facto de, integrada no lugar que a extensão crescente determinava, ela ficar antes de *Jano e Franco*, o que se prestava a confusões gráficas e textuais que os editores quiseram evitar. Estas observações por certo ajudarão a confirmar como *a ordem das éclogas, na edição de Ferrara, nada tem que ver com uma ordenação cronológica da composição delas*, que, aliás, não se vê por que razão havia de ser respeitada, ainda que fosse conhecida dos editores.

# A Poesia de António Gedeão
## (Esboço de Análise Objectiva)

(1964-1968)

A poesia de António Gedeão está reunida em três volumes, aparecidos desde 1956: *Movimento Perpétuo, Teatro do Mundo* (1958) e *Máquina do Fogo* (1961). Na data em que surgiu como poeta, já não era um jovem quem se estreava, nem uma figura desconhecida, ainda que com outro nome (o seu), no panorama da cultura portuguesa, onde se distinguia como divulgador e historiador da Ciência. Aqueles livros de um homem que rondava, ao lançar-se na triste aventura de publicar poemas, os cinquenta anos colocaram-no logo entre os melhores nomes da poesia portuguesa contemporânea, pela originalidade e pela segurança artística, e geraram um movimento de simpatia e de admiração, que não é costume formar--se assim em torno de uma estreia, ou de uma obra realizada de público em tão poucos anos.

Esta obra pode parecer que é breve. No entanto, cada um dos três livros contém 30 poemas. E os 90 poemas, num total de cerca de 2800 versos, constituem um conjunto assaz numeroso, uma produção de dimensões respeitáveis, quando com muito menos versos outros poetas têm, por justiça e direito próprio, e às vezes por inflação da crítica, grande lugar na história literária. Por outro lado, dir-se-á que uma obra que, desde o primeiro volume, vem sendo publicada há escassos oito anos, não atingiu ainda aquele distanciamento de que se organizam as «obras completas»... Mas a idade do poeta, ao estrear-se em volume, e a extensão relativa dela, uma e outra serão, com a qualidade desta poesia, garantia suficiente de que não estamos ante uma fugaz aventura literária, em que o brilho da realização artística seria até um indício da sua eventualidade. Um homem não começa a publicar livros de versos aos cinquenta anos, para brincar de poeta consigo mesmo, mas porque rompeu os muros de timidez e de orgulho, que o inibiam de mostrar-se o poeta que era. Nem toda a poesia deste mundo nasce dos apetites juvenis de ser-se notável pelo menos para algumas páginas literárias e alguns críticos atenciosos.

Geracionalmente, este poeta que veio tomar o seu lugar entre os mais, depois da «presença», do «Novo Cancioneiro», dos «Cadernos de Poesia», da «Távola Redonda», das ressurgências surrealistas, isto é, trinta anos depois da idade literária que cronologicamente lhe competia, é companheiro de Edmundo de Bettencourt (n. 1899), José Gomes Ferreira (1900), de José Régio (1901), Vitorino Nemésio (1901), António de Navarro (1902), Saúl Dias (1902), Pedro Homem de Mello (1904), Francisco Bugalho (1905), Branquinho da Fonseca (1905), Alberto de Serpa (1906), Miguel Torga (1907), Carlos Queiroz 1907), Guilherme de Faria (1907), Casais Monteiro (1908), António Pedro (1909), Manuel da Fonseca (1911). Nascido em 1906, António Gedeão situa-se a meio destes nomes. Quem diria — e será que pode dizer-se senão em termos que analisaremos — que ele é da idade aproximada de figuras que já parecem vetustas no tempo, como Bugalho, Queiroz, sobretudo Faria? E, por outro lado, quando surgiu o seu primeiro livro, já Álvaro Feijó vivera e morrera (1916-1941), e José Blanc de Portugal (1914), Joaquim Namorado (1914), Tomaz Kim (1915), Ruy Cinatti (1915), o autor deste prefácio (1919), Sophia de Mello Breyner Andresen (1919), Sidónio Muralha (1920), Natércia Freire (1920), Carlos de Oliveira (1921), Eugénio de Andrade (1923), para citar alguns dos poetas ulteriores, tinham, em geral, mais de quinze anos de versos publicados.

Esta sucinta situação cronológica ajuda-nos no entanto a compreender a posição que António Gedeão veio ocupar, e mesmo nos dilucidará algumas das razões que fizeram, equivocadamente, o êxito justíssimo que a sua poesia obteve. Com efeito, primeiro publicado em 1956, quando estavam grupalmente extintos todos os movimentos do 2.º quartel do século, e a maior parte dos poetas prosseguia individualmente o seu caminho (ou desconsoladamente persistia nele), ele constituiu uma «novidade» sobre a qual todos se lançaram vorazmente. Ali estava um poeta novo e diferente, quando os outros, porque vinham existindo, se pareciam todos mais ou menos consigo próprios, e, nas raivosas oposições surdas, tinham destruído uns aos outros as possibilidades de académica consagração, em que as gerações anteriores, mais instaladas numa vida literária mais diletantesca, haviam sido mais prudentes. E, no esgotamento da virulência estética do Modernismo, em que, sem as vantagens da consagração, o academismo se instalara, era agradabilíssimo e consolador encontrar-se, para aclamar sem compromissos, um poeta que parecia reunir as vantagens de humor insólito do modernismo escolar, com as formulações rítmico--imagéticas tradicionais. Encantados, todos cevaram nele as suas apetências de reaccionarismo estético, reprimidas pela decência da ética modernista que exigia, sem quartel, o maçante esforço de todo o mundo ser diferente de todo o mundo (no que todo o mundo acabou singularmente igual a todo o mundo). Assim, apreciou-se, neste poeta, como novo, aquilo que ele afinal partilhava com muitos dos seus companheiros de idade, qual era um subtil compromisso entre a libertação modernista e os esquemas tradicionais, como fora o caso de Régio, Botto, Homem de Mello, Bugalho, Queiroz, poetas que haviam representado o esteticismo que evoluíra dentro ou paralelamente ao Modernismo, e já que, sob certos aspectos formais, e no mais amplo sentido desta expressão, estes e outros poetas (como, por interiormente a certas liberdades métricas, nem sempre fora o caso de Serpa) constituíram uma regressão discreta — nem sempre — em relação ao que Fernando Pessoa, Almada e Sá-Carneiro, precedidos por algum Ângelo de Lima, tinham sido contra a tradição romântica de um lirismo pequeno-burguês, que se escondeu, e ainda esconde, nas mais «aventurosas» e modernísticas imprecações. E, ao apreciar-se como novo o que o não era, mas do tempo a que ele apesar de tudo pertencia, parece que se não notou devidamente como ele trazia nos seus versos outros pressupostos culturais que eram incompatíveis com os da maioria dos poetas que nomeámos, literatos até à medula, ainda quando notáveis. Porque a grande novidade era uma visão do mundo, em termos de cultura científica actual, coisa que sempre fora de bom tom literário que as pessoas escondessem, se acaso possuíam algo de semelhante. Mas o que, em geral, acontecera sempre (independentemente de certas atitudes pseudocientíficas do fim do século XIX) era que, na linguagem e na sensibilidade dos fazedores de versos, o mundo continuava a ser regido por uma cosmologia ptolomaica de tópicos imemoriais, por uma física antegalilaica, umas ciências naturais que envergonhariam quiçá o próprio Plínio, mesmo quando, pelas profissões que exerciam, esses senhores tivessem obrigação de saber que o mundo não era assim. O tremendo mal do nosso tempo, que é a cisão entre uma cultura literária que se pretende largamente humanística e é apenas uma forma organizada de ignorância do mundo em que vivemos, e uma cultura científica que não sabe sequer da existência dos valores estéticos que dão humano sentido à vida, esse mal não favorece o entendimento de um poeta como António Gedeão. E ele mesmo, não procurando uma expressão rítmica que se afaste dos metros mais populares e tradicionais, não contribui para que se veja o quanto de outra coisa se difunde nas suas redondilhas. Se ele falasse de instrumentos de física, de reacções químicas, de classificações biológicas, com a mesma inconsciência com que o futurismo e seus prolongamentos usaram dessas palavras porque eram estranhas (a quem as ouvira no liceu apenas) e porque cheiravam à gasolina da modernidade, e as espalhasse por metrificações arrevesadas, tenho para mim que a reserva ante a sua obra seria muito grande. Na verdade, o tempo passou dessas abstrusidades ingénuas, sem que tenha vindo o de serem entendidas no seu verdadeiro valor e sentido, quando conscientes.

Posto este intróito, destinado a esclarecer a posição de António Gedeão nos tempos a que pertence pela idade e pela publicação dos seus livros, passemos a observar concretamente as características da sua poesia. Não o faremos, porém, nos moldes do ensaísmo de que já temos dado suficientes provas, nem tão-pouco no do pedantismo que hoje se difunde entre os pseudoliteratos que querem dar-se ares de sumamente actualizados em matérias de crítica literária. Não substituiremos o brilho notoriamente inteligente das nossas capacidades congeminativas, pelas fáceis possibilidades de aterrar os leigos com terminologias angustiosas, e com divagações sobre ontologias estéticas não menos aflitivas. Pura e simplesmente, verificaremos, na medida do possível, aquelas características, através do rigoroso levantamento de algumas delas, para que objectivamente elas fiquem patentes ao leitor interessado. Cremos que passou já o tempo de sermos inteligentes por conta alheia, e chegou o de o sermos por conta própria, aritmeticamente falando. Se alguns literatos mais virginais se horrorizarem com a aparição de percentagens, aqui se lhes lembra que essas coisas são exactamente as mesmas que eles, às horas em que não são literatos, manejam, nos juros que pagam, quando são pobres, ou que cobram, quando são ricos. Não há diferença nenhuma.

Dissemos que, nos três livros de Gedeão, havia 90 poemas, trinta em cada. Por certo, esta medida, rigorosamente repetida de livro para livro, corresponde à extensão que o autor considera ideal para um livro de poemas seus. E, se falamos em poemas e não em versos é porque, como veremos, o número total de versos por livro está muito longe de ser o mesmo em todos eles. O primeiro livro é muito menos extenso que a média, o segundo é-o muito mais, e o terceiro é o que se aproxima dela, como se o poeta estivesse procurando, por tentativas, uma relação ideal entre a extensão dos seus poemas e a dos seus livros. O que nos mostra como a poesia de Gedeão tem, muito mais do que parece, um carácter calculadamente experimental.

Estabeleçamos um pequeno quadro em que estes dados apareçam sumarizados cotejadamente, segundo o número total de versos por livro, o número de poemas, e o número de versos por poema.

| Livro | Número de versos | Número de poemas | Versos/poema |
|---|---|---|---|
| MP | 613 | 30 | 20,4 |
| TM | 1217 | 30 | 40,6 |
| MF | 949 | 30 | 31,6 |
| Total | 2779 | 90 | 30,9 |

Como deste quadro se vê (e a amostragem comparativa é perfeita, porquanto cada livro tem o mesmo número de poemas), o primeiro livro era o mais breve na extensão total, sendo também mais breves os poemas que o compunham. Estas extensões duplicam no segundo livro. E, no terceiro, caem para valores que são médios entre os dos dois primeiros livros. A tal ponto o terceiro livro é «médio», sob este aspecto, que a média geral, correspondente ao total, dá, para este e para a terceira colectânea, valores sensivelmente iguais de versos por poema.

Não esqueçamos, porém, que estas observações se reportam aos livros, cada um em conjunto, e ao somatório dos três. Vejamos o que se passa discriminadamente em cada um. Quanto a número de versos, no primeiro dos volumes os poemas variam de 6 versos até 48, distribuídos por 20 extensões diversas. Mas, acima de 24 versos inclusive, nenhuma extensão conta com mais de um poema; e 16 versos, com quatro poemas, pode dizer-se que é a extensão predilecta, se isso é possível de considerar-se numa tão grande dispersão extensiva. No segundo livro, as extensões diversas, que são 23, variam desde 12 versos a 108, não havendo nenhuma com três poemas. Isto é, na segunda colectânea, a dispersão extensiva é total. No terceiro, temos semelhantemente 22 extensões diferentes, que vão de 4 a 92 versos, havendo uma extensão predilecta que é 20 versos, com quatro poemas.

Sendo assim, observa-se que, internamente a cada livro, e na variação individual da extensão dos poemas, encontramos o reflexo do que as médias nos haviam apontado. Mas juntemos num quadro comparativo os máximos e mínimos, bem como o número de extensões diferentes:

| Livros | Extensão dos poemas | Mínimo | Máximo |
|---|---|---|---|
| MP | 20 | 6 | 48 |
| TM | 23 | 12 | 108 |
| MF | 22 | 4 | 92 |

Este quadro torna claro que, para 30 poemas em cada livro, as diversas extensões têm uma escala de variação de igual nível, sendo em todos eles muito poucos os poemas de extensão idêntica. Note-se ainda como, do primeiro para o segundo livro, as extensões mínima e máxima duplicam, em sinal de que o experimentalismo do poeta, nesta última colectânea, ensaia poemas de fôlego duplo da primeira, como já na média havíamos visto que acontecia. Mas a média que é procurada no terceiro volume não é obtida por redução do número de variações extensivas, nem por colocação delas adentro de limites extremos que sejam médias dos anteriores. Na verdade, o limite mínimo do terceiro livro é o mínimo dos três, e o máximo está acima da média dos máximos que seria 82.

Em resumo geral dos três livros, os 90 poemas têm extensões que variam entre 4 e 108 versos por poema, e há, para eles, descontadas as coincidências extensivas, 45 extensões diferentes entre aqueles limites extremos. No entanto, segundo o quadro geral que, por muito vasto, não transcrevemos aqui, 40 dos poemas têm extensões entre 8 versos e 24 versos, sendo perfeitamente excepcionais as extensões acima de 80 versos, e abaixo de 8. Como se depreenderá facilmente, apesar de o poeta experimentar dimensões tão diversas e numerosas, todavia ele se fixa, para 44 % dos seus poemas, em extensões cujos valores extremos são aproximadamente a média dos limites mínimos dos três livros, para o valor mínimo, e metade do menor dos máximos, para o valor máximo. Significa isto que, independentemente do sucesso que possa encontrar em poemas longos, ou brevíssimos, o poeta se sente mais à vontade em dimensões cuja média ponderada é:

$$\frac{5 \text{ p} \times 8 \text{ v} + 4 \text{ p} \times 12 \text{ v} + 5 \text{ p} \times 16 \text{ v} + 6 \text{ p} \times 17 \text{ v} + 7 \text{ p} \times 20 \text{ v} + 6 \text{ p} \times 24 \text{ v}}{5+4+5+6+7+6}$$

— fracção que, feitas as contas, dá 16 versos/poema, ou seja sensivelmente metade do que nos dá a média global dos 90 poemas, o que não é para admirar, já que estes 16 versos médios se referem a 44 % deles.

Até aqui tratámos dos versos por poema, para ajuizarmos da extensão mais habitual ao poeta, sem nos interrogarmos sobre a extensão silábica dos seus versos. É evidente que um poema de muitos versos curtos será silabicamente mais breve que um poema de menos versos longos que somem maior número de sílabas. Mas o que caracteriza o verso como entidade autónoma é, antes de mais, a sua existência como unidade básica, rítmico-semântica, de um poema. Se um poema é feito de versos de medida curta, não menos eles que outros versos de medida longa, noutro poema, constituem as unidades sucessivas, com que o poema é uma *construção de sentido*. Porque se o escritor não quisesse que o fossem, ou a sua intuição lhe tivesse sugerido o *continuum* rítmico-semântico da prosa, por certo não os teria escolhido. É, de resto, note-se bem, esta definição de verso, que temos proposto, a que melhor abrangerá o verso de métrica tradicional, o verso livre (que, segundo as nossas pesquisas, *não é* livre nos melhores poetas, mas um retorno inconsciente à métrica quantitativa das línguas clássicas, subjacente a toda e qualquer formulação rítmico-semântica), ou a prosa recortada em pedacinhos. Esta última encontra, assim, a sua justificação teorética, uma vez que, se a expressão reparte espacialmente o *continuum* da prosa, será porque, semanticamente, a construção de sentido é feita com essas unidades sucessivas.

Diz-se habitualmente, sem que isso tenha qualquer base na investigação rigorosa, que os poetas têm a sua medida predilecta, que é, no verso, o equivalente da extensão, como elemento indicador do seu tipo de fôlego. Até se diz que há medidas para as línguas... Estas últimas só terão reconhecimento possível depois de feitos levantamentos fonético-elocucionais nas mais diversas áreas da língua falada. Aquelas, as dos poetas, só serão aceitáveis, depois de, objectivamente, reconhecermos a sua frequência nas obras deles. Até lá, tudo o mais é conversa. No campo da linguagem escrita, e em especial do verso, só um cômputo geral e comparativo dos monumentos conhecidos de todas as épocas nos poderá dar indicações seguras acerca das medidas dominantes. Não é verdade que, desde sempre, o verso que hoje chamamos de sete sílabas tenha sido o dominante na nossa língua. E é curiosíssimo observar que ele se torna literário e popular (no Romanceiro, por exemplo), quando se assiste ao triunfo do verso de dez sílabas na poesia culta do século XVI [1]. Mesmo esta questão de meras sílabas não tem muito sentido, tratada assim. Porque o verso de dez sílabas que triunfa

---

[1] O que pode ser lido como versos de sete sílabas actuais (ou octossilábicos de antes da reforma de Castilho), bem como, com isso, arranjos métrico-rítmicos análogos às quadras, quintilhas, etc., da «tradição», aparece plenamente formado em livros litúrgicos da Igreja Católica, com poetas que são sobretudo dos séculos XII e XIII, como Adão de S. Vítor, S. Boaventura e S. Tomás de Aquino. As quadras de assonâncias paralelas são porém anteriores no latim cristão. Não pode dizer-se que as cantigas mais antigas dos nossos cancioneiros medievais, em que há este metro «heptassilábico» e aquelas formas estróficas, sejam anteriores à difusão desta poesia latina. Cf. Rémy de Gourmont, Le Latin Mystique, Paris, 1892 (2.ª ed.). A tese da origem litúrgica foi esposada por Rodrigues Lapa, Das origens da poesia lírica em Portugal na Idade Média, Lisboa, 1930: «O lirismo galego-português é a confirmação eloquente deste facto, vista a origem litúrgica da sua versificação, nele talvez mais do que em nenhum outro, evidente» (p. 295).

é o italiano; mas verso contável como de dez sílabas, com acentos diversos, já o havia na Península Ibérica. No caso do verso de sete sílabas, em simples análise tradicional, há pelo menos três diferentes. Mas uma análise rítmica mais profunda, como a que fizemos da sextina de Bernardim Ribeiro [1], mostra uma variedade muito maior: nos 36 versos da sua composição, Bernardim tem, diversamente, *onze* combinações rítmicas, o que significa que não há, nesse poema, apesar de curto, muitos versos que sejam ritmicamente iguais.

No caso de António Gedeão, como veremos adiante, 64 % dos seus versos, nos três livros, são de sete sílabas, o que patenteia uma decidida e fixada preferência por esta medida «popular». O restante terço do total reparte-se igualmente entre versos com menos e versos com mais de sete sílabas. E, nos cerca de 2800 versos destes três livros que examinamos, só 201 são o que pode chamar-se «irregulares» ou livres, ou sejam 7 % do total. Gedeão, portanto, pelo menos nos poemas que publicou em volume até agora, mostra, como de início havíamos insinuado, uma obediência estrita ao verso metricamente tradicional, que se cifra em 93 % deles. Nesta obediência, o domínio do verso de 7 sílabas é absoluto, o que não quer dizer que, entre os versos, não os haja de todas as medidas silábicas, desde 1 a 12 sílabas, limite último este, acima do qual considerámos «irregulares» as combinações métricas que o poeta organiza. Porque é interessante, adiante apresentamos o quadro geral das medidas, por livros e no total.

---

[1] «A Sextina e a sextina de Bernardim Ribeiro», em *Revista de Letras*, n.º 4, Assis, São Paulo, 1963, e neste volume.

| Nomes | 1 | 2 | 3 | 4 | 5 | 6 | 7 | 8 | 9 | 10 | 11 | Ir. | 12 | Tot. |
|---|---|---|---|---|---|---|---|---|---|---|---|---|---|---|
| MP | 11 | 9 | 32 | 22 | 9 | 9 | 434 | 7 | 6 | 14 | 11 | 10 | 47 | 613 |
| TM | 1 | 1 | 9 | 114 | 100 | 14 | 897 | 4 | — | 21 | 4 | 22 | 30 | 1217 |
| MF | 13 | 5 | 9 | 20 | 51 | 98 | 437 | 1 | 1 | 101 | 3 | 86 | 124 | 949 |
| Totais | 25 | 15 | 50 | 156 | 160 | 121 | 1768 | 12 | 7 | 136 | 18 | 118 | 201 | 2779 |

A observação deste quadro revela-nos algumas coisas interessantes. Se as 7 sílabas correspondem a 64 % do total de versos, é de notar que todas as outras medidas (ou «não-medidas», como é o caso da última) estão individualmente muito abaixo daquela percentagem. Com efeito, se os versos irregulares têm 7 %, sendo eles o conjunto mais elevado depois do principal, os outros grupos métricos ainda possuem percentagens menores. E é conveniente acentuar que dos versos de medida inferior a 13 sílabas, tal como os computámos, nenhum é, e poderia sê-lo, «irregular» nas acentuações métricas. É evidente, pois, que o exclusivo domínio concedido pelo poeta ao heptassílabo é acompanhado por uma corte de outras medidas, praticamente nenhuma das quais é favorita daquele grande senhor da medida rítmica. No entanto é de notar que essa corte tão variada e, ao mesmo tempo, tão insignificante pela dispersão a que está votada, tem duas classes nítidas: numa, a primeira, estão os versos irregulares, os de 5, os de 4, os de 10, os de 6, e os de 12 sílabas (assim, por ordem decrescente de quantidades globais); na segunda, figuram os de 3 sílabas, as interjeições monossilábicas, os de 11, de 2, de 8, e de 9 sílabas. Repare-se que, na primeira classe, os versos de 5 e de 4 sílabas são muitas vezes células rítmicas de um heptassílabo decomposto, e que os de 6 são-no semelhantemente de versos de 10 ou 12 sílabas. Na segunda classe, estão as medidas incompatíveis metricamente com os versos de 7 e de 10 sílabas, quais sejam os versos de 8, 9 e 11 sílabas. Incompatíveis, é claro, não no sentido de não serem associáveis, mas no de as suas células silábico--tónicas não serem equivalentes.

Transformaremos agora aquele quadro geral num quadro de percentagens, em que, para simplificarmos a nossa minúcia, nos limitaremos a considerar versos de 7 sílabas, versos de menos ou mais sílabas (8 a 12 inclusive), e versos irregulares ou livres. Será:

| Nomes | Menos de 7 | 7 sílabas | 8-12 sílabas | Irreg. |
|---|---|---|---|---|
| MP | 13 | 71 | 8 | 8 |
| TM | 20 | 74 | 3,5 | 2,5 |
| MF | 21 | 46 | 20 | 13 |
| Total | 19 | 64 | 10 | 7 |

Nos dois primeiros livros, o predomínio do verso de 7 sílabas tem o mesmo alto nível que atinge, no segundo deles, três quartas partes de todos os versos. Mesmo um ligeiro aumento do que se passava com esse verso no primeiro livro corresponde à quase total desaparição de versos de medida superior a 7 sílabas, e arrasta uma elevação da presença das medidas menores, rompendo-se o equilíbrio, entre «menos» e «mais» que 7, existente no primeiro livro, à volta do domínio da medida preferida. O terceiro livro já patenteia um estado de coisas diverso: os versos inferiores a sete mantêm o nível atingido no segundo volume; os de 8 a 12 sílabas igualam esse nível; os irregulares ascendem amplamente (dentro da escala menor que é a sua); e tudo isto 'é obtido por uma redução do predomínio heptassilábico a ²/₃ do nível dos dois livros anteriores. Chega a pensar-se num esforço do poeta para libertar-se da escravidão métrica que uma medida excessivamente predilecta (e tão mecânica como o verso de sete sílabas pode sê-lo) é susceptível de constituir, no pré-condicionamento da expressão. Note-se, no entanto, que as medidas maiores ou menores, de cada lado de sete, na medida em que se compensem quanto à sua presença, de certo modo impossibilitam essa buscada independência métrica. É o que melhor veremos, resumindo mais o quadro anterior, em apenas três colunas: menos de sete, sete e mais de sete sílabas:

| Nomes | Menos de 7 | 7 sílabas | Mais de 7 |
|---|---|---|---|
| MP | 13 | 71 | 16 |
| TM | 20 | 74 | 6 |
| MF | 21 | 46 | 33 |
| Total | 19 | 64 | 17 |

Por este quadrinho, é distinguível como o domínio do verso de sete sílabas, sobre dois grupos equivalentes de medidas que lhe são inferiores e superiores, ao ampliar-se mesmo ligeiramente, arrasta consigo um aumento das medidas menores, que lhe são afins, e quase suprime as medidas mais longas. A recíproca variação, observável no terceiro livro, confirma estas conclusões, porquanto, ao descer o domínio das sete sílabas, é a presença das medidas superiores que aumenta, mantendo-se as menores no plano atingido na colectânea anterior. Estas variações, todavia, no conjunto dos três volumes, apenas colocam o domínio heptassilábico numa predominância algo intermédia, mas não quebram o nível idêntico em que ficam as medidas menores e as maiores, cada grupo de seu lado do principal: no conjunto, o verso de sete sílabas apenas divide para reinar. A extensão deste reino ficar-nos-á patente, se somarmos numa única coluna esses dois grupos laterais:

| Nomes | 7 sílabas | Dif. de 7 |
|-------|-----------|-----------|
| MP    | 71        | 29        |
| TM    | 74        | 26        |
| MF    | 46        | 54        |
| Total | 64        | 36        |

No terceiro livro, como se vê, a coligação dos versos de medida não-heptassilábica chega a sobrepor-se a esta medida. Do ponto de vista da medida predilecta, ou de uma capacidade de variação métrica, o terceiro livro deixa-nos à beira desta interrogação: poderá uma coligação tão diversificada (porque o é de 12 aliados diferentes) vencer no futuro o forte e radicado batimento da redondilha maior? Mais claramente porém compreenderemos como tudo isto se passa, quando investigarmos a que ponto os versos de outras medidas se imiscuem ou não no território privado dos heptassílabos. É o que poderemos extrair só de um exame de como se constituem, em cada livro, os 30 poemas seus componentes, em função da presença, neles, de versos de sete sílabas.

No quadro seguinte, apresentamos, portanto, e para iniciarmos o estudo da questão, o número de poemas exclusivamente formados por heptassílabos, e a quantidade destes que lhes correspondem.

| Nomes | P. em verso de 7 | Número de versos | Versos/poema |
|---|---|---|---|
| MP | 15 | 315 | 21 |
| TM | 14 | 563 | 40 |
| MF | 10 | 357 | 36 |
| Total | 39 | 1235 | 32 |

O primeiro livro tinha, exclusivamente em versos de 7 sílabas, metade dos poemas. No segundo livro, este nível não só se mantinha, como a extensão deles, em média, era o dobro da extensão média que tinham no primeiro. No terceiro livro, o número desce para um terço do total de poemas; mas a extensão dos poemas heptassilábicos manteve o nível que tinha no segundo volume. Esta extensão está aliás próxima da média dos três livros, nos quais vemos 39 poemas (43 %) serem exclusivamente heptassilábicos.

Dados estes valores e os já conhecidos anteriormente, interessa agora verificar quantos versos de 7 sílabas andam dispersos em poemas que não são exclusivamente heptassilábicos:

MP: 434— 315=119... 19 % do total, em metade dos poemas
TM: 897— 563=334... 27 % do total, em metade dos poemas
MF: 437— 357= 80... 8 % do total, em $^1/_3$ dos poemas
Total: 1768—1235=533... 19 % do total, em 43 % dos poemas

No primeiro dos livros, como estamos vendo, a exclusividade dos versos de 7 sílabas, em metade dos poemas, é acompanhada por uma dispersão de 19 % deles nos restantes. No segundo livro, essa exclusividade, em metade dos poemas também, mas poemas de extensão dupla, é acompanhada de 27 % deles nos outros. No terceiro livro, em que vemos só um terço dos poemas ser exclusivamente heptassilábico, mas de extensão idêntica àquele «dobro» do segundo livro, a dispersão por outros poemas é de apenas 8 %. Parece, pois, poder-se concluir que o verso heptassilábico tende a confinar-se, resistentemente, em poemas cuja dimensão média anda pelos 40 versos. Que se trata de um confinamento resistente é provado pelo facto de a percentagem de dispersão, no total, ser a mesma que no primeiro livro.

Estas análises, que até aqui fizemos, mostraram-nos objectivamente como António Gedeão usa da extensão dos poemas, quais os seus limites característicos, e a especificidade da sua respiração métrica, em relação aos esquemas métricos tradicionais. Mas uma obediência ou um confinamento a esses esquemas não é apenas marcado pelas medidas do verso: é-o também, e sobretudo, pela regularidade repetida de esquemas estróficos fixos. Na verdade, uma das libertações formais do Modernismo, que muitos imaginam ter sido o versilibrismo apenas, foi a variação *ad libitum* das associações estróficas, e, nestas, de regularidades repetitivas de esquemas rímicos, quando não a supressão da consonância final. A variação das associações estróficas havia começado, em nossa literatura moderna, com algumas tentativas dos árcades setecentistas, paralelamente ao esforço que eles fizeram para a restauração e até implantação artificialíssima de rígidos esquemas estróficos «clássicos». São eles também quem repõe em prestígio o verso branco ou solto, sem rima, que o Renascimento italiano, apoiado nas metrificações latinas (não só os autores clássicos, mas a própria prática do verso em latim), ao difundir-se pela Europa, impôs, por vezes com êxito triunfal, que não é costume, na literatura portuguesa, apreciar-se devidamente: o grande teatro isabelino e jacobita da Inglaterra do fim do século XVI e do século XVII é a vitória estética do verso branco, como, em português, sucedera muito antes com a *Castro* de António Ferreira. O Romantismo, se soube utilizar o verso branco dos árcades (e Garrett e Herculano manejaram-no com enorme segurança), raro soube aproveitar-se da libertação estrófica que eles haviam praticado em formas poéticas mais ligadas à música que à leitura, e ainda sob a influência do rococó austro-italiano (que abriu insolitamente caminho à germanização que o Romantismo, nos seus pródromos anglo-franceses, veio a sofrer, ao ponto de ter-se tornado avassaladoramente oriundo do país e da língua onde não nascera). E uma das não menores catástrofes estéticas do romantismo «escolar», sobretudo em Portugal, foi o total ou quase total abandono da irregularidade estrófica e da variação de rimas, fenómeno que, aliado a um conceito romantizado do populismo literário, reduziu a poesia a metrificações sem variação nem graça, em geral confinadas ao quarteto de qualquer medida regular, com rimas alternadas ou emparelhadas. Os poetas que reagiram contra o dessoramento ultra-romântico foram, sob este aspecto, tão ultra-românticos como os seus antecessores: é o caso, por exemplo, de Antero que compensou essa indigência pelo uso prestigioso de uma forma fechada como o soneto. A tal ponto, na segunda metade do século XIX, a descida de nível estético-cultural, imposta pela burguesia triunfante, culminara na banalidade ostensiva ou disfarçada, que a reacção classicizante de um Cesário Verde (que, ainda nesses esquemas do ultra-romantismo, pratica um verso de uma dureza vocabular e sintáctica afim do melhor arcadismo), ou a variabilidade métrico-rítmica de um António Feijó, e a dos simbolistas com António Nobre à frente (que se projectou no mais válido saudosismo e no esteticismo de Lopes Vieira ou de António Botto), não podiam ser entendidas pelo que eram, por quem considerava a puerilidade de João de Deus, paradigma da maior poesia. A tal ponto isto foi assim, que o próprio Lopes Vieira ou um Pascoaes continuaram, por sentimentalismo burguês que lhes não competia, a endeusar o João que de Deus já era. Por tudo isto, se compreende que aquilo que, num Fernando Pessoa ou num Sá-Carneiro, parece ser apenas (e até certo ponto é) a persistência de esquemas tradicionais, seja uma *revolta desde dentro*, em que o soneto ou a «quadra» são chamados a exprimir complexidades que os fazem explodir. O que não quer evidentemente dizer que o soneto ou certas combinações de redondilha não tivessem, desde sempre, servido às mais altas realizações expressivas: Camões, Bernardim Ribeiro, Rodrigues Lobo, etc., seriam suficiente prova disso. Mas, na viragem do século XIX, e no gosto literário dominante, tudo isso perdera a dignidade, na substituição da pesquisa que a poesia é, pelo academismo que ela, para ser grande, não pode deixar-se ser. A geração (para usarmos mais uma vez esta designação vaga e imprópria) a que pertence António Gedeão — e agora estamos vendo tudo isto melhor — praticou largamente, ainda que, muitas vezes, com discrição que não ajuda a relevar o facto, o versilibrismo estrófico, isto é a combinação *ad libitum* de número de versos variável, e versos de medidas diferentes, com rimas consoantes finais recorrentes, tal como António Nobre e sobretudo Pascoaes às vezes haviam feito. Mas só alguns desses poetas de entre 1900 e 1907, no ano de nascimento, foram mais além, e praticaram abertamente o verso metricamente livre e a ausência de rimas finais: foi o caso de Nemésio, Navarro, Serpa, e, na sua reaparição (que tem pontos de analogia com a aparição de Gedeão), o de Gomes Ferreira. Os outros, na sua maior parte, usaram, por vezes com grande liberdade e muita subtileza, os esquemas semilivres que haviam triunfado no simbolismo e no esteticismo, sem que a tropa dos reaccionários estéticos, iludida pelo sentimentalismo tradicional, se desse conta. Uma nova ressurgência de versilibrismo, em grande parte de inspiração surrealista, deu-se, a partir dos anos 40, quando os poetas supracitados quase todos retornavam das suas aventuras versilíbricas ao redil da cantiga, e quando a regressão do polemismo modernista, bem como a amplificação sociológica da população literária numa mediania burguesa resistindo desesperadamente e alienadamente à proletarização económica, arrastavam necessariamente um retorno ao chamado «lirismo tradicional» que sempre triunfa quando as tradições se perdem...

Neste contexto, vejamos como se articulam estroficamente os poemas de António Gedeão. Antes de mais, e é da observação imediata, eles possuem articulação por unidades estróficas, isto é, nota-se que eles se constituem de grupos mais ou menos regulares de versos (independentemente das medidas que, dentro desses agrupamentos, os versos tenham, o que não é dos mais insignificantes disfarces da «regularidade tradicional»).

Juntemos num quadro, para mais fácil cotejo das variações, o número de estrofes destacáveis em cada livro, o valor por poema a que isso corresponde, e o número de versos por estrofe, que, em média, resulta para cada um dos livros.

| Nomes | Número de poemas | Número de estrofes | Estrofes/poema | Versos/estrofe |
|---|---|---|---|---|
| MP | 30 | 127 | 4 | 4,8 |
| TM | 30 | 146 | 5 | 8,0 |
| MF | 30 | 195 | 6,5 | 5,0 |
| Total | 90 | 468 | 5 | 6,0 |

Como vemos, o número médio de estrofes por poema aumenta gradualmente de livro para livro, sem que o número médio de versos por estrofe tenha ficado subordinado a esse aumento: cerca de 5 versos, ou 5, correspondem a 4 estrofes no primeiro livro, mas a 6,5 no terceiro, enquanto, para 5 estrofes por poema, no segundo volume, aparece uma correspondência de 8 versos por estrofe. Para o total, temos 5 estrofes por poema, de 6 versos cada, em média. Se nos recordarmos das extensões médias dos poemas, que havíamos determinado para cada livro e para o conjunto, poderemos fazer um novo cotejo:

| Nomes | Versos/poema | Estrofes/poema | Versos/estrofe |
|---|---|---|---|
| MP | 21 | 4 | 4,8 |
| TM | 40 | 5 | 8,0 |
| MF | 36 | 6,5 | 5,0 |
| Total | 32 | 5,0 | 6,0 |

À primeira vista, parece haver neste quadro um grave erro aritmético. Pois não é que, multiplicando-se estrofes/poema por versos/estrofe, deveríamos ter o número de versos/poema que figura na primeira coluna? Deveríamos, mas só à primeira vista. Porque, ao computarmos as estrofes, em cada livro, considerámos estrofe todo o agrupamento *real* e afim, isolado, ou oculto em agrupamentos aparentemente estróficos. Por isso:

>MP: deveríamos ter 21, e temos 19,2
>TM: deveríamos ter 40, e temos 40
>MF: deveríamos ter 36, e temos 32,5
>Total: deveríamos ter 32, e temos 30

— o que mostra objectivamente como a regularidade estrófica pode ocultar-se em unidades mais amplas.

Feitas estas observações de ordem geral e média, no que à regularidade estrófica respeita, vejamos o que se passa concretamente com os poemas dos três livros.

No primeiro livro, para o qual, em 127 estrofes, encontrámos uma média de 4,8 versos/estrofe, cerca de 60 daquelas estrofes são quartetos, isto é, grupos de quatro versos (de medida igual ou diferente) constituindo unidades estróficas isoladas, ou, pelas rimas, destacando-se dentro de unidades mais amplas. No segundo e no terceiro dos livros, o número de quartetos aproxima-se do dobro do valor que se verifica no primeiro. Que significará isto? O número de unidades estróficas aumenta de livro para livro, passando de 127 a 146, e a 195. Logo, em percentagem de estrofes, os quartetos são 50 % delas no primeiro livro, 80 % no segundo, e 60 % no terceiro, sendo também

60 % para a média geral. Se aproximarmos estes resultados dos que obtivemos quanto ao verso de 7 sílabas, teremos:

| Nomes | % versos 7 sílabas | % de quartetos |
|---|---|---|
| MP | 71 | 50 |
| TM | 74 | 80 |
| MF | 46 | 60 |
| Total | 64 | 60 |

É curiosíssimo notar como, no primeiro livro, o predomínio do verso de 7 sílabas excedia o de quartetos, o que quer dizer que não havia uma relação estrita de dependência, como se fosse uma diluição do espírito da quadra por outras formas afins (como por exemplo a quintilha) o que predominava na presença numerosa do heptassílabo. No segundo livro, a identidade de uma coisa e de outra é quase completa, isto é, o verso de 7 sílabas tendeu a cristalizar-se em «quadras». No terceiro, vemos que a situação se inverte: o heptassílabo diminui de quantidade, e é a «quadra» que subsiste. No cômputo geral da obra publicada em volume, verificamos todavia, que, embora a nível mais baixo, a situação global se aproxima da significada pelos valores do segundo livro. Logo, na correlação da extensão da estrofe com a medida dominante, observa-se que o domínio do verso de 7 sílabas, nas suas esquematizações tradicionais (e até variadas), tende para concretizar-se na forma mais corrente da actual estagnação rítmica da «tradição», e que as tentativas do poeta para respirar outras extensões de verso são até certo ponto contidas pelo esquema de quarteto em que a analogia dos esquemas heptassilábicos subsiste.

Isto nos traz à questão da rima. No primeiro volume de poemas, nenhum destes deixa de fazer uso da rima. O mesmo sucede nos outros dois. Dada a predominância de quartetos, as rimas finais tendem a fixar-se no esquema *abba* ou em *abab*. Verifica-se, no entanto, que o domínio quase total destes esquemas não é tão completo no último livro, onde continuam, apesar de tudo, a comandar as operações da rima final.

Temos, portanto, que a obra poética de António Gedeão, avaliada nos seus aspectos externos — medida dos versos, extensão e regularidade das estrofes, esquema de rimas finais —, se caracteriza por um conservantismo formal, em que se observa: o domínio quase absoluto do verso medido; neste, do verso de 7 sílabas; a elevada frequência de uma fixação estrófica regular, em que predomina o quarteto; a total presença da consonância final, em esquemas tradicionais de rima. Quanto à extensão dos poemas, que é muito variável (mas que, em média, aumentou do primeiro livro para os seguintes), notamos que, confinando-se a uns 30 versos por poema em média global, este valor, associado à regularidade estrófica e rítmica, mostra-nos concretamente como a poesia de António Gedeão, ainda quando se alonga em brilhantes e velozes poemas (em formas de balada ou de romance), é um pensamento poético que se desenvolve pela adição de unidades estróficas isoladas, a uma estrutura inicial análoga. O carácter «obligato» destas formações métricas necessariamente conduz a expressão a um ornamentalismo dedutivo que sucessivamente se gera de si mesmo e da célula primeira.

Expressionalmente, é uma poesia em que o dedutivismo das estruturas «clássicas» se disfarça de ornamentalismo «barroco», cuja natureza é indutiva, em contradição com aquela geração dedutiva do ornamento.

É o que mais claramente veremos, se observarmos, nos três livros, em nome de quem fala o poeta nos seus poemas. Para isto, separá-los-emos em três classes distintas, muito úteis para a compreensão de um estilo de elocução poética: pessoal, impessoal, plural, conforme o poeta fala em seu próprio nome, fala impessoalmente de uma situação «alheia», ou pluralmente se refere à «humanidade». Eis, num quadro, os números de poemas em cada classe por livro, as médias respectivas, os totais, e as percentagens que a estes totais correspondem nos três volumes de poemas.

| Clas. elocução | MP | TM | MF | Média | Total | % |
|---|---|---|---|---|---|---|
| Pessoal . . . | 24 | 22 | 16 | 21 | 62 | 69 |
| Plural . . . | 5 | 3 | 3 | 4 | 11 | 12 |
| Impessoal . . | 1 | 5 | 11 | 6 | 17 | 19 |
|  | 30 | 30 | 30 | — | 90 | 100 |

Como vemos, a elocução pessoal tem, no conjunto dos três livros, cerca de 70 % dos poemas. Note-se, porém, que, dos dois primeiros para o terceiro, diminuiu cerca de 30 % do valor que tinha neles. A pluralidade elocucional é muito reduzida, mas o seu nível de 12 %, no total, também inclui decrescimento do nível particular do primeiro livro. Estes decrescimentos são absorvidos pelo aumento da «impessoalidade», cuja percentagem global é de 19 %, mas aumentou cinco vezes do primeiro para o segundo dos volumes, e duas vezes do segundo para o terceiro. Isto aponta-nos que o carácter individualista da elocução é característico de António Gedeão (o que é confirmado pelo baixo nível da pluralidade elocucional). Mas igualmente nos aponta que esse individualismo tende a temperar-se por uma impessoalidade que está em franco aumento de livro para livro. Por outro lado, que a queda da pluralidade acompanhe a aliás menor da elocução pessoal mostrar-nos-á que, até certo ponto, esta pluralidade não era «autêntica», mas um disfarce retórico do individualismo. O aumento de impessoalidade talvez traduza a influência, no espírito do poeta, das suas experiências de publicação. Poeta esteticamente muito consciente, e ao mesmo tempo de uma reserva capaz de esperar até aos cinquenta anos pela aparição pública, natural seria que o isolamento da sua vivência artística tendesse a mantê-lo num individualismo elocucional que o ar livre (e tão mefítico...) do *status* literário dissiparia um pouco. Mas, por outro lado, se reflectirmos na contradição que nos foi revelada pela investigação, e que existe entre classicismo e barroquismo expressional na sua poesia, dir-se-ia que, no contacto poético e tipográfico com o «mundo», o barroquismo tende a levar a melhor de um exclusivismo clássico da organização expressional dos poemas. De resto, este barroquismo estará já denunciado no tipo de metáforas, que é aplicado aos títulos dos volumes: *Movimento Perpétuo, Teatro do Mundo, Máquina de Fogo*.

Com efeito, as investigações dinâmicas, a concepção do mundo como teatro, e o mecanicismo dos elementos primordiais são expressões características da expressão barroca, tal como epocalmente a ciência e a filosofia do Barroco, quando este nível expressional ascendeu à caracterização de um pensamento e de uma época, nos permitem reconhecer e conceituar. E é neste ponto que nos cumpre examinar uma outra característica deste barroquismo, qual seja o uso de formas vocabulares e conceptuais provenientes de domínios linguísticos alheios, ou tidos por alheios, à expressão literária.

Esse uso, que já tivemos ocasião de preliminarmente apontar, assume, para as mentalidades que não têm daqueles outros domínios uma experiência directa, características de linguagem metafórica. No estado actual da cultura literária, em que a ignorância das mais elementares nomenclaturas da ciência é de regra, uma das não menores ironias do uso de formas vocabulares específicas de um domínio do conhecimento técnico é a que resulta do facto de ser apreendido como ornamento insólito e como alusão metafórica o que se define apenas como um paralelo expressivo entre diversas regiões da linguagem especializada. Por outro lado, muito do fascínio exercido pelo vocabulário de Gedeão encontrará a sua explicação no acto compensatório que é, para literatos, admirar como literatura o que constitui os seus terrores e frustrações adolescentes de meninos mal ensinados em ciências. Porque esse vocabulário, com raras excepções, não excede os limites das aquisições vocabulares que serão feitas, normalmente, num curso secundário. Usá-las, porém, com desembaraço e oportunidade, é que releva já de uma outra cultura que não é a dos futuristas fascinados com os palavrões da ciência ou até, muito mais elementarmente, da mera técnica automobilística, quando, do ponto de vista das capacidades de locomoção, o homem (e os futuristas com ele) passava do cavalo (que muitos ainda são) ao carro a gasolina.

A linguagem especializada que aparece nos poemas de António Gedeão deriva da física, da química, das ciências naturais em geral (biologia, mineralogia, petrografia). Ao contrário do que a novidade pode fazer crer, ela constitui pequena parcela da linguagem dos poemas. Façamos, porém, um levantamento, livro por livro, tão completo quanto possível:

**MP:**

*Nos títulos dos poemas:*

Vidro côncavo; Pedra filosofal; Teatro óptico.

*Nos textos dos poemas:*

Universo em expansão de mais infinito a menos infinito; destilar; crisálida, casulo; tintura de tornesol, campânula, protoplasma; gotas de orvalho; espelho de duas faces, plana e curva, e imagem dupla; terras siliciosas; corda vibrante; retorta, cisão do átomo, radar, ultra-som; combustão; incandescência sombria; linhas de força; centrifugar, pontos da trajectória.

**TM:**

*Nos títulos dos poemas:*

Vitríolo; Aurora boreal; Ponto de orvalho.

*Nos textos dos poemas:*

Inflorescências de cobre; carpelos e estames, pistilos, bigornas-ferreiros, chapas-caldeireiros, limas-limadores, maços-batedores, serras-serralheiros, tenazes-fogueiros, correias-motores, brocas-brocadores, cadinhos-forneiros, pinças-caldeadores; tintas de antraceno, choque do neutrão; os astros arrefecem; esquírolas de marcassites, polimentos de pirites, clivagens de diamantes; tecido orgânico que não seca nem coagula, pedúnculo de vorticela, coloidalmente disperso, corpúsculo e onda, fagocitado; o sol bate com várias inclinações; valências-cadeia; equações diferenciais do espaço, fluorescente, películas de colódio, ganga, átomo radioactivo; fogo de santelmo; nervura, pecíolo, bainha, folhas fendidas, crenadas, lobadas, inteiras, partidas, singelas, dobradas, acerosas; brácteas, bagas; ponto, recta, plano; formas contrácteis das medusas, acalefas, anémonas, corais, esponjas, hipocampos, holotúrias; arestas, vértices; alambique; aglutinar, vapor condensado em poeira; nebulosa, matéria viva, capilares.

MF:

*Nos títulos dos poemas:*

Suspensão coloidal.

*Nos textos dos poemas:*

Luz de magnésio, combustar-se; centímetros quadrados, detectores, franja, ângulo agudo, rotações sucessivas; detergentes, relógio antimagnético, quilovates; fio de glicerina; glândula; total que tende para infinito, universo com nebulosas, dimensões; litros, frigoríficos, televisão; diluir; basalto, rosados sais de cobalto; ar precipitando--se num espaço vazio; Júpiter, Thor, Snark, Canaveral, rotações de turbina, nafta, água oxigenada, ergóis de furalina; vermelho de alizarina, amarelo de indantreno, terileno; pepitas de ouro nativo, fotões, ondas e radiações, propagação de ondulações; esteres aromáticos, cíclico; anidro, escopro de vidro de alta precisão; negro como alcatrão, sílex, obsidiana; cristal, prisma, sete cores do espectro; circunferência, mundo abissal; pisar, triturar, macerar.

Nestas listas, no que se refere aos textos dos poemas, a separação por ponto e vírgula significa que o grupo entre esses sinais de pontuação pertence a um mesmo poema. Mas, no terceiro livro, há dois poemas em que a presença do vocabulário científico--técnico constitui a própria matéria da poesia (o vocabulário deles, por isso, não figura na lista do terceiro livro, por não ser ornamental no sentido em que usámos esta qualificação) [1].

Vejamos agora quantos dos poemas, em cada livro, possuem, em maior ou menor grau, estas incidências vocabulares (quer no título, quer no texto):

```
MP  . . . .  15 poemas  . . . .  50 %
TM  . . . .  18 poemas  . . . .  60 %
MF  . . . .  22 poemas  . . . .  73 %
```

[1] São os poemas *Máquina do Mundo*, essencialmente construído sobre os conhecimentos actuais da macrofísica, e *Lágrima de Preta*, que desenvolve uma crítica do racismo, em termos de análise química.

A simples observação deste quadrinho mostra que, de livro para livro, a interferência daquela linguagem técnica e científica (em que algumas palavras são da linguagem corrente, mas não no sentido preciso e exacto em que o poeta as emprega), nos poemas, aumenta de 20 %. Se esta proporção se mantiver na evolução do poeta, é de esperar que, em mais uns 50 poemas publicados, não haja um único em que essa linguagem não apareça, tanto mais que, no cômputo do terceiro livro, tivemos já dois poemas em que a síntese linguístico-poética é total.

Quanto ao total de versos por livro, se tivermos em conta o número de ocorrências que registámos (nas quais incluiremos os títulos mencionados, o que nos obriga a somar 30 unidades aos totais de versos de cada livro), vejamos em que se transforma, em média, a percentagem de poemas continentes das ocorrências:

```
MP ...  643 (versos e títulos) ... 25 ocorr. ... 26
TM ... 1247 (versos e títulos) ... 66 ocorr. ... 19
MF ...  979 (versos e títulos) ... 53 ocorr. ... 18
```

Os valores médios — independentemente das concentrações em certos poemas, que é fácil distinguir nas listas — dão-nos uma ideia da dispersão relativa das ocorrências.

Repare-se em como, no primeiro livro, onde só em metade dos poemas as ocorrências se davam, elas são também numericamente o conjunto mais baixo. No entanto, sendo o livro o menos extenso em quantidade de versos, temos uma ocorrência por cada 26 versos do volume. No segundo livro, em que o número de poemas afectados sobe, e o número de ocorrências conhece uma elevação enorme em relação ao primeiro livro, temos todavia uma ocorrência por cada 19 versos, em média, porque o volume possui, em versos, uma extensão maior. Mas, porque esta extensão seja praticamente dupla da do livro anterior, a dispersão das ocorrências diminui em relação àquele. O terceiro livro, com menos versos que o segundo, e menos ocorrências que ele, mantém o mesmo nível de dispersão. O que significa tudo isto, se os poemas afectados vão aumentando de livro para livro numa dose regular? Por certo significará que a incidência tímida do primeiro livro reflectia uma hesitação, por parte do poeta, em deixar que a expressão «literária» da sua poesia fosse interferida por terminologias «inanimadas»; que o aumento de ocorrências, no segundo livro, disperso por poemas mais extensos, corresponde a um compromisso entre o prazer da audácia e o tradicionalismo vocabular conexo com um formalismo conservantístico; e que os valores quase idênticos, relativamente, do terceiro livro, sendo correspondentes a um livro de extensão média em que a integração linguística se dá mais plenamente, significarão que um equilíbrio se processa nos meios expressivos do poeta, e segundo o qual não é já o humor contraditório de usar a terminologia o que prevalece. O que nos é confirmado pelo facto de, de livro para livro, ter aumentado a elocução de tipo impessoal, o que anteriormente tivemos oportunidade de observar.

Mas essa elocução e esta linguagem específica, e tudo o mais que viemos rigorosamente avaliando para caracterização objectiva do poeta, a que servem? O que é que, com tudo isto, ou só com isto, o poeta nos diz? O que ele diz é primeiro importante para ele, e, em consequência, para nós, ou, pelo contrário, porque é importante para nós, é importante para ele? Fala-nos ele de circunstâncias de ordem geral ou de circunstâncias específicas? Porque — é evidente ou deveria sê-lo — o facto de uma elocução pessoal predominar não quer necessariamente dizer que o poeta só nos fala de si mesmo... Será que ele nos fala de si mesmo, ou dos outros tal como os vê? Tudo isto, e algo mais, procuraremos, livro a livro.

Se lermos os poemas, na intenção de verificarmos se o que o poeta diz é importante sobretudo para ele ou para os outros, isto é, se ele releva sobretudo a importância que o tema, o momento, a sugestividade das coisas que o estimularam, têm para ele como poeta, como um ser encarregado de falar em verso, poderemos notar que uns 19 poemas serão egocentristas no primeiro livro (63 %), valor este que se inverte nos outros dois, porque em ambos descerá para 40 %. Se os lermos para destacarmos se, independentemente desta importância central, o poeta nos fala de si mesmo ou em termos de outrem (ou da sua relação com outrem), observaremos que, no primeiro livro, ele falará de si mesmo em 63 % dos poemas, falará de outrem em 77 % dos poemas do segundo livro, e de outrem também, no terceiro, na mesma proporção em que, no primeiro, falava de si mesmo. Quanto à circunstância originária de cada poema, ela não será nunca ou quase nunca especificamente pessoal, mas traduzida (ainda quando se entende que o não foi de facto) em termos genéricos: se o nível desta generalidade é de cerca de 80 %, para os poemas do primeiro e do segundo livro, ela é, ao que nos parece, de 100 % para os do terceiro.

Isto nos cumpre correlacionar com as observações anteriormente feitas para outros níveis de análise, notando que, no conjunto dos poemas, aqueles valores são, em média, 52 % de importância poética dos «outros», 90 % de termos genéricos em que é tratada, e 59 % do egotismo que, tematicamente, fornece as circunstâncias. E convém notar que não usamos, aqui, a noção de «tema» naquela acepção, tão habitual em estudos literários, e segundo a qual tema é assim uma coisa que se confunde com assunto e com motivo, conforme as ocasiões e as necessidades que presidem à indecisão conceptual em que se comprazem os literatos. *Tema*, aqui, é a motivação tal como aparece transmutada numa unidade de sentido, que, em início de um poema, serve de célula geradora de um desenvolvimento expressional. É como que, na inserção da tessitura rítmico-semântica de um poema, um conjunto mínimo, de natureza evocativa, e de funções análogas às de um tema musical. E não esqueçamos que, na poesia, tal como na música, muitas vezes um primeiro tema é *false start*, um falso começo, logo substituído pelo verdadeiro primeiro tema. Não poucas vezes, por ignorância ou por insensibilidade a estas subtilezas tão simples, a crítica tem caído em clamorosos erros de interpretação de texto, tomando ingenuamente a nuvem por Juno. É que, na criação poética (no mais lato sentido de criação estético-literária de alto nível, em que haja síntese do ritmo, dos sons e do sentido), o falso primeiro tema surge como o pretexto à volta do qual a expressão começa a organizar-se, vinda do limbo confuso das motivações; e, naturalmente, o pretexto acaba substituído, quando o poeta é lúcido para com o que sente, por motivações mais profundas que as disponíveis à superfície da memória expressiva e dos hábitos rítmicos, onde flutuam inclusivamente restos de outros poemas já feitos ou que não chegaram a sê-lo nunca. Precisamente, um dos testes de aferição da categoria de um poeta consiste, quanto a nós, na verificação de a que ponto ele se liberta da confusão originada pela persistência espúria desse pretexto provisório. Muitas vezes, a perplexidade da crítica ante um poema que lhe parece começar de uma maneira e acabar de outra, ou a sua satisfação ante a «coerência» de uma patacoada qualquer, não são mais que o resultado de não ter sido entendido que a coerência superficial reflecte, pelo contrário, uma extrema indigência do poeta em decidir-se pelo que está dizendo. Isto, em geral, sucede com toda a poesia programática, em que é tão fácil, ou deveria ser tão fácil, detectar a incongruência entre os valores políticos ou sociais pretensamente postos na superfície e uma vozinha que, se fosse honesta, falaria de craveirinhos na janela e de pombinhas voando no céu (luminoso e róseo) da tarde bem estival, sem consequências para a poesia ou para alguma coisa de sério na vida. Porque uma coisa é desejar sentir os grandes problemas da humanidade ou do país, e muito outra vivê-los ao nível profundo da consciência *crítica* em que a poesia radica. Os políticos que fazem crítica literária são, em geral, muito pouco exigentes nestas matérias, e daí a preferência, que não perdem oportunidade de manifestar, pela pseudopoesia que, no fundo, os trai, contra a verdadeira poesia que seja problemática acerca de certezas que, publicamente, eles estão encarregados de propagandear, e que, necessariamente, exigem uma aparência de grande número de gente muito interessada naquilo que os interessa. A tal ponto é assim, que, tal como os poetas do século XVII escreviam com um olho posto de esguelha no censor eclesiástico, muitos poetas de hoje escrevem com um olho fito disfarçadamente no censor político, para não incorrerem nas iras que os excluirão implacavelmente da referência pública. Tudo isto, é claro, prejudica seriamente os estudos literários que não podem nem devem ser desvinculados das realidades sociais em que assentam, mas que, igualmente, não podem ser vinculados artificialmente ao oportunismo de qualquer política, ainda quando, na ordem geral, essa política seja a que nos importa ou a que deva importar-nos. E isto porque, se uma política assenta ou pretende assentar nas realidades sociais e na sua crítica, ela não pode extrapolar das realidades observadas para ser estritamente normativa, e distorcer portanto os dados com que essa mesma realidade justificaria a sua existência de consciência crítica de uma superstrutura. Assim como o mundo não se transforma por decretos ditatoriais, a menos que eles correspondam à vontade de uma maioria, do mesmo modo a poesia não se inventa ao sabor dos anátemas interesseiros, sem que disso resulte que, apenas com outras coisas, se continue fazendo a mesma poesia que, muito burguesmente, seria feita pelas mesmas pessoas.

Tudo isto não surge aqui como excurso extemporâneo. A posição de António Gedeão, quando com visão temática nos aproximamos da sua poesia, levanta estas questões, de cuja ambiguidade (aliás altamente explorada pelos profissionais da confusão) a crítica literária portuguesa não se libertou ainda. E muito menos se libertará, refugiando-se num pretenso cientismo literário que, necessário e urgente, não pode nem deve ser uma reacção contra a politização ou a sociologia estética, mas a exigência e a proclamação de que nada é objectivamente entendido fora das próprias estruturas significantes. O concreto da arte é a própria arte e não a sociologia dela, que não poderá ser objectiva, se tiver começado por ignorar o próprio objecto real de que se ocupa. Reciprocamente, não haverá ciência alguma da literatura, se não houver consciência de que toda a ciência depende estritamente de uma situação histórica, e com maioria de razão no caso de uma ciência incipiente, largamente amarrada a sobrevivências espúrias de mero impressionismo crítico, desvinculado de uma racionalidade objectiva. As superstruturas idealísticas tendem desesperadamente para a sobrevivência ideológica. E esta temos que denunciá-la, quer nas evasões dos novos escolasticismos, quer nas ilusões ou falsificações oportunistas dos que clamam pelo contacto estrito com uma realidade que temem conhecer no seu contexto económico-social que nem sempre é aquele que desejaríamos que fosse.

No caso particular da poesia de António Gedeão, que já sob tantos aspectos viemos analisando concretamente, deparamos com um poeta de cultura científica, usando fórmulas e esquemas métricos e rítmicos predominantemente «tradicionais», em dimensões poemáticas que oscilam entre a contenção epigramática e uma extensão mais ampla conseguida pela repetição rítmico-rímica, e que se reparte entre falar em seu nome e em nome de outrem, em termos de ordem genérica. Estamos nitidamente em presença de um poeta, como já víramos, em que coincidem uma situação geracional de outro tempo, a ressurgência que essa situação conheceu recentemente por motivos que observámos, e uma peculiar formação pessoal que, no ambiente específico do nosso tempo, vai encontrando os meios de elidir a cisão entre cultura científica e cultura literária, pela própria prática da poesia. É curiosíssimo notar como as vivas contradições implícitas nesta posição se reflectem nas diversas características que fomos revelando. O aumento global da difusão da linguagem científica coincide (com o ponto alto de ocorrências absolutas no segundo livro) exactamente com a evolução da «alteridade» expressional, e com a centralidade do fulcro de interesse na correlação do poeta com a realidade. Pela sua formação científica (que, se não fosse conhecida, se deduziria das ocorrências vocabulares especializadas), o poeta procura superar, e progressivamente o consegue de livro para livro, o impasse cultural do nosso e do seu tempo, que faz a poesia literata perder o contacto com uma realidade político-social que é cada vez mais técnica (a um ponto que não permite a subsistência da mistificação idealística, quer no alheamento da cientização do social, quer na ingenuidade de que o prestígio da ciência é mecanismo de substituição). Mas essa superação, neste poeta, de tal modo luta com a tradição de um lirismo «simpático», que mesmo nas formas métricas que se libertam da estrita regularidade, encontramos os quartetos de rima alternada, e metros longos (aparentemente livres), que surgiram na poética dos simbolistas ou pré-simbolistas, e que vieram a constituir as primeiras tentativas de libertação métrica de um Pessoa ou de um Sá-Carneiro. Todavia, quando a poesia tende, actualmente, para um insciente retorno às «tradições» rítmico-rímicas, porque a maioria dos poetas depende da manutenção de estruturas sociais obsoletas (a que urge dar, na elisão do retorno ostensivo, um verniz de «modernidade»...), ou simplesmente se defende, numa inócua revolta individualística, com o informe do pseudo-surrealismo ou com as estruturas paralelísticas da chamada «enumeração caótica»[1], a reaparição dessas tentativas tão artificiais (ou que nos parecem tal) assume, num poeta muito ligado a formas métricas tidas por tradicionais e populares (e que representam apenas uma cristalização cultural ao serviço do *statu quo* aristocrático-burguês do terratenentismo e da especulação financeira de raiz colonialista), uma curiosa importância exemplar. Por outro lado, a evolução marcada para a alteridade do ponto de vista, que se apoia em circunstancialidades generalizadas, mostra-nos que essas tentativas, como a persistência da tradição, reflectem uma luta íntima entre a idealização do concreto (para que tende sempre a generalização do circunstancial temático, quando, ao falarmos da «humanidade», acabamos às vezes não falando de nada nem de ninguém), inerente ao lirismo tradicional (em que o subjectivo da sensibilidade de uma classe ou de um grupo ideológico se oculta na generalidade do «humano»...), e a especificidade concreta de uma momentânea apreensão da realidade por parte de um indivíduo que se sabe *sozinho* num mundo de que conhece os artifícios técnicos, mas de que não controla os instrumentos de produção. Daí que haja, na poesia de António Gedeão, um ar de ironia, de brincada melancolia, de gosto pelo insólito das associações evocativas, muito semelhante ao que foi típico dos Românticos, quando se dissiparam, a meio do século XIX, as ilusões de

---

[1] Ver, a respeito da enumeração caótica, o estudo célebre de Spitzer, que anda, de um modo geral, nas edições em várias línguas da sua colectânea *Linguística e História Literária*.

que as revoluções burguesas pretendessem atingir mais que o triunfo da própria burguesia. É, na poesia do nosso século, como que a demissão irónica de um modernismo que não conseguiu superar o conservantismo ideológico em que ele assentava as suas libertações formais e mentais. Mas é, também, a crítica interna de uma criação poética que, se regressou ao redil trovadoresco de uma sociedade ferreamente hierarquizada financeiramente, não menos poderia ter transmutado a própria sujeição implícita nas liberdades que se alheavam de uma luta concreta, deixando esta nas mãos do academismo inevitável de todas as ascensões de novas classes ao poder, ou à expressão literária. Aquela transmutação dialéctica, que se confinou a uma penetrante crítica da personalidade una da psicologia tradicional (ou a clássica separação das funções psicológicas, tão artificial como, em política, a «separação dos poderes»), poderia ter sido atingida, desde que, na sociedade euro-americana, não houvesse, por imposição dos interesses das Revoluções Industriais, uma cisão sabiamente estabelecida, entre a cultura de raiz humanista, e a ciência que dava ao humanismo os meios de continuar a sê-lo. Para o ar de ironia que referimos, contribui decisivamente, na poesia de António Gedeão, uma apurada técnica de «falso começo», que é indubitavelmente um meio de resolver poeticamente a contradição entre um individualismo que perdeu a razão de ser, e um colectivismo que, para a racionalidade social de um poeta lúcido, não superou ainda a fase da propaganda política e dos mártires oportunisticamente sacrificados, para passar à fase seguinte de superstrutura dirigente de uma realidade espoliativa socialmente consciencializada, muito difícil de atingir-se onde largas camadas de uma população sejam, ao mesmo tempo, internamente subordinadas a um processo espoliativo, mas financeiramente pagas pelos lucros de uma exterior organização imperialista. Isto não aparece claramente na poesia de António Gedeão, não porque o poeta não possa, como homem, ter consciência do problema, mas porque a sua consciência social, dependente de um trem de vida, anterior, como educação e formação, é por sua vez formulada em termos de individualismo rebelado consigo próprio, e de desconfiança céptica ante as duas realidades da miséria da vida, a que é agudamente sensível. A sua posição distingue-se assim da de outros poetas da sua geração portuguesa, que ficaram, como ele, divididos entre um tradicionalismo sentimental que evoluiu para certo libertarismo político (sob o influxo da implantação da República, que tanto comoveu esses lares pequeno-burgueses, quanto é visível num documento estético admirável de um homem dessa geração: *Escola do Paraíso*, de Rodrigues Miguéis), e as exigências de uma expressão diversa dos desajustamentos sociais. Assim, Gedeão não adopta o anarquismo sentimental (e irónico, porque o tempo dele passou, para dar lugar a um nojo impotente) de Gomes Ferreira, a religiosidade como refúgio do individualismo numa relação transcendente (quando as imanentes tendiam a subverter-se na dissolução das categorias tradicionais), que foi o caminho de José Régio, a afirmação ostensiva da personalidade como mediadora entre as coisas e os homens, que foi o subterfúgio de Miguel Torga, a mansa indignação do puro poeta provinciano ante a dureza que lhe destrói o mundo, que foi a pequena, mas tão injustiçada grandeza de Alberto de Serpa, ou a fuga para um naturalismo agro-pecuário de proprietário rural, como tão finamente praticou Francisco Bugalho. De resto, de todos estes homens, note-se, só Gomes Ferreira é, na verdade, um citadino que tenha visto crescer à sua volta uma grande cidade, tal como aconteceu às maiores capitais portuguesas nas últimas três décadas de especulação imobiliária. Para os outros, a *cidade* é ou um mal necessário, ou um monstro que o poeta faz por ignorar. Por isso, há pontos de contacto entre Gedeão e Gomes Ferreira, e também com Carlos Queiroz. De certo modo, Gedeão está a meio caminho entre os dois, na medida em que Gomes Ferreira é um trânsfuga juvenil do saudosismo (com tudo o que isto implicava de republicanismo e de sentimentalismo), e Carlos Queiroz trouxe, para a tradição de um lirismo urbano gracioso (com antepassados próximos e inesperados no pós-simbolismo de Augusto Gil, por exemplo), o intelectualismo urbano aprendido no contacto com o cosmopolitismo cultural do grupo do *Orpheu*. Mas Carlos Queiroz não viveu o suficiente para, dessa posição de compromisso, regredir a uma tradicionalidade menos citadina, como veio a acontecer, por exemplo, com o exilado açoriano que Vitorino Nemésio sempre foi nas suas finuras europeias de «bicho harmonioso». E Gedeão, como Gomes Ferreira, atravessou, como apontámos, as últimas décadas de evolução da poesia portuguesa, mas assistindo a ela, e sem participar nela pela publicação e pelo convívio literário, como não foi o caso de Gomes Ferreira[1].

---

[1] Terá sido reparado que tratámos sempre, na generalidade dos seus poemas, e considerando os livros como três unidades distintas, da poesia de Gedeão. Esta atitude objectiva, que em qualquer caso seria lícita, é-o muito mais, por confirmação — que procurámos obter — do próprio poeta. Informou-

Como, então, se forma na poesia de António Gedeão a ironia dos falsos começos e a ironização do individualismo psicológico? Examinemos, em cada um dos livros, um poema que diga respeito ao facto de fazer-se poesia, de ser-se poeta, já que a implícita admissão de uma excepcionalidade no destino do poeta faz parte do credo psicoliterário da maior parte destes poetas nascidos entre 1900 e 1907 (e de muitos que lhes são ulteriores, mas não vem a propósito) e é aliás típica da reversão do «génio» romântico que a intuição bergsoniana forneceu, como sucedâneo aristocratizante, à pequena burguesia que, no nosso país, fez a continuidade do Modernismo (e não tinha, para compensar-se, a independência económica ou a ausência boémia de *status* dos primeiros modernistas).

Seja, do primeiro livro, «Vidro Côncavo»:

*Tenho sofrido poesia*
*como quem anda no mar.*
*Um enjoo.*
*Uma agonia.*

-nos ele que, de um modo geral, na cronologia da composição, os poemas dos três livros não se sobrepõem, e que cada volume correspondeu a uma fase de criação, que, quando ele a deu por encerrada, coligiu, ordenou e publicou. Estas declarações igualmente nos mostram que, não sendo possível que o poeta esperasse 50 anos para ter os 30 poemas do primeiro livro, ele apenas se decidiu a publicar poesia, quando achou que ela atingira uma especificidade original, digna da sua própria exigência. Nitidamente, Gedeão temeu ser apenas mais um, entre os poetas mais ou menos tradicionalistas que tanto contribuíram para amortecer o impacto revulsivo do Primeiro Modernismo (mas a cujo apoio crítico ou apenas pessoal o Primeiro Modernismo deveu a sua ressurgência pública). Note-se que José Gomes Ferreira publicou em 1948 o seu *Poesia I*; mas, depois da longínqua estreia juvenil, em 1918, pelo menos desde 1931 que publicava eventualmente poemas de sabor «modernista», naquele tom de desconversa abrupta, que é muito seu.

*Sabor a sal.*
*Maresia.*
*Vidro côncavo a boiar.*

*Dói esta corda vibrante.*
*A corda que o barco prende*
*à fria argola do cais.*
*Se vem onda que a levante*
*vem logo outra que a distende.*
*Não tem descanso jamais.*

Temos duas estrofes de sete e seis versos. Estes versos são *todos* de sete sílabas, porque os quatro versos curtos da primeira estrofe são dois de sete sílabas desarticulados segundo o esquema posto em prática por Lopes Vieira e afinado por António Botto. Se suprimirmos a desarticulação, a primeira estrofe é uma quintilha de redondilha menor, com o esquema rímico mais comum do *Cancioneiro Geral: abaab*. A segunda estrofe é uma sextilha de esquema *abcabc*, corrente nessa estrofe de redondilha. A desarticulação da primeira estrofe precisamente está conexa com o *false start* que ela constitui. O verso de sete sílabas, na leitura, continua presente; mas está desdobrado em pausas gráficas que o requebram ironicamente. Na verdade, o poeta começa por dizer que tem sofrido poesia (que escreve sem artigo definido, para marcar o carácter extrínseco e eventual dessa maldição dos deuses, que, às vezes, desaba sobre ele), como quem anda no mar. Este andar no mar lembra a imensidão, o isolamento sobre as águas, a natureza aventurosa dessa experiência. Mas, porque precisamente lembra isso, os versos seguintes desarticulam-se no prosaísmo do enjoo, da agonia (que fica assim ambígua entre a dignidade das Agonias e a indignidade do vómito), logo corrigido num sabor a sal (que no entanto mantêm o poema num nível de evocação gustativa, a que a noção de enjoo também pertence) e na evocação da maresia (que transfere para o olfacto, expressamente, referências que não andavam longe dele). A maresia, porém, não é uma sensação oceânica, mas característica da beira-mar. E subitamente a estrofe termina com um verso insólito que é um outro tema: «vidro côncavo a boiar». É-o porém pelo «vidro côncavo» que não pelo «boiar» que aliás restringe o sentido de imensidão marinha, porque o conceito de boiar está mais conexo com a imagem de beira-mar, do que o estaria, por exemplo, a palavra «deriva». O vidro côncavo, que surge abruptamente como metáfora de algo que flutua numa transparência de si mesmo, fascinou o poeta a ponto de ter transitado para o título do poema. Mas toda a estrofe seguinte, ainda que use do mundo aquático, parte de uma outra metáfora inteiramente diversa, e de natureza acústica: «corda vibrante». Esta é afinal a corda que prende o barco ao cais. E, como não se falou de barco algum na estrofe anterior, fica-se na impressão de que o «vidro côncavo» significa um barco de qualidade específica. De onde terá vindo esta metáfora óptica do vidro côncavo? Côncavo, em relação ao observador, é tudo o que flutue. Este adjectivo, se meramente substantivo, transmitir-nos-ia uma abstracção figurativa de «barco». Por que então a vitrificação do côncavo? Vejamos o que nos diz a segunda estrofe. A corda vibrante, que prende o barco ao cais, dói. Pela ordem das palavras, ela começa de resto por doer, antes de ser expressionalmente uma corda retensa, que vibra. Por outro lado, o cais é representado não em si mesmo, mas pela argola a que a corda está amarrada, e essa argola é fria. Fria, porquê? Houve algo de implicitamente quente no que já foi dito ou vai sê-lo? Não. E o poeta declara que a corda vibrante não tem descanso, porque, se vem onda que a levante, logo outra a distende. Nos três últimos versos, a noção de onda é dúplice e dupla: trata-se simultaneamente de ondas como as do mar que se concretizara nas referências anteriores, e das ondas estacionárias que se formam, por vibração provocada, numa corda vibrante de um determinado comprimento. A sobreposição é dada pelos verbos; como objecto flutuante, a corda (que aparece por metonímia substituindo o barco que é quem flutua e não ela) é levantada pelas ondas, mas, como corda vibrante efectiva, é distendida por elas. As ondas do mar, porém, propagam-se exactamente do mesmo modo que as da corda vibrante: cada ponto material vibra, sem sair translacionalmente da situação em que se encontra. E tudo isto, para Gedeão, reforça o sentido, e está presente nas metáforas, embora possa escapar ao leitor comum e literato apenas. Como estamos vendo, o poema dá com símiles marinhos a agonia que, para o poeta, é a criação poética (pelo menos às vezes, que é o que a forma perifrástica «tenho sofrido» e a indefinição ou não-partição da «poesia» podem também significar). Depois, ainda na primeira estrofe, o poeta transita da ideia de enjoo marítimo para o objecto boiante que (segundo se ficou sabendo depois do *Bateau Ivre* de Rimbaud) pode ele mesmo declarar as suas náuseas. Mas transforma o objecto num vidro côncavo a boiar. Deste boiar afinal preso a um cais de realidades frias e quotidianas, o poeta passa a lamentar o destino da corda vibrante que é, em linguagem da física, a base essencial dos mais elementares (juntamente com as percussões que são sobretudo só rítmicas) instrumentos sonoros. A corda que vibra e dói (que tem um passado de assimilação literária nos «nervos» dos poetas românticos) é a sensibilidade do poeta, amarrada aos dados sensíveis e aos estímulos com que, friamente, a realidade a percute. E não tem descanso jamais, porque a realidade não cessa de percuti-la, independentemente da vontade do poeta em ser estimulado.

Como se vê desta breve análise, o poema começa de um modo e acaba de outro, porque o nexo entre a primeira e a segunda estrofe é não só associativo apenas (trânsito de algo que flutua, para o que o prende), mas perturbado pelo «vidro côncavo» que não tem função significativa na segunda estrofe que é o desenvolvimento de uma exposição que não foi feita na primeira, porque a exposição é aí praticamente outra. Mas aquele «vidro» insólito, quebrando ou perturbando os nexos associativos (e não lógicos) em que o poema se constrói, com a importância que o poeta lhe dá, tem pelo menos a missão de marcar violentamente a cisão entre a exposição e o desenvolvimento, como se aquilo que enjoadamente pelo poeta tem sido sofrido não merecesse, por isso mesmo, a consideração de vir a ter, expressionalmente, um desenvolvimento próprio. E que esta cisão, marcada abruptamente, é fundamental para o poeta, fica patente na passagem a título que essa imagem metafórica foi chamada a ser. Aliás, em diversos poemas de Gedeão, os títulos exercem função expressiva, e são, o que não é inteiramente o caso aqui, indispensáveis ao esclarecimento do sentido deles. A preocupação com o carácter significativo dos títulos de poemas é muito do jovem poeta que receia que as suas subtilezas alusivas não sejam inteiramente apreendidas pelo leitor. Em Gedeão, reflectirá em parte a natureza de jovem, que aparece em todo o homem que, mesmo velho, comece a publicar; mas deve ser, sobretudo, a preocupação de que a sua imagética e o seu metaforismo, naturalmente oriundos de uma linguagem científica que ele sabe não-corrente, necessitam de alguma explicação global que não pode ser dada nos próprios poemas, sem que estes deixem de o ser. O «vidro côncavo», cuja função já compreendemos, e cuja significação transposta de uma transparência flutuante sobre as águas da personalidade (e a assimilação das camadas da personalidade às águas é um dos esquemas célebres que a psicanálise trouxe à consciência) já entrevimos, é — neste poema que é um dos que, no primeiro livro, ensaiam as associações linguístico-científicas — a irrupção destas associações num texto que nada tinha de «científico» no modo como o seu começo se cristalizara verbalmente. O carácter insólito desta aparição metafórica, e a substituição dela, imediatamente após, por outra imagem científica (a corda vibrante), revelam-nos como o lirismo tradicional, chegado em formas correntes mas ironicamente recebidas, é combatido, no espírito do poeta, pelas imagens concretas do instrumental científico; e como, quando no desenvolvimento esse outro mundo leva a melhor, a expressão correcta do desenvolvimento abandona o que teve apenas a missão de cortar o curso de uma concreção poemática que, embora ironicamente desarticulada, não evitaria a banalidade do sentimentalismo.

Procuremos agora, no segundo livro, um poema que exerça, na licença que o poeta lhe deu, funções expressivas análogas às deste que analisámos. Seja *As Palavras Escolhidas*.

O poema começa por uma longa estrofe em versos de sete sílabas, com dois finais de 10 (23 versos, se a paginação do livro não está indicando, na primeira edição, que são duas estrofes, a primeira de 11 versos), que é rimicamente formada por 5 unidades estróficas, com uma recorrência de rima a ligar a última com a primeira:

abbaccb dede fgfg hiih jcjc.

Segue-se uma estrofe de 6 versos, o primeiro dos quais é de 10 sílabas (como os dois últimos da estrofe anterior), sendo os outros de 12, o último dos quais é um falso alexandrino formado por dois versos de 6 sílabas cesurados em conjunto. O esquema de rimas (para que usaremos a continuação do alfabeto, já que, na estrofe seguinte a esta, aparecerá uma recorrência da primeira) é:

kllkmn.

Uma última estrofe é formada por dois versos de 6 sílabas, cujo esquema rímico é: cn — em que c é a terceira rima da primeira estrofe. O facto de esta estrofe ser formada por dois versos de 6 sílabas, o último dos quais rima com o último da estrofe anterior, e que era o verso formado por dois hexassílabos somados, mostra que esta última estrofe não é esquematicamente independente da anterior, ou que, para a transição rítmica, dois versos que lhe pertenciam foram transformados num só que foi acrescentado à estrofe anterior (com a qual não tem unidade de rimas). Estas subtilezas métrico-estróficas abundam na poesia de António Gedeão.

Analisemos o movimento rítmico do poema. A exposição é feita na longa primeira estrofe, na cadência rápida do verso de 7 sílabas. Então (e com esta mesma palavra), entra a estrofe seguinte, de mais larga medida, com 6 versos, o último dos quais anuncia a quebra de medida com que o poema termina em dois versos de 6 sílabas, medida que é, simultaneamente, próxima da inicial e parte alíquota das medidas (10 e 12) da segunda estrofe.

O poeta começa, reiterativamente, por dizer que nem ele nem ninguém sabe a razão de caber-lhe «este dever (...) ou devir». Não nos é dito que dever é esse (ou devir), senão depois de nos ser dito que, um dia, outros entenderão o que, por agora, ninguém sabe. Isto é a primeira unidade rímica da estrofe. Na segunda unidade, que paraleliza os três últimos versos da unidade anterior («Outros ... Outros»), os outros dirão aquilo que entendiam e sabiam (futuramente): é a razão de o poeta exprimir-se assim, de lutar e de viver, tão alheado de si mesmo. O dever (como imperativo que se impõe ao poeta) e devir (como coisa cujo sentido só futuramente será esclarecido) é pois esse: exprimir-se (e o assim é apenas reiterativo, já que não significa que o poeta «assim se exprima», mas que ele é chamado ao assim de exprimir-se), e lutar e viver alheado de si mesmo. Este conceito de alienação, aqui implícito, é muito curioso. O poeta sente, como um mistério, a obrigação que lhe é imposta de exprimir algo que o excede, e que é alheio na medida em que não é, portanto, meramente e claramente pessoal. Eis-nos perante uma reacção típica de um poeta que, sabendo-se romanticamente poeta, no entanto estranha que a sua missão o exceda: estamos ante a contradição típica entre o prazer da excepcionalidade (tão, mesmo dramaticamente, próprio do Romantismo) e a perplexidade modernista, para a qual, na cisão da comunicação pública, essa capacidade de comunicação exemplar se afigura incongruente. A unidade rímica seguinte desta estrofe precisamente coloca, por uma assimilação ilógica, a questão no plano de uma generalidade humana, que é mais ampla e menos específica que a missão poética de expressão: o poeta transforma o «porque» num opressor «martírio comum», uma «expiação sem crime», que cada qual, em sua cela (isto é, no isolamento solipsista), é obrigado a cumprir. A elisão da alienação da expressão poética segundo a concepção romântica do mundo, e a intuicionista-simbolista que se lhe seguiu, é feita muito habilmente, pela transformação da «poesia» em aspecto de uma situação geral dos seres humanos, que têm em comum o facto de estarem todos celularmente destituídos de comunidade. É o estádio seguinte da consciência crítica que dividiu o Modernismo contra si mesmo: a extensão do solipsismo romântico do génio a toda a humanidade, a passagem do excepcional ao *absurdo*. Na seguinte unidade rímica, este «porque» é mais subtilizado, com o regresso ao aspecto peculiar da expressão poética (e temos novamente o grau seguinte da dialéctica alienada): o poeta entrega-se, «sem escolha», *nas* «palavras escolhidas», isto é, ele não tem alternativa de escolha no seu destino, que não seja revelar-se-nos, contra vontade e a uma extensão que não controla, *nas* palavras que o excedente humano que o ultrapassa lhe impôs, e que são, acrescenta ele, «sementes evoluídas/cumprindo um destino cego». Quer dizer: as possibilidades de sentido futuro dessas palavras fazem que elas sejam como sementes (que frutificarão à revelia do poeta) evoluídas (que contêm o germe de uma evolução e não de uma mera repetição genérica), cumprindo um destino cego (isto é, sendo obrigatórias e obrigadas, sem que elas mesmas contenham a lucidez acerca de si mesmas, senão como virtualidade). A última unidade rímica da estrofe atribui ao desencanto e à perplexidade do poeta um papel futuro extremamente consolador: «tudo então será fácil. Tudo./E todos o entenderão». É a projecção, num mecanismo futuro, das impotências do solipsismo presente. E a tal ponto o é, que os dois versos finais da estrofe declaram que «todas as gotas deste caudal mudo/no mesmo longo leito, correrão». Os dois versos de 10 sílabas, ampliando a medida em que tudo vinha sendo dito, dão precisamente esta confluência dos solipsismos incomunicáveis, gotas de um caudal mudo (porque flui e não é mutuamente inteligível), num longo leito comum. E a imagem hidráulica é muito expressiva, porque as gotas são análogas, mas da fusão delas se formam as correntezas. Estas, no caso presente, não são, note-se, um leito largo e amplo, mas um leito que implicitamente é isso e mais: *longo*, significando que se alastra no tempo e no espaço simultaneamente.

A segunda estrofe identifica, nesse entendimento de que «tudo é sinal e símbolo de um coração diferente», a voz do poeta, as tintas do antraceno, o silvo do motor (que, rasgando o espaço pleno, é um avião a jacto), o choque do neutrão da experiência secreta (conjunto complexo que exprime a identidade entre as cisões atómicas provocadas pelos choques neutrónicos, e as experiências íntimas do ser humano), o modo de sentir, de rir, etc. (coisas da sensibilidade e do mundo afectivo, anunciadas pelo complexo anterior). Quer isto dizer na sua: as coisas da ciência e da técnica, as coisas da arte (dadas através de instrumental seu: as tintas e os metais), a expressão poética, e as simples coisas da nossa vida interior, tudo isso se unifica para significar um «coração diferente» do que agora cabe aos solipsismos incomunicáveis, e tornados tais pela cisão entre cultura literária e cultura científica, entre consciência individual e consciência colectiva, entre a razão (científica) e a sensibilidade (humana). E quer também dizer que o poeta espera que, nesse futuro, não haja dificuldades à compreensão de que essas coisas não são incompatíveis com a expressão poética, como ele receia que o sejam para o entendimento da sua própria poesia. Nesse futuro — dizem os dois últimos versos conexos ritmicamente e rimicamente com o último da estrofe anterior —, todos acharão que essa conquista da comunicação é a coisa mais natural e evidente. É de acentuar que a palavra rímica que conecta este par de versos, com as estruturas rímicas da primeira estrofe — «dirão» —, rima com «virão», «entenderão», «correrão», pelo que à rima em *ão* é dado o papel não só de estruturar externamente as consonâncias do poema, como o de marcar a progressão resolutiva do dilema inicial: os homens que virão entenderão, e, quando as águas das solidões recíprocas forem uma única, não só esses outros, mas todos, dirão da evidência do sentido que agora ainda escapa mesmo a quem escreve o poema.

Neste, será nítido como as hesitações expressas no poema que anteriormente analisámos procuram uma resolução, e a encontram num mecanicismo idealista que compense o solipsismo sociopsicológico em que a criação poética era situada. Vejamos o que sucede num terceiro poema, extraído do último dos três livros: *Suspensão Coloidal*, que é o derradeiro da colectânea.

Nele, em quatro estrofes, três de quatro versos, e uma de cinco, temos o desenvolvimento das situações expressas nos dois poemas que comentámos em estrita leitura deles. Metricamente, o poema compõe-se de versos de 6 (um), 7 (três), 10 (dez) e 12 sílabas (três), as mesmas medidas que tivemos no poema anteriormente analisado. Os mais longos, porém, predominam. E a ordem é a seguinte:

| 10-7-10-10 | 10-7-12-7 | 10-10-10-12 | 12-10-10-10-6 |
|---|---|---|---|
| a b a b | c d c d | e f e f | g h g g h |

— estando representados, sob as medidas, os correspondentes esquemas das rimas. Os versos de 7 sílabas estão só nas duas primeiras estrofes, os de 12 nas duas últimas, e o de 6 conclui o poema. Em média, as duas primeiras estrofes têm 9 sílabas por verso, enquanto a terceira tem 10,5, e a última, apesar do verso de 6 sílabas, tem 10 sílabas por verso. Se a média geral para o poema é 9,7 sílabas por verso, temos que as duas primeiras estrofes se aproximam, por defeito, desta média, enquanto as duas últimas a excedem ligeiramente. A presença dos versos de 7 sílabas nas duas primeiras estrofes (numa alternância que é só quebrada por um verso de 10), e a perfeita simetria de distribuição dos de 10 e de 12 nas duas últimas (em que o de 6 aparece como um *commiato* ou *cabo*), mostram que o poema por certo se desenvolve em duas unidades distintas. E assim é, na verdade. O poeta pensa no facto de ser poeta, e de, por isso, andar disperso na voz dos que não têm voz (isto é: em a sua voz, parcelarmente, dar articulação à tartamudez dos que não são poetas). O ser poeta, do ponto de vista vocálico, cifra-se no que é dito nos dois versos seguintes: o pouco que do próprio poeta há em cada verso, e o muito que há de todas as coisas e de ninguém (note-se como a voz do poeta não se pretende personalista, mas como, em contrapartida, é achado que esse pouco dele mesmo é compensado por uma grande quantidade de cousificações — tudo — e de ausências individuais específicas — ninguém). Em paralelo com esta estrofe, temos que um cego (presumivelmente de rua) toca uma música, e que o poeta, vendo-o, e ouvindo a sua música de cego, como que se sente cegar (se identifica com ele); e temos que uma mulher esfrega e encera (presumivelmente em nível de assalariamento doméstico), e que o poeta, vendo-a, se sente esfregando o chão. A escolha, como exemplos de identificação, do cego e da mulher a dias ou criada (mas mais provavelmente mulher a dias, já que é «pobre da mulher», a que corresponderá um *status* profissional mais instável e mais eventual), não será, pelo menos subconscientemente, ocasional. O cego representa a pobreza mendicante, em que a música serve de pretexto mendaz; e representa também a música possível de quem não *vê* o mundo (ou o vê por uma visão interior que também os poetas, ao que se supõe, possuem). A mulher que esfrega e encera é o trabalho desqualificado, numa sociedade intermédia entre o patriarcalismo doméstico das actividades ínfimas e a mecanização moderna desses serviços (por força, simultaneamente, da impossibilidade da classe média em sustentar servidores, e da industrialização estendendo-se a todos os sectores do trabalho). O poeta, portanto, exemplifica, muito tipicamente, a identificação poética (romântica e sentimental) com uma mendicidade agradável aos ouvidos, e um assalariamento passivo de piedade (mas não de ajuda quanto à esfrega e à cera). A estrofe seguinte passa a outros planos, e introduz uma interrogação: que riso próximo (a música que vem entrar-nos nos ouvidos) e que aflição distante (o trabalho que nos condói, mas que não é, infelizmente, da nossa categoria social...), ou que coisa que é nada, breve, débil e ínfima (e a estrutura vocabular deste verso é curiosíssima: ínfima-breve-coisa-nada, porque na sua própria sucessão reduz a importância «real» das cenas evocadas a um acaso de sensibilidade poética) iça, traz acima e para cima, ao fundo (ao longe, ou no longe das ocorrências inspiradas), esta draga carburante (a máquina que arrasta os lodos e os sedimentos depositados no fundo, mas que, como o organismo humano, carbura), e, do mesmo passo, constrói, como comunicação estabelecida, uma estrada (rasga, revolve, e asfalta)? Tivemos, como se vê, e através da charneira dos exemplos concretos, a passagem de uma meditação genérica a *outra* meditação genérica. E a última estrofe conclui: postulados, leis, lemas, teoremas (todas as categorias das proposições científicas, menos as hipóteses iniciais e os corolários finais), teorias, doutrinas e sistemas (todas as organizações metafísicas da realidade), tudo isso escapa ao autor dos poemas do poeta. E não só a «ele» como ao próprio poeta. Isto é: no momento em que as perguntas que abstraccionaram para a sensibilidade individualista os exemplos reais de um contacto e uma identificação com outros destinos foram formuladas, tudo o que constitui as bases teoréticas ou especulativas do conhecimento se dissipa e escapa a alguém que, precisamente pelo acto de abstracção, perdeu a noção de ser ele mesmo. É como se o poeta fosse castigado da sua condição de poeta burguês, com a perda de unidade entre as artes poéticas (praticadas pelo autor dos poemas) e a própria poesia (que está «nele», no outro eu que as não pratica). Chama-se este poema «suspensão coloidal». Porquê? Porque tudo isto que foi dito e meditado se passa como se um reagente fizesse precipitar-se a suspensão que é a disponibilidade poética. O poema, depois dos outros dois que analisámos, documenta curiosamente a evolução do pensamento poético de António Gedeão, numa questão tão essencial num poeta lúcido e consciente, como é a da essência e natureza da criação poética.

Vimo-lo, primeiro, numa plena disponibilidade agónica e passiva. Depois, com um optimismo idealisticamente projectado no futuro, quanto às virtualidades da comunicação. Agora, o poeta interroga-se sobre as motivações profundas (que lhe parecem em inteira desproporção com a matéria revolvida), e perde o contacto com as seguranças teóricas do mundo. Não poderia possivelmente documentar-se melhor a evolução das contradições geracionais e sociopolíticas que, em diversas oportunidades, apontámos, nem ver-se com que subtileza elas se processam num poeta que é — por certo isto se nota — mais lúcido e mais honesto consigo mesmo (e connosco) que muitos outros da sua variada geração.

Não quer isto dizer que alguns desses poetas sejam «desonestos» ou que lhes falte «lucidez». Apenas não irão até tão ao fundo das coisas, na análise poética de uma situação, como este vai (e como é muito patente em poemas «impessoais» seus, quando não estão em jogo a sua própria pessoa e a sua sensibilidade, senão como meios de descrição ou evocação de situações alheias, qual é o caso de *Ode Metálica* ou de *Calçada de Carriche*, esplêndidos de sugestão rítmica, ou do *Poema da Pedra Lioz*, transbordante de humor), ainda quando possuam recursos ostensivos que Gedeão possui a uma escala mais miniatural ou mais discreta. Ao que as análises nos patentearam, não usa ele dos recursos para enganar-se a si mesmo, e consequentemente a nós, como outros, sem se darem conta, fazem ou fizeram. E, ainda quando permanece um poeta extremamente típico de perplexidades de um tempo socialmente em suspenso, a sua lucidez não deixa de nos desnudar, mesmo implicitamente, essas perplexidades que o afligem, e que, pela dualidade da sua cultura (acentuada pelo conservantismo formal), são nele mais agudamente e mais concretamente sentidas que no vago ou no incerto em que outros permaneceram (quando não buscaram certezas extrínsecas que lhes resolvessem, por procuração, os problemas).

\*

Muita coisa ficou por dizer neste prefácio, muitas outras foram aludidas, e ainda outras insistentemente tratadas. Não dissemos nunca da grandeza que o poeta teria, da categoria maior ou menor da sua poesia, nem nos alongámos em manifestações de apreço, com muitos exemplos (que, destacados dos contextos, são sempre uma forma de transformar-se um poeta na nossa impressão dele), e muito menos dissertámos sabiamente sobre o seu pensamento, para se ver como somos pessoas entendidas no que os outros não chegaram a pensar ou pensaram diferentemente... Do mesmo modo, não proclamámos a importância, para as liberdades pátrias ou não-pátrias, que esta poesia possa ter. Tudo isso já houve ou haverá quem o faça quiçá preocupando-se menos com o entendimento concreto e objectivo de uma obra que, se existe, requer, antes de mais, observação estrita. Isto tentámos fazer, ao mesmo tempo superando, na medida do nosso possível e das nossas técnicas, o impasse entre a análise estética e formal (que des-idealizamos) e a análise sociológica (que transportamos para o plano estético). Cremos firmemente que uma síntese desta ordem é o critério objectivo para juízos estéticos e para juízos até políticos, que se queiram algo mais que o mero oportunismo do artiguinho laudatório ou arrasador... E que não são muitos os poetas que resistirão à aplicação rigorosa e implacável destes exames. Também na medida do nosso possível, e não apenas das oportunidades prefaciais gostosamente aceites e cumpridas, é a triste sorte que os espera a todos. Queriam então ser cidadãos da república das letras, apenas passando o exame dos cabos eleitorais? O tempo desse liberalismo de grupos e de classes passou. Agora, tal como na poesia de António Gedeão teremos evidenciado com objectividade irrecusável, o tempo é de coisas assumidas com responsabilidade um pouco maior que o simples agrado ou desagrado dos diletantes e dos que ainda fazem das letras a profissão que não têm. Se, como diz o poeta (pela ordem, no primeiro dos seus poemas, que é o primeiro do primeiro livro), é «inútil definir este animal aflito», será porque, como ele também diz, a sua aldeia «é todo o mundo». E não interessa na verdade definir o que um homem é, porque só é definível o que ele faz. Disso procurámos tratar neste prefácio.

Araraquara, Março de 1964.

## POST SCRIPTUM — 1968

Nos quatro anos decorridos desde que este prefácio foi escrito até que se reimprime na reedição destas «poesias completas», António Gedeão publicou um «poema para Galileo», comemorativo do centenário do sábio italiano, e um outro livro de poemas, *Linhas de Força*, em 1967. Nada do que foi dito no presente prefácio necessita de ser alterado, visto que ele se atinha estritamente a observações referentes aos três volumes de poemas, que o autor até então publicara e constituíam a colectânea de poesias completas. O que agora importa fazer, para actualizar o prefácio, é aplicar ao volume novamente incluído os mesmos critérios de investigação, para notar se o poeta evoluiu e como, se compararmos os resultados anteriores com os que este novo volume nos ofereça. E é apenas isso que nos propomos fazer. O poema à memória de Galileo não exige consideração à parte, pela simples razão de que o autor o incluiu no recente volume supracitado, e porque, quanto à extensão, está dentro dos limites de extensão, mínima e máxima, dos livros anteriores (4 e 108), com os seus 82 versos.

O novo livro que nos ocupa tem, como os anteriores, 30 poemas; e é interessante acentuar como, ao incluir nele um poema que poderíamos dizer de circunstância, que tivera publicação anterior, não menos António Gedeão se manteve fiel ao número 30 para livro seu de poemas. Como já havíamos visto, tal conjunto de 30 poemas, forma um total de versos que varia entre 613, no 1.º livro, e 1217, no 2.º deles. Este 4.º livro, que nos ocupa, tem 848 versos, pelo que a extensão total se aproxima da do 3.º dos livros, que tinha 949. Havíamos apontado que a extensão do 3.º livro tendia a ser «média», até porque o seu valor de versos por poema coincidia muito proximamente com esse valor para os três livros em conjunto. A inclusão do quarto livro eleva o total de versos para 3627, mas o número de versos por poema, para os quatro, é 30 (sendo 28,2 para os 30 poemas desse novo livro). A tendência que, a este respeito, observáramos no 3.º livro reafirma-se no 4.º livro, confirmando o que havíamos notado.

Quanto ao número de versos por poema neste livro, se a média é 28,2, a variação verifica-se entre 3 e 82, havendo poemas com 21 extensões diferentes. A mínima extensão, nos livros anteriores, era 4 versos: 3 conserva o mesmo nível mínimo, ainda que baixando-o um pouco. Quanto ao limite máximo (que corresponde ao «Poema para Galileo»), é extremamente curioso apontar que ele *é a medida das extensões máximas dos três livros anteriores.* O que confirma as observações que havíamos feito acerca de António Gedeão, variando extremamente a extensão dos seus poemas, procurar limites harmónicos de variação. Na verdade, no 1.º livro, os poemas iam de 6 a 48 versos; no 2.º, de 12 a 108; e, no 3.º, de 4 a 92.

Sendo 82 a média destes três máximos, e tendendo já os máximos para diminuir (após o salto do 2.º volume), é evidente que o 4.º livro confirma exactamente o que havíamos observado. E isto é tanto mais verdade quanto o número de extensões diversas, por livro, se manteve sempre, e continua a manter, no mesmo nível: 20-23-22, e 21 no presente volume.

Havíamos verificado que, nos três volumes anteriores, 44 % dos poemas andavam à volta de 16 versos por poema, independentemente de tantas variações de extensão por volume. Neste volume, este facto encontra a sua confirmação. Em 21 extensões diversas para 30 poemas, *cinco* destes têm exactamente 16 versos; há cinco extensões diferentes com dois poemas cada; e, para cada um dos restantes quinze poemas do livro, as extensões não se repetem.

Quanto à medida dos versos, havíamos, após uma minuciosa investigação de todos os versos dos três livros, concluído que os de 7 sílabas constituíam 64 % na poesia de António Gedeão, contra 36 % (valor que incluía medidas inferiores a 7, medidas de 8 a 12, e versos irregulares de extensão superior a 12 sílabas). E então declarávamos: «Do ponto de vista da medida predilecta, o terceiro livro deixa-nos à beira desta interrogação: poderá uma coligação tão diversificada (porque o é de 12 aliados diferentes) vencer no futuro o forte e radicado batimento da redondilha maior?» Ou o poeta ouviu a nossa pergunta, e se inquietou com a sua escravidão à redondilha maior, ou realmente os sintomas que havíamos detectado no 3.º livro vieram a frutificar neste quarto. O que, de uma maneira ou de outra, acentua a importância de uma crítica objectiva e não-impressionista, que coloque o poeta ante as suas efectivas características (permanentes e provisórias), de um modo que não ofende a sua independência de artista, por não ser apenas a expressão de uma preferência ou de uma opinião do crítico, mas a apresentação de valores concretos, que o caracterizam. Porque, na verdade, o *4.º livro representa um esforço decidido, por parte do poeta, para sacudir o império do heptassílabo*. Este reinava ao nível dos 70 % nos dois primeiros livros, e detinha só por si, contra todas as outras medidas, quase metade dos versos do terceiro livro (46 %). Pois, neste 4.º livro (e independentemente de quanto haja dele, escondido em versos de medida mais longa), o heptassílabo baixou vertiginosamente para a décima parte do domínio que tivera nos primeiros livros — 7 % —, e as medidas que lhe são superiores apoderam-se de 64 % dos versos. Vejamos, comparativamente, os quatro livros, para melhor compreendermos o que se passa.

| Nomes | Menos de 7 | 7 sílabas | Mais de 7 |
|---|---|---|---|
| MP | 13 | 71 | 16 |
| TM | 20 | 74 | 6 |
| MF | 21 | 46 | 33 |
| LF | 29 | 7 | 64 |
| Total | 21 | 49 | 30 |
| Total anter. | 19 | 64 | 17 |

Como havíamos visto, o heptassílabo caíra bastante, no 3.º livro, do seu domínio quase exclusivo nos dois anteriores, mas, mesmo assim, mantinha uma elevada e dominadora presença. Aquela queda processara-se menos por elevação do nível dos versos mais curtos que 7 sílabas (que todavia haviam subido do primeiro para os dois livros seguintes), do que por ascensão nítida dos versos de extensão superior a 7 sílabas (sobretudo do segundo para o terceiro dos livros). O nosso quadro, que é o antigo, a que acrescentámos o novo livro (e os novos valores de percentagens, calculadas para a média dos quatro) e a que mantivemos, para comparação, as percentagens médias para os três livros anteriores, é luminoso para o entendimento da evolução. Os versos de medida superior a 7 sílabas tinham 16 % no primeiro livro, caíram para 6 % no 2.º dos livros, a favor sobretudo das medidas inferiores a 7, e haviam subido para o dobro do nível que haviam tido no 1.º livro, principalmente à custa do heptassílabo (já que os de medida menor que 7 mantinham no 3.º livro o nível que tinham tido no 2.º). No 4.º livro, que nos ocupa, os versos de medida inferior a 7 sílabas continuam a sua ascensão gradual (têm agora cerca de um terço do total do volume — 29 %), e à custa do heptassílabo; mas os de extensão superior a 7 sílabas sobem para quase o dobro da percentagem que possuíam no 3.º livro — e são evidentemente eles quem derrota o heptassílabo.

Tal como o computámos globalmente, esses versos de medida superior a 7 sílabas eram os versos de 8 a 12 sílabas (independentemente de irregularidades acentuais que possam apresentar quanto às normas tradicionais de metrificação), e os versos de medida superior a 12 (que, por comodidade, chamávamos «irregulares», e que correspondem à ideia comum de «verso livre»). Vejamos como se processa a variação da presença deles nos três livros anteriores, e em comparação com o que se passa agora no 4.º livro.

| Nomes | 8-12 sílabas | Irreg. |
|-------|--------------|--------|
| MP | 8 | 8 |
| TM | 3,5 | 2,5 |
| MF | 20 | 13 |
| LF | 36 | 28 |

Como se vê, o nível baixo que «irregulares» medidas ocupavam nos dois primeiros livros tendia a modificar-se no 3.º, embora se não pudesse saber claramente se tal tendência viria a vencer o heptassílabo. É claro, agora, que o 3.º livro já continha, em germe, o que viria a suceder estrondosamente no último, e em que os versos de 8-12 sílabas e os «irregulares» repartem entre si o alto domínio que assumem, eliminando a influência do heptassílabo. É interessante notar que grande parte do triunfo cabe à atracção dos versos longos, visto que, naqueles 64 % que os versos de mais de 7 sílabas roubaram ao heptassílabo, quase a totalidade (506 em 544 versos) é formada por versos de 10 ou mais sílabas. E, neste total de 544 versos dos 848 do livro, 324 são de 12 ou mais (cerca de 40 %). O que mostra a que ponto o poeta confiou a sua defesa contra a influência do heptassílabo aos versos decididamente longos. Confirmação deste facto, por contraste, é o que sucedia no 2.º dos livros, que, sendo o de mais alta percentagem de heptassílabos, era também o de mais baixa presença de versos com 12 ou mais sílabas (52 em 1217, como pode ver-se no quadro correspondente).

Que o verso de mais de 12 sílabas é o guardião desta reacção do poeta contra o heptassílabo é ainda confirmado por ele estar presente em 28 dos 30 poemas de *Linhas de Força*, e por quase não haver caso em que ele, coexistindo com o heptassílabo num mesmo poema, não tenha um nível muito superior ao dele.

Vejamos agora o que se passa quanto à divisão estrófica, no 4.º livro de António Gedeão. O uso da rima consoante final, que havíamos estabelecido como uma das características da sua poesia, através dos três livros anteriores, conserva a sua esmagadora presença neste 4.º livro: e, a que ponto o poeta se mantém fiel a ela, eis o que é comprovado pela circunstância de mesmo os poemas com larga predominância de longos versos livres possuírem (ainda quando em unidades estróficas compostas de muitos versos) esquemas de rima, que não se afastam muito de *abba* ou *abab* (esquemas dominantes nos livros anteriores, com unidades estróficas mais regulares). Há, neste livro, tentativas para escapar à tirania da rima consoante, mas, como que a confirmar o domínio da rima, processam-se por repetição eventual das mesmas palavras finais (é o que acontece nos poemas «da noite plácida» e «dos passarinhos antigos»). De tal modo, reciprocamente, a estrofação está conexa, em Gedeão, com a sensação de rima, que estes dois poemas se compõem de uma única estrofe. E é curioso notar que estes dois poemas têm sensivelmente o mesmo número de versos (32 e 28, respectivamente). Num outro poema, em que a repetição não é tão completa como nestes dois casos, a extensão é menor (poema do «poste com flores amarelas», todo em versos de 10 ou mais sílabas).

Do ponto de vista da estrofação aparente, tentou António Gedeão modificar a predominância do quarteto rimado. Mas ele permanece adentro de estrofações mais longas; e, se contarmos como estrofes reais as divisões internas de cada estrofe aparente, tal como um conjunto de rimas as defina, encontramos que os 848 versos do livro inteiro se organizam em cerca de 180 estrofes reais e não aparentes (o valor aparente e tipográfico é bastante menor), ao que corresponde um valor médio, para o livro inteiro, de 4,7 versos por estrofe. Este valor é semelhante ao do 1.º e ao do 3.º volume, de que o 2.º se afastara (nas suas sequências estróficas de redondilha dominante). Pelo que, no esforço que o poeta fez para libertar-se do quarteto típico da sua estrofação, o quarteto vingou-se, escondendo-se dentro de estrofes mais amplas, e forçando a que a média de versos por estrofe continuasse a ser a que pertence a dois dos livros anteriores.

Havíamos terminado as nossas observações sobre a forma externa da poesia de António Gedeão nos seus três livros anteriores, concluindo que «se caracteriza por um conservantismo formal, em que se observa: o domínio quase absoluto do verso medido; neste, do verso de 7 sílabas; a elevada frequência de uma fixação estrófica regular, em que predomina o quarteto; a total presença da consonância final, em esquemas tradicionais de rima». Isto era rigorosamente a verdade para os três livros estudados, e continua a sê-lo para o conjunto a que, decididamente, o 4.º livro pretende escapar, do modo que descrevemos: uma libertação do predomínio exclusivo do heptassílabo, que se processava e que não sabíamos se persistiria em aumento, verificou-se; mas a rima final manteve-se, e, no conjunto do 4.º livro, apesar da grande variação estrófica, o quarteto rimado ainda predomina, ou é a base de estrofações mais amplas (por exemplo, cinco versos, em que o primeiro ou o último não rimam, mas em que os outros quatro rimam *abba* ou *abab*). Se uma previsão se pode fazer, em relação à evolução futura do poeta, em relação aos seus quatro livros publicados, será que, após a rebelião extrema contra o heptassílabo e os versos regulares, um novo equilíbrio das diversas medidas predominantes se restabelecerá, nem tão a favor do heptassílabo, nem tão a favor das medidas longas, e que o poeta saberá libertar-se mais harmonicamente e efectivamente das rimas finais organizadas por quartetos em que a sua facilidade discursiva tende a cristalizar-se tradicionalmente. Não há evidentemente nenhum juízo de valor nestas observações ou nas conjecturas para o futuro, que nos permitimos fazer. Pode ser-se moderno de muitas maneiras — e as tradicionais não são necessariamente incompatíveis com a melhor e mais funda modernidade vanguardista. O único inconveniente, para a modernidade, na persistência dessas formas, estará em que elas não sejam, tanto quanto seria para desejar, acompanhadas de uma sintaxe revolucionária do discurso poético. Nisto, António Gedeão, como já havíamos apontado em comparação com os mais poetas da sua geração, continua neste livro, como o era nos anteriores, um membro dela: poetas que, ainda quando abandonam, na aparência, as formas regulares da versificação, não perdem o contacto com a sintaxe tradicional do discurso. Era o que, logo a partir da análise da forma externa, havíamos afirmado: «uma poesia em que o dedutivismo das formas clássicas se disfarça de ornamentalismo barroco». Neste quarto livro, com o que contém de esforço para alterar as estruturas formais anteriormente predominantes (embora a alteração se processe segundo descrevemos), isso é evidente, talvez ainda mais que nos livros anteriores. É o que podemos notar, por exemplo, num dos melhores poemas do volume, o da «morte aparente»:

*Nos tempos em que acontecia o que está acontecendo*
            [*agora*
*e os homens pasmavam de isso ainda acontecer no*
*parecia-lhes a vida podre e reles      [tempo deles*
*e suspiravam por viver agora.*

*A suspirar e a protestar morreram.*
*E, agora, quando se abrem as covas,*
*encontram-se às vezes os dentes com que rangeram,*
*tão brancos como se as dentaduras fossem novas.*

Neste poema, os dois primeiros e os dois últimos versos são de mais de 12 sílabas, irregulares, e os quatro intermédios são decassílabos. No entanto, os versos longos e irregulares (e isso é típico, neste livro, da metrificação de Gedeão) não são tão livres quanto parecem. Decomponhamo-los nas suas unidades rítmicas, escrevendo-as como versos independentes:

> *Nos tempos em*
> *que acontecia*
> *o que | está*
> *agora acontecendo*
>
> *e os homens pasmavam*
> *de | isso | ainda*
> *acontecer no*
> *tempo deles*
>           ............................

*encontram-se às vezes
os dentes com que
rangeram*

*tão brancos como
se as dentadu-
ras fossem novas.*

O 1.º destes versos é, na realidade, uma estrofe formada por quatro versos de 4 sílabas, seguidos por um de duas. O 2.º é uma estrofe de três versos de redondilha menor, terminada por um trissílabo. O 3.º são dois versos de redondilha menor mais um bissílabo. E o último, nesta decomposição, é formado por três versos de quatro sílabas. Como se vê, as partes alíquotas com que se fazem heptassílabos (5 mais 2, ou 4 mais 3) são as unidades rítmicas de que se compõem estes versos longos. Marcámos com traços verticais as indicações fonéticas de leitura, nos casos em que não há sinalefa. E isto não é um artifício da nossa análise. O hiato é parte integrante da metrificação regular de António Gedeão, como será fácil de verificar-se nos seus versos «regulares». De resto, do ponto de vista fonético, a prosódia de António Gedeão é nitidamente influenciada pela prosódia lisboeta, tão naturalmente que o poeta nem se dá conta da necessidade de sinais de elisão, para indicar uma leitura correcta (para que o verso seja como ele o ouve: é o caso, neste poema, da palavra «parecia» que deve ser lida «parcia»). Igualmente o hiato possui inflexões expressivas da fala: é por isso que *isso* se não liga foneticamente com a sílaba precedente ou com a seguinte: deve ser lido *issú*. E, da mesma forma, e pela mesma razão, não há sinalefa entre «o que» e «está», havendo-a em «que acontecia» (que deve ser lido «cacontecia») e em «se as» (que deve ser lido quase ditongadamente «siâs»). Se estas leituras não forem tidas em conta (como a de «se | abrem», no 6.º verso do poema, que assim fica um correcto decassílabo de arte maior, com o seu acento na sétima sílaba), a estrutura rítmica do poema dilui-se por completo. Note-se que os decassílabos centrais confirmam a decomposição que fizemos dos outros versos. Vejamos como eles são formados:

> *e suspira-*
> *vam por viver*
> *agora*
>
> *A suspirar*
> *e a protestar*
> *morreram*
>
> *E agora quando*
> *se | abrem as*
> *covas*

— em que o tetrassílabo predomina esmagadoramente. Só, de todos os versos do poema, o terceiro é aquilo que parece: um autêntico decassílabo.

Que esta análise, ou as conclusões dela, nos não iludam quanto ao que se pretende. O que distingue um verso como unidade de sentido (ainda que, sintacticamente, possa ser uma parcela incompleta do discurso poético) é precisamente que um poeta, combinando medidas, desarticulando medidas tradicionais, ou praticando efectivamente o verso livre, o escreva *como tal*, isto é, como um grupo de palavras, proposto como uma unidade independente que, graficamente (e pela leitura), se soma, como parcela sucessiva, a outras. A análise que fizemos não pretende provar que os versos de António Gedeão, neste poema, não são versos legítimos: são-no, e seus, pois que os escreveu assim. O que a análise pretendeu mostrar é como as unidades rítmicas do heptassílabo persistem, nele, dentro de sistemas mais amplos de metrificação.

Voltemos ao ponto de que nos desviámos e é o da estrutura tradicional do discurso poético, visível neste poema. Para começar, é nítido que, sintáctica e logicamente (e isso é claro na maior parte dos versos longos deste novo livro), os versos longos de António Gedeão tendem a ser tanto mais unidades autónomas do discurso, quanto mais longos são. Não há, nos oito versos do poema, um único *enjambement* de sintaxe ou mesmo de pensamento: de resto, note-se que, de todos os sinais de pontuação, que o poeta julgou necessários (sete), seis estão em fim de verso. O discurso flui, de unidade para unidade de verso, com naturalidade expressiva (o coloquialismo calculado da expressão é aliás uma das características de António Gedeão). Mas que naturalidade? A de uma dicção que imita a linguagem falada, ou a de outra que adere à ordem directa da gramática tradicional, com os membros da frase sucedendo-se uns aos outros, segundo as normas de uma exposição clara? Cremos que mais esta última. O que o poema diz é perfeitamente claro — não há subentendidos que não resultem do contraste entre duas séries que são as duas estrofes dele. Na primeira, é-nos dito que os homens de outrora achavam a vida podre e reles, e, por isso, desejavam viver num futuro melhor. Na segunda, é-nos dito que morreram a protestar, e que, se encontramos as caveiras deles, as dentaduras com que rangeram os dentes estão como estavam naquele tempo. É apenas o contraste entre a primeira afirmação e a segunda, ambas claras e definidas logicamente, o que empresta densidade poética ao poema. Mas, em relação à segunda parte, a primeira é um daqueles *falsos começos* que havíamos analisado na poesia dos três primeiros livros de António Gedeão. Porque a metáfora dos dentes não tem qualquer conexão lógica com o facto de os homens sempre sonharem com um futuro melhor, por a vida lhes parecer podre e vil. Nem o facto de os dentes das caveiras terem às vezes um bem conservado aspecto significa, necessariamente e suficientemente, que os donos deles tenham sido pessoas inconformistas, já metaforicamente rangendo-os na vida. Eis como o ornamentalismo barroco transforma, e impõe uma lógica fictícia e arbitrária, a uma estrutura de dicção, que é organizadamente «clássica», no sentido de ser uma fixação simples, destituída de ambiguidades essenciais. A metáfora dos dentes é, no poema, mais importante que a primeira parte, da qual decorre por transformação, mas da qual não é o desenvolvimento. Não há na primeira parte ambiguidade alguma; não a há também na segunda parte. A ambiguidade resulta do contraste que o poeta impôs ao fazer a segunda série lógica depender da primeira. E então, o poema parece que nos diz que a revolta sobrevive, tal como os dentes se conservam brancos, depois da morte. Não nos diz, todavia, que a revolta seja um resultado de circunstâncias específicas — a primeira estrofe é demasiado clara e afirmativa para que essa sugestão possa subsistir, na extrema generalidade de homens e de tempos, em que é colocada. Esta generalidade abstracta é típica da tradição clássica e académica, que tudo vê *sub specie aeternitatis*, como essências paralelas e análogas. E é típico do espírito barroco distorcer metaforicamente a generalidade classicista, como se uma metáfora fosse uma particularização objectiva, que limitasse e situasse, no tempo e no espaço, a generalização abstracta a que foi aposta. Mas o barroquismo autónomo e autêntico não é o que se justapõe a uma estrutura classicista e académica do discurso, mas aquele que inverte a função ornamental da metáfora, fazendo-a valer não como um particular e sim como um universal — ou seja, aquele que transforma o ornamento em significante essencial. É neste sentido que muita poesia extremamente moderna na audácia das suas metáforas insólitas e ilógicas, nada tem estruturalmente de moderna, por tudo isso se justapor a uma organização perfeitamente tradicional do discurso poético. E que o esforço de um poeta para libertar-se da herança de academismo da sua geração (e é a luta de Gedeão, muito mais comovente, na sua poesia, do que o que às vezes ele exprime em alguns poemas que só não são banais pela arte consumada com que ele os força metaforicamente a significar) pode conter em si raízes muito mais profundas de inquietação vanguardista.

O esforço para modificar o tom geral da sua poesia, que apontámos que se processava nos três livros anteriores de Gedeão, é ainda mais patente neste 4.º livro; tão patente, que o julgamos demasiado voluntário para que o poeta não venha a regressar, no futuro, a uma elocução mais pessoal. Ainda que fazendo na maioria das vezes afirmações de ordem genérica, uma elocução pessoal (o poeta falando em seu próprio nome) dominava 69 % dos poemas desses três livros. Este aspecto inverte-se totalmente no novo livro: $^2/_3$ dos poemas possuem nitidamente um tipo de elocução impessoal. Uma tal variação é tão abrupta, em relação aos livros anteriores, que não pode ter deixado de corresponder a uma intenção voluntária do poeta (ou pelo menos a uma forte obstrução, pelo subconsciente, de formas mais pessoais e individualistas de elocução). Uma elocução pluralista (o poeta referindo-se pluralmente à humanidade) havia conhecido um declínio do 1.º para os dois livros seguintes: também ela sobe, no 4.º livro, para uma mais elevada frequência (embora só uns três poemas a possuam), acompanhando, ou sendo arrastada por, a forte incidência de uma elocução impessoal. Poeta ainda experimentando consigo mesmo, António Gedeão encontrará por certo um equilíbrio entre a expressão pessoal das suas vivências, e a transposição dela para generalidades impessoais que um pessoal barroquismo das imagens e das metáforas ornamente. Porque, não nos esqueçamos, a «poesia completa» de António Gedeão estará ainda longe de dar de si mesma uma imagem definitiva: a sua estreia em livro data apenas de 1956. Todavia, com as interrogações que o 3.º livro nos sugeria, os três primeiros volumes definiam-no muito claramente. E o 4.º livro, com a sua nítida vontade de escapar a definições tão claras, ainda nos não permite dizer que os três primeiros livros constituíam apenas uma primeira fase da obra do poeta, ou se, nas suas variações formais a partir de bases algo fixas da sua expressão, ele não se resignará, mais perfeitamente e mais profundamente, a ser ele mesmo. O que não é dizer que o não seja: mas que o não é com tanto à-vontade como poderia parecer do seu virtuosismo formal. Uma timidez profunda do lírico tende a esconder-se (como já dissemos) sob o barroquismo — e nada como este para elidir uma expressão directa das vivências poéticas.

Tínhamos estudado, para os três livros anteriores, a presença de uma linguagem ou terminologia científica, e observado que a frequência dela subira constantemente de livro para livro: 50 %, 60 % e 73 % dos poemas por livro continham termos desses ou usavam de imagens baseadas neles. De livro para livro, com impressionante regularidade, essa frequência subira de 20 %. E havíamos predito que, *a manter-se este ritmo de incidência*, em mais de cerca de 50 novos poemas publicados pelo poeta não haveria um só em que essa terminologia não aparecesse. No terceiro dos livros, em dois poemas a síntese era perfeita entre a terminologia científica e a linguagem-padrão. Pode dizer-se que, neste 4.º livro, tal síntese só se verifica — aliás admiravelmente — num poema (*Lição sobre a Água*); e só em 7 dos 30 poemas do livro a linguagem científica ocorre, o que corresponde a 23 %, ou seja menos de metade do que ocorria no primeiro dos livros. A que se deverá esta reversão total de uma tendência evidente e manifesta, e que representava uma das mais peculiares originalidades da poesia de António Gedeão? A um receio de que a sua poesia se tornasse inacessível aos leitores e aos literatos? Ou, dado que havíamos apontado (precisamente para prevenir os clamores dos desatentos que não tivessem ainda percebido a que ponto essa incidência terminológica era essencial na evolução da poesia de Gedeão) como tal terminologia não saía, de um modo geral, do que

era acessível a quem tivesse o curso liceal complementar de ciências, será que o poeta não quis continuar a escrever poemas que alguém dissesse de professor de física? Parecem-nos algo absurdas estas explicações, ainda que possível seja que tenham pesado alguma coisa na criação poética de António Gedeão. Quer-nos parecer que, em grande parte, esta transformação está conexa com outras que antes, neste *post scriptum,* verificámos, e que ela é mais um dado para considerarmos *de transição* este 4.º livro. O poeta procura um novo equilíbrio — e nossa opinião, porém, é que ele o não encontrará, se se ativer a escrever *como os outros,* e não na linguagem que ele vinha tão notavelmente criando para si. Os efeitos desta criação são visíveis em muitos passos deste livro, na precisão e no rigor com que os termos mesmo comuns são usados, mas não estão aplicados, como vinha acontecendo cada vez mais nos livros anteriores, à criação de uma atmosfera original, em que até as palavras comuns assumiam conexões insólitas. Como que simbolicamente, o livro conserva no título o mesmo critério que presidiu aos títulos anteriores: *Linhas de Força* é, se quisermos, um título ainda mais «científico» do que *Movimento Perpétuo, Teatro do Mundo* e *Máquina de Fogo* (sem deixar de ser igualmente barroco). Mas estas «linhas», com a confiança que a poesia de António Gedeão nos merece e deve merecer (tal como ficou bem claro no prefácio a que estamos apondo este *post scriptum* de 1968), por certo apontam para um outro livro em que as grandes virtudes dessa poesia, e a sua originalidade, sejam mais totalmente e mais profundamente atingidas do que no interlúdio que este 4.º livro representa.
Tomaram muitos publicar um livro como este, é

óbvio. E alguns dos poemas dele são por certo dos melhores de António Gedeão.

Num próximo *post scriptum*, estamos certos, todavia, de poder celebrar definitivamente a grandeza prometida, e sempre crescentemente realizada, nos três primeiros livros que, em conjunto, tivemos o gosto e a honra de prefaciar.

Madison, Wisconsin, Abril de 1968.

# «O Sangue de Átis»

(1965)

# INTRODUÇÃO

Consagrado nacional e internacionalmente como romancista (e poderíamos discutir se as suas admiráveis obras de ficção serão, na verdade, *romances* ou, antes, «narrativas» ou «novelas» que para o romance tendem), discutido como jornalista político, respeitado mas não admirado como dramaturgo, François Mauriac é praticamente desconhecido como poeta. Por certo que se reconhece e até sublinha a qualidade densamente «poética» da sua prosa seca e sugestiva; e que a sua capacidade para criar uma atmosfera em que o cheiro das Landes e a violência contida dos sentimentos e da perfídia humana se unem num lirismo perturbante, essa não foi negada mesmo ao seu teatro. E sem dúvida que, na sua obra vasta, os poemas ocupam, como diríamos?, pouco espaço. Mas pelo que a poesia pode ter de mais liberto que os compromissos de um autor de ficção post-naturalista (o qual só obliquamente se revela pela escolha dos temas, dos assuntos, das personagens, das situações, e pelos desvãos da prosa com que os descreve ou suscita), a de uma personalidade complexa como a de Mauriac não deveria ser-nos indiferente, mesmo que não tivesse, em si e por si, o fogo criador que realmente tem.

A obra de Mauriac, desse católico que escreve romances (como ele disse, ao repudiar o apodo de «romancista católico»), teve, no desenvolvimento da ficção em nosso século, uma enorme importância. A ele se deve, em grande parte, a exploração de uma perversidade íntima que coabita humanamente com as chamadas virtudes cristãs, a denúncia de uma maldade devoradora que existe no âmago da bondade tida por inócua ou mesmo caridosa, o retrato dos monstros ocultos na mediocridade calma das famílias vulgares [1]. Que isso fosse feito por um homem declaradamente católico praticante, eis o que nem sempre contribuiu para compreender-se com justeza o seu pensamento íntimo. E foi o que provocou o seu desejo ostensivo de não ser confundido com os

[1] A este respeito, cumpre não esquecer que o neocatolicismo francês, ao reagir contra o agnosticismo positivista do naturalismo, se penetrou de um diabolismo (resultante da cristianização literária das forças naturais) que já resplendera no admirável *Là-Bas* (1891) de J. K. Huysmans, ou nas obras de Barbey d'Aurevilly (1808-1889) e de Villiers de l'Isle Adam (1838-1889), estas últimas sobretudo continuando a atmosfera sádica e fantástica do Iluminismo (iluminismo, aqui, como parte, e não como sinónimo, de *Aufklärung*). Que estas linhas complexas (tão fortes e tão essenciais em Bernanos e em Julien Green) não estão de todo ausentes nas sombras de Mauriac, eis o que se prova no facto de elas terem surgido abertamente, na velhice do escritor, em livro tão estranho como o recente *Galigaï* (1952). Aquele diabolismo, aliás, está presente em Balzac, um de cujos motores é; e era central à aparente neutralidade estética do realismo esteticista, de que o naturalismo decorreu: como se observa em Flaubert, cuja *Tentation de Saint Antoine* foi, mais que nenhuma outra, a obra da sua vida.

«bem pensantes», autores de romances untuosos e edificantes, que habitualmente são louvados como leitura apropriada ao deleite e ao cultivo das boas almas, e figuram todos, ou figuravam, na última secção do informativo livro do Abade Bethléem, *Romans à lire et Romans à proscrire*, obra preciosa, pela qual se pode fazer uma educação «ao contrário», mandando ler-se tudo o que ele proíbe... O mundo de Mauriac, ou, mais estritamente, o das suas personagens, é terrível, tão terrível que, uma vez, e para provar que era capaz de falar de gente boa, ele escreveu *Le Mystère Frontenac*. O que as personagens de Zola eram acusadas de ser na grosseria dos seus costumes, as de Mauriac são no refinamento com que se torturam, na malícia com que se analisam, na perturbante obsessão com que misturam indissoluvelmente, e até inescapavelmente, o bem e o mal. Não pode isto ser levado à conta do catolicismo de Mauriac, mas sim da fissura dramática que o catolicismo abriu nele, um catolicismo de que o seu temperamento escolheu, sinistramente, a universalidade do pecado e da culpa. Assim, ele abriu novos rumos à ficção contemporânea: trazendo à vivência religiosa da arte uma angústia maligna, e levando à ficção agnóstica ou ateísta uma consciência pecaminosa. Uma perturbante sensualidade vive nas suas personagens, um misto que Claude-Edmonde Magny (*Histoire du Roman Français depuis 1918*, Tomo I, Paris, 1950) enumerou com alguma repugnância: «uma mácula difusa em toda a humanidade — sensualidade, avareza, dureza de coração, e que mais?, incesto, homossexualidade, sadismo, homicídio». Menos descritas com complacência, que apresentadas discretamente em acto; menos chamadas pelos seus nomes, que vividas nas personagens, estas coisas «horríveis» constituem a atmosfera sufocante da obra de Mauriac. Que tudo isto é parte da pessoa humana, em maior ou menor grau, e sublimado ou não, desde Freud que o sabemos. Que, em forma de pecado, tudo isso existe, difuso ou claro, na consciência da humanidade, sempre a Igreja o soube no segredo dos confessionários. Mas que estes dois saberes se fundam num universo romanesco, eis o que é mais agressivo e mais dissolvente das tranquilidades satisfeitas, que muito naturalismo cru no descrever de actos que nos são comuns, e animalmente inocentes. Porque o que não há em Mauriac é inocência. Uma demanda desta inocência perdida será mesmo o cerne do seu pensamento de escritor, a fonte obsessiva de que brotam os seus monstros. É como se um tranquilo paganismo, imerso em sexo e sangue, à luz do cristianismo desconfiasse de tudo, visse no mínimo gesto uma tentativa de crime, na mínima carícia um desejo ambíguo, no mínimo pensamento um cálculo medonho; e, em contrapartida, projectasse, em todo o simbolismo cristão e católico, as obsessões imemoriais da sua fúria reprimida.

Que esse simbolismo absorveu sincreticamente, e, em termos confessionais, santificou, tais imemoriais obsessões, identificando-as numa teologia transcendente, é da história e da filosofia das religiões. Mas que a identificação se processe numa angústia que se deixa assim fascinar por um ascetismo mórbido, é sobretudo do Pascal perdido na sensualidade ardente de Mauriac. E é o que dá peculiar valor à poesia que este escreveu, e em especial ao longo poema *O Sangue de Átis*, em que a resolução dramática de um complexo de castração é particularmente evidente.

Obviamente que seria excessivo imaginarmos complexos de castração em quantos escritores abordam o tema: ele é um tema central da cosmogonia grega, e pode ser bebido calmamente na cultura clássica. E uma aguda sensibilidade a certos aspectos fundamentais da psicologia profunda e da sociologia cultural, quando não apenas da vivência humana, não é necessariamente uma participação neles; nem o escrever deles significa obrigatoriamente que assim se sublimam, e revelam, facetas ocultas de uma sexualidade perturbada. Para assim psicanalisarmos abusivamente um Catulo, que magnificentemente escreveu do frígio Átis, teríamos de psicanalisar, nos mesmos termos, a civilização helenística inteira — o que, feito nesses termos simplistas, seria pelo menos ridículo. Esse complexo — ou o que simbolicamente por ele se designa — é uma realidade profunda da vida humana, sem cuja existência a vida social não seria possível: é o resultado de uma ordem estabelecida para a sobrevivência dos grupos humanos, quer no plano sexual, quer no plano político-social. A castração simboliza a proibição do incesto; mas simboliza também a transmissão política do poder paterno — isto, conforme a «vítima» é o filho ou o pai. Mas, no encontro de uma ideologia da salvação individual e da pureza de alma, como o cristianismo começou por ser, esse complexo pode exacerbar-se, assumir (como aliás assumiu em situações paralelas, adentro do próprio paganismo) formas de horror ao sexo, obsessão da mácula, nojo da carne susceptível de pecado. Essa transformação que, em última análise, se confunde com um desejo de aniquilamento (de si mesmo ou dos outros), às vezes não deixa margem alguma para o que há de natural no corpo humano, para o que de animal terá necessariamente uma alma em que se acredite como especialmente preparada para viver num corpo. E culmina em heresias, em crimes, em doenças mentais: o angelismo. Teologicamente, porém, os homens não são anjos caídos — isso é um privilégio dos demónios. E é nesta fina linha divisória que se equilibra a obra de Mauriac: uma obra *trouble* (palavra tão sua), sem o melodramatismo maniqueu que um Graham Greene refinou dela.

## OS VERSOS NA OBRA DE MAURIAC

Se a poesia expressamente metrificada não é o principal título de glória de Mauriac, foi sob o signo dela que ele se estreou em volume aos vinte e quatro anos: *Les Mains Jointes* (1909). Este pequeno livro foi saudado triunfalmente por Maurice Barrès, que era um profissional da saudação de estreias, sobretudo quando estas, pelo conhecimento que ele tivesse do estreante e dos meios que este frequentava, prenunciassem mais um soldado para a causa do tradicionalismo conservantista. Dois anos depois, um novo «récueil» de poemas, *L'Adieu à l'Adolescence*, parecia confirmar que os salões reaccionários poderiam contar com mais um poeta da «tradição» católica, um catolicismo bucólico e sonhador, tocado de melancolia, e que tinha, com a mais, uma bonomia risonha, o seu mestre simbolista em Francis Jammes (por quem, digamos de passagem, André Gide manteve sempre uma devotada ternura) [2]. De 1913 e 1914, são,

---

[2] Maurice Barrès foi também o escritor post-naturalista e post-simbolista da fusão «mística» do amor e da morte, que o wagnerianismo (difundido em França no último quartel do século,

respectivamente, os primeiros romances: *L'Enfant chargé de Chaînes* e *La Robe Prétexte*. Na sua incipiência novelística, estas obras acentuavam, da poesia anteriormente publicada, o que viria a ser um dos grandes temas de Mauriac: a infância que se descobre adolescência, a adolescência que se vê viril e chamada a participar do mundo dos homens.

Este tema não será, na época, exclusividade de Mauriac: dará mesmo, noutros escritores, algumas pequenas obras-primas — v.g. *Fermina Marquez*, de Valéry Larbaud, *Silbermann* e *La Vie Inquiète de Jean Hermelin*, de Lacretelle, *Les Enfants Terribles*, de Cocteau, *Le Diable au Corps*, de Radiguet, *Le Grand Meaulnes*, de Alain Fournier — e estará na raiz de grandes construções romanescas, tão diversas entre si, como *Jean-Christophe*, de Romain Rolland, *Les Thibault*, de Roger Martin du Gard, e a monumental «recherche» de Marcel Proust. Mas esse tema, em Mauriac, não é apenas uma vibração perturbada e nostálgica, ou um ponto de partida para a virilidade plena ou a plena consciência de si mesmo e do tempo interior. É, também, e então ainda se não via, uma expressão da revolta contra a perda da inocência física e moral, essa perda que o jovem animal humano sente em si, quando, no despertar do sexo e da indivi-

---

mas que Baudelaire já saudara) aliás pusera em moda e o simbolismo explorara; e não está, assim, no seu gosto da volúpia (contrapartida do seu virtuoso tradicionalismo), tão longe do que Mauriac veio a ser, quanto parece à primeira vista. Vejam-se obras suas como o belíssimo *Du Sang, de la Volupté et de la Mort* (1895), um dos primeiros escritos a fazer, com *Of Human Bondage* (1915) de Somerset Maugham, a apologia literária da pintura do Greco, e também, por exemplo, *Un Jardin sur l'Oronte* (1922). Todavia, há que notar-se, nesta «volúpia» de Barrès, a parte muito grande do exotismo que o aparenta a Pierre Loti.

dualidade, do mesmo passo aprende que a violência virtual que nele palpita tem um poder de destruição, que a sociedade teme. E é deste temor que o adolescente acaba assumindo numa falsa ascese (que pode tornar-se verdadeira numa consciente renúncia), e do poder de dissipar e disseminar prazer sensual — é da tensão entre eles que o tema da adolescência toma, em Mauriac, peculiar sentido. Até certo ponto, a maioria das personagens masculinas dele, e algumas das femininas (e já foi notado a que ponto a *avidez* de uma *Thérèse Desqueyroux* é masculina), são, ou ficam sendo, adolescentes rebelados que se não saciam de provar a si mesmos — na castidade ou no deboche — como são susceptíveis de destruir e de ser destruídos. Essa adolescência perversa — tema que, naturalmente, conheceria uma grande fortuna num mundo em mutação veloz, e numa derrocada social que mais cava o fosso entre a espontaneidade juvenil e o conservantismo senil (e que culminaria, socialmente, nas rebeliões de estudantes, e nas atitudes de *beatniks*, *angry young men*, e *tutti quanti*) — teve, de resto, na literatura francesa moderna, diversos avatares, além do que dela há em algumas das obras supracitadas: são tão adolescentes desses as personagens dúbias e socialmente marginais de um Carco e de um Mac Orlan, como os revolucionários chineses de *La Condition Humaine*, de Malraux. E, sem dúvida, uma derradeira metamorfose são *Nôtre-Dame des Fleurs* e *Querelle de Brest*, de Jean Gênet.

Muitas dessas obras, e as de Mauriac também, pertencem à tradição francesa do romance (se o é) breve, em que duas principais linhagens se distinguem, com todas as gradações intermédias: o psicologismo analítico, em geral erótico, e em que a limpidez racional do estilo faz as vezes de uma poesia ausente; e o sentimentalismo evocativo docemente entregue a uma efusão contida — erotismo intelectualizado, reticência, poucas personagens, que, desde *La Princesse de Clèves* e o *Adolphe* a Camus (sem o amor), à Sagan (sem a reticência), ou à Sarraute do «Nouveau Roman» (sem as personagens...), são os ingredientes de uma das manufacturas mais seguras da civilização francesa [3]. Nos seus romances, Mauriac é, mesmo quando o não parece, um analista sem a limpidez, e um evocativo sem sentimentalismo. Era, aliás, o que vinha sucedendo ao género, desde a viragem do século, nas narrativas de Gide, de Colette, de Charles-Louis Philippe, em que o naturalismo e o esteticismo simbolista se davam variamente as mãos.

*La Chair et le Sang* (1920) e *Préséances* (1921) foram as obras de ficção, que Mauriac publicou depois dos dois primeiros romances que ambos continuavam, acentuando o último a sátira de costumes, que, na obra seguinte, obliquamente se interiorizará nas personagens. Também de 1921 é o primeiro romance em que a crítica concorda em encontrar Mauriac inteiro: *Le Baiser au Lépreux*. De 1923, são dois dos seus romances mais importantes, *Le Fleuve de Feu* e o terrível *Genitrix*, com a sua pintura de uma materna Cibele, incestuosamente ciosa dos amores do filho. É, transposto para a actualidade e para a mediocridade, o drama mitológico que Mauriac tratará

---

[3] Isto não é necessariamente um juízo pejorativo. Atendo-nos apenas à literatura francesa desde o Romantismo, a linhagem inclui, por exemplo, mais obras que também nos merecem o melhor respeito, como *Atala* e *René*, de Chateaubriand, escritos de Merimée e de Balzac ou Stendhal, e de Jules Renard, Anatole France, Gide, Jules Romains, Roger Martin du Gard, ou o *Mr. Teste*, de Paul Valéry.

no poema *Le Sang d'Atys*, que começará a escrever em 1927. De 1924 é *Le Désert de l'Amour*, que a Academia Francesa coroou, em 1925, com o Grande Prémio. Nesse livro, em cujo título aparece um dos motivos principais de Mauriac — *o deserto* —, está uma das mais dramáticas pinturas da adolescência exasperada, que ele fez. Nesse ano de 1925, reúne em volume os poemas escritos desde 1912 a 1923: isto é, uma súmula da poesia escrita durante os anos de formação como novelista.

*Orages* são vinte e oito poemas rimados, e na maioria com formas estróficas regulares; e em que predomina o alexandrino. Nesta medida exclusivamente, são vinte dos poemas. Exclusivamente em octossílabos ou em heptassílabos, são, respectivamente, um e três. Combinam o alexandrino com outras medidas, três poemas (um, com hexassílabos; outro, com octossílabos; e um outro, com versos de nove sílabas). Um outro poema combina o octossílabo com o hexassílabo. Como se vê, o alexandrino e o heptassílabo não se reúnem numa mesma estrutura unitária, o que será uma das características formais da sequência que forma *Le Sang d'Atys*. Independentemente das medidas de versos que compõem as estrofes, a regularidade destas, constituídas de quartetos rimando *abba* ou *abab*, aparece em vinte dos poemas, e é típica dos poemas em heptassílabos, todos em quadras, e da maioria dos que são só em alexandrinos (doze deles obedecem a esse esquema estrófico). Mas outros oito poemas exclusivamente em alexandrinos interessam-nos particularmente. Dois deles têm só cinco versos rimando *abbab*. Este núcleo rímico entra na formação dos outros seis (ou com variantes), que são sequências de alexandrinos rimicamente ligados por esquemas rímicos desse tipo, por dois tipos do quarteto, e por dísticos ocasionais: estrutura estrófica que predominará em *Le Sang d'Atys* (doze dos dezanove poemas que formam o conjunto são assim rimados) [4].

Os temas de *Orages* e as figuras que são objecto de meditação poética importam-nos pelo que anunciam da construção poética do mito de Átis, e pelo que caracterizam da personalidade poética de Mauriac (poética, aqui, no mais lato sentido). As figuras meditadas são: David (que é assimilado ao «desejo» do poeta, sendo, numa inversão muito curiosa, Golias assimilado a um Deus pelo qual David deseja ser vencido), Marsias (que é assimilado ao pinheiro de Átis, e apresentado como presa erótica de um Deus torturador, como se Deus fosse o Apolo que esfolou o tocador da flauta de Cibele), Ganimedes (a que o adolescente eroticamente ansioso é assimilado na sua entrega à rapina do «Dieu de proie») [5], o poeta Rimbaud (apostrofado nos termos de mártir do catoli-

---

[4] Seguimos, para estas observações e as seguintes, a reedição de 1949 (Grasset, Paris), que inclui também a reedição de *Le Sang d'Atys*, o fragmento então inédito (cuja data, diz Mauriac, é 1940) *Endymion*, e o poema «La Veillée avec André Lafon», que, em 1920, antecedera os *Petits Essais de Psychologie religieuse*. Para *Le Sang d'Atys* é também o texto dessa edição o que utilizamos, conforme vai em apêndice.

[5] Adiante, no texto, se trata do problema da assimilação cristã do maravilhoso pagão. O caso mais complicado e que requer comentário especial é o de Ganimedes, raptado por Zeus para «escansão dos Deuses» e outras coisas. A pintura e a escultura europeias de assunto mitológico trataram-no largamente. A transformação de Ganimedes no jovem tocado pela Graça divina deve-se aos teólogos platonistas do Renascimento. E, neste espírito, mas com implicações da psicologia profunda (a busca de um Pai transcendente), escreveu Goethe um dos seus mais belos poemas líricos, que é um apelo comovente. A ambiguidade da relação entre os dois actores — Zeus e Ganimedes — transforma-se assim na ambiguidade existente entre

cismo, que eram os então postos em moda na ressurreição literária do autor de *Une Saison en Enfer*, desde as «berrichonneries» à conversão de Paul Claudel)... e o próprio Átis.

Não se diga que a galeria — Rimbaud, Marsias, Ganimedes, Átis, e o Rei David — seja constituída por entidades muito representativas de pureza de moralidade burguesa ou neoburguesa... Em seu conjunto, representam a homossexualidade, o incesto, a castração, o sado-masoquismo. E os versos de Mauriac são, a este respeito, de uma transparência que precede a violência brutal de *Le Sang d'Atys*, e é, apesar das metáforas, ou por elas, muito mais directa que as análises ou as alusões dos romances. Até há poucas décadas, e na repressão moral a que a literatura sempre esteve submetida na civilização cristã, foi esta sempre uma das vantagens do maravilhoso pagão. E logo os primeiros poetas da latinidade cristã a compreenderam. Mas a fusão escandalosa do maravilhoso pagão com o maravilhoso cristão, usando-se aquele como simbologia deste, foi sobretudo obra do Renascimento italiano — e, na literatura portuguesa, ainda hoje incomoda muita gente em Camões. Essa fusão, que em *Orages* é mesmo demasiado ostensiva (porque, tratando-se de diversos poemas líricos em que a narração, se existe, é individualizada numa primeira pessoa, não há aquela distância que a despersonalização do tom épico dá à narrativa lírica em *Le Sang d'Atys*), não parece todavia ter escandalizado ninguém. Explica-se que assim seja, por várias razões. Primeiro, a poesia de Mauriac, que Barrès saudara

---

uma solicitude protectora e um chamamento juvenil. Na verdade, Zeus pegara Ganimedes distraído... — o que a cristianização do mito também não deixou de explorar.

com veemência, refluíra à sombra do seu prestígio de romancista e às sombras dos romances com que esse prestígio se fazia. Segundo, na cultura francesa, as elegâncias classicistas (mesmo quando façam uso das violências que os mitos greco-romanos simbolizam e sublimam) têm tradições na educação latina, que se não perderam (quer directamente alimentadas, quer bebidas nos escritores do Classicismo seiscentista e setecentista, que são a base do ensino literário, quer pelo reflexo de tudo isto, mesmo em escritores modernos, como se verifica em alguns dos «récits» de Gide, por exemplo o magnífico *Thésée*), e que, ou gozam por anti-religiosismo laicista, das bênçãos dos livre-pensadores conservantistas, ou, por mundanidade educacional, já que, fazendo esses «clássicos» do século XVII e XVIII — com exclusão de Voltaire, Rousseau e Diderot, que os «bem pensantes» odeiam — parte integrante do mito patriótico da França, indissoluvelmente ligado ao renascimento do catolicismo, na viragem do século XIX para o nosso, o ensino católico-nacionalista (que tamanhas responsabilidades teve, com o seu espírito «revanchista», na hecatombe de 1914-18) tratou de fazer tão suas, quanto o laicismo positivístico-radical, de tradição republicana, os considerava uma arma. Porque, não o esqueçamos, a França das últimas décadas mudou muito: e passou já o tempo em que um Péguy, católico e socialista republicano, era tão impensável para o catolicismo «antidreyfusard», como para o socialismo parlamentarista que deixou assassinar Jaurès. Assim, o uso do maravilhoso pagão — sozinho ou de mistura com uma mentalidade cristã e católica (e a França tem, ao lado do catolicismo, fortes tradições calvinistas que ou tingem muito católico, ou competem com a educação católica num exibicionismo patriótico e numa ostensiva pureza de costumes) — manteve-se sempre como uma «undercurrent». E é extremamente significativo que Mauriac tenha feito um escândalo público na estreia do *Bacchus*, de Cocteau, em 1951, quando o autor de *Les Parents Terribles* refazia, por conta própria, *Le Diable et le Bon Dieu*, de Sartre. É que Cocteau — sempre muito sabido em mitos — não transferira liricamente as suas obsessões para o plano da retórica mitológica baptizada pela tradição; nem as escondera na banalidade de uma situação contemporânea e realisticamente proposta. Colocara-se num plano intermédio da História europeia, e fizera nele irromper, em plena civilização cristã, uma manifestação de paganismo irredutível. O que terá ofendido Mauriac foi muito menos, ao contrário do que ele terá suposto, as pretensas blasfémias e irreverências proferidas pelas personagens do Cocteau (isso é o pretexto para a indignação virtuosa), que o facto de a peça de Cocteau tocá-lo no fundo mais oculto da sua personalidade: aquele em que o paganismo é um desespero de cujas culpas o demónio paga o preço. Marsias, Ganimedes, Átis — toda essa gente conexa com o mito da Terra-Mãe, ou com o alado rapto masculino à atracção dela (e é conhecida psicanaliticamente a conexão do voo com a libertação da potência sexual viril — o que, na civilização moderna, tem a sua contrapartida, ainda não estudada, na paixão juvenil pela aviação, e no prestígio dos pára-quedistas, cujo gesto de caírem livres sobre a Terra tem uma perfeita conotação de simbologia erótica) — são, em *Orages*, figurações de tudo isto.

Mas, mais do que eles, que falam por si mesmos, são curiosas as analogias usadas em todos os poemas.

*Sédentaire* (em dois quartetos de alexandrinos) compara um corpo dormindo ao oceano (esta identificação será usada por Cibele, meditando sobre Átis, no longo poema que apresentamos). *Péché Mortel*, formalmente análogo ao anterior, fala de um amplexo sexual em termos de morte, e diz que as «sedes confundidas» dos corpos, no momento culminante, «insultarão o céu» (que a capacidade sexual é um insulto aos deuses, em termos de religião da Madre-Terra, eis o que era simbolizado na castração obrigatória dos sacerdotes de Cibele, cuja ambiguidade física é sublinhada por Catulo, admiravelmente, no seu poema sobre Átis, o n.º 63 da edição «Les Belles Lettres» [6]; e o carácter criminoso de toda a relação física, confundida com o pecado original, é um dos pontos da doutrina jansenista com que o calvinismo e as tradições agostinianas marcaram o catolicismo francês — e não deixa de ser uma saborosa ironia que isso seja continuamente bebido nos neoclássicos do Barroco francês, todos mais ou menos marcados pelo jansenismo ou pelo quietismo). *Autre Péché*, em cinco quadras, retoma o tema do acto sexual como morte, mas morte passageira que sucessivamente conduz à eterna; e o poeta, assimilando a terra fendida e quente a um corpo, diz que invoca um mau deus para exorcismar a Graça que pode surgir nos «corações devo-

---

[6] Adiante nos reportaremos a esta edição: *Catulle-Poésies*, texto estabelecido e traduzido por Georges Lafaye, 4.ª edição revista e corrigida, Paris, 1958. É de notar que a tradução lateral tem todos os defeitos da tradicional tradução francesa de clássicos: sempre parafraseada, nunca respeitando a estrutura da dicção dos poetas, e muito menos os passos «impróprios», tão comuns nos poetas latinos. As voltas de frase para esbater uma crua indecência chegam a extremos do mais obsceno ridículo, quando pura e simplesmente não suprimem os passos em questão.

tos» do par amoroso, mas o invoca em vão, porque serão vencidos pelo «Dégout» que é cúmplice do Deus que os ama muito mais do que eles amam as delícias pecaminosas. A Graça divina surge, pois, como algo capaz de retirar a potência ou a atracção sexual (e de realizar, portanto, uma castração premonitória); e todo o prazer se paga com um nojo em que Deus se vinga de a castidade não ser mantida (como se castidade, continência, e virgindade fossem exactamente a mesma coisa). *Faune*, em cinco alexandrinos, é a breve fala da personagem titular, dirigindo-se, supõe-se, a uma ninfa (com *L'après-midi d'un faune*, de Mallarmé, a música orquestral com que Debussy comentou o poema, e o bailado criado por Nijinsky, em Paris, em 1912, os faunos e o que sempre simbolizaram de sensualidade desenfreada, tinham gloriosos direitos na cultura dos anos 10 e 20), e referindo que «o odor te mata mais que meu desejo oculto». O cheiro físico — «l'odeur» —, que é uma das mais intensas realidades do estilo de Mauriac, aparece aqui, na síntese de um verso, ressoando a uma sexualidade que é como uma aura atractiva. *Phares*, novamente em dois quartetos de alexandrinos, diz que, se o poeta deitasse a amada morta com os outros mortos, a terra continuaria estremecendo de corpos juvenis; e que, se vazasse a si mesmo os olhos, todos os olhos ignotos do mundo flamejariam na noite eterna, e nesses faróis o espírito dele iria, ansioso, queimar suas asas. Isto é: a morte (mesmo a morte simbólica que seria o afastamento) nada pode contra a renovação da juventude; e, se, para deixar de cobiçá-la libidinosamente com os olhos (que são uma forma de sexo sublimado — e o são, não sublimado, nos «voyeurs»), ele os vazasse, cego ele continuaria sendo atraído pela claridade dos corpos [7]. Repare-se em como, efectuada a castração visual (e, por isso mesmo, Édipo se vazou também os olhos, para castigar-se do incesto), o poeta não é apenas um cego, mas muito justamente um *espírito* — no que qualquer forma de castração simbólica surge como a possibilidade de separar espírito e corpo, permitindo que aquele se liberte da escravidão deste. É, todavia, um espírito que continuará a sentir-se atraído pelo que, quando ligado ao corpo, o contaminava, e irá queimar as suas asas nessa mesma luz (a luz, aqui, como indicativo de presença irredutível, ao mesmo título em que vimos sê-lo o cheiro). Ou seja: o espírito, nem por livrar-se das sujeições físicas, fica isento da atracção erótica e pecaminosa, e corre mesmo o perigo de queimar, na luz dos corpos, aquilo por que lhe é possível a ascensão, aquilo que simboliza a sua condição celeste — as asas (na língua portuguesa, esta simbologia foi esplendidamente expressa por Garrett, no seu poema «As Minhas Asas»). O espírito, portanto, é susceptível de impureza — e o pecado mental é uma das mais típicas obsessões do quietismo. *Les Deux Fleuves*, em três quadras, é a fala do poeta à sua amada, evocando como se retiveram na borda extrema «da volúpia proibida», como as mãos de ambos «não rasavam a amarga espuma», e como, lado a lado, ficaram os dois, quais «paralelos rios de sangue». O símbolo do rio, e do rio de sangue, como analogia da vida física, aparece aqui ligado à proibição de consumar-se a volúpia, que é extremamente típica dos costumes puritanos (a

---

[7] Acerca da substituição do contacto pela vista, note-se o que diz Freud em *Le Mot d'Esprit et ses Rapports avec l'Inconscient*, trad. fr. Paris, 1930, pp. 111-112 (o original alemão era em sua primeira versão de 1905).

incidência do «petting to climax» e de outras formas interrompidas da satisfação sexual foi largamente revelada, pelo célebre «Kinsey Report», na juventude e mesmo nos adultos norte-americanos), e o é também de todas as mentalidades e culturas que vêem no orgasmo uma dissipação de vida (o que é tão patente nas novelas de cavalaria medievais, e é tão característico das personalidades históricas portuguesas do fim do século XIV e primeira metade do século XV, pelo menos na mitologia que acerca de si mesmos gostavam de ver difundida), ou que são narcisisticamente incapazes, pelo menos no plano da realização mental que acompanha a física, de se transferirem a outrem (o que é, em parte, inerente ao espírito puritano, individualista no pecado e na graça, e também às culturas ainda ligadas ao patriarcado rural, com a sua inevitável ambiguidade matriarcal), e preferem a manutenção da obsessão à libertação de uma posse efectiva que não se coaduna com estruturas ainda assentes no esclavagismo familiar ou social. Das relações internas desse esclavagismo familiar, conexo com a dispersão demográfica das planuras bordalesas, tem sido Mauriac, nos seus romances, um agudo crítico. E este estar deitado lado a lado, num desejo que se sublima (e inerente ao mito de Tristão, como muito bem sublinhou Cocteau, no filme que Dellanoy realizou — *L'Éternel Retour* — sob roteiro seu: e não sem razão as estátuas jacentes dos túmulos, emparelhadas, se difundem em Portugal precisamente com D. João I, o patriarca da mitologia social das virtudes dos heróis do ciclo arturiano), é um dos temas de Mauriac; e, na obra já citada, C. E. Magny (no que nos parece a única referência crítica a *Le Sang d'Atys*) comenta de passagem este tema, aproximando a longa sequência de Átis, que nos ocupará, e o amor com que sonha Thérèse Desqueyroux: «une longue sieste au soleil, un repos sans fin, une quiétude animale». De como a posse é morte, e como quem a exerce é um «assassino» diz, em duas quadras, o poema seguinte: *Assassin*, que precisamente, confirmando as aproximações que fizemos, descreve a mulher adormecida, como carne «gelada e nua», e «santa talhada em pedra dura». *Approche* (dois quartetos de alexandrinos) assimila a expectativa amorosa ao jardim que, «liberto do seu inverno», aguarda a «estação ardente». A comparação encerra evidentemente a analogia do amor e do mito primaveril de Átis e de Adónis também. *Tartuffe*, também dois quartetos de alexandrinos, é um muito curioso poema. O poeta, «tempestade pesada», «ronda» em torno da amada. Como tempestade iminente que é, os seus desejos desenham, «dans ton ciel», «breves clarões». Mas a malícia, que os olhos dele têm, de desviarem-se, não lhes esconde na treva o rosto que os fere (e novamente encontramos os olhos como um sexo que pode ser ferido pela atracção erótica). Então, evoca a hipocrisia puritana, que é, ao mesmo tempo, o manejo sábio do conquistador traiçoeiro: «a fuga dos olhares», «o abafar dos passos», «essa mentira carnal que a idade nos ensina». Com o «humilhante uso» que ele começa a aprender desses artifícios, eis que «ronda junto dos corpos, que disto não sabem». *Petit chien sombre* (seis quadras de três octossílabos e um heptassílabo final) descreve a amada como um cãozinho escuro, dormindo tranquilo no regaço do poeta, para o qual, no fim, «se elevam as pupilas puras» que se pousam «no miserável rosto», de que, num heptassílabo reduzido a seis sílabas, a «máscara caiu» (subentende-se que a máscara do Tartufo do poema anterior). *Renoncement* (dez estrofes de três alexandrinos terminados por um hexassílabo), que é aliás, numa grande banalidade de expressão, mas num excelente balancear rítmico, um dos poemas mais expansivamente ternos da colectânea, dirige-se a uma mulher que o poeta amou, e que, como Thérèse Desqueyroux, tem o sorriso falso e «les temples blanchies». Dir-se-ia que, na sua juventude de bordalês das Landes, em Paris, ele conheceu (e Paris é nomeada no poema) esse modelo de Thérèse, mulher que tinha «un coeur chargé de trop de proies» e que ninguém será verdadeiramente um homem, se, na juventude, não conheceu essa imagem materna, suficientemente desprezível para libertar da adolescência. É uma figura que «m'attire et me repousse». Mas o poeta dissera não aos avanços que ela aliás não fizera; e deita-se à beira «dessa água negra em que apodrecem caules» e o seu coração — note-se — «baptizado» «cherche et fuit» o contorno da sua boca. É que ele conhecia «sa vigne» (e esta metáfora da vinha, para designar tudo que diz respeito à vida erótica, é muito antiga, e, designando expressamente o sexo, aparecerá em *Le Sang d'Atys*); mas — e é um momento raro na obra de Mauriac — lamenta que ela, «numa onda amarga», não o tenha «de súbito rolado» nas areias (o motivo das areias que são da paisagem landesa é constante no metaforismo dele), e que ele não tenha vivido para procurar, da carne dela, «l'épuisante limite». Isto é, lamenta que não tenha sido ela a assumir a responsabilidade do pecado a que o arrastaria (o que é, eroticamente, revelador de uma atitude passiva); e que a vida dele não tenha durado — ou seja, não tenha continuado na mesma situação que daria tempo ao tempo — o suficiente para que ele encontrasse, na carne dessa figura, o limite do esgotamento (esgotamento que é o da satisfação sempre adiada que o puritanismo concede, e acima foi apontada). E já no início do poema, ao interrogar-se sobre «que macula a primavera», ele perguntara se «os seus pecados juvenis não teriam sido mais puros que a renúncia do pobre de coração duro, que recusa a esmola». Estas perguntas, em que aflora, na sua forma mais espontânea, a caridade, e paira uma interrogação comovida, são um instante de abandono: e o poema termina com o pedido de que se não fechem outra vez, sobre o tormento do poeta, «as trevas das carícias». *Equinoxe*, cinco alexandrinos, chora, na Primavera, a solidão amorosa do leito. *Délectation* (quatro estrofes de um alexandrino, um octossílabo, dois alexandrinos) diz que o poeta chora os seus pecados: os que cometeu e os que desejou ter cometido. Mas que em vão tenta reflorir «les pêchers» (praticando uma antanáclase de gosto duvidoso) no pomar da sua juventude, porque os pecados não se repetem, são sempre outros. E entrega-se a esse prazer proibido de rilhar a beijos os rostos desenterrados dos pecados extintos. O poema é, não sem uma ponta de contraditória ironia, uma discreta caricatura da obsessão da culpa, inerente a uma mentalidade excessivamente rigorosa, e do concomitante e mórbido prazer de rememorar os pecados passados, como se não houvesse absolvição para eles. E é de *Le Regret du Péché* que trata o poema seguinte, em quatro quartetos de alexandrinos. «Do mais profundo das terras», sobe no poeta um refluxo de desejos, «flot trouble et de boue épaissi» (e vemos o «trouble» associado à lama que o espessa), que recobre a alma. Esta alma — repare-se — é «asservie au mystère», «asservie à la chair» e «n'a pas choisi». Eis uma alma tipicamente jansenista: sujeita ao mistério do pecado e da graça (e não apenas livremente capaz de cometer um e aceitar a outra), sujeita (e não harmoniosamente ligada) ao corpo, e a quem não foi dado escolher o seu destino de alma neste mundo (pois que, se lhe fosse dado escolher, teria recusado sair do seio de Deus). A seguir, o poeta refere a sua fronte orgulhosa que as cinzas não tocaram, o torso que nenhum cilício teve de lacerar, e o corpo *feliz* que, trémulo, não ousou descer ao abismo que o amplexo lhe abria... É todo o universo moral de uma educação absurdamente ébria de pureza. Mas, por isso, acrescenta Mauriac, a essa «sage chair qui ne fut jamais folle», nada resta senão — e o nada é três vezes repetido — o «instante infinito» em que, «queimando-se no fogo do teu corpo dormindo», ele fitava a boca encostada ao seu ombro. *La Marée Infidèle*, em quatro quartetos de alexandrinos, descreve, no par amoroso, a assincronia da satisfação erótica. O poeta, comparando os seus braços no corpo amado à devastação praticada pelas heras (e sempre as comparações vegetais surgem, com o que representam de passivo e de lento), não ouve nada, tal como não ouvia na terra nada, quando, em criança, «no tempo das sestas», «apoiava o ouvido na terra». E ele que, criança, não pedia, à terra muda, mais que «un rêche attouchement de mousse», exige agora dela, feita mulher, um zelo como o do mar acompanhando a lua. Mas os «amores reticentes» não espalham uma fidelidade de marés sobre a areia seca que ele é. E, quando se queria casto, em vão fugia «da espuma proibida»; e, quando apelava a que ela o devastasse, ela, «mar escancarado e perdido», fingia dormir...

Não se poderia dar figuradamente melhor a questão da assincronia imposta, pelas reticências obsessivas, ao sexo, quando, por uma intransmissibilidade da culpa, a carne é proibida de despertar expressamente o desejo alheio, e vive numa insaciedade que só a satisfação alheia completaria. *Attendre et Se Souvenir* (oito estrofes de três octossílabos concluídos por um heptassílabo) é um dos mais fracos poemas da colectânea, e parece-nos apenas relevante, nele, a referência a «ma fureur plus que païenne». *Lumière du Corps* (quatro quartetos de um alexandrino, um nonassílabo, dois alexandrinos), que retoma o tema do medo de que «Aquele» que odeia as «étreintes» surpreenda os amantes, se estes se não amarem «surdamente», tem pelo menos um alexandrino admirável de sensualidade e limpidez formal: «Les paumes de mes mains suivront tes jambes pures». *Le Désir* (seis quartetos de alexandrinos) descreve uma erótica expectativa frustrada — ela não veio (e é curioso notar como, na poesia de Mauriac, «elas» são quem vem, e não ele quem vai). Novamente surgem o deserto (interior), o mar (triste), as vagas que sujam de espuma e se retiram, e, peculiaridade temática que será usada em *Le Sang d'Atys*, a inseparabilidade do mar e das praias condenadas a serem sujadas pelas espumas... Tudo isto se refere, no poema seguinte, ao *Sacré-Coeur* (dois quartetos de alexandrinos)... Mas, pergunta-se o poeta, como podem, para acalmar a tempestade, levantar-se essas mãos que ele, o poeta, pregou com os cravos (dos seus pecados)? Ora, o Sagrado Coração de Jesus não é, iconograficamente, um Cristo Crucificado. De resto, o Sagrado Coração só aparece no título, e não no texto. Mas que Mauriac tenha chamado assim a um poema em que o Cristo *não pode* despregar-se da cruz, eis o que é extremamente significativo. *Le Corps fait Arbre*, em três quartetos de alexandrinos, descreve o poeta metamorfoseado em árvore: uma metamorfose de Átis (que não é nomeado), em que estão presentes as raízes cravadas, os ramos como mãos estendidas, a cabeleira cheirosa da folhagem, a casca da carne, a cigarra que canta, o sangue correndo como rio, que serão largamente usados em *Le Sang d'Atys*. *L'Ombre* (conjunto de nove alexandrinos rimando *abbabccdd*) descreve o poeta, numa tarde ardente de Verão (e lá estão o sono da terra e as cigarras), procurando «votre coeur» (de quem?) como procurava a sombra. *L'Émeraude* (nove alexandrinos rimando *ababcddcd*) é apenas uma galantaria sem consequências. Mas *La Tempête apaisée*, o poema seguinte (21 alexandrinos com o seguinte esquema de rimas: *ababbbacac+deded+ff+ghgh*), que começa por ser um banal apelo à «mouette au sage coeur» a que acaricie «les océans calmés» (o que corresponde ao primeiro e mais longo daqueles núcleos rímicos), passa (é o segundo núcleo rímico) à evocação da «vieille cour», do terraço onde o poeta gostava aos quinze anos de estender-se em desafio ao sol (e que ele descreveu em memórias e em muitas páginas de romances), e conclui (são os últimos seis versos) por uma solene evocação, num tom de grandeza vergiliana, de um «bouvier adolescent» que pode ser um protótipo do pastor que Átis é. Seguem-se a este poema, com análogas estruturas métrico-rímicas, *Marsyas ou la Grâce*, *Ganymède chrétien* e o *Fils du Ciel* que é Rimbaud. Entre os poemas de Ganimedes e de Rimbaud intercala-se, em quatro quartetos de alexandrinos, o *David vaincu*. Em todos eles, menos no *Fils du Ciel*, há vestígios metafóricos de metamorfose vegetal.

É este o conteúdo de *Orages*; e só não analisamos o poema *Atys* que, após o de abertura, é significativamente o primeiro da colectânea. Com efeito, se Átis estivesse, no pensamento de Mauriac, nessa época, no mesmo plano em que estavam Marsias, Ganimedes ou Rimbaud, o seu lugar seria, no fim da colectânea, junto com eles que estão todos juntos. Se se lhes antepõe e à colectânea, é porque a sua situação era especialmente significativa, na colectânea e no espírito do autor. E tanto o era, que ele depois se ocupou poeticamente com essa personagem, conforme declara, desde 1927 a 1938, os onze ou doze anos durante os quais compôs os 390 versos que compõem a sequência de *Le Sang d'Atys*.

Em 1926, publicara Mauriac o seu primeiro ensaio sobre Proust (que morrera em 1922, e de que o último tomo, *Le Temps Retrouvé* só seria publicado em Setembro de 1927), que é um dos primeiros livros sérios que sobre ele se escreveram e se transformou mais tarde (1947) em *Du côté de chez Proust*. De 1927, é *Thérèse Desqueyroux*, por certo uma das suas obras-primas, e uma obra-prima da ficção contemporânea. Em 1928, é a meditação sobre *Le Roman*. Em 1929, Mauriac publica os excelentes *Trois Récits*. 1930 é o ano de *Ce qui était perdu*, e 1932 o de *Le Noeud de Vipères*, um dos seus livros mais sombrios, e de *Commencements d'une vie*, admiráveis e um tanto complacentemente «bem pensantes» recordações de juventude. Em 1933, o ano do ingresso na Academia, é também o do amável *Le Mystère Frontenac* e do excelente ensaio *Le Romancier et ses personnages*, que continua a ser título indispensável em qualquer bibliografia sobre os problemas do romance. Em 1935, Thérèse Desqueyroux envelhecida, reaparece no belo *La Fin de la Nuit*. De 1936 são os sinistros *Les Anges Noirs*, em que se repetem os temas habituais e também os entrechos e tipos dos romances anteriores, e *La Vie de Jésus*, cuja austera simplicidade nunca bateu, pelo Natal e pela Páscoa das sacristias, a mediocridade aparatosa da que Papini escreveu (para não falarmos da ignomínia encadernada e caipira que é a de Plínio Salgado, o fundador do fascismo brasileiro). Em 1938, Mauriac publica as novelas de *Plongées*, e faz a sua estreia no teatro, já cinquentenário, com *Asmodée*, em que este demónio belamente se encarna na personagem estranha de Blaise Couture, espécie de Tartufo devorador e mesquinho. Em 1939, Mauriac publica *Les Chemins de la Mer*. Mas já antes esse académico, esse católico um tanto incómodo mas tolerável pela elegância raciniana do estilo (tão diverso das espessas diatribes da tradição dos Léon Bloy intratáveis... que reapareciam tão desagradavelmente em Bernanos!), escandalizara a frente unida dos «bem pensantes», tomando veemente partido pelos católicos bascos da República, na Guerra Civil de Espanha, como pouco depois faria, recusando, na derrota e na ocupação da França, o espírito de Vichy, e aderindo à Resistência. Desde 1934 que vinha, entretanto, publicando volumes do seu *Journal*, pouco memorialísticos e pouco íntimos (II, 1937; III, 1940; IV, 1950). E, em 1940, publicou, numa plaquete de tiragem limitada, *Le Sang d'Atys*. De 1941 é *La Pariséenne*. De 1943, o célebre *Cahier Noir* da Resistência. Em 1945 e em 1948, volta ao teatro com *Les Mal Aimés* e a notável peça que é *Passage du Malin*. Em 1949, é a reedição de *Orages* e de *Le Sang de Atys*, já descrita, em que aparece o fragmento inédito de um *Endymion* (em que novamente surge o tema da metamorfose, e em que são belíssimos de audácia os alexandrinos em que Selene se descreve acariciando o corpo nu e adormecido de Endimião). Em 1951, enquanto faz representar mais uma peça, *Le Feu sur la Terre*, Mauriac volta à ficção abandonada durante dez anos, com a brevíssima novela *Le Sagouin*, em que, refazendo o *Poil de Carotte* de Jules Renard, cria, numa terrível secura de estilo e de narração, uma das mais pavorosas figuras de criança torturada, que as literaturas possuem. Em 1952, o ano de *Galigaï*, romance demoníaco, recebe o Prémio Nobel da Literatura. Por certo que, só por si, o Prémio Nobel da Literatura não é uma lídima glória, e ainda recentemente Jean Paul Sartre deu aos académicos suecos a lição que eles estavam pedindo. Quem eles premiavam não era o poeta perturbante que temos entrevisto, ou o romancista desagradável em que as graças divinas (às vezes metidas um pouco à força, como sucede no final de *La Fin de la Nuit*) não se dirá que resgatam suficientemente a exibição de malignidade de tantas personagens torpes, e muito menos o «resistente» dos anos 30 e 40, mas o grande e celebrado escritor francês, então degaullista infrene e partidário acérrimo da Aliança Ocidental (da qual, seguindo o Pai que encontrou em De Gaulle, depois pareceu afastar-se), e portanto oblíquo sustentáculo do conservantismo inerente ao socialismo reformista da Suécia (e de outros lugares). Mas também por certo que a consagração correspondia, apesar dela, à categoria do escritor e ao gosto sueco do «trouble» e da crueldade, que temos por escandinavo nas peças de Strindberg ou no cinema de Ingmar Bergman.

P. S. — 1977 — Mauriac faleceu em 1970, e há quem pense ser ele o maior romancista francês do século, depois de Proust.

## MAURIAC NA LITERATURA FRANCESA DO SEU TEMPO

É divertidíssimo observar que personalidades literárias da França nasceram, como Mauriac, em 1885: Jules Romains (muito maior escritor, pelo menos em parte da sua obra, do que é geralmente reconhecido), Pierre Albert-Birot (que foi, com Apollinaire e com Reverdy, grandes poetas, um dos primeiros animadores do vanguardismo poético, e é um admirável escritor desconhecido), André Maurois... e três representantes da mediocridade francesa na poesia, no teatro, e no romance obsceno: Paul Géraldy, o do *Toi et Moi*, Sacha Guitry e Maurice Dékobra. É aliás instrutivo observar também uma lista anual dos escritores nascidos entre 1880 (Apollinaire) e 1889 (Reverdy). De 1881 são Valéry Larbaud, André Salmon, Roger Martin du Gard, e o crítico de arte Focillon. De 1882 são Giraudoux, Charles Vildrac, o dramaturgo Lenormand, Charles Du Bos e Maritain. De 1883, Ernest Psichari e Pierre Mac Orlan. De 1884, Jean-Richard Bloch, Duhamel, Jean Paulhan, Supervielle, Chardonne e Gaston Bachelard (e também o romeno Panait Istrati, que só pertence à França pela língua que usou). De 1886, são Carco, Alain Fournier, Jacques Rivière, e um émulo de Dekobra: Pierre Benoit. De 1887 são Pierre Jean Jouve, Blaise Cendrars, Saint--John Perse (outro francês que recebeu o Prémio Nobel por virtudes diplomáticas) e Gabriel Marcel. De 1888 (o ano em que nasceram Fernando Pessoa, T. S. Eliot e Giuseppe Ungaretti) são o dramaturgo Crommelynck (hoje injustamente esquecido, quando tanto teatro contemporâneo lhe deve a truculência, como aliás também a Romains), Lacretelle, os grandes Jouhandeau e Bernanos, e Paul Morand, durante tanto tempo o exemplo de modernidade cosmopolita, e que se estreou com um prefácio de Marcel Proust.

As grandes divindades tutelares da mutação literária haviam nascido entre 1868 e 1873: Claudel, Francis Jammes, o — hélas!... — Maurras, Romain Rolland, Suarès, Alain, Gide, Valéry, Proust, Jarry, Péguy, Colette, o crítico de arte Élie Faure — logo seguidas por Barbusse, Charles-Louis Phillipe (que o célebre estudo de Spitzer pôs em merecida glória), o crítico Albert Thibaudet, Henri Ghéon, Max Jacob, Milosz, Schlumberger, Raymond Roussel, Jean de Bosschère, Victor Ségalen, Léon Paul Fargue, Ramuz, Vildrac, e os críticos Edmond Jaloux e Paul Hazard, todos estes nascidos entre 1874 e 1878. Nos onze anos que vão desde o nascimento de Claudel, em 1868, e o de Fargue, em 1878, tinha havido três graves distracções cronológicas: Edmond Rostand, no ano de Claudel; o Sr. Henry Bordeaux, nascido (cruzes!) entre Gide e Proust; e a condessa de Noailles no ano (1876) de Max Jacob. Prolonguemos até ao princípio do século estas listas, já que citamos, noutro lugar, o malogrado Radiguet. Cocteau é de 1892. Céline de 1894. De 1895 são Eluard e Giono. De 1896, Montherlant, Tristan Tzara, Breton e Antonin Artaud. De 1897, Jean Bousquet (o autor do admirável *Traduit du Silence*), Aragon, Soupault, e os críticos George Bataille e Jean Cassou. De 1898, Eugène Dabit, Kessel, o dramaturgo Ghelderode (que só agora, após as experiências de «não-teatro», começa a receber o reconhecimento que merece). De 1899 são os poetas Michaux e Ponge, o dramaturgo Salacrou, e dois Marcel: Arland e Achard. De 1900 são Prévert e Desnos, e Saint-Exupéry, Julien Green, e André Chamson. Malraux e Leiris são de 1901. De 1902, Vercors e Marcel Aymé. Radiguet nasceu em 1903, como Queneau e Simenon [8].

Estes trinta e cinco anos, de 1868 a 1903, viram nascer plêiades sucessivas de escritores que constituíram a justa glória da literatura francesa nos anos 20 a 40, e sem muitos dos quais é impossível escrever-se a história moderna de qualquer literatura ocidental [9]. Post-simbolismo, neocatolicismo, psicologismo

---

[8] Nesta lista de nomes, em que haverá lacunas (e até das que o autor lamentará), as datas de nascimento não serão, muitas vezes, as correctas. Verificadas em diversas histórias da literatura francesa, há nestas uma grande flutuação, mesmo para nomes dos mais importantes. Mas a flutuação é sempre de poucos anos, um ou dois, para mais ou para menos. Entre os nomes citados, figuram, por exemplo, belgas e suíços de língua francesa, que, na verdade, só por alguns aspectos regionais, não fazem parte da literatura francesa.
[9] O autor faz questão de acentuar este ponto. Durante décadas, tem ele sido notório propugnador das literaturas de outras línguas, contra a excessiva e absorvente presença da cultura francesa em Portugal. Era, e continua sendo, da maior premência um trabalho dessa ordem; e da cultura francesa, ou sob a influência exclusiva dela, sempre houve quem falasse demais, numa subserviência muitas vezes inocente, mas que subalternizava aparentemente a nossa cultura. Mas é evidente que — e queremos agora referir-nos à cultura moderna — a irradiação dos autores franceses é um facto que não pode ser ignorado, do mesmo modo que o conhecimento deles é indispensável a quem queira estar a par do seu tempo. De resto, hoje, a difusão de outras literaturas — largamente publicadas em Portugal em décadas de traduções — torna ridículo que se fale de uma presença exclusiva da França que tem, aliás, nas últimas décadas, algumas explicações sociopolíticas que convém não esquecer. Em grande parte, o liberalismo europeu é de raiz francesa (e é-o também o das Américas, onde o radicalismo político sempre viu na França o antídoto contra o impacto da independência dos Estados Unidos,

simbolista, cubismo, futurismo, dadaísmo, populismo, internacionalismo cultural, todas as sucessivas escolas e grupos (muitas vezes rótulos precários reunindo individualidades muito diversas) que, desde a esquerda

realizada em termos conservadores, e contra a dominadora influência económica dos anglo-saxões). Na mesma França se desenvolveu a reacção contra o liberalismo e o republicanismo: natural seria que os interesses reaccionários procurassem, nos diversos países e em Portugal também, o pêlo do mesmo cão para curar a dentada. Esta oposição política colocou a cultura portuguesa, naturalmente, sob a égide da França, e não foi diverso o que se passou, no fim do século XIX e primeiro quartel do século XX, noutros países. Uma grande aproximação com a Espanha, paralela desta influência ambivalente, desenhou-se em Portugal, a partir da geração de 70, tão poderosa em Espanha, e da geração espanhola dita de 98, tão espiritualmente filha daquela. Mas, quando, nos anos 30, o modernismo espanhol (aliás muito mais atrasado formal e espiritualmente que o português) começava a difundir-se em Portugal (e o português em Espanha), tudo isso foi cortado, não só pela Guerra Civil, que suspendeu, por muitos anos, a irradiação directa da cultura hispânica, mas também pela desconfiança política com que os sectores conservadores, e os liberais também, viam, na Espanha, já de antes, o republicanismo tender vertiginosamente para uma socialização que temiam. Os anos da Segunda Grande Guerra propiciaram uma intrusão benéfica de anglo-saxonismo que, então, em face dos fascismos, e da queda da França, era o fermento acessível às consciências esquerdizantes. A ascensão do fascismo italiano e depois a do nazismo alemão tinham tido, na irradiação da cultura germânica (que seria então a de Weimar) e da cultura italiana (que seria a do socialismo italiano que o fascismo confusamente dividiu), uma influência desastrosa. Mesmo assim, é de notar que a Espanha e Portugal leram Heidegger antes da França, e leram Kafka quase pode dizer-se que antes da própria Alemanha (que só efectivamente o leu depois de 1945); e, se não leram os italianos, é porque os primeiros anos do fascismo italiano absorveram quase toda a literatura da Itália, do mesmo passo abafando as repercussões contrárias que teriam sido recebidas com simpatia, e marcando do signo da suspeição os escritores (como longamente sucedeu, nos anos 40, com os espanhóis, cuja diáspora nas Américas produziu uma espantosa difusão cultural da Espanha, que não teve repercussão europeia). A França, depois da guerra, recuperou-se rapidamente: e não lhe era difícil reassumir um lugar que as potências anglo-saxónicas, sempre culturalmente exclusivistas, não haviam inteiramente preenchido, e que logo a «guerra fria» e as desilusões políticas (se o foram) dos escritores esquer-

à direita política, e juntamente com a revolução musical e das artes plásticas, ajudaram a transformar completamente o panorama estético, criando (a par de ressurgências das tendências anteriores) o Moder-

dizantes ingleses e americanos mancharam em sua significação. E a cultura soviética, propugnada em termos de estalinismo, não podia satisfazer, como antídoto, senão os fanáticos. A divisão da Europa, e a acessão triunfal da República Federal Alemã (muito mais interessada numa difusão do imperialismo económico que numa propaganda da cultura germânica, já que grande parte das figuras ilustres do passado haviam sido violentamente antinazis, e as que iam surgindo eram muito reticentes quanto às virtudes morais do «milagre» económico) não contribuíram para modificar uma situação em que a Espanha continuava ausente, e a que a Itália só começou a aceder internacionalmente na segunda metade da década de 40, e primeiro através do cinema (que foi, em Portugal, como na França, na Inglaterra, ou nos Estados Unidos, o pioneiro de uma penetração cultural que só começou a frutificar nos meados da década de 50). A influência da França, apenas desafiada pela da cultura anglo-saxónica (e depois um pouco pelas outras), pôde, assim, prosseguir: de um lado as simpatias conservantísticas pelo gaulismo, e do outro o apego estalinista aos ditames de Paris (até porque o francês era, e ainda é, língua diplomática do comunismo internacional), refaziam o velho *statu quo* que só deixava, interessados por outras vozes, raros espíritos independentes. Actualmente, mais que nenhum outro, o barómetro político da Europa é a Itália. Mas é, na verdade, cedo ainda para prever-se a que ponto (o que aliás dependerá da própria evolução italiana) se criarão condições propícias à difusão dessa cultura, ante uns Estados Unidos e uma Inglaterra em que as culturas nacionais, do mesmo passo que manifestam ampla curiosidade pelas estrangeiras, se fecham, quanto à criação, num grande exclusivismo provincial, ante uma Alemanha ferozmente dividida por duas esferas de influência (o silêncio ou o ataque aos escritores da Alemanha Oriental são de regra na Ocidental), ante uma Rússia a braços com os problemas da sua própria liberação (que não sabemos se prosseguirá no campo da cultura literária), e que tornam demasiado locais os seus escritores, ante uma Espanha que desfruta culturalmente, nas Américas, de um prestígio impensado em Portugal, ante uma França que continua a ser imagem de uma ordem burguesa que possui muitos atractivos ocidentais (e orientais também). A questão da influência francesa, que apenas esboçamos em linhas muito gerais, é, portanto, muito complexa, e não pode ser tratada em termos simplistas. Nós fomos hispanizados pelos Jimenez e os Lorcas (este, conhecíamo-lo, ao contrário do que sucedia a muitos que

nismo, estão representadas nesses nomes de desigual valor.

No sentido estrito de vanguardismo, de experimentalismo, de procurado e desafiador escândalo, muitos desses escritores não são modernistas, como Mauriac o não é. Mas no sentido lato de, mesmo com sentimentalismo romântico (tão sensível nos unanimistas, nos populistas, nos «escritores de Paris»), contribuírem para a liquidação do Romantismo e para a instauração de uma nova época, praticamente todos, ou quase todos, o são. A este respeito — e tantos equívocos persistem ainda — é decisivo e altamente insuspeito o depoimento de Ilya Ehrenburg, nas suas recentes «memórias» que precisamente cobrem (a maior parte do 1.º volume) essa época efervescente dos anos 10 de Paris. Para ele, que os viveu, não há dúvida de que um novo mundo estético nascia, e diverso do Romantismo que até aos esteticismos e naturalismos do último quartel do século XIX se prolongara [10].

A ficção de Mauriac deve muito à transformação modernista do naturalismo e da novela de análise

---

o choraram, antes de ele ser assassinado), fomos largamente germanizados pelas traduções da «Revista de Ocidente», (para a filosofia, que para a literatura o éramos pelas traduções francesas e inglesas de Rilke, Thomas Mann e Kafka), fomos «britanizados» pelos escritores ingleses e americanos dos anos 20 e 30, fomos abrasileirados pelos Nordestinos e pelos poetas do Modernismo de São Paulo e do Rio, e propugnávamos Gide e Proust, no tempo em que certa extrema esquerda acusava pelo menos de pederastia mental quem isso fizesse.

[10] Citamos Ehrenburg pela tradução brasileira, feita directamente do russo, de Boris Schneiderman, Rio, 1964. Para uma definição do Modernismo, como o entendemos, vejam-se, por exemplo, o ensaio *Sobre Modernismo*, de 1956, reimpresso na nossa colectânea *Da Poesia Portuguesa*, Lisboa, 1959, e passos da nossa *Literatura Inglesa*, São Paulo, 1963, em especial o começo do Capítulo XXI.

psicológica, operada nessa época, e que aliás já estava na narrativa indirecta, e não necessariamente ligada a uma continuidade de acontecimentos, de *À Rebours* (1884) de Huysmans. São obras típicas dessa transformação, por exemplo: *La Soirée avec Mr. Teste* (1896) de Valéry, *L'Immoraliste* (1902) e *La Porte Étroite* (1909) de Gide, *La Retraite Sentimentale* (1907) e *La Vagabonde* (1910) de Colette, *Bubu de Montparnasse* (1900) de Charles Louis Philippe, *Fermina Marquez* (1911), de Valéry Larbaud, *Mort de Quelqu'un* (1911) e *Les Copains* (1913) de Jules Romains, *Le Grand Meaulnes* (1912) de Alain Fournier, *Jésus-la-Caille* (1914) de Carco, etc. E a «recherche» de Proust começara a publicar-se em 1913 [11]. E deve também muito ao tom lírico que o simbolismo imprimira, às vezes com ironia, às obras de ficção, reatando com o sentimentalismo evocativo da ficção romântica de carácter breve (o tom «poético» das grandes construções romanescas de um Vítor Hugo, ou a luxuriância verbal do esteticismo naturalista da linhagem dos Goncourt, são outras linhas diversas desta), ou usara em escritos de carácter meramente de alegoria moral ou até satírica. Estão, no primeiro caso, por exemplo, obras de René Boylesve, Rodenbach, Henri de Régnier, etc.; e, no segundo, *Le Voyage d'Urien* (1893), *Paludes* (1895), *Les Nourritures Terrestres* (1897), de Gide, ensaios de André Suarès, etc. Mas não deve Mauriac nada ao psicologismo de Paul Bourget, que era, desde 1889, com a publicação de *Le Disciple*, um

---

[11] O primeiro tomo, *Du côté de chez Swann*, foi publicado em fins de 1913. Mas, em Março, Junho e Setembro do ano anterior, o *Figaro* já revelara extractos da obra (cf. a cronologia apresentada no 1.º volume, Paris, 1954, da edição da «Pleiade» de *À la Recherche du Temps Perdu*).

dos padres-mestres do conservantismo político. O Vanguardismo literário, e o post-simbolismo que se confundiu com ele, um e outro se afastaram, como as ressurgências do naturalismo, desse pseudo-analitismo que tratava as personagens como os professores de literatura faziam na «explication de texte»... O psicologismo de Mauriac é muito oblíquo, e ou se manifesta por evocações líricas das reacções da paisagem e do ambiente sobre a mentalidade das personagens, ou apresenta progressivamente estas em termos de comportamento (as personagens de Mauriac, se se analisam, é para se interrogarem do que querem fazer e de como o farão — independentemente de, pela visão sombria que o autor tem do mundo, o autor e nós sabermos muito bem que, se eles pretendem proceder deste ou daquele modo, dizer esta ou aquela frase ferina, é porque estão condenados pelo seu destino a comportar-se assim). Tudo isto nos mostra como o catolicismo do Mauriac que escreve romances deriva, em grande parte, do pessimismo determinista do naturalismo, idealizado pelo espiritualismo católico, e não é apenas expressão de jansenismo e de quietismo tradicionais. Compreende-se, aliás, que esta dialéctica exista nele. O naturalismo foi, a muitos títulos, uma revolta reformista contra a coexistência, na sociedade burguesa do século XIX, de um idealismo romântico e de uma proletarização das massas populares e pequeno-burguesas: é um sintoma do liberalismo descontente consigo próprio. Mas a reacção neocatólica e espiritualista, contra o «materialismo», partia das mesmas classes e grupos sociais: e não poderia ver a sua sociedade senão em termos deterministas de pecado e de culpa, já que era então uma das formas de recusa conservadora a uma reformulação das estruturas. O que, no naturalismo, fora uma exigência de coerência moral, que inculpava a sociedade (como é tão evidente nos três maiores naturalistas do mundo: Zola, Eça e Giovanni Verga), foi, na reacção que não obstante o prolongava, uma interiorização dessa culpa. E, nesta interiorização, a atmosfera lírica seria evidentemente chamada a desempenhar um importante papel, como sublimação do individualismo que se eximia às responsabilidades sociais (que o fracasso do liberalismo mostrava, aos mais sensíveis, não ser separável de uma reformulação da ordem social, nem ser viável em termos extrapolíticos), embora sem descer da responsabilidade moral e internacional do escritor (é o que é então tão nítido no comportamento de homens tão diversos como Romain Rolland, Anatole France ou Julien Benda). Seria, porém, excessivo classificarmos as obras de ficção de Mauriac, como «roman-poème», à semelhança do que alguns críticos têm feito.

O facto de muita ficção, ou obra afim, na viragem do século ter reatado, em França, com o sentimentalismo evocativo dos românticos, ou mesmo com a idealização das figuras e dos ambientes (como é o caso de Alain Fournier, por exemplo), não significa, necessariamente, que as obras se estruturem como mais ou menos longos poemas em prosa, na retomada esteira de *Atala*, de *René*, das pequenas obras ruralistas de George Sand, das narrativas de Gérard de Nerval, de Musset, de algum Mérimée, ou mesmo, já na reacção ao Romantismo, passos de Renan ou de naturalistas amáveis como Alphonse Daudet. E muito menos que participem da composição divagante, meditativa e solta, que provinha de românticos menores como Sénancour, ou de tribunos como Michelet. Uma das características da literatura moderna foi precisamente a tensão entre o sentido da estrutura interna das obras (em si mesmas, e não apenas em função da personalidade do autor dando-lhes uma falsa estrutura, como sucedeu com os românticos), e a rebelião contra todo e qualquer formalismo correspondente a inquietações anteriores e ultrapassadas (no que, é claro, foi muito de destruição de qualquer estrutura). A correlação entre causa e efeito, inerente à causalidade determinista do naturalismo, defenderia, de resto, da dissolução estrutural os escritores que se não desligassem de um compromisso com o mundo exterior, na ficção; e a própria transferência focal do autor para a obra limitaria a projecção de um subjectivismo sentimental, descendente sobretudo do Rousseau das *Rêveries* e de muitas páginas das *Confessions*. Por outro lado, o poema em prosa (num sentido lato, e não apenas do que o Romantismo praticou com Maurice de Guérin, com Alphonse Rabbe, com Aloysius Bertrand, ou mesmo com o que Baudelaire tem de romântico, e que é sintoma da rebelião — que frutificará no Modernismo — contra a prevalência da metrificação sobre a poesia), por longo que seja, não é necessariamente *narrativo*; e a ficção, pelo menos até anos recentes, *era*, ainda que desrespeitasse a sequência logicamente externa dos acontecimentos. Não sendo assim necessariamente narrativo o poema em prosa, será evidente que a sua estrutura — quando a tiver (porque um nível é a *estrutura*, e outro a *construção de sentido* que, mesmo sem aquele, toda a obra é) — não assenta nos mesmos elementos que a ficção mesmo poetizada. Esta funcionará sempre na dialéctica de dois *tempos*: o da acção e o da construção estilística. O poema em prosa será sobretudo assente em recorrências e em desenvolvimentos analógicos, que não se processam obrigatoriamente num tempo mesmo só estilístico. O facto de tomar-se por «poema» muita ficção que apenas é escrita num tom lírico resulta sobretudo da confusão entre lirismo e poesia, para que tanto contribuiu a teoria da «poesia pura» de Henri Brémond, justamente com a filosofia bergsonista da intuição e do tempo interior, e a filosofia crociana da poesia como estrita intenção estética da consciência individual, uma das metástases do «Fin de Siècle» dentro do Modernismo. Ora a ficção moderna descende, ao mesmo título, do poema didáctico-descritivo e da epopeia da antiguidade; e nunca a poesia foi identificável com o só lirismo senão para quem não tenha, ou não queira ter, dela uma visão histórica (responsabilidade esta, do a-historicismo, que Croce, no que tem de hegeliano, de modo algum partilha). E o lirismo, como a dramaticidade dialogada ou monologal (inerente ao género dramático), sempre foi um dos ingredientes da narrativa épica, do mesmo modo que o dramatismo foi parte do lirismo, sempre que, desde a mais alta antiguidade (e mesmo que em tom de um convencionalíssimo individualismo que nada tem a ver, ou muito pouco, com o que o Romantismo veio a exemplificar), o poeta falou na primeira pessoa, para lamentar-se ou apostrofar. O desconhecimento ou a voluntária ignorância destas realidades (que não são teoréticas, mas *de facto*) não simplifica a compreensão da literatura moderna, ao contrário do que pensam os críticos dela, ainda imbuídos de uma ultrapassada teoria romântica da literatura, adversa ao reconhecimento dos géneros literários que, por certo, não são o que as poéticas normativas definiam, mas são três pólos dialécticos das virtualidades expressivas da experiência humana (épico — lírico — dramático).

Sem dúvida que Mauriac, sobretudo nos seus romances mais breves (os mais longos, por bons que sejam, não nos parece que tenham sempre uma perfeita unidade estilística, para lá de serem escritos por um homem que possui um «estilo»), usa muito de recorrências verbais, para construção de ressonâncias de sentido, ao longo das obras, no comportamento das personagens ou na formação de ambientes. Mas isso, até certo ponto, é até uma herança do naturalismo que usou imenso, por exemplo, das recorrências adjectivas impressionísticas, para os mesmos fins (no mestre deles todos, Flaubert, é isso já patente: e o método, ainda que virtuosisticamente empregado, chega a ser mecânico nos Goncourt, em Eça de Queirós, em Zola, e passou ao esteticismo e ao post-simbolismo). Mauriac usa também, e isso é mais significativo, dos artifícios da alusão e da reticência (aqui empregados por nós no sentido rigorosamente definido nas retóricas tradicionais). Esses artifícios estilísticos servem sobretudo para caracterizar, no tempo narrativo, o comportamento das personagens, em termos de psicologismo hipotético, isto é: de um psicologismo que recusa o modo descritivo da psicologia literária tradicional, e que tanto pode manifestar-se assim, como nas análises, minuciosamente *conjecturais*, de um narrador (como faz Marcel Proust), salvaguardando a realidade da indefinição psicológica da personalidade profunda (em termos de Freud e de Jung). A alusão e a reticência são recursos líricos, muitas vezes. Mas são-no, precisamente porque funcionam no sentido contrário da concepção vulgar de lirismo: permitem uma suspensão do significado expresso, que impede a expansão do subjectivismo do autor na descrição e na narrativa. Na criação intencionalmente poética, esses recursos acentuam, pelo contrário, a ambiguidade «autor-obra» que suspendem na ficção. Também a criação de atmosferas (e Mauriac é mestre na criação de atmosferas opressas, de temporal iminente, em que o cheiro da terra antecipa o da terra molhada pela chuva, que é uma das obsessões olfactivas dele) não se pode dizer que seja especificamente coisa «poética». Muitos romancistas de qualquer época foram mestres na criação delas, por sugestão ou por descrição, e muitos deles foram totalmente a-poéticos (no sentido em que a noção vulgar de poesia confina com o lirismo). É o caso, por exemplo, dos autores de «gothic novels» (o romance de Terror), de alguns «picarescos» espanhóis, de Tolstoi (cuja grandeza, tocando-nos liricamente, é todavia épica), de Zola, de George Eliot, de Hawthorne, etc. E certa nostalgia melancólica, consubstanciando-se em frases a que é subentendido o nexo lógico-sintáctico (muito típicas do estilo de Mauriac), longe de dar os momentos privilegiados de uma «rêverie» sem palavras — que se suporiam coisa lírica — é, por vezes, também artifício da moderna arte de escrever depois do naturalismo e do simbolismo, pelo que pretende significar de uma vivência inconsciente do seu meio social, e que, pela consciência verbalizada, só momentaneamente e fragmentariamente se conhece a si mesma.

Não serão, então, «poéticos» os romances de Mauriac? São-no, mas não por aquilo mesmo que se supõe poesia neles, e sim pelo que o *tempo da acção* e o *tempo estilístico,* em lugar de serem uma dialéctica estrutural, *alternam* constantemente, às vezes dentro de uma mesma frase [12], criando uma ambi-

[12] Seja, por exemplo, um esplêndido passo de *La Fin de la Nuit*: «Des visages apparaissaient brièvement dans le champ de sa conscience puis s'éffaçaient: ceux qui avaient tenu une part dans sa vie, du temps que les dés n'étaient pas encore jetés, que les jeux n'étaient pas encore faits, que les choses auraient pu être différentes de ce qu'elles avaient été. Et maintenant, tout était accompli: impossible de rien changer au total de ses actes; son destin avait pris une figure éternelle. C'est cela que signifie: se survivre — lors qu'on a la certitude de ne pouvoir plus rien ajouter ni rien retrancher à ce qui est.» Que os rostos aparecessem brevemente na consciência de Thérèse Desqueyroux e depois se extinguissem — tempo da acção. Que esses rostos fossem os de quem tivera um lugar na sua vida, ao tempo em que a sorte não estava ainda lançada — tempo estilístico, porque esses restos são explicadamente os anteriores à situação a que Thérèse chegou. Mas que logo venha tautologicamente a repetição — «as apostas ainda não estavam feitas» —, eis o que é estilisticamente uma *regressão do tempo da acção,* porque as apostas fazem-se antes de os dados serem lançados, o que mais tautologicamente e explicativamente é acentuado pelo resto do período: «as coisas teriam podido ser diferentes do que tinham sido», que todavia reverte ao *tempo da acção,* pelo que alude à possibilidade de esta ter sido diversa. Note-se como o tempo estilístico destes membros sucessivos de frase corresponde todavia a um tempo da acção que é a rememoração sucessiva dos rostos, e como os dados lançados, as apostas feitas, as coisas que foram surgem na *ordem inversa,* precisamente sugerindo o movimento retroactivo da recordação, da visão, ao invés, de uma vida que caminhou para a destruição. É o que é exposto no período seguinte. «E agora tudo se consumara». Isto é, o tempo do estilo e o da acção aparecem acoplados em três palavras: e — agora — tudo. «Impossível alterar o total dos seus actos». Novamente a explicação estilística, mas agora como um momento da consciência em acto. «O seu destino assumira uma imagem eterna». Novamente a repetição, mas uma repetição estilística que é tempo da acção, porque significa a que ponto aquela conta imutável e, para Thérèse, inapagável, e, mais do que isso, corresponde ao juízo da eternidade. «É o que isso significa: sobreviver-se», em que a ordem lógica da frase («sobreviver-se significa isto») é estilisticamente alterada pelo tempo da acção, como se o que sobreviver seja se antepusesse, na consciência de Thérèse, à própria palavra que representa essa experiência. «Quando se tem a certeza de não poder-se acrescentar nada, nem nada cortar, ao que é». E novamente

guidade irresoluta que é da própria essência da poesia[13]. Por tudo isto, é Mauriac, na sua ficção (como aliás na sua prosa miscelânica), um poeta formalmente e intelectualmente muito moderno. Sê-lo-á do mesmo modo nos seus versos?

Vimos já como se estruturam os versos de *Orages*. De *Le Sang d'Atys* declarou sucintamente Pierre-Henri Simon (em *Mauriac par lui-même*, «Écrivains de Toujours») que unia, «não sem força, a imaginação mística do *Centaure* e a sensibilidade concentrada de *La Jeune*

---

temos apenas tempo estilístico, encerrando o trecho, mas com uma diferença decisiva: «ao que é». Este «é» corresponde ao carácter de fixação eterna que o destino de Thérèse Desqueyroux assumiu, um presente histórico que, de um golpe, se coloca na intemporalidade: por mais que ela ainda viva, ela *é*, como se o ser, e não o devir, fosse a mais terrível condenação humana. E, estilisticamente, para uma personagem de romance (como aliás na vida), assim é de facto.

[13] Em *A Poesia de Camões*, conferência de 1948, incluída no volume, já citado, *Da Poesia Portuguesa*, acentuamos (p. 61) que a própria essência da poesia é a procurada perplexidade entre a verdade e a ficção. Ou seja, entre uma verdade humanamente tinta de ficções (da memória, dos interesses de classe, do capricho, etc.) e uma ficção esteticamente imaginada como o que poderia ter sido a verdade. Mas que essa perplexidade seja *buscada* — como único modo de aceder a uma consciência do vero como não-vero — é que é do próprio exercício da autêntica criação poética. Isso constitui, *como significação*, uma ambiguidade irresoluta, já que a resolução dela não é o encontro do significado, mas a realização estética em que a ambiguidade se fixa. A consciência poética vive dessa e nessa ambiguidade. A obra feita, não, porque o fazê-la transferiu de grau a ambiguidade. O sentido construído pela obra é, porém, novamente ambíguo, porque depende inteiramente da ressurgência, no leitor, da ambiguidade inicial. Dialecticamente, os poemas não se fazem com perplexidades resolvidas. O fazer deles é que dialecticamente as resolve num outro grau, em que elas se reformam, num mais lúcido plano da consciência, segundo a interacção do texto e do leitor. É de resto esta uma explicação da eternidade relativa das grandes obras, e de quanto elas são susceptíveis de exceder (mesmo sem interpretações abusivas) o que seus autores não estavam em condições de pensar.

*Parque»*. Isto coloca a poesia (e em particular os versos) de Mauriac sob a égide de Maurice de Guérin [14]

[14] Maurice de Guérin (1810-1839) é da idade de Musset, e muito próximo, no tempo, de Aurevilly (1808), Nerval (1808), Aloysius Bertrand (1807), Petrus Borel (1809), Gautier (1811), e também de Proudhon (1809) — ou sejam os homens que refinam esteticamente a sensibilidade dos grandes românticos, e mesmo prenunciam, como artistas ou como críticos sociais (é o caso de Proudhon), a transformação ulterior do Romantismo. De saúde frágil, foi professor, pertenceu ao círculo de Lamennais (a cuja dissolução, em consequência das encíclicas condenatórias do Papa Gregório XVI, já não chegou a assistir, por sua morte prematura), dedicou-se ao jornalismo católico (quando, às vésperas da revolução de 1830, se desenhava a luta entre o ultramontanismo e o liberalismo), e deixou obra literária inédita que foi publicada em 1862. Mas já logo após a sua morte George Sand fizera publicar, em 1840, na *Revue des Deux Mondes*, o inacabado poema em prosa, *Le Centaure*, que, mais do que o seu «diário» e a sua correspondência (tudo coligido no volume organizado pelo orientalista Trébutien), é hoje a sua credencial ao título de originalíssimo e excepcional escritor. O seu diário, como o de sua irmã Eugénie de Guérin (1805-1848), que também Trébutien publicou (com Barbey d'Aurevilly), foi longo tempo preferido à sua poesia, como delicado retrato das indecisões sentimentalístico-religiosas de um jovem a braços com uma grave crise (então apenas existente, para ele, no foro íntimo das suas apetências devotas) do catolicismo francês. Uma das primeiras manifestações, e admirável, de reconhecimento do valor de Guérin surgiu na Inglaterra, pela pena do poeta e grande crítico Matthew Arnold (1822-1888), que, pela sua teoria da Antiguidade como tema ideal para uma meditação «actual» sobre a vida, isenta de subjectivismo circunstancial, e pelo seu pensamento agnóstico, tendente para um panteísmo ético, logo, à publicação das obras de Guérin, as saudou num belo ensaio que não teve repercussão francesa, mas é muito mais penetrante que o de Sainte-Beuve que precedia o volume e que fixou, para muito tempo, os juízos críticos sobre o poeta de *Le Centaure*. Arnold coligiu o seu ensaio na 1.ª série de *Essays in Criticism* (1865); e a obstinada acusação do snobismo, que o inglês médio faz ao interesse por tudo o que seja «remote from English readers», e que foi feita a Arnold no seu esforço de desprovincializar a cultura britânica, ainda hoje aparece, a propósito dos Guérins, e do Joubert que ele estudou (porque uma religiosidade inquieta era a do próprio Arnold, como tão bem dá o seu belo poema, *The Forsaken Merman*, e era a da Inglaterra do seu tempo, sacudida pelas causas e consequências do «Movimento de Oxford» que foi, no anglicanismo, a repercussão britânica da agitação produzida por Lamennais e os seus amigos),

e de Paul Valéry[15], e necessita de ser conferido sob dois aspectos: o da forma externa e o da forma interna. Não basta aproximar do poema (ou sequência poemática) de Mauriac os dois poemas que, com *L'Après- -Midi d'un Faune*, de Mallarmé, são as mais presti-

essa acusação ainda incide incompreensivamente sobre esses estudos de Arnold (veja-se o recente e aliás importante livro de George Watson, *The Literary Critics*, Londres, 1962). Os «diários» dos irmãos Guérin foram, em França, como dissemos, durante décadas, leitura «avançada» para as «jeunesses» católicas, e *Le Centaure* iria necessariamente na cola dessas páginas em que um sentimento da natureza (tão dos fins do século XVIII e das primeiras décadas do século XIX) se aliava a uma meditação religiosa «ardente», que era mais que devota e menos que mística, e ainda é muito da literatura católica de consumo corrente e educacional, que a França difundiu.

[15] Paul Valéry (1871-1945), jovem poeta da última década do século XIX, muito estimado nos meios simbolistas de que Mallarmé (que morreu em 1898) era o foco, reapareceu vinte anos após a morte do seu mestre, com os quinhentos versos de *La Jeune Parque* (1917), cujo êxito o fez reunir a sua poesia dispersa ou inédita: *Album de Vers anciens* (1920) e *Charmes* (1922). Esta produção, a par do *Mr. Teste*, e de numerosos ensaios elegantes e subtis (retirados da pensativa gaveta ou escritos com um total cinismo mercenário), colocou-o, nos anos 20 e 30, não só na primeira fila dos escritores franceses, como, por uma vasta e tácita conspiração do conservantismo literário e político, serviu de pretexto a que ele fosse transformado numa encarnação internacional da França. Não era excessivamente católico como Claudel ou como Péguy, nem excessivamente reaccionário como Maurras, nem excessivamente esquerdista e internacionalista como Romain Rolland. E não era excessivamente mulher como Colette; nem tinha notórios maus costumes masculinos como Gide e Proust. A sua poesia, refinando simbolisticamente a elegância classicista de Malherbe e de Racine, agradava aos professores de literatura, que, por outro lado, se fascinavam com o intelectualismo da sua maneira de literatizar Mallarmé. E a sua sensualidade, menos esotericamente obscena que a do mestre, agradava a toda a gente. Valéry era, em face dos vanguardismos «descabelados» dos precursores do surrealismo, como Jacob, Roussel, Jarry, Reverdy, Cendrars e Appolinaire, e das inconveniências dos dadaístas, cubistas e surrealistas, o Géraldy das inteligências. Isto não é diminuir o autor admirável, que ele foi, de *La Jeune Parque* ou do *Cimétière Marin*, mas é caracterizar as motivações sociopolíticas do seu excessivo êxito nacional e internacional que, dos anos 20 e 30,

giosas realizações francesas de poesia «antique», desde os meados do século XIX até à segunda década do nosso: naturalmente, eles ocorreriam à memória, sem que isso signifique, em princípio, mais que uma seme-

extravasou ainda para os 40. A conspiração que consagrou Valéry — e que foi tolerada por muitos dos seus amigos que, precisamente, eram os visados por ela — refez-se, após a sua morte, em torno de Saint-John Perse e levou este ao Prémio Nobel da Literatura. Epígonos do simbolismo, nas linhas opostas do verso e da estrofe rigorosas, e do desbordamento versicular do metaforismo gratuito, Valéry e Perse não são, de modo algum, os grandes poetas que neles se pretendeu ou pretende ver. São, porém, realização rítmica da disponibilidade cínica ou do isolamento «artístico» da poesia que pode passar por grande, e de uma expressão que, pelas alusões «savantes», imita a meditação profunda da poesia de alta cultura, sem os perigos morais e sociopolíticos que esta sempre encerra... Constituem, ambos exemplos típicos da poesia que realiza o milagre desejado pelas classes dirigentes: suficientemente «difícil» para manter inacessível às outras classes o prestígio das coisas raras e estabelecidas, e suficientemente fácil para que, através deles, a mediania presunçosa se sinta participante das exclusividades da «grandeza». A linguagem de poetas desta ordem terá, necessariamente, de ecoar formalismos ilustres a que o tempo fez perder a agressividade (Mallarmé, no caso de Valéry; a imaginação metafórica e exótica de Victor Segalen, no caso de Perse), e de acrescentar-lhes uma intelectualização discreta que compense a perda de ressonância profunda. Às vezes, uma sensualidade com seu quê de mundano completa a intelectualização (como em Valéry); ou uma mitologia sabiamente metafórica apela para as apetências, já avisadas, do inconsciente colectivo (como em Perse). Com tudo isto, Valéry é um excepcional artista do verso; e não é necessariamente por ele ter feito pública questão de não acreditar na inspiração romântica, que ele é mais esse artista que um grande poeta. A questão é muito outra. E nem sequer resulta do abstraccionismo alegoricamente filosófico que é um dos principais ingredientes expressivos de Valéry, e com que muita gente sempre fez grande poesia. Mas esse abstraccionismo ele não o vive, *usa-o*, isto é, não o pratica como uma construção progressiva do sentido, mas como *representação* de *um* sentido reconhecível pelo leitor culto. A categoria com que faz isto, classifica-o como um grande artista; mas que o faça, denuncia-o como um poeta de restrito mérito. Nisto, contudo, é de justiça reconhecer que ele participa da tradição escolar de uma concepção francesa da poesia, que os grandes precursores do simbolismo, como Rimbaud, Verlaine, Lautréamont, e o próprio Mallarmé, com o surrealismo, não foram

lhança aparente na irrupção do paganismo (e este é muito discutível que esteja presente na poesia de Valéry). Ainda Valéry não publicara *La Jeune Parque*, que é de 1917, e já os temas e os metros de *Le Sang d'Atys* estavam fixados em *Orages*, cujos poemas não serão todos, se escritos de 1912 a 1923, posteriores àquela data. Quanto ao poema em prosa de Guérin (e por que não citar, a propósito de Mauriac, outro seu poema «antique» em prosa, *La Bacchante*, em que muito mais podemos ouvir já os lamentos que, em *Le Sang d'Atys*, serão os de Cibele?), o que há de

capazes inteiramente de destruir (e, de certo modo, na medida em que os seus antecessores na mesma direcção, os românticos menores e mesmo Baudelaire, participavam dela), e que já Benjamim Constant, em 1804, finamente caracterizava, no seu «diário», ao dealbar do Romantismo: «La poésie française a toujours un but autre que les beautés poétiques. C'est de la morale, ou de l'utilité, ou de l'expérience, de la finesse ou du persiflage, en un mot toujours de la réflexion. En somme, la poésie n'existe jamais que comme véhicule ou comme moyen. Il n'y a pas ce vague, cet abandon à des sensations non réfléchies, ces descriptions si naturelles, tellement commandées par l'impression, que l'auteur ne paraît pas s'apercevoir qu'il décrit. Voilà ce qui fait le caractère de la poésie allemande, et de qui (depuis que je la connais) me paraît être le caractère essentiel de la véritable poésie.» Aquilo que consideramos, por parte do autor de *Adolphe*, fina caracterização termina em «ce vague». Daí para diante, Constant atribui à poesia alemã virtudes de espontaneidade e de imediatismo anti-intelectual que precisamente não tem a maior dela (e não tinha, por exemplo, a de Goethe, mesmo quando praticava a simplicidade lírica), mas que eram as virtudes propugnadas pela teorização romântica, e em especial o célebre ensaio de Schiller sobre «poesia ingénua e sentimental», de enorme repercussão na formação do romantismo europeu. Paradoxalmente, essa ideologia da «espontaneidade» reviveu em muita crítica moderna, sob a forma da teoria do «documento humano» e da «intuição», e mesmo repercute no automatismo surrealista. É muito fácil compreender-se a que estes avatares ideológicos visam (cf. György Lukácz, *La Déstruction de la Raison*), e como não estão, quanto parecem, tão longe do racionalismo pseudocartesiano de Valéry, visto que uma razão que se autodefine abstractamente é tão irresponsável como a desvalorização que dela seja feita.

comum, com a poesia de Mauriac, é o dilaceramento entre um panteísmo pagão e uma consciência cristã, e mesmo católica, da vida. Mas a delicadeza elegíaca de Guérin nada tem de comum com a violência sexual de Mauriac; e precisamente o «centauro», como aliás a «bacante» também, é sobretudo um *alter-ego* com que Guérin se permite, nostalgicamente, chorar a desaparição do paganismo perdido. Por isso mesmo, são essas personagens quem fala; e o dilaceramento de Guérin — talvez bem mais que a sua saúde precária e a sua morte prematura — muito significativamente não permitiu que essas obras fossem concluídas, e manteve-as em fragmento. Nem o Centauro, nem a Bacante, optam pelo catolicismo, mesmo que fosse numa fusão de mitos, ao contrário do que faz Mauriac. A aproximação entre os versos de Mauriac e a prosa de Guérin resulta da difusão conjunta de *Le Centaure* e dos outros escritos do romântico albigense (por ser das proximidades de Albi...), na imaginação da crítica católica, e do facto de Guérin apresentar uma nostalgia das eras primitivas e mitológicas que, na divisão dramática do seu espírito, é muito justamente simbolizada pela figura de um centauro (metade homem e metade cavalo — e recordemos o uso recente que D. H. Lawrence fez da simbologia erótica do cavalo, se não quisermos recordar os casos de bestialidade sexual que a mitologia greco-oriental ou o *Asno de Ouro*, de Apuleio, contém). Essa nostalgia vibra ardentemente nos versos de Mauriac, mas transformada profundamente. Não é exactamente uma dolorosa nostalgia de uma idade de ouro, que o cristianismo expulsou (e que, aliada à noção de poesia primitiva e de naturalidade de costumes, foi um dos mitos da era romântica — e teve então o seu avatar político na luta pela independência da Grécia): é uma presença ardente e constante, como se a Natureza (representada para Mauriac pela sua paisagem natal das Landes, com as suas areias, os seus pinheirais, a sua ausência, tão notável na obra de Mauriac, de *rochedos*) fosse necessariamente um paganismo irredutível e demoniacamente sempre pronto a atacar o cristão que, num dualismo de carne e espírito, só pela fragilidade extraterrena deste, e pelo carácter *antinatural* que ele então assume, se pode defender do pecado que a Natureza *é*. A fusão mitológica a que procede Mauriac é precisamente um esforço para exorcismar estas forças demoníacas, das quais, como tinham sido nesses tempos áureos em que os demónios ainda não eram demónios, Maurice de Guérin tinha saudades. De resto, para os dois irmãos Guérin, a Natureza não se revestia desse carácter demoníaco: pelo contrário, ela era um meio de comunicação panteística com Deus, como o foi para a maioria dos Românticos. A aproximação feita com Valéry — cuja *Jeune Parque* é nos alexandrinos de rima emparelhada, de raciniana memória — resulta de que ambos os poemas se inserem na tradição versificatória do simbolismo: o de Samain, o de Régnier, o de Jammes, o de Le Cardonnel, o de Tristan Derème, e tantos outros, com as suas oscilações entre o quarteto baudelairiano e a dissolução da regularidade estrófica em continuidades rimadas. E apenas a glória cívica de Valéry ofuscou o quanto ele partilha de outros poetas, alguns dos quais são aliás notáveis [16]. Um certo recurso a «cli-

---

[16] Sobre estas questões do simbolismo, são do maior interesse Marcel Raymond, *De Baudelaire au Surréalisme*, obra bastante conhecida; os índices vocabulares estabelecidos por Pierre Guiraud; *Langage et Vérsification d'après Paul Valéry*,

chés» da linguagem poética francesa das primeiras décadas deste século (como a adjectivação abstraccionando um substantivo concreto), comum a Valéry e a Mauriac, é também comum aos outros. Um certo jogo sintáctico sobre a negativa dos verbos, que Valéry pratica, já era da anglicização da sintaxe, desenvolvida por Mallarmé. E há, em Valéry, como um dos mais característicos recursos expressivos, um *enjambement* (quer sintáctico, quer ideológico) que, de verso para verso, Mauriac pratica muito pouco. Por outro lado, não existe, em Valéry, senão metaforicamente, um verdadeiro paganismo, como há em Guérin: parece paganismo a expressão de um agnosticismo racionalista que imita a nobreza austera e sensível do epicurismo clássico. A sensualidade de Valéry (sobretudo patente em *La Jeune Parque*) não possui analogias telúricas: a sua Parca poderia ser uma ninfa de Paris, que tivesse frequentado cursos na Sorbonne. O que não quer, evidentemente, dizer que essa sensualidade não exista, não seja profundamente sugestiva. Apenas não é a dos deuses, e muito menos a das deusas-mães amando os jovens que elas tentam.

## O MITO DE ÁTIS

Este mito, que não é, na forma literária que assumiu, originariamente grego, compara-o C. Kerényi ao de Afrodite e Adónis, ao de Istar e Tamuz, ao de Ísis

---

do mesmo Guiraud, Paris, 1953; o *Parnasse et Symbolisme* (1925) de Pierre Martino; e o monumental estudo de Guy Michaud, *Message Poétique du Symbolisme*, 4 vols., Paris, 1947.

e Osíris [17]. Esta analogia coloca-o, como se vê, na mais ilustre linhagem. Afrodite, Cibele, Istar e Ísis não são simples divindades de um Olimpo literário: são as *grandes deusas*, ou melhor, avatares gregos, frígios, babilónicos (e sírios) e egípcios do mesmo arquétipo já descrito no *Rig-Veda*, a grande deusa-mãe, identificável — em alguns aspectos — com a Terra. De todas aquelas formas e nomes, a menos celeste ou aquática é precisamente a Cibele da Frígia, ou Agdistis, assimilável a Rea, ou, mais ainda, à própria Gaia, a Grande Mãe dos Deuses. De Cibele ou Agdistis, a única história mitológica que a Antiguidade nos preservou é precisamente a de Átis. Mas, nela, numa das suas versões, Átis, como veremos, é a própria Agdistis. E ao jovem deus que morre dedicou Frazer grande parte das suas investigações, embora reduzindo etnologicamente o impacto mítico do símbolo [18].

[17] É apenas uma referência feita em (epílogo, p. 250) de: C. G. Jung e C. Kerényi, *Introduction to a Science of Mythology — The Myth of the Divine Child and the Mysteries of Eleusis*, Londres, 1951. Mas a aproximação filosófica dos mitos greco-romanos e dos mitos do Oriente Próximo já Plutarco (50?-125) a fizera no seu magnífico tratado teológico «Sobre Ísis e Osíris», que conhecemos na edição traduzida, anotada e prefaciada por M. Meunier (mais exactamente, a tradução castelhana dessa edição, «Nueva Biblioteca Filosofica», Madrd, 1930). Sobre Istar, que é, na Síria (como era na Fenícia), Astaroth ou Astarté, temos a excelente descrição de Luciano de Samosata (125?-192?), *De Dea Syria*. Já na era cristã, no sincretismo metroácico do culto de Cibele, esta absorve as identidades de Juno, Gaia, Afrodite e Astarté, do mesmo passo que Átis é assimilado a Adónis e a Mitra. O festival da Grande Mãe (15 a 27 de Março) tinha então grande semelhança com a ulterior organização da cristã Páscoa da Ressurreição.

[18] O magnificente e iungiano livro de Erich Neumann sobre a Grande Mãe ou a Magna Mater (ou seu equivalente nas mais diversas culturas), curioso é notar que só incidentalmente se ocupa de Cibele, sendo Átis mencionado uma vez sem qualquer especial conotação profunda. Mas é obra indispensável para

O culto frígio de Cibele, que se difundira por toda a Ásia Menor, terá passado à Grécia durante as Guerras Pérsicas e, em Atenas, foi erguido um templo

o estudo daquele «arquétipo», ainda que lhe falte a decisiva dimensão Cibele-Átis. Inicialmente escrita pelo autor, por solicitação de Jung para os seus «arquivos» *Eranos*, há poucos anos, em tradução inglesa de Ralph Mannheim, foi reeditada ao alcance de todas as bolsas: *The Great Mother: an Analysis of the Archetype*, Princeton, 1972 (uma primeira ed. era de 1955). Ao referirmos *Cibele*, continuamos a escrever a palavra sem torná-la esdrúxula, como parece que os helenistas portugueses querem que se transcreva, segundo as regras por eles deduzidas para tais rigores doutos, por certo louváveis e recomendáveis para alguma sistematização (se falta muita). Antes de mais, cremos que, com o devido respeito, a pedantaria lusitana já é suficientemente esdrúxula, sem necessitar de acrescentar-se com os perigos e o peso da «deusa síria». E, em segundo lugar, dado que os «clássicos» costumavam (e suponho que ainda continuam a costumar) ser «autoridades» abonatórias, escrever-se *Cibele*, à natural maneira «grave» da nossa língua, é ortografia autorizada por Camões, e sem dúvida que mesmo um erro dele vale mais do que o acerto de todos os doutos. No Canto IX, 57, de *Os Lusíadas*, diz ele:

> ............................................
> Mirtos de Citereia, cos pinheiros
> De Cibele, por outro amor vencidos;
> ............................................

— e pode discutir-se se o poeta acentuaria, neste verso «cibélico», a primeira ou a segunda sílaba do nome, uma vez que ambas as leituras se coadunam com a metrificação do decassílabo. Todavia, num soneto primeiro atribuído a Camões em letra impressa na *Segunda Parte das Rimas*, em 1616, e que não cremos que (até novos dados) seja duvidoso de autoria, e é o que começa *Depois que viu Cibele o corpo Humano*, não podemos discutir a leitura do poeta, visto que um acento principal do verso cai precisamente na segunda sílaba do nome. É pois de crer que Camões dizia *Cibele*, sem mais aquelas. Para um outro ponto, se bem que algo conjectural, se pode chamar a atenção, no que ao verso da epopeia se refere. O poeta opunha os *mirtos de Citereia* aos *pinheiros de Cibele*, «por outro amor vencidos» (pelo que se vê, mais uma vez, como ele era sabido em implicações complexas e sexuais destes mitos) — e assim fazendo no paralelo que estabelecia, o seu eufónico ouvido não diria *Cíbele*, acentuando a primeira sílaba, depois da tremenda «gravidade» de *Citereia*.

(que funcionava como Arquivo do Estado), para que era lendário que Fídias ideara a imagem da Grande Mãe. O culto da Magna Mater foi introduzido em Roma, por razões de propaganda patriótica, em 205 ou 204 a. C., para exorcismar Aníbal para fora da Itália, mas os cidadãos não podiam incialmente participar dele (mais exactamente, não podiam pertencer ao clero ou ao pessoal afecto ao culto), o que pouco a pouco foi sendo abandonado, graças ao prestígio orgiástico de uma deusa que representava a terra sempre renascida, origem de todos os deuses e da própria vida, e que possuía um fascinante carácter exótico [19]. No século anterior à nossa era, e que é,

---

[19] Estas informações históricas são-nos dadas por Oskar Seyffert, *Dictionary of Classical Antiquities*, tradução inglesa da obra alemã original, consultada na 4.ª edição «Meridian», Nova Iorque, 1958. Mas esta tradução não comenta a evolução social do culto em Roma, para lá da referência a que, inicialmente, ele era vedado aos cidadãos romanos, pelo menos em carácter oficial, e que os serventuários da deusa eram compatriotas dela. Sabe-se, porém, que a orientalização da religiosidade romana, embora deparando com uma hostilidade tradicionalista que não foi tão áspera contra a helenização dela, se processou não só com as conquistas africanas e orientais, mas já vinha sendo um resultado dos contactos comerciais e sociopolíticos. E sabe-se também que, na vasta sociedade urbana que Roma ia vertiginosamente sendo, se desenvolveram popularmente aqueles cultos que assumiram um carácter de licença orgiástica que, primeiro, era apenas um ritual restrito e aristocrático, reservado aos devotos de exotismos. As festas tradicionais que redundavam em orgia popular tinham um carácter diverso, não em conexão com religiões de «mistérios», mas como simples celebrações agrárias da fecundidade e da virilidade. O culto oficial do pinheiro sagrado terá sido introduzido em Roma pelo imperador Cláudio (r. 41-54 d. C.), notável príncipe, que podemos conhecer através da reconstituição romanesca das suas memórias, feita por Robert Graves (*I, Claudius* e *Claudius the God*, 1934). Este imperador terá procedido a essa oficialização, dentro da sua política sistemática de tolerância para com todas as religiões do Império. Mas, como vimos, a penetração do culto de Cibele vinha de longe; e, de certo modo, está em conexão com as íntimas e boas relações de Roma com o

até às primeiras décadas desta, a Idade Clássica da literatura latina, as referências a Cibele, feitas pelos grandes escritores, provam a popularidade do culto, e o poema dedicado ao mito de Átis, por Catulo, é, nos seus noventa e tantos versos, um dos mais esplêndidos que ele escreveu. Esplêndida é também a descrição feita por Lucrécio (*De rerum natura*, II, 600--644, ed. Ernout, «Les Belles Lettres», Paris, 1935),

reino de Pérgamo, que fundado em 282 a. C., contra a influência da Síria, acabou legado pelo seu 6.º rei, em 133 a. C., à República Romana. Pérgamo dominava praticamente toda a Ásia Menor; e é no célebre altar de Zeus, mandado construir pelo rei Eumeno II (r. 197-159), e que é uma das glórias da arte helenística, que possuímos uma das raras representações de Cibele, aí sentada sobre um leão. Fora Átalo I (r. 241-197), antecessor daquele, quem havia cedido a Roma a pedra sagrada de Pessino, e que foi solenemente entronizada no templo especialmente construído para a Mãe dos Deuses. Uma evocação do culto romano de Cibele e de outros cultos exóticos encontra-se romanescamente desenvolvida em *Family Favourites — a Roman Scandal*, de Alfred Duggan (Londres, 1960), obra que tem como personagem central a curiosa figura do imperador Elegabálo (r. 218-222). Este juvenil imperador, que se considerava pessoalmente uma espécie de Átis ou de Adónis, era, como se sabe, de origem síria, e do culto solar de Emesa o sumo-sacerdote.

Segundo Pierre Lavedan (*Dictionnaire de la Mythologie et des Antiquités grecques et romaines*, Paris, 1931), Cibele é a forma frígia das Deusas Mães que são «um dos factos religiosos mais antigos que se nos deparam na bacia do Mar Egeu» como deusas da fecundidade, da vegetação e dos frutos. Quer-nos parecer que Cibele, segundo os mitos menos sincretizados com os das deusas das colheitas, é algo de muito mais primigénio. A confusão já estava feita no tempo de Lucrécio (e é muito curioso que, seu contemporâneo, Catulo a não faça). Diz ele, no seu magno poema (versos 610-613), que à «divina Mãe» era dada, nas procissões, uma escolta de frígios, para simbolizar que, segundo a lenda, na Frígia haviam surgido os primeiros cereais, e daí se tinham disseminado pelo mundo as culturas deles. Cibele, porém, é inseparável de Átis: e um aprofundamento da identificação dela com Deméter-Ceres, no sentido da sua natureza profunda de Cibele-Agdistis, é o que precisamente se verifica em tempo do imperador Cláudio, com a instalação do culto do pinheiro sagrado. O culto das árvores era também antiquíssimo: mas não necessariamente em relação com o da «Magna Mater», nos termos do mito de Cibele-Átis.

do cortejo da «magna deusa mater, materque ferarum, / et nostri genetrix» (vs. 598-599), no seu contraponto de descrição magnífica e de crítica epicurista à natureza dos deuses. Ovídio, entre as numerosas fábulas (quase duas centenas e meia) que versificou nas suas *Metamorfoses*, não inclui a de Átis em pinheiro, embora aluda a ela. Mas, para além dos usos dos poetas, e das notas dos historiadores, as mais difundidas descrições do culto por Cibele são muito mais tardias, embora com a vantagem de possuirmos, por exemplo, um cristão que o ataca, mas conheceu bem os lugares e os costumes, e um pagão que descreve imparcialmente, como geógrafo que é, tudo o que viu e soube: são Arnóbio, apologeta cristão do primeiro quartel do século IV e Pausânias, grego, nos fins do século II [20].

[20] Catulo (84?-54? a. C.) poetizou a fábula de Átis. Em Propércio (50?-15? a. C.), que se situa cronologicamente a seguir, encontramos (*Élégies*, «Belles Lettres», Paris, 1929) referências à «magna Cybelle», em conexão com os montes Dindimo e Ida, e com os címbalos que eram instrumento musical particularmente seu. Uma das referências tem especial interesse, porque ocorre num poema dedicado a Baco, ou seja o Diónisos que faz parte da fábula de Cibele e de Átis. Em Vergílio (71-19 a. C.), que foi contemporâneo deles todos, não há, nas *Bucólicas* ou nas *Geórgicas* (escritas entre 40 e 30 a. C.), referências a Cibele, embora as haja a Ceres (que é a grega Deméter dos mistérios de Eleusis, outra das formas da Madre Terra). Uma única vez, e nas *Geórgicas*, Vergílio menciona expressamente a «Eleusina Mater» (cf. *Les Bucoliques et les Géorgiques*, nouvelle édition revue, etc., par Maurice Rat, Paris, 1953). Mas Vergílio estava, sobretudo nas *Geórgicas*, propugnando um retorno à terra, ao desenvolvimento agrário de uma Itália cada vez mais perigosamente dependente das províncias do seu império, para subsistir alimentarmente, e essa subtilmente poética propaganda política — que interessaria mais tarde, como imperador, Augusto (que foi, ou se fazia grande devoto da Magna Mater) — não ia sem um estrito nacionalismo religioso em que os deuses eram revestidos das suas veneráveis características arcaicas nacionais, e eram gregos apenas no grau necessário a que Roma aparecesse como a realização moderna da Grécia, com exclusão,

quanto possível, do que de oriental tinha tido a Grécia sempre
(porque no Próximo Oriente ou no Mediterrâneo orientalizado
ela começou, e porque revertera às suas origens com as conquistas do helenismo macedónico). O que não quer dizer que
esta orientação nacionalista — que vai estruturar a *Eneida* —
excluísse, em Vergílio, uma consciência muito aguda das complexidades «misteriosas» e telúricas das divindades mediterrânicas.
Esta consciência é costume negá-la a Ovídio (43 a. C.-16 d. C.),
como também tradicionalmente (não nos seus tempos áureos de
grande mestre literário da cultura europeia, quando era, a par
dos outros, considerado um dos grandes) se lhe nega alta categoria poética. O tom de graciosidade em que ele desenvolve,
nas suas *Metamorfoses* (ed. «Belles Lettres», de G. Lafaye,
8 vols.), as mais diversas fábulas (cerca de duas centenas e
meia), tem desagradado aos professores que desejariam mais
ostensiva a solenidade que, todavia, ele usa discretamente, para
tratar dos horrores que descreve. Mas o que mais nos importa
é que, na massa imensa de «metamorfoses» de que ele se ocupou
ou fez que se ocupassem as suas personagens (como sucede nas
de que Orfeu canta, no Livro X), Átis e Cibele não figuram.
Átis é lembrado uma vez, quando o canto de Orfeu atrai árvores
que Ovídio enumera: vs. 103-105 do Livro X:

> Et succinta comas hirsutaque vertice pinus,
> Grata deum matri; siquidem Cybeleius Attis
> Exuit hac hominem truncoque induruit illo.

E Cibele, além desta referência (que todavia lhe chama
«mãe dos deuses»), é ainda lembrada, no mesmo livro, quando
Vénus, nos seus avisos a Adónis, lhe fala de como Atalanta e
Hipómenes foram castigados por haverem conspurcado um templo de Cibele, e de como foram transformados em leões (animais
de Cibele). Que Propércio e Vergílio apenas façam alusões a
Cibele, é estranho, e já aventamos uma interpretação. Que
Ovídio, cuja vida coincide com a de ambos, não poetize do
mito de Átis, uma das transformações mais célebres e mais
veneráveis, quando tratou de centenas delas, eis o que não pode
ser levado à conta de distracção ou de frivolidade, e confirma
a hipótese que aventamos para Vergílio: haveria uma espécie
de «consigne» aristocrática contra o culto de Cibele, ou da
Magna Mater enquanto Cibele, a que eles obedeciam (eles dois
e quiçá Propércio), e que Ovídio, sobrevivendo mais de trinta
anos a Vergílio, em pleno reinado de Augusto, nos denuncia
na sua estranhíssima omissão, precisamente quando a Magna
Mater, por influência de Augusto, assumia uma importância
oficial que não tivera na República. Se as fábulas mais ou
menos helénicas eram *apenas* graciosas na aparência, talvez
que, então, romanamente, nem sequer estivessem autorizadas
a ser outra coisa.

Um dos hinos homéricos, muito breve, é dedicado à «Mãe
dos Deuses», que é invocada como «mãe de todos os deuses, mãe

do género humano, filha do grande Zeus» (seguimos o texto da edição, *Les Hymnes Homériques* (...) par Louis Dimier, Paris, 1937, mas corrigindo o péssimo costume de muitos tradutores dos autores gregos, quando traduzem, às vezes com inconvenientes gravíssimos para uma correcta compreensão mitológica, os nomes das divindades, pelos supostos equivalentes latinos — é, aqui, o caso de Zeus, traduzido por «Júpiter»). Há, no hino, uma aparente contradição que é ser dada a deusa como simultaneamente mãe de todos os deuses, e como filha de Zeus. Como mãe de todos os deuses, ela é Gaia, a que, na origem dos mundos, saiu do Caos antes de Eros, e que, para que «a cobrisse por inteiro e fosse morada segura dos ditosos deuses», pariu «Urano estrelado, seu igual em grandeza», como diz Hesíodo na sua *Teogonia*. Da união de Urano e Gaia, nasceram, entre outros, Cronos e Rea. Destes dois, por sua vez, nasceram, entre outros, Zeus e Deméter. Uma das muitas uniões de Zeus foi com sua irmã Deméter que lhe deu Perséfone. O hino homérico, portanto, confunde Gaia, através de Deméter, com esta última que era, na verdade, filha de Zeus. A linhagem feminina Gaia — Rea — Deméter — Perséfone, constituída por quatro gerações divinas, podemos interpretá-la como a renovada presença da Terra, na formação teogónica, até à ascensão de Zeus à divindade suprema. Como a ambiguidade pessoal de Deméter e de Perséfone é que a Terra era venerada nos mistérios de Eleusis: a Eleusina Mater, que acima referimos. Logo, o hino homérico é a esta que se refere, e não a Cibele (ao contrário do que levianamente interpreta o editor cuja edição usamos, em nota), embora Cibele, enquanto lenda frígia, seja filha de uma poluição de Zeus (ou, mais exactamente, o Urano frígio que se chamava Papas), que fecunda a rocha Agdos que Cibele era. Mas isto, no mito frígio, precisamente identifica Cibele com Gaia (esposa de Urano), e Agdistis com Rea, e prejudica a assimilação da Mãe dos Deuses, do hino, com Cibele. Ainda no mito frígio, quem castra Agdistis é Diónisos (como na *Teogonia* de Hesíodo é Cronos quem o faz a Urano), que pode ser tido como filho de Zeus, e de Deméter ou Perséfone. Agdistis, portanto, é equivalente ao próprio Papas (pela analogia do seu destino com o de Urano), e o Diónisos frígio a Cronos. Mas Agdistis é hermafrodita, qualidade específica de Gaia, que aliás se projectou sobre a linhagem feminina acima estabelecida, até Perséfone exclusive. Tudo isto situa o hino homérico em estrita conexão com os mistérios de Eleusis, e, quer-nos parecer, antes da plena oficialização do culto de Diónisos, que se dá no fim do século IV a. C., em tempo de Licurgo, e que, intimamente conexo com o de Deméter-Perséfone, não deixaria de provocar a menção de tão importante deus, na invocação à Mãe dos Deuses. Note-se que o falar-se de um Diónisos frígio é lapso de Kerényi (que, para Agdistis, seguimos): esse Diónisos frígio chamava-se Sabázio (segundo nos informam Diodoro e S. Clemente de Alexandria, este mencionando a serpente, que o simbolizava, no seu *Protréptico*), e foi às vezes (segundo Seyffert) confundido com Zeus. Sendo assim confundido, e com o papel que desempenha na fábula de Cibele-Agdistis, mais nos confirma a impressão de que o hino é anterior à assimilação de Deméter e de Cibele, e posterior a Hesíodo, para quem Deméter é apenas um membro da «ilustre raça» de Cronos e de Rea. Note-se que, no hino, a referência à Mãe dos Deuses, como mãe dos homens, não é só alegórica, e encontra já a sua justificação genealógica em Hesíodo. A primeira das quatro raças anteriores ao Dilúvio (que Hesíodo não menciona), a da Idade de Ouro, havia sido criada em tempo do reinado de Cronos e de Gaia-Rea: o que era dar à genealogia dos homens uma antiguidade tão respeitável quanto a dos próprios deuses olímpicos, filhos desse reinado também. As observações que fizemos acerca das datas-limite do hino que importa ao nosso caso, não serão de todo desinteressantes, quer para este, quer em si mesmas. A época dos hinos homéricos (trinta e tantos poemas que a erudição concorda em considerar «proémicos» para recitações dos rapsodos) tem variado muito: desde a atribuição tradicional ao próprio e lendário Homero (o que os recuaria para cerca de 900 a. C.) até aos alexandrinos da primeira metade do século III a. C., o que corresponde a seis séculos que viram muitas Grécias, sucessiva ou simultaneamente contraditórias. O que estudamos parece ter como limites os fins do século VIII e os meados do século IV, e situar-se simultaneamente fora da escola de rapsodos homéricos e das imitações produzidas pelos alexandrinos. Uma data média destes dois limites coincide precisamente com a época da introdução oficial da *Magna Mater*, em Atenas, e quando, na primeira metade do século V, Fídias lhe teria feito a estátua. Já um outro «hino homérico» não pratica as confusões que observamos neste. É o que canta «a Terra, mãe de todas as coisas», e prossegue, dizendo: «inabalável, a primogénita do mundo, de quem tudo o que rasteja no chão, nada no mar, voa no céu, recebe o alimento. De ti, deusa augusta, se geram as crianças belas e os belos frutos, porque tu, a teu grado, dás ou retiras aos mortais a subsistência. Da riqueza que difundes na abundância do teu seio, o homem tira profusamente tudo: a colheita que pesa nos seus campos, os rebanhos gordos que neles pastam, todos os bens de que sua casa transborda, as cidades de belas esposas e que a sua ordem governa, a opulência e o conforto. Aos jovens vem de ti a alegria e o orgulho da adolescência, às jovens o prazer dessas rondas em que, resplandecentes de juventude, batem com os pés nos prados floridos. A tua virtude os orna, deusa augusta, pródiga de bens. Salvé, mãe dos deuses, esposa do céu estrelado (...)». Esta belíssima invocação descreve a terra como primogénita do mundo, esposa do céu, mãe dos deuses, geradora de tudo — e é importante notarmos que a adolescência dos jovens é também um dos seus produtos. Este outro hino canta, evidentemente, Gaia, na plenitude da sua categoria, para lá de qualquer personificação mitológica. Mas reflecte nitidamente uma civilização pacífica, urbana, e de estrutura agrária, que ou é um sonho poético tardio

O grande santuário de Cibele, na Frígia, era no Monte Dindimo, junto a Pessino ou Pessinonte, cidade às margens do Rio Sangário [21]. E, na montanha dedicada a Cibele, ou que Cibele era, uma rocha — Agdos — especialmente se identificou com ela. Outra montanha foi, no mito de Cibele, tão ou mais célebre do que esta: o monte Ida, que domina a planície de Tróia. E é muito interessante notar que este outro monte foi o lugar do rapto de Ganimedes por Zeus.

O deus celeste, Papas, adormeceu uma vez sobre Agdos, a rocha que era a personificação da Grande Mãe. Dormindo, perdeu sémen de que ela se embebeu, engravidando e dando depois à luz um ser monstruoso, feroz e indomável, de duplo sexo: Agdistis.

---

de um mundo grego devastado pelas oposições políticas e militares (a que não há no poema a mínima referência, nem sequer a virtudes bélico-viris que os jovens manifestassem potencialmente), e diversificado pelo comércio e a navegação, ou corresponde realmente a pequenas comunidades urbanas que emergiram de uma ordem monárquica e tribal para a das oligarquias democráticas (e não há qualquer referência, no poema, que possa interpretar-se como expressão de uma diferença entre os cidadãos). Este hino, pois, ou é uma imitação tardia — e posterior ao que anteriormente comentámos —, ou é mais antigo do que ele, na pureza mitológica das suas alusões, hipótese para que nos inclinamos.

[21] Para a fábula de Cibele e de Átis, resumimos a narrativa de Carl Kerényi, em *The Gods of the Greeks*, Londres, 1951, em tradução inglesa de Norman Cameron. A obra, que é magistral, está escrita num inglês aflitivo que, em grande parte, ignora as subtilezas germânico-mitográficas de Kerényi, e, no resto, se cinge demasiadamente a um autor que não deve nunca muito à clareza (como é apanágio de mitólogos). Kerényi, para a reconstrução dessa fábula, segue expressamente o *Adversus Nationes* de Arnóbio, obra que sabemos escrita cerca de 173, em tempo de Marco Aurélio. Não menciona Kerényi os poetas latinos cujo uso do mito poderia por anterior de séculos aos autores que segue, esclarecer alguns pontos; e também não cita Estrabão que, contemporâneo grego daqueles poetas romanos, refere também o culto frígio de Cibele, na sua *Geografia* que é, precisamente, uma das fontes literárias de Pausânias.

A fúria de Agdistis não respeitava nem os deuses nem os homens, tudo destruía na sua passagem. Os deuses consultaram-se sobre o que fazer para domarem Agdistis. E Sabázio (Diónisos) assumiu o encargo. Certa Primavera ardente, Agdistis veio matar a sede numa fonte, cuja água Sabázio transformou em vinho. Sequioso (e sequiosa...), Agdistis bebeu sofregamente, sem se dar conta da mudança, e caiu num profundo sono. O outro, que esperava isto mesmo, com uma corda feita de cabelos, amarrou-lhe as partes masculinas a uma árvore. Quando acordou, o monstro levantou-se, e, com um puxão desprevenido, castrou-se a si mesmo. A terra absorveu o sangue que corria e também as partes arrancadas. Destas logo nasceu uma amendoeira ou, segundo outra versão, uma romãzeira. Nana, uma filha do deus fluvial Sangário, atraída pelos frutos, colheu um e guardou-o no seio. O fruto desvaneceu-se e ela engravidou dele. Seu pai condenou-a a morrer de fome, mas a Grande Mãe alimentou-a até que ela desse à luz o filho. Sangário mandou que a criança fosse exposta, para que morresse. Mas um bode alimentou-o com «leite de bode». Este menino era Átis (e Kerényi chama a atenção para que «attis» era, em lídio, «belo jovem», como «attagus» era «bode» em frígio). A extraordinária beleza de Átis apaixonou Agdistis, agora apenas uma fêmea, que o atraiu para uma vida selvagem nas florestas. Midas, rei de Pessino (que é o mesmo Midas que ganhou orelhas de burro por ter dado a Marsias o prémio contra Apolo, e que era filho de Cíbele), tentou separar aquela união incestuosa (se o era), e, para tal, deu a Átis em casamento sua filha. Nas bodas, Agdistis apareceu e endoideceu todos os presentes, tocando uma *syrinx* (que é a flauta de Pan;

do Pan que pode ser identificado com Marsias). Átis, enlouquecido, castrou-se junto de um pinheiro, gritando: «— A ti, Agdistis!» Do seu sangue nasceram as violetas. E Agdistis, arrependida, suplicou a Papas que ressuscitasse Átis. Tudo o que o deus podia conceder foi que o corpo de Átis jamais apodrecesse, que o seu cabelo jamais parasse de crescer e que o seu dedo mindinho continuasse vivo e se movesse.

A análise desta fábula oferece aspectos do maior interesse. Marie Delcourt informa-nos mais amplamente sobre Agdistis, cujo culto aparece, no 42.º hino órfico, identificado ao de Misea, filha de Ísis, e ao de Diónisos [22]. Também Misea é bissexuada como o era o Diónisos «Iaco» de Eleusis e como a Afrodite Barbuda de Chipre. Esta bissexualidade se converteu no Diónisos efeminado das estátuas helenísticas. O próprio Zeus, como nenhum outro deus o símbolo da virilidade espiritual e física era, como Zeus Strátios da Cária, ornado de quatro ordens de seios; e a dinas-

---

[22] Marie Delcourt, *Hermaphrodite — mythes et rites de la Bisséxualité dans l'Antiquité classique*, Paris, 1958. Ver, também da mesma autora, *Les Grands Sanctuaires de la Grèce*, Paris, 1947. O trecho do citado hino órfico, que nos importa, diz o seguinte (traduzimos daquela obra): «Invoco o Diónisos tesmóforo (...) e a pura e santa Misea, senhora que não pode ser nomeada, macho e fémea, de dupla natureza, o Iaco libertador: quer, em Eleusis, te comprazas no templo odorante, quer, na Frígia, com a Mãe dirijas os Mistérios, quer, em Chipre, gozes da Citereia de bela coroa, quer sejas feliz nos santos campos em que o trigo brota, com tua mãe, a santa Ísis de véu negro, na margem do rio do Egipto, entre as servas que te criam (...)» Note-se a confusão voluntária e tardia entre Diónisos e Misea, e a sua colocação sucessiva em Eleusis, na Frígia, em Chipre, e no Egipto, com, paralelamente, Deméter-Perséfone, Cibele, Afrodite, e Ísis, o que é tardio também. E note-se ainda a associação dos trigais egípcios com Ísis que, no *Asno de Ouro*, de Apuleio (lido na esplêndida e esquecida tradução portuguesa de Francisco António de Campos, Lisboa, 1847), aparece ao protagonista, com um manto ornado de espigas de trigo.

tia cária que o adorava era praticante do incesto adélfico que o culto dos deuses egípcios impunha ou permitia (conforme as épocas e as conveniências) aos faraós (o casamento entre irmãos). O carácter andrógino dos deuses duplos simbolizava a fecundidade indivisa da Terra, e a força geradora da Natureza inteira. Significava também o carácter indiferenciado da sexualidade infantil, como arquétipo do conhecimento do comportamento da infância (em termos que o freudismo racionalmente explicou) e ainda (cf. obra citada de Jung e Kerényi) o símbolo unitário que une os opostos. É por isso que nos parece importante que a análise mitográfica se detenha no exame da androginia dos deuses, distinguindo os que são femininos (mas possuem, em certas formas, órgãos masculinos), os que são masculinos (mas podem aparecer com órgãos femininos), e os que, pelo menos em alguma das suas formas, são perfeitamente hermafroditas (mas não assexuados, nem neutros por equilíbrio interno dos dois sexos) [23]. No caso de Cibele, Agdistis e Átis, esta análise é particularmente iluminante. Cibele é uma deusa feminina, fecundada pelo sémen celeste (suponhamos que o orvalho, a chuva,

---

[23] À luz das ideias de Jung, poderíamos considerar que os masculinos, os femininos, com atributos do outro sexo, significam o que, num sexo, há do outro, e a pessoa projecta e reconhece num indivíduo do outro sexo (no que, de certo modo, e em termos de psicologia profunda, Jung reedita a teoria platónica das duas metades, que se buscam, do hermafrodita primitivo); que os hermafroditas poderosamente bissexuados mas não neutros significariam a tensão externa dos contrários (ou a violenta e dolorosa hesitação anterior à definição sexual), como os neutros significarão o equilíbrio saciado das oposições harmoniosamente conjugadas e superadas. Seria muito interessante aplicar estas definições aos diversos deuses, ou suas personificações locais, em que o sexo é duplo; mas isso sai do âmbito do nosso estudo.

a luz dos astros). Agdistis, fruto desta união, é hermafrodita, dotado de uma bissexualidade ardente em qualquer dos sexos. A castração de Agdistis torna-a exclusivamente feminina. Mas os órgãos dela produzem uma árvore (e os antigos já sabiam do sexo das plantas, ou da bissexualidade delas), cujos frutos são masculinos, visto que um deles fecunda a filha de Sangário. O produto é Átis, a juvenil beleza masculina, que é atraído por Agdistis feminina, cujos órgãos castrados haviam fecundado a terra onde caíram e fecundado pois Cibele. Chegado ele à idade núbil, Midas (que era filho de Cibele e que era o juiz da opção por Pan contra Apolo), casou-o com uma sua filha. E Agdistis, enlouquecendo-o (graças a uma flauta de Pan), leva-o a castrar-se e a morrer. Seria demasiado fácil interpretar tudo isto, tão complexo, dizendo e glosando que Átis é a primavera que morre, mas voltará à Terra: porque, em verdade, Átis não volta e apenas fica como que embalsamado para a eternidade. De resto, os mitólogos e antropólogos modernos previnem-nos contra os perigos destas simplificações «positivistas» (cf. *Gods and Myths of Northern Europe*, de H. R. Ellis Davidson, Londres, 1964). Se, porém, procedermos a uma simplificação aparente (que aliás foi feita pelos comentadores e pelos narradores de mitos), e notarmos que Cibele é Agdistis e que Agdistis é Átis, sem que Átis seja Cibele, a fábula esclarecer-nos-á imediatamente, mesmo com os meios intercalados que são a árvore e a filha de Sangário. A terra estéril, uma pedra, é fecundada pela humanidade celeste. Ao sê-lo, adquire uma fecundidade bissexual que lhe é própria, uma vez que a terra gera de si mesma. Mas essa fecundidade é sexualmente terrífica, primitiva, incapaz de conviver com os deuses e os homens de uma sociedade mesmo rudimentar. Há que, de qualquer modo, contê-la, dominá-la. E aqui ocorre a analogia humana e animal. Como? Castrando-a. Mas a quem ocorre essa ideia? Ao deus que, sobre a Terra, era o reflexo dessa mesma bissexualidade e dessa violência indomáveis, ou seja aquilo que, na sociedade humana, é a própria vigência da animalidade espiritualizada. E Sabázio-Diónisos castra a Terra. Mas a castração não faz mais que separar de um corpo o que estava nele e a ele volta. E os órgãos tombados na terra produzem uma árvore. Isto é, a mediação castradora não suspendeu a fecundidade que a terra havia recebido; mas permitiu que ela se tornasse, pela separação dos sexos, produtiva (de uma árvore, símbolo fálico). Os frutos da árvore assim erguida, eis que é transparente que fecundem um ser feminino que os acolhe no seio. E tudo se passa, efectivamente, como se o sexo masculino, por intermédio da árvore, tivesse sido restituído à terra privada dele. O ser feminino que o fruto fecunda é filha de um rio, porque novamente se restabelece a ambiguidade, numa intertroca de sexos e de acções paralelas: assim como a terra recebera a humidade celeste, a humidade terrestre, para não secar, recebe a sombra protectora dos sexos (as árvores) da terra. O rio, porém, condenara sua filha a secar — isto é, a filha que se extraviara no seio da terra. Esta, todavia, tem reservas que a alimentem até que, da ninfa, brote o filho que esta traz em si. E é inútil que o rio igualmente condene esse filho. Ele já não era um ser da terra ou das águas, era um ente vegetal-animal, capaz de receber de um bode (símbolo da luxúria inesgotável) o alimento. Mas a beleza daquela vegetação luxuriante não poderia deixar de apaixonar o que de feminino havia na terra, e que se absorveria na contemplação da árvore que ele era. Os dois se entregaram a uma vida em comum, que é o florescer e o brotar dos frutos. Mas essa virilidade independente e potencial, tinha um semi--humano, representando a transição para a sociedade organizada dos homens (Midas é um rei de homens, ainda que filho de Cibele), o atraí-la para a sua genealogia humana. E esta apropriação não poderia deixar de desencadear o ciúme da terra. Com tudo o que ela possui de fascínio entontecedor (e a música dos instrumentos de Pan é um dos seus meios de fascínio), ela enlouquece os atrevidos: os humanos e o que dela se esquecera e de que lhe pertence. Foi o que Átis, na sua loucura, compreendeu e castrou-se invocando-a, para se identificar com o que, nele, era ela mesma. Agdistis desejou que ele ressuscitasse. Mas uma árvore tornada símbolo é a imobilidade: só pode crescer em fronde e mover os seus pequenos ramos e folhas. O poder da Grande Mãe só Diónisos pode desafiá-lo, símbolo da ebriedade humana, que Diónisos é. E as sementes que nela caem e podem produzir árvores, pertencem-lhe em princípio. Por outro lado, a castração de Agdistis por Diónisos, e a de Átis por si mesmo (no que Átis é já um humano que se consagra ao culto de Cibele), significam humanamente que o homem não pode coabitar com sua própria mãe, para que a terra não volte à desordem de uma sexualidade indiferenciada. Os cabelos de Átis poderão crescer livremente, porque foi precisamente com uma corda de cabelos que Cibele-Agdistis foi castrada. Os cabelos são símbolo de força, mas de uma força humana. Foi a força e o poder dos homens o que castrou Cibele, por mãos de Diónisos; e essa força é restituída à terra na luxuriância da sua vegetação.

Como natural seria, e independentemente das analogias arquetípicas, há, por contiguidades étnico-geográficas, pontos de contacto entre o mito de Átis e o de Adónis ou Tamuz. Note-se que, no mito de Átis, é ambíguo que este tenha efectivamente tido relações com Agdistis, que podem ter sido juvenilmente sublimadas numa relação absorventemente materna; e a castração dedicada a ela pode perfeitamente significar que, ao iniciar-se uma relação humana normal, a castração mental adolescente prevaleceu e concretizou-se. Uma das características do mito de Adónis é que Afrodite não chegou a possuí-lo e ficou chorando essa maior mágoa ante o seu corpo despedaçado (por um javali, como a castração de Átis foi induzida por uma flauta de Pan). Adónis foi afinal vítima da disputa, pela sua posse, entre Afrodite e Perséfone; esta deusa não quisera devolvê-lo, quando aquela escondera dos olhares cobiçosos, no seio dela, a beleza de Adónis. E este nascera da casca da árvore da mirra, em que sua incestuosa mãe, Mirra, fora transformada até que ele nascesse. Em algumas das versões do mito de Adónis, quem envia a destruição de Adónis, em forma de um javali, é Artémis ou Ares. Mas Artémis era, na Ásia Menor, identificada com a Grande Mãe e, portanto, a destruição de Adónis é uma vingança de Perséfone, enquanto Gaia-Rea-Deméter assimilada a Cibele-Agdistis. E, em certas histórias, Ares é esposo de Afrodite: e então a morte de Adónis, sendo um acto de ciúme conjugal, é também a masculinidade íntima de Afrodite-Cibele-Agdistis destruindo a alteridade masculina simbolizada por Adónis.

## O POEMA DE CATULO

Em Catulo, Átis lamenta a sua virilidade perdida. O poeta, com uma habilidade consumada, sugere o carácter ambíguo que Átis assumiu, variando continuamente, nas formas gramaticais, o sexo dele. E o poema, podemos dividi-lo em várias partes que interessa analisar. Primeiro (vs. 1-5), o poeta descreve Átis chegando de navio à Frígia, penetrando na floresta da deusa (Cibele) e, «stimulatus ibi furenti rabie, vagus animis», castrando-se com «acuto silice». Depois (vs. 6-11), vendo-se privado «membra viro» e vendo o seu sangue maculando a terra, tomou do tímpano da madre Cibele (e esta é apostrofada pelo próprio poeta) e, ao som dele, começou a cantar às «companheiras» (do culto). O canto de Átis é a parte seguinte (vs. 12-26). Convoca os sacerdotes de Cibele, a que o acompanhem aos bosques montanhosos, eles que, como exilados em busca de uma terra estrangeira, seguiram-lhe o exemplo, atravessaram os mares e seus perigos, e castraram-se, «num ódio desmedido de Vénus». Que não tardem, que venham à morada frígia de Cibele, aos frígios bosques da deusa, onde os címbalos e os tímpanos soam, onde as Ménades, coroadas de heras, ululam, onde tripudiam os cortejos da deusa, e para onde todos juntos devem apressar-se. Mal se concluem as exortações de Átis, o cortejo dionisíaco (e Catulo emprega expressamente o termo próprio — «thiase» — para designá-lo) responde-lhe com uivos, tamborins, e os címbalos, e precipita-se para as encostas verdejantes do monte Ida. E Átis, «mulher indefinida», guia-o, arquejante, através dos bosques (vs. 27-34). Chegadas (ou chegados) ao santuário de Cibele exaustos, adormecem, «sem cuidarem de Ceres», e tombam num pesado sono em que se lhes apazigua o «furor animi» (vs. 35-38). Mas, logo que o Sol de face de ouro iluminou, com os seus olhos radiantes, «o éter alvo, o solo duro, o fero mar», e afugentou, com o galope dos seus corcéis, as sombras da noite, Átis voltou a si e despertou, e «o recebeu no palpitante seio Pasitheia». E, saindo do repouso em que se exaurira o seu furor, Átis recordou o que fizera e, com a «alma estuante», regressou à praia, onde, contemplando o vasto mar, com os olhos rasos de lágrimas, dirigiu à sua pátria, numa voz triste, estas palavras (vs. 39-49). Segue-se o longo e pungente lamento de Átis (vs. 50-73). Invocando a mãe-pátria, que diz ter abandonado como os escravos fugitivos abandonam os donos, para penetrar nos bosques do Ida, para viver na neve das alturas habitadas pelas feras, pergunta-lhe onde reencontrá-la. E diz que é para a pátria distante que os seus olhos se voltam, nos raros momentos em que a alma está liberta da sua loucura. Terá de voltar àqueles bosques distantes, longe da pátria, dos bens, dos amigos, dos pais? Que imagem é a sua agora? «Ego mulier, ego adolescens, ego ephebus, ego puer», eu, a flor do ginásio, que recebia as aclamações reservadas aos atletas, eu hei-de ser sacerdotisa e servidora de Cibele? Eu hei-de ser uma Ménade? «Ego mei pars, ego vir sterilis»? Hei-de viver nas alturas verdejantes e álgidas do Ida? Hei-de aí passar a vida, entre cervos e javalis? Quanto me dói e quanto me arrependo do que fiz! Logo que estas palavras novas soaram nos ouvidos dos deuses (é a parte seguinte, vs. 74-83), Cibele ouviu-as e, soltando um dos seus leões, disse-

-lhe que fosse excitar o delírio de Átis, e que o fizesse regressar aos bosques. Depois (vs. 84-90), é o leão solto por Cibele, que persegue Átis, o enxota das «marmora pelagei», e o força, servidor para a vida inteira, a voltar à floresta. E o poema termina (vs. 91--93) por uma invocação do poeta a Cibele: «Magna deusa, Cibele divina, senhora do Dindimo, poupa a minha casa ao furor que é dos teus, que outros sejam agitados dele, que outros sejam dele raivosos.»

É de notar que o poema de Catulo é ambíguo, tanto ou mais do que ele assim sublinha a personalidade de Átis. Sem dúvida que, dos versos, brota um tom de lamento e de horror, que se consubstancia na invocação final que é quase um esconjuro. E que o Átis do poema é tanto a própria personagem mitológica, como qualquer iniciado que, num momento de delírio, se castrou para servir Cibele. Do poder desta, não tem Catulo dúvidas; mas, obsesso adolescentemente de virilidade (como toda a sua poesia o testemunha), a sua reacção ao culto de Cibele é transposta para o Átis-sacerdote de Cibele, que lamenta ter deixado de ser uma glória de juvenilidade masculina. A obsessão adolescente da impotência transforma-se numa lancinante queixa de Átis, sempre que desperta para a realidade do seu estado. Mas o carácter de antinatureza remota, que o culto de Cibele tem psicologicamente para Catulo, consubstancia-se ainda na saudade da pátria, que Átis manifesta, como se ingressar na religião de Cibele fosse, necessariamente, viajar longos mares, para longe da integridade pátria (que é também a do sexo). E, nisto, vai também a sugestão de que o culto de Cibele era exótico, de que dar-se alguém a ele seria partir espiritualmente para um mundo distante que não era o seu. Daí a insistência na Frígia, e as exactas caracterizações geográficas do culto de Cibele, em relação à Anatólia: o Ida e o mar, por um lado, e a alusão ao monte Dindimo, por outro.

Catulo visitara pessoalmente aquelas regiões. Com cerca de vinte e sete anos (se nasceu em 80 a. C.), ele acompanhara Mémmio, aquele a quem Lucrécio dedicou o *De rerum natura*, à Bitínia, de que o culto alto funcionário havia sido nomeado governador. Catulo ia tentar fortuna, ao que tem sido depreendido do poema em que se descreve, de regresso a Roma, sem pelo menos a que os enriquecidos nas províncias imperiais não deixavam de ostentar. A estada durou pouco: um ano depois já ele estava de volta e morreria com trinta anos. Mas, durante ela, terá visitado Tróia e o monte Ida, em cujas proximidades lhe morrera e fora sepultado o irmão querido, a quem ele se dirige num lindíssimo epitáfio votivo, em que diz ter atravessado povos e mares, para vir honrar-lhe as cinzas. É este breve poema o que termina com o maravilhoso verso: «Atque in perpetuum, frater, ave atque vale.» O irmão aparece noutro poema (ou dois), em que Tróia é invectivada por tê-lo feito morrer. E é de supor que esta amizade fraterna, tanto ou mais que a miragem da fortuna, o tenha atraído às paragens longínquas da Ásia Menor. O irmão, que alguns supõem mais velho, seria, para Catulo, o «alter ego» que os adolescentes como ele projectam num irmão mais velho ou num amigo, e que é, para eles, a própria imagem tornada adulta (e, ao mesmo tempo, uma repetição da imagem paterna, sem as frustrações que esta imagem implica). Aliás, o próprio Catulo nos informa de que, tendo começado a escrever versos pelos seus dezassete anos, «totum hoc studium luctu fraterna mihi mors / Abstulit. (...)». O que nos mostra como a morte do irmão foi como que a perda da mais íntima confiança em si mesmo, que ele terá procurado reatar com a viagem ao Oriente. Se assim foi, o poema de Átis adquire muito especiais ressonâncias, com as analogias da viagem por mar. Átis é, então, o irmão que a terra estranha matou (castrou da vida), e os lamentos de Átis são os do próprio poeta por essa Cibele lhe ter roubado a sua mesma imagem masculina. O tipo de relações eróticas e sentimentais que Catulo manteve com as suas amantes coincide largamente com esta psicologia que analisamos. É uma relação sado-masoquista, feita ao mesmo tempo de uma grande prosápia sexual, e de uma extrema sujeição à paixão e às suas dores: e extremamente típico é que ele se dirija a si mesmo, designando-se pelo próprio nome, como fazem os poetas adolescentes que não se tornaram psiquicamente adultos e repetem esteticamente, como homens, o que é uma característica do comportamento infantil.

Observemos agora algumas peculiaridades do poema de Catulo. Átis, na nossa primeira parte, vem de longe até à Frígia, atraído por Cibele. Portanto, para Catulo, ele não só não é um frígio, como muito menos é o filho do fruto da árvore que nasceu dos órgãos castrados de Agdistis-Cibele. E as ulteriores referências, no lamento de Átis, à sua pátria distante e à sua vida de um rapaz normal ou mesmo excepcional (adolescente, efebo, glória do ginásio e dos jogos), fazem dele um simples ser humano atraído pelo culto de Cibele (ou por esse Oriente que Roma ia conquistando e a envenenava...). O Átis de Catulo é apenas um jovem, estrangeiro àquela terra. Esse jovem desembarca, penetra nas florestas e, possesso de delírio, castra-se com um «afiado sílex». Isto é, a terra estranha que o atraíra, ao ser penetrada, retira-lhe a razão e excita-o ao ponto de ele, absorto nela, se castrar. Poderíamos ver nisto o receio de uma civilização já urbana, perante uma natureza selvática. Mas, mais provavelmente, o que ecoa nesta situação é o «medo da castração» [24], típico de toda a iniciação sexual, e inerente também a toda a civilização patriarcal ainda próxima ou ainda contígua de costumes matriarcais, e que, simbolicamente, termina aqui numa castração efectiva, ou seja, na realização efectiva da impossibilidade de, pelo acto sexual, o incesto ser mimado, ou na realização de o princípio feminino ser totalmente e sacrificialmente assumido pelo homem que se lhe dedica, ou, ainda mais profundamente, na da consagração total das possibilidades procriadoras ao princípio divino que é, androginamente, a *procriação em si*. Que Átis use de um sílex afiado, eis o que acentua o carácter sacrificial do acto que ele pratica. A faca de sílex é o mais antigo dos instrumentos cortantes e é também o mais próximo da Natureza: uma pedra aguda ou cortante é como um dente dela [25]. Quem afinal castra Átis não é ele

---

[24] Acerca destas questões, ver o ensaio sobre o «louva-a--Deus» ou manta religiosa, em Roger Caillois, *Le Mythe et l'Homme*, Paris, 1938, ou Sigmund Freud, *A General Introduction to Psychoanalysis* (trad. inglesa dos célebres cursos de 1915-17).

[25] O prestígio do primeiro machado ou primeira faca de pedra (e o sílex desempenhou primacial papel na feitura deles) conservou-se nos rituais de sacrifício pagão, e mesmo judaico: a circuncisão hebraica (que é uma castração simbólica) era feita com uma faca de sílex. Quanto ao desenvolvimento das indústrias líticas da pré-história pode ele ser seguido em H. Obermayer, A. Garcia y Bellido e L. Pericot, *El Hombre Prehistórico y los Orígenes de la Humanidad*, sétima edição, Madrid, 1960. De resto, na Antiguidade, o sílex era suposto como caído do céu, por acção dos raios, e portanto, uma manifestação celeste. A castração com sílex é, assim, uma «transferência».

mesmo, mas a própria Cibele, com os seus dentes, e porque pelo delírio se apoderou do seu espírito, se lhe substituiu (as «possessões» não têm origem diversa). Ainda hoje, entre tribos nórdicas, as renas machos são castradas, *à dentada*, pelas virgens, no dia dedicado aos «namorados». E a força bruta de Cibele--Agdistis repete em Átis o sacão com que se castrou a si mesma. Vendo-se privado das suas partes masculinas e vendo o seu sangue «maculando» a terra, Átis, no seu delírio, reconhece-se como um sumo--sacerdote de Cibele e, tomando de um instrumento ritual, convoca a *fratria* ao culto. Note-se que o Átis de Catulo não vê as partes que tirou de si: ele apenas vê a ausência delas no seu corpo e o sangue pingando, dessa ausência, no chão. É como se elas se tivessem desvanecido, deixando apenas os sinais do sacrifício sangrento. Não poderia a poesia, enquanto toca o inconsciente colectivo, sugerir melhor o carácter ao mesmo tempo profundo e físico da castração de Átis. O sangue macula a terra. «Mácula», porém, tem um significado extremamente ambíguo: o sangue das vítimas sacrificiais não podia perder-se, respingar; o sangue dos praticantes de actos contranatura e castigados sangrentamente por isso, do mesmo modo não podia tocar a terra; mas o que caracteriza precisamente toda a fecundação do virginal é a destruição desta e a «mácula» seminal. Logo a correlação psicológica entre a ausência de sexo masculino, com que Átis se reconhece um servidor de Cibele e o seu sangue pingando na terra aparece-nos como complementar; este sangue é como que a união simbólica, em que simultaneamente a terra é profanada e o sangue vital se sacraliza. O modo como Átis convoca as «galas» (os sacerdotes castrados de Cibele) é muito significativo: como ele, vieram de longe, atravessando mares (o que seria absurdo, se não interpretássemos o passo como acentuando o carácter exótico e antinatural do culto — e antinatural, na medida em que realiza a contradição do natural) e, como ele, se castraram «por um ódio desmedido de Vénus». O carácter de reversão ensimesmada ao incesto materno, que o culto de Cibele significa, é sublinhado por este ódio a Vénus, conexo com a castração, ou com o medo a ela. O gosto adolescente, para as relações sexuais, pela mulher degradada (e que se mantém nos adultos imaturos) é um dos aspectos desse ódio contraditório (e Catulo, nos seus poemas, ou fala de prostitutas inteiramente decaídas e depravadas, ou conspurca constantemente com insultos e com suspeitas insultuosas as suas amantes — o que é muito característico do seu tipo de mentalidade juvenil e, ao contrário do que à primeira vista é costume supor-se para os costumes desinibidos dos romanos, extremamente denunciado pelo carácter desbocado da sua poesia erótica, muito menos satírica que desesperada). Átis convoca-os pois para a morada frígia da deusa, para os bosques em que as Ménades uivam: e o cortejo dionisíaco segue-o para as alturas de Cibele. Mas, nos mistérios de Eleusis, já então se confundiam os de Deméter-Perséfone e os de Diónisos. E nada há — como vimos da análise do mito — que oponha o delírio de Cibele e o dionisíaco, em termos de Átis, uma vez que foi Diónisos-Sabázio quem castrou Agdistis. As Ménades são fúrias sexuais femininas: as mulheres entregues ao delírio dionisíaco (e, desde as *Bacantes* de Eurípedes, o que esse delírio podia ter de terrífico estava posto em grande arte), e que podem ir até ao despedaçamento ou decapitação do homem (e a analogia castradora da decapitação é óbvia). Átis e o cortejo, arquejantes da corrida e da excitação, tombam exaustos no santuário do monte Ida, «sem cuidarem de Ceres», e adormecem de um torpor que lhes apazigua o delírio. Isto é psicofisicamente correcto, quanto ao funcionamento de qualquer delírio. Mas o «sem cuidarem de Ceres» não será uma absoluta incongruência? De modo algum. O sintagma não significa que eles, na sua ebriedade, inclusivamente se esqueceram de praticar os actos propiciatórios da mesma Cibele que adoram e que, incongruentemente, o poeta designaria por Ceres. Esta era a velha deusa tradicional romana das colheitas, embora havia muito (desde o século V a. C.) assimilada à Deméter grega e conexa com o culto de Líber (Diónisos) e de Líbera (Perséfone). Como tal, era muito mais a deusa pacífica e benéfica da vida agrária, que uma natureza devoradora, selvática e castradora. Além disso, se notarmos que o culto de Ceres era, em Roma, um privilégio da plebe [26], a alusão de Catulo oferece desdobramentos inesperados. Por um lado, ela aponta para a oposição entre um velho culto agrário que os sacerdotes de Cibele descuidam e um culto da Grande Mãe sinistra; e, por outro, denuncia o carácter de sincretismo social com que os cultos exóticos subvertiam a ordem religiosa de Roma, em que os cultos e as divindades tinham estritas correlações de classe. Na medida em que se davam a um culto da Terra-Cibele, os indivíduos, mesmo de origem plebeia, fica-

---

[26] Foi no dicionário de Seyffert que colhemos a informação de o culto de Cibele ser adstrito à plebe romana. A interpretação sociológica ulterior da alusão de Catulo é, porém, da nossa responsabilidade, à luz dos ensinamentos da antropologia comparada.

vam libertos da obrigação social e regional de um culto da Terra-Ceres. Mas, quando o Sol iluminou o mundo (isto é, quando também, como divindade da clareza de espírito, desobnubilou as almas ensombradas pelo delírio), Átis voltou a si e foi recebido no seio da deusa Pasithea. Esta é uma das Três Graças (algo várias em seus nomes e até no seu número). As Graças ou *Charites* estavam, na Grécia, conexas com os cultos de Eros, de Afrodite e de Diónisos. E, por vezes, eram mesmo filhas de Diónisos e de Afrodite. Mas, em Atenas, era pelas Charites que os jovens juravam fidelidade à mãe-pátria. A referência a Pasithea (e logo Átis vai chorar as saudades da pátria distante) é, pois, muito complexa; e Catulo sabia perfeitamente onde queria chegar, fazendo-a. Na verdade, Átis, ao ser despertado pelo Sol (ou seja, pelo oposto luminoso da sombria terra), se é recebido no seio de uma das Graças (que eram dedicadas ao Amor em geral — Eros —, ao Amor heterogâmico e ao que de gracioso há na ebriedade vital), adquire consciência dolorosa da sua virilidade perdida, e também de como essa perda o cortou da própria pátria (recordemos aqueles gregos mercenários que Heródoto encontrou no Egipto e que lhe responderam que, onde estivesse o sexo deles, a pátria estava), cujo culto era conexo com o das Graças. Mas mais: a pátria que de Átis ficou distante e inacessível é também o mundo dos homens, o mundo da masculinidade. E é esse mesmo mundo que a personagem evoca, em termos de juvenil virilidade grego-romana, ao evocar-se como um jovem atleta, coroado de flores, aclamado, reluzente de óleo, flor do ginásio. É retornado à beira-mar que Átis faz essa evocação, interrogando a pátria perdida. E que essa perda era efectiva está em que se pergunta e lhe pergunta que sorte o espera: voltar sempre para as alturas nevadas do Ida, povoadas de feras e animais silvestres? As montanhas sempre foram símbolos dos cultos terrestres [27] e também do desejo terrestre das núpcias celestes; e podemos interpretar as pirâmides artificiais ou a erecção... (que palavra...) de templos no cimo dos montes, menos como a imitação ou complemento das alturas, que como expressão do desejo humano de sobreposição à terra, na união com o Céu. Mas as encostas do Ida são verdejantes e os cimos são gelados. Que significa isto? Que a montanha com que Cibele celebra perpetuamente as suas núpcias celestes está revestida da pilosidade espessa da sua natureza selvagem; mas que essas núpcias se realizam sem qualquer calor humano, sem qualquer ardência erótica, sem qualquer orgasmo (e, no mito de Cibele, o deus celeste fecunda-a por polução dormente). Nas alturas onde isso se passa (na distância espiritualizada da castração), tudo fica longe — a pátria, os amigos, a família — e tudo se perde na algidez mística. Essas alturas não são humanas (nem genericamente, nem masculinamente): apenas os animais selváticos as habitam. Que animais nomeia Átis, como seus companheiros na solidão das florestas e das neves eternas? Cervos e javalis. Ou sejam, o animal em que Actéon foi transformado por contemplar Artemis e o animal com que esta destruiu Adónis. Ou sejam, os animais sacrificiais da intocabilidade divina (Actéon, porque tocou Artemis com os seus olhos; Adónis, porque iria possuir Afrodite), a

---

[27] Sobre a significação das montanhas e sobre a imitação que delas serão as pirâmides e zigurates, ver Mircea Eliade, *O Sagrado e o Profano — a essência das religiões*, trad. port., Lisboa, s/d.

que Átis, castrando-se, se dedicou. E, assim, conforme com a caridade da Graça, ele reconhece-se uma Ménade, uma parte de si mesmo, um homem estéril. Cibele ouviu-o lamentar-se e lança um dos seus leões no encalço dele, para que o faça, assustado, voltar. Os leões de Cibele são Atalanta e Hipómenes, castigados por Afrodite; e são também o símbolo da fúria destruidora de Cibele e do susto sagrado que o delírio implica. E Átis, apavorado, volta para sempre, esquece que foi um homem entre os homens, do que se lamentava. É como um morto que a terra absorveu e cujo sexo ela, como encarnação da morte-vida, devorou: os mortos não procriam. E o poeta, então, invoca Cibele. Chama-a de «magna deusa», de «senhora do Dindimo», mas, curiosamente, não lhe chama, em tão ansiosa (ou, quem sabe, contraditoriamente irónica) invocação, «magna mater». Que a invocação recorde que a deusa era do Dindimo em que se não falara, mostra que Catulo tinha plena ciência das origens do culto, e que invoca a deusa, como determinavam as cautelas rituais, como senhora do seu lugar de origem (o que era, ao mesmo tempo, fazê-la reverter às suas vetustas origens, e *amarrá-la* a elas...). Então, pede-lhe que poupe *a sua casa* ao furor que é o dos seguidores dela, que outros sejam os possessos, outros os raivosos (de tão horrível e tão primigénio culto). Por que não ele mesmo, mas a sua casa? Na medida em que o lar se identificava com o seu possuidor (e este, com a família que nele morava), está certo. E mesmo o personalismo de Catulo tenderia a aceitar o que era uma fórmula para suplicar a protecção dos deuses, ou para manter à distância as suas iras. Todavia, quer-nos parecer que a fórmula, aqui, significa um pouco mais: que a terra exótica da Ásia Menor (em grande parte, no tempo de Catulo, recentemente submetida e reduzida a província imperial da República) não exerça sobre ele e a sua família um fascínio funesto e os não mate como lhe matou o irmão. E que o poeta, nos seus anseios de adolescente, não seja devorado pela fúria castradora da Grande Mãe.

## O PRIMEIRO «ÁTIS» DE MAURIAC

Vimos que, em *Orages*, o primeiro poema, após o de abertura, era um «Átis», e que estes poemas, publicados em 1925, foram escritos entre 1912 e 1923, isto é, são dos 27 aos 38 anos do autor. *Le Sang d'Atys*, «souvent abandonné et repris» (como diz Mauriac na nota introdutória do volume), foi escrito de 1927 a 1938, isto é, desde os 42 aos 53 anos de Mauriac. Em *Souffrances et Bonheur du Chrétien*, meditação publicada em 1931, ocorrem frases como esta, perfeitamente insólitas no contexto: «...la plaine n'est qu'un sillon immense où ce n'est pas le grain qui meurt, ni même le froment qui mûrit, mais où un Pain caché, enseveli vivant, se multiple. Il suffit qu'il soit là pour sanctifier cette Cybèle appesantie et déjà ivre avant toute vendange. (...) Cybèle est purifiée par Celui que je ne vois pas; elle se referme sur Lui, elle Le cache sous les pierres, dans les feuilles; elle Le contient: l'ostensoir a des rayons de vigne et de forêts. (...) Ce soir du Vendredi-Saint dans la montagne, des nuages floconneux se défirent, découvrant l'azur. Le Chemin de Croix nous avait attendris et nous montions vers les sapins enchantés. Les animaux flairaient, autour des chaumières muettes, le mystère de la sainte nuit. Étouffés par la distance, des chants d'oiseaux venaient de ce bois éloigné, comme d'un autre monde. Les lambeaux de neige sur la terre étaient le linceul déchiré du Seigneur. Cybèle sentait son corps pénétré par les racines d'un Arbre inconnu couvert de sang» (são estas as palavras finais da obra). Em 1940, Mauriac achou por bem publicar o seu *Le Sang d'Atys*. Tudo isto significa que Átis tem, simbolicamente, uma importância fundamental no seu pensamento, não só pelas conexões que apresenta com um cristianismo dramático e panteísta, como porque é uma obsessão mitológica que vemos acompanhá-lo ao longo de mais de um quarto de século, desde uma idade em que a sua consciência estética está formada, até anos em que, rondando a cinquentena, essas obsessões, em que se formalizaram certas características da personalidade profunda, irrompem irresistivelmente, como que mais exacerbadas na despedida das últimas forças juvenis e no declínio da plena maturidade física do homem. E que isto foi assim, eis que se nos mostra no facto de, durante onze ou doze anos, os poemas que constituem a sequência, terem sido escritos subterraneamente a uma actividade intensa de romancista, novelista, ensaísta, memorialista e mesmo autor devoto, consubstanciada em mais de trinta títulos bibliográficos, e correspondente à plena consagração, e portanto satisfação pessoal (no plano do reconhecimento público) do escritor. O que tudo torna mais digno de curiosidade aquele «Ur-Átis» de *Orages*, irmão de Marsias, de Ganimedes e de Rimbaud.

Eis desse texto a tradução que propomos:

## ÁTIS

*Cobra na intensa luz, o caminho dormia.
Como Átis, o pastor que Cibele adorou
E que ao gretado solo as mãos em cruz pregou,
Ao tempo de eu ser louco, a terra eu possuía.*

5 *Sonha a seca folhagem com os ventos do mar.
Da terra em que me deito o sofrimento eu sinto.
Ardente, e confundida ao meu respiro extinto,
O hálito da argila é um vivo respirar.*

*Sob um corpo, a planura inteira vibra e geme
10 Como se ele impusesse ao mundo a sua dor.
Assim a tarde é tal que dela o homem treme
E, quando o pão se coze, dorme nesse odor.*

*Um jovem tem ele só nos braços o universo:
Sob as ervas se estorce um corpo ilimitado.
15 E uma cigarra estala o seu ranger pulsado
Qual de Cibele tonta o coração submerso.*

*Cioso desse sol que te bebe e fecunda,
Com o lábio entumescido e um dedo receoso
Átis acariciou-te a humidade mais funda,
20 Cibele, ó carne ruiva, ó coração verdoso!*

*Diurna uma cigarra canta em teu cabelo.
Mais que fruta madura sobre ti tombada,
Sentes pesar em ti a boca insaciada?
Átis, deusa sem olhos, tu não podes vê-lo!*

25 *No tronco de pinheiros que teu sangue escorrem,*
*Átis esconder vai o sujo corpo impuro.*
*Ignora o seu triunfo oculto no futuro:*
*Que todos te possuem, deusa, quando morrem.*

Em relação ao original francês, esta tradução, para respeitar integralmente a métrica, a rima e a correspondência semântica dos versos, oferece algumas divergências mínimas que, no entanto, convém apontar. No verso 1, o original usa «caminho» no plural, e a luz não é objectivada. No verso 3, Átis «crucificava os fracos braços». No verso 5, as folhagens «figés» sonham com húmidos ventos. No verso 11, os homens (que já no plural «têm medo», no verso anterior) «dormem, no odor de pão das *métairies*» (ou seja, na planura landesa, no odor do pão que está sendo cozido, à tarde, nos casais dispersos, e que são explorados por rendeiros do latifundiário). No verso 14, a erva é espessa, e o corpo ilimitado, sob ela, não se estorce, apenas se «plie». No verso 16, o coração de Cibele não é «submerso», mas «souffrant». No verso 17, bebe e «couve» (choca) a terra. No verso 19, Átis, com o dedo, acariciou «les plus secrètes mousses» (o que pode ter ressonâncias muito mais obscenas do que ficou na tradução). No verso 20, a carne de Cibele é ruiva e também verdejante; o coração dela é refolhudo (o que é um deslize semântico de Mauriac, já que o coração de Cibele está mais fundo que folhas). No verso 21, a cigarra é plural (o que pode ser que signifique um recrudescimento do canto das cigarras, em relação à que inicia o canto no verso 15). No verso 22, há «un abricot mûr» e «une prune chue». No verso 22, a boca é «déçue». No verso 25, está «sob os pinheiros». No verso 26, o corpo de Átis é «terroso» e ele vai esconder «la souillure». No verso 28, a apóstrofe final é na 1.ª pessoa do plural: que, na morte «unique», nós te possuiremos (Cibele).

Comentemos agora o poema [28].

---

[28] Perguntará o leitor qual a razão de o comentário ser feito sobre uma tradução e não sobre o original. Antes de mais, e em verdadeira análise semântico-cultural, nada é susceptível de profunda consciencialização, sem que mentalmente lhe procuremos as equivalências na nossa língua. Nunca ninguém possui uma tão inteira identificação cultural com outro universo linguístico, que não sinta a necessidade de repensá-lo na sua língua; e nunca ninguém se desnacionalizou culturalmente tanto, com dignidade, que não precise de aferir pela sua língua a expressão dos outros. É assim que a tradução é muito menos um remedeio, para tornar acessível um texto a quem não domina a língua dele, que um meio efectivo de apropriação cultural, pela qual inserimos no mundo da nossa expressão, outros universos que não o nosso. Todos preferimos ler as obras no original, quando conhecemos a língua em que foi escrito; mas quase todos nos esquecemos de que, mesmo que para o entendimento não necessitemos de tradução mental, a integração cultural não se processa, enquanto não forçarmos que seja repensada no nosso universo linguístico-cultural. Era isto, aliás, o que pensavam os humanistas, quando traduziam para latim, e comentavam, os autores gregos; ou traduziam, comentando-os, os latinos para o vernáculo. Um texto que não nos esforçarmos por traduzir pode ser-nos perfeitamene inteligível, ou mesmo apreendido nas ressonâncias da sua ambiguidade semântica. Mas, para a comunicação crítica, terá sempre a desculpa de «ser estrangeiro», de «não pertencer à nossa cultura», de «falar de coisas que não nos dizem respeito, não se passam connosco». E todos sabemos, ou deveríamos saber, como nestes ditos se pode esconder o sofisma da surdez intelectual, do ensimesmamento cultural, do provincianismo moral e sociopolítico, e mesmo uma grande insensibilidade estética aos valores significativos da linguagem. Tanto assim é que sempre as censuras proibiram, neste mundo, em tradução, o que muitas vezes não proibiam nos originais. E isto não sucede, porque as classes dirigentes temam a difusão, em mais amplos meios, do que, restrito a grupos necessariamente mais cultos (e mais elevados, pois) seria menos perigoso. É porque, psicossocialmente, sentem que não se torna *nosso* o de que linguisticamente não nos apropriámos. De resto, a tradução é uma forma de decifração estilística; e, dado que o homem não possui efectivamente aquilo que não faz (ou não refaz pela consciência crítica), ela é, também, uma

A primeira estrofe, com o primeiro verso, estabelece uma atmosfera de luminosidade ardente que suspende a actividade humana. Os caminhos dormem, sem transeuntes, como cobras serpeando (na planície). E o poeta, rememorando o tempo da sua embriaguez juvenil, diz que então possuía a terra, *como Átis*, o pastor que Cibele adorou e que jungiu as suas mãos, os seus braços ao solo gretado («fendu»). A simbologia metafórica oculta na classificação do solo ressequido da terra feminina, por certo que dispensa comentários. A estrofe nitidamente separa Átis e o poeta: não é de Átis que ele canta, mas de si mesmo que é (ou era) *como* Átis. As folhagens que o vento não agita sonham com a humidade marinha (porque o mar está próximo, na geografia natal de Mauriac), e o poeta sente, sob o seu corpo, a terra sofrer da mesma ardência, da mesma secura estival. É este o sentido dos dois primeiros versos da segunda estrofe. Nos dois seguintes, o poeta e a terra confundem os seus hálitos ardentes: o que significa, como já suspeitaríamos, que ele está de bruços sobre

---

forma dialéctica de consciencialização. Por isso mesmo é que falámos de *apropriação*. E não se suponha que vai nisto uma confusão entre a tradução que se *faz*, e a tradução que se *lê*. Esta última é, igualmente, uma escola de decifração estilística, na medida em que introduza, na nossa expressão verbal, estruturas significativas diversas das habitualmente conhecidas. Ao contrário do que se supõe, a tradução não é uma escola de imitação. Só se imita o que se não conhece por dentro. E os jovens poetas imitariam muito menos os esquemas expressivos que, sem transposição, *não significam* na nossa língua, se se exercitassem em traduzir muita da gente que admiram. Até poderia acontecer que, de repente, começariam a descobrir que alguns dos seus ídolos são muito mais pequenos do que eles supõem, quando os lêem num original entendido pela metade. E que o que os fascina como profundidade expressional é, muitas vezes, um «flatus vocis» que não merece a atenção ou o gosto que cativa. O texto original do poema vai em apêndice a este estudo.

273

18

ela. Voltemos, porém, à primeira estrofe. Qual a razão de ter dito que Átis se crucificou na terra? Várias: a cruz de Cristo foi cravada *na* terra (e por sinal no cimo de uma montanha), e foi através dela que Jesus a possuiu; a cruz simboliza o sacrifício de Cristo pela terra (no sentido genérico e bíblico da terra mesma e de tudo que sobre ela vive); e Átis sacrificou-se ou foi sacrificado pela terra. Ainda um outro sentido, incluído neste ambíguo verso 3, só se nos esclarecerá mais adiante. A terceira estrofe prossegue, nos dois primeiros versos, a descrição da estrofe anterior. Sob o corpo que está de bruços sobre a terra, a planura inteira vibra e geme. Isto é, o sofrimento da terra que esse corpo sentia, amplificou-se e ressoa contagiado deste, mas, mais exactamente, ressoa como se este corpo que sobre a terra se deita lhe comunicasse a sua dor. Que dor? É o que só saberemos estrofes adiante, embora possamos supor que a crucifixão transmitiu a sua dolorosa realidade à terra em que ela se deu. Esta terceira estrofe encerra a descrição preliminar: aquela luz que adormecia os caminhos é a de uma tarde, uma tarde tal, que mete medo aos homens, e que eles adormecem no odor do pão. Este «pão» parece um pouco despropositado. Sê-lo-á? É, sobretudo, num poema que tende para a superconcretização simbólica, a intromissão de uma impressão olfactiva conexa com a paisagem geossocial de Mauriac. Mas esta intromissão encontra a sua explicação, nos trechos de prosa, que há pouco citámos de *Souffrances et Bonheur du Chrétien*: o odor do pão é a presença eucarística que Mauriac vê na terra, onde, menos que o trigo germinando, já está o pão ázimo da hóstia (e o cheiro que se evola dos casais identifica-se com esta simbologia, na memória dele). E os homens que tremem sob o peso opressivo da atmosfera estival (ou tremem do sacro terror de Cibele), adormecem como haviam adormecido Átis e as Galas, no poema de Catulo. Poderíamos mesmo aventar que, em conexão com o temor, a referência ao pão é também um eco daquela Ceres de que as personagens de Catulo se esqueceram. O jovem que é como Átis tem, então, na quarta estrofe, nos braços o universo (e tem-no também, na medida em que se crucificou sobre a terra, como dissera Mauriac, e em que dizer-se que os braços da cruz abarcam o universo é uma das mais correntes metáforas cristãs). Aliás, os dois pontos com que termina este primeiro verso indicam que o poeta vai explicar em que condições o jovem tem o universo nos seus braços: é que, sob as ervas em que ele se deita, dobra-se ou estorce-se um corpo ilimitado. Note-se que a terra como ela mesma, ou como corpo, não é ilimitada. O que a ilimita é tautologicamente a sua condição de universo definida no verso anterior; ou, mais esclarecidamente, a terra surge como símbolo de um universo geocêntrico que é o do cristianismo tradicional (como o era do paganismo que o precedeu) [29]. Ter nos braços não é necessariamente a posse sexual. Mas o corpo terrestre dobra-se ou torce-se (de sofrimento? de desejo? de

---

[29] Esta observação não é tão óbvia como parece. Toda a literatura e em especial a poesia, com raras excepções, continuam topicamente vivendo num mundo de sintagmas e metáforas que se reportam ao universo geocêntrico, ou quando muito, heliocêntrico: e o mesmo sucede, necessariamente, pela conexão com textos vetustos, à vivência religiosa. E tão radicada é esta habituação linguístico-cultural ainda, que a tentativa do P.e Teilhard de Chardin, para estabelecer uma cristologia em termos de universo moderno, de acordo com a actualidade científica, sabe-se com que resistências escandalizadas deparou e depara.

prazer?), como um corpo abraçado por outro que o cobre. Esse corpo animara-se, humanizara-se, na estrofe anterior. Não é demais que agora se comporte como um corpo humano. E os dois versos seguintes acentuam o carácter de ambiguidade humano-telúrica dessa vibração da terra: como o coração de Cibele entontecida (pelo calor estival e pelo ardor juvenil que nela se deita), uma cigarra pulsa. Isto é, as pulsações rítmicas dos cantos animais são como que o pulsar do coração de Cibele. A cigarra é um insecto estival, cujo canto faz parte das recordações campestres de qualquer pessoa; mas é também o animal em que as Musas transformam os seus cultores. Portanto, a cigarra simboliza, sendo o pulsar do coração de Cibele, o canto do poeta que, «ao tempo de ser louco (isto é, de se entregar ao delírio terreno)», possuía a terra nos seus braços. Enciumado do sol que bebe (ou seca) a terra e a fecunda, o jovem — que, nesta quinta estrofe, não é já *como* Átis, mas o mesmo Átis — acariciou Cibele «com o lábio entumescido e um dedo receoso (tímido, no original)», a «humidade mais funda (mais secreta, no original)», e o poeta apostrofa a deusa como carne e coração ruivos e verdosos (o verde da vegetação e a cor das areias e das terras argilosas). Note-se como o ponto de vista, no decurso do poema, variou. Um primeiro verso desenha impessoalmente um quadro. Os dois seguintes introduzem uma comparação que, no verso, se vê ter, como outro termo, o próprio poeta. Novamente, no quinto verso, temos uma descrição impessoal (embora animize a folhagem que sonha, o que não sucedera com a «cobra» do primeiro verso, que é, hiperbaticamente, uma comparação de analogia visual). E os três versos seguintes estão na primeira pessoa. A descrição feita, porém, na terceira e na quarta estrofe, despersonaliza o poeta: é a descrição impessoal, em que entram um corpo e o jovem dono desse corpo (ainda que saibamos que ele é o poeta), e mais generalizada pela alusão aos homens. Ao acariciar a terra, o jovem é Átis, e, sendo-o, logo há uma apóstrofe directa a Cibele. A progressão da metamorfose poética pode esquematizar-se assim:

paisagem visualizada (v. 1)
o poeta *como* Átis (vs. 2-4)
paisagem animizada (v. 5)
o corpo do poeta em relação com a terra (vs. 6-10)
o medo e o torpor dos homens no ambiente estival (vs. 11-12)
o jovem tem Cibele nos braços (vs. 13-16)
o poeta fala com Cibele, narrando de Átis (vs. 17-27)
o poeta declara a Cibele que todos os homens são Átis, na morte, sepultados na terra (v. 28).

Propositadamente prolongámos até ao fim o esquema do ponto de vista estrutural, interrompendo o comentário. Agora, voltemos a este, um pouco antes de onde havíamos ficado. Cioso («jaloux») do sol (isto é, ao mesmo tempo ciumento e em cio, e competindo com o sol, imagem luminosa da posse viril da terra, como logo será dito — o sol fecunda-a), Átis acaricia a humidade mais funda (mais secreta) de Cibele. Mas será essa carícia uma posse? Ele acaricia-a com o lábio entumescido, com um dedo receoso. Recordemos que, no mito, Átis, depois de morto e de conservado pela graça dos deuses, podia apenas mover o dedo mindinho: o dedo tímido e receoso é um eco arquetípico. Mas o lábio e o dedo não são instrumentos de uma posse profunda: são-no de uma imitação infantil dela, ainda que possam significar, e signifiquem, o que o jovem, em realismo literário sem simbologias sexuais, faz: roçar os lábios e os dedos na terra. E estamos perante a explicação da dor que, no verso 10, um corpo como que impõe à terra. É que o adolescente deseja a terra (e deseja-a por ciúme do astro que simboliza a potência paterna, se a terra é a mãe), teme o incesto, tem o universo nos seus braços (isto é, as virtualidades de um jovem são absolutas), mas, na dolorosa contenção do seu desejo, no pavor ansioso da castração, substitui toda a posse por carícias superficiais que só por um mecanismo psicológico de substituição e de transferência podem pretender atingir «a humidade mais funda». As cigarras cantam nos cabelos de Cibele, ao que lhe diz o poeta no verso 21. Mas será que ela sente, mais do que sente o peso de uma fruta madura que tomba nela, o peso da boca insaciada («déçue»)? Ou seja: será que uma boca é muito menos do que um fruto cuja *semente* penetrará na terra? Porque, avisa o poeta, Cibele não pode vê-lo, porque não tem olhos. Cega que a terra é (e desnecessários que os olhos são à verdadeira posse erótica), o sentir uma boca não será inescapavelmente menos que sentir um fruto que tomba? Mas não fora ela cega, e a penetração dos olhares não completaria a posse fruste que ficou descrita? Átis, então, na última estrofe, vai esconder «la souillure» do corpo terroso (sujo de terra), junto de ou no tronco dos pinheiros (que são imagem mítica da metamorfose de Átis). Há, aqui, permitimo-nos avançar, não apenas uma analogia com o mito, mas, transformada pela metaforização mítica, uma muito concreta e suprimida recordação infantil: o completamento do amplexo contra uma árvore (em cujo tronco, como seiva e resina, escorre o sangue de Cibele), que é uma memória de primeira adolescência campestre. «La souillure» tem, em francês de educação católica tradicional, um sentido muito preciso. A posse impossível da terra-mãe completa-se na imagem fálica do pinheiro. E isto, porque Átis ignora o seu triunfo futuro: só a morte permite a posse dela... Se atentarmos em tudo o que ficou explicado do mito e da utilização que dele fez Catulo, o poema de Mauriac tem ressonâncias muito nítidas. E, terminando, dir-se-ia (e quiçá o suporia ele mesmo) que o final do poema, o triunfo futuro, é uma plena cristianização de Átis: na morte, todos os homens possuem (numa castração mística) a «magna mater». Mas esta verdade é mais antiga. Muito mais antiga, mesmo, que Cibele: é uma «verdade» imemorial da pré-história, quando já os túmulos, em caverna artificial, eram em forma de aparelho sexual feminino. O morto regressa ao ventre materno e é de novo o feto que, nesse ventre, aguarda a ressurreição, ou dorme um eterno sono fetal. Mas é também o homem que, ao ser depositado nesse túmulo, penetra efectivamente, e sem pecado, a terra-mãe. No ciclo assim simbolizado, não temos apenas a analogia, muitas vezes acentuada, do nascimento e da morte: temos uma analogia mais vasta, desde o momento da geração, até ao momento em que o pecado da geração se regenera na morte.

Revertamos ao esquema do ponto de vista, que agora nos será muito mais esclarecedor. A flutuação narrativa está em estrita conexão com a flutuação psicológica que o poema tanto denuncia, como precisamente pretende fixar. Há, constantemente, uma síntese e uma dissociação do poeta e do seu duplo que é Átis. Numa paisagem estival, o poeta, na sua paixão pela terra, sente-se *como* Átis. A paisagem visualizada adquire uma alma, sonha. Não é o «como» do poeta, mas o *seu* corpo que entra em relação com a terra, dolorosamente, num ambiente que aterra (e aqui esta palavra é extremamente útil, para o comentário, se a retraduzíssemos por «aterrisser» e «terrasser») os homens todos. Porque, estando como ele está, terão Cibele nos braços e, por isso, o poeta passa a falar de Átis (o seu duplo) a Cibele, *interpondo-o*, e é Átis quem vai acabar num pinheiro a frustrada posse. «La souillure» desse Átis que ele é ou que é ele, afinal, faz parte da condição humana: a morte dará ao homem o que a vida não pode dar-lhe (e, do mesmo passo, o pecado não é individual, mas uma espécie de predestinação colectiva — que, se aumenta muito, pela inescapabilidade, o peso de um pecado calvinista, por outro o diminui quietisticamente). Todos (e ele também) possuirão Cibele.

Mas esta posse de Cibele, na morte, e colectiva, e o facto de ela ser o triunfo do Átis-humanidade, do Átis que foi esconder a sujidade do seu corpo no tronco que escorre do sangue de Cibele, tem o seu quê de vingança: o adolescente que não penetra a terra anuncia a esta, pela boca do poeta, uma terrível alternativa: a morte humana é, para a terra, como que uma prostituição gigantesca: todos, na morte, a possuirão. Mas a transferência da posse para a morte implica que a posse seja virginal, que o corpo esconda a sua impureza na própria terra, que o corpo, numa imensa panssexualidade, durma nela o seu sono tranquilo. E, assim, o triunfo vingativo do sexo insatisfeito (e tremendamente insatisfeito, já que ele é, para todos os efeitos, representado pela «bouche déçue», uma das zonas erotógenas infantis, e pela mão) sublima-se numa longa sesta no seio da terra, uma «sesta a dois» como sonhava Thérèse Desqueyroux, e ao mesmo tempo uma sesta adolescentemente promíscua.

Interpretámos em termos de cristianismo a analogia da crucifixação, que ocorre na primeira estrofe. Mas podemos ampliá-la de outras ressonâncias. O suplício da cruz era, na Grécia helenística e em Roma, reservado aos escravos ou para crimes extraordinários. Que, como Átis, o jovem tenha pregado em cruz os seus braços na terra, pode apenas, ou também, significar que ele se escravizou à terra, e que sacrificou a ela, nessa escravidão, a sua liberdade espiritual. A morte, então, quando promíscua e colectiva, enterra os corpos na terra (os faz possuí-la, como «enterrar» metaforicamente subentende), corresponde a uma libertação do espírito às sujeições do corpo. Esta crença estava, muito antes do cristianismo, já plenamente desenvolvida, por exemplo, nos mistérios de Eleusis e na gnose — e precisamente como explicação mística do culto de Deméter-Cibele. Do mesmo modo, o pão, em cujo cheiro os homens torpidamente adormecem na tarde estival, já vimos que podia ser memória arquetípica de um arcaico culto agrário. Que tudo isto aconteça no poema não resulta evidentemente, ou não resultará só, de analogias da história das religiões, ou de aquisições de cultura clássica. É, por certo, um reflexo do panteísmo naturalista (este adjectivo em seu sentido filosófico e não na conotação histórico-literária) que, em Mauriac, aparece como *mediador* entre um agudo e sensual sentido da Natureza, e um catolicismo demasiado estrito e severo. As flutuações de ponto de vista no poema, alterizando Átis ou o poeta, revelam o carácter *mediador* do símbolo. Paradoxalmente, o paganismo latente de Mauriac é mais e menos que paganismo teimosamente maculando o cristianismo: é o correctivo natural de uma religião que, na sua educação, foi excessivamente ascética e obsessivamente angelizante. E é o que melhor veremos, analisando os passos de *Souffrances et Bonheur du Chrétien*.

O catolicismo de Mauriac não é o catolicismo social que hoje se difunde; e não era, claro, o dos devotos e reaccionários estritos que ele caricaturou ferozmente. Era um catolicismo de ansiosa vida interior, que sairia, como várias vezes saiu, em defesa da liberdade ou da dignidade, sempre que estas fossem ameaçadas, no *indivíduo* visto como o ser livre e responsável (mais responsável que livre) de tradições muito imbuídas de jansenismo. É um catolicismo do pecado e da culpa, contra o qual o socialismo de Péguy se rebelou nos seus esplêndidos versos (sobretudo, note-se, os versos livres, que os célebres e intermináveis quartetos da sua maneira repetitiva são muito mais do patriota e do político). As afinidades de Mauriac, sob este aspecto, com os homens que, na juventude, estiveram mais próximos dele, como Jacques Rivière, são muitas. E Rivière, o grande animador da *Nouvelle Revue Française*, foi também o autor de um livro de ensaios, hoje de perigosa memória: *A la Trace de Dieu* (1925), em que aparece o magnífico estudo sobre o carácter anti-social do cristianismo. Entendamo-nos a este respeito, porque o pensamento de Rivière não tinha, há quarenta anos, o sentido que poderia supor-se-lhe hoje, quer depois da difusão do personalismo de Mounier, quer da infalibilidade papal acentuando a autoridade de uma ideologia de reformismo social. O que Rivière pretende sublinhar é o carácter *subversivo* do cristianismo. Este não pode aparecer como defensor de nenhuma ordem constituída. Isto, porém, não acontece, em Rivière, porque o cristianismo deva ser, antes de tudo, sensível às misérias do mundo (como foi a linha que o catolicismo reformista extraiu desta tendência anarquizante), mas porque, se Cristo não trouxe a paz, ele trouxe uma inquietação que separa tragicamente e paradoxalmente o homem de si mesmo, enquanto ser social, uma inquietação de agónica busca interior da presença divina. O carácter de Perseguição (Deus perseguindo os que mais deseja, ou alguns homens embebendo-se exclusivamente na sua busca) do catolicismo mais vivo e menos formal é uma característica do renascimento católico desde os meados do século XIX até às primeiras décadas do nosso. Dentro ou à margem dele, encontramos esta agonia persecutória: Francis Thompson, G. M. Hopkins, Unamuno, etc. — que é socialmente característica de consciências exigentes que não encontram na religião estabelecida a satisfação dos seus anseios, do mesmo modo que vêem Cristo como alguém forçado a perseguir alguns escolhidos na massa dos indiferentes e dos fariseus. Epocalmente, o catolicismo de Mauriac pertence, sob certos aspectos, a esta linhagem que se recrutou sobretudo na alta burguesia, entre homens demasiado vinculados à ordem constituída para irem ao ponto de, mais que anarquisticamente, se rebelarem contra ela, e num tempo em que essa mesma classe, pelos seus elementos mais esclarecidos, não percebera ainda as vantagens de um neocapitalismo que, aliás, só despontará, como teoria, depois das crises do após-Primeira Grande Guerra (Keynes, *The General Theory of Employment, Interest, and Money*, 1936), e, como prática internacional, depois das do após-Segunda. Sendo agonicamente interior o catolicismo de Mauriac, e exigente apenas (e na medida em que o Mal o permite) de uma reforma moral das consciências, ele fica, numa sociedade urbana, abandonado individualmente às oportunidades do pecado; e, numa sociedade vinculada às estruturas provinciais e agrárias, abandonado à atracção genésica da Natureza omnipresente. Se esta Natureza e a sociedade que dela vive são sobretudo a paisagem geo-humana em que um jovem bebeu o seu despertar para a realidade social — e é o caso de Mauriac — a forma de contrabater a atracção do paganismo (que tinha, na viragem do século, fortes incidências no Simbolismo) é *inverter* essa atracção, e torná-la *mediadora*. A inversão, em todos os seus aspectos (sexuais, político-sociais, estilísticos) é uma forma de mediação. E, assim, o paganismo aparece como o mediador que definimos.

Por isso é que, nos trechos citados de *Souffrances etc.*, a planície não é um alinhamento de sulcos, mas um único sulco (um único sexo feminino) dentro do qual, muito mais que morrer o grão para renascer (e poderíamos supor que isto é uma distante resposta a André Gide, cujo *Si le grain ne meurt* é de 1926, com a sua interpretação da parábola evangélica em termos de «disponibilidade»...), ou amadurecer o trigo, está, *enterrado vivo*, um Pão que se multiplica. A presença deste Pão é suficiente para santificar uma Cibele tão perigosamente viciada no delírio, que já se sente ébria, antes mesmo das vindimas. O Pão é um morto-vivo, cujo corpo santifica a Terra. Esta é, pois, purificada por Aquele que o escritor não vê (não o vê, como pão ocultamente virtual que ele ainda é; como o Deus invisível por si mesmo; e como o Deus que, presente na Hóstia consagrada, continua invisível). Sobre esse Deus a terra fecha-se, escondendo-o sob as pedras e na folhagem, e contendo-o numa custódia cujos raios formais (as custódias são formalmente irradiantes) são de vinhas (que recordam o sangue de Cristo) e de florestas (que não evocam o trigo, mas o carácter selvático e virgem da natureza- -mãe). Ao entardecer de Sexta-Feira Santa (o dia do sacrifício), na montanha (de Cibele), flocos de nuvens se desfizeram, descobrindo o azul do céu, isto é, abrindo o caminho da ressurreição. Os viajantes tinham-se comovido com a Via Sacra (a ascensão da montanha), e subiam para os pinheiros encantados (isto é, imobilizados na expectativa da tarde misteriosa, mas também pinheiros de Átis). Os animais farejavam, em torno das cabanas mudas, o mistério da santa noite — a natureza animal era atraída pelo cheiro de natividade, que vinha dos presépios virtuais que as cabanas mudas eram. As tiras de neve eram o lençol rasgado do Senhor. E Cibele sentia o seu corpo *penetrado* pelas raízes de uma Árvore desconhecida, coberta de sangue. Toda a simbologia místico-sexual da fusão do maravilhoso pagão e do maravilhoso cristão está claramente explicitada nestas belas frases, em que a Cruz é uma árvore cujas raízes possuem a terra, numa perfeita mediação desesperadamente harmonizadora.

A simbologia da árvore sagrada é largamente

comum ao substracto psicomitológico da humanidade, quer nas civilizações antigas do Mediterrâneo, quer nas indo-germânicas, quer nas culturas de numerosos povos primitivos das mais diversas partes do mundo. A árvore era pilar do universo, era penetração no céu, era, reciprocamente, algo que penetrava a terra: a mediação por excelência. A Cruz, para mais construída com madeira, seria, inevitavelmente, a Árvore simultaneamente abstracta (espiritualizada) e tremendamente concreta. Morrendo nela, em nome da humanidade, e cobrindo-a de sangue (que é o da humanidade resgatada), Cristo, subentende-se, é o Átis supremo. E é este desenvolvimento explícito o que Mauriac tratará no seu longo poema (longo, em número de versos, e em tempo de composição) do «sangue de Átis». Tudo o que se concentra ou está ainda, como «pão oculto», nas «tempestades» poemáticas que analisámos, eis que explodirá violentamente nesse poema. Que tal violência seja a unidade de uma obra composta tão dispersamente, mostra-nos que ela era radicalmente inerente ao mais profundo e tumultuoso abismo do pensamento de Mauriac.

## O SANGUE DE ÁTIS: OBSERVAÇÕES ESTRUTURAIS

A sequência poemática de Mauriac é constituída por 19 poemas, num total de 390 versos. Para melhor observarmos a sua estrutura, façamos um quadro dos títulos, da composição estrófica e métrica de cada um, e do número de versos respectivo, pela sua ordem:

| Títulos | Número de versos | Metro | Composição estrófica |
|---|---|---|---|
| Lamentos de Cibele . . . | 30 | 12 | 4 agrup. estrof. |
| Átis a Cibele . . . . . . | 12 | 7 | 3 quadras |
| Átis vem . . . . . . . | 4 | 12 | 1 quarteto |
| Sono de Átis . . . . . . | 20 | 12 | 2 agrup. estrof. |
| Despertar de Átis . . . . | 16 | 7 | 4 quadras |
| Cibele descobre que Átis já não é uma criança . . . | 16 | 12 | 1 agrup. estrof. |
| Cântico de Cibele . . . . | 60 | 12 | 15 quartetos |
| As Madeixas de Átis . . . | 13 | 12 | 1 agrup. estrof. |
| Queixas de Átis contra Cibele | 16 | 7 | 4 quadras |
| Cibele irritada . . . . . | 8 | 12 | 1 agrup. estrof. |
| Traição de Átis . . . . . | 15 | 12 | 1 agrup. estrof. |
| Átis depois do pecado . . | 13 | 12 | 1 agrup. estrof. |
| Cibele aguarda a sua hora | 9 | 12 | 1 agrup. estrof. |
| Átis é transformado em pinheiro . . . . . . . . | 40 | 12 | 10 quartetos |
| Átis inumerável . . . . . | 14 | 12 | 1 agrup. estrof. |
| A Guerra dos Átis . . . . | 16 | 12 | 1 agrup. estrof. |
| Átis cristão . . . . . . . | 12 | 12 | 1 agrup. estrof. |
| Cibele tem saudades do Átis pagão . . . . . . . . | 24 | 12 | 1 agrup. estrof. |
| Átis em estado de Graça . | 52 | 12 | 3 agrup. estrof. |

O exame deste quadro mostra que os poemas (independentemente de metro) variam, quanto ao número de versos, entre um mínimo de 4 e um máximo de 60, o que é uma ampla variação. A média de extensão, correspondente aos 19 poemas, é de 20,5. As extensões diferentes não são, porém, 19, mas 14, visto que dois poemas têm 12 e 13 versos, e quatro têm 16. A média das extensões diversas, essas 14, é 23 versos. Há apenas dois poemas de extensão muito próxima dessas duas médias: *O Sono de Átis*, com 20 versos, e *Cibele tem saudades etc.*, com 24. Se a média de extensão (quer absoluta, quer relativa) representa um equilíbrio ideal do desenvolvimento poemático da sequência (em função do correlativo «fôlego» do poeta), é muito significativo que esses dois poemas estejam próximos dela, e outros não: num, Átis dorme (e, portanto, não peca efectivamente com Cibele ou com Sangárida — estamos antes da «souillure»), e, no outro, Cibele, em face do Átis cristão, tem saudades do primeiro (e estamos perante a transferência, à personagem da Terra, das saudades pagãs)[30]. Os dois pólos da inspiração de Mauriac. Note-se, porém, que há, paralelamente a isto, uma extensão predilecta, e tão efectivamente predilecta que ocorre, equilibradamente, em dois poemas em quadras heptassílabas (que são fala de Átis) e dois poemas em um agrupamento contínuo de alexandrinos. Naqueles, Átis desperta ou queixa-se de Cibele. Nestes, Cibele descobre o adolescente, e os Átis-pinheiros, multiplicados, entredestroem-se. Portanto, paralelamente ao equilíbrio polar, há uma oscilação predilectamente estruturada, entre o despertar de Átis do seu sono e o queixar-se de Cibele, e a destruição implícita na sexualidade de Átis. Que isto se processa assim é

---

[30] Na edição que seguimos, e que não nos foi possível conferir por outra, os títulos dos poemas «Cibele aguarda a sua hora» e «Átis depois do pecado» estão trocados entre si, o que claramente se depreende dos textos cuja ordem é evidentemente a correcta. Corrigimos este lapso. Mas não deixa de ser interessante que Mauriac (que certamente reviu as provas do volume) tenha deixado passar a troca: a expectativa de Cibele, quando Átis, saciado, foge a Sangárida (que é a matéria do poema ulterior), recebeu o título do poema anterior, que trata de como Cibele sofre de vê-los após o pecado (e o poeta lhe diz como o amor morre e como desencadeia uma inquietação profunda).

confirmado pelo facto de a dimensão predilecta
— 16 versos — ser precisamente metade da média dos
dois valores extremos das extensões dos poemas: 4
e 60. Por isso mesmo, os poemas com essa extensão
saíram em número de quatro: quatro vezes 16 é 64 [31].
Ainda quanto à extensão, observemos que a média das divergências entre os catorze valores diversos
da extensão, considerados sucessivamente, é 4. E que,
portanto, agrupando por extensões os poemas que
diferem de mais de quatro versos, na ordem sucessiva das extensões diferentes, eles se constituem em
5 grupos, ou melhor, num vasto grupo cujas extensões vão de 4 a 24 versos, seguido de quatro poemas,
cada um formando grupo à parte, com 30, 40, 52 e 60
versos. O grupo amplo, embora compreenda extensões que vão de 4 a 6 vezes esta extensão mínima,
tem, repare-se, como extensão máxima, a do poema
que mais próximo está de uma das médias das extensões (precisamente o das saudades de Cibele). E isto,
enquanto os quatro poemas «longos» são o lamento
de Cibele, que abre a sequência, a transformação de
Átis em pinheiro, a transfiguração cristã dos Átis, e
o cântico de Cibele. Vejamos como estes quatro poemas se distribuem na sequência:

Lamentos... — 5 poemas — Cântico — 6 poemas
*30 vs.        68           60         74*

Átis é transf. — 4 poemas — Átis em estado...
*40           66           52*

[31] Para outros aspectos ou mais amplas justificações e
aplicações deste nosso método de análise, ver os nossos estudos
*A Sextina e a sextina de Bernardim Ribeiro*, Assis, 1963, *A poesia de António Gedeão, esboço de análise objectiva*, publicado
como prefácio a *Poesias Completas*, de António Gedeão, Lisboa,
1964, neste volume, e *Uma Canção de Camões*, Lisboa, 1966.

Os quatro poemas mais longos estão separados uns dos outros por um número aproximadamente igual de poemas mais curtos e que, independentemente do metro e do arranjo estrófico, totalizam, por cada um dos três grupos de separação, um número muito aproximado de versos. O que nos patenteia a pulsação da sequência, em termos extremamente equilibrados estruturalmente. Acentue-se que a extensão do poema inicial é metade da extensão máxima de todos os poemas, o que dá, de início, à sequência, um fôlego equilibrado também.

Estudemos, agora, especificamente, a coluna dos metros. Vemos que há, nela, uma estrita dissociação métrica. Os poemas são em heptassílabos e em alexandrinos, não existindo mistura de metros diversos num mesmo poema. Aliás, só quatro poemas são heptassílabos: *aqueles em que Átis fala*. Os poemas em que fala Cibele, ou o poeta descreve e narra, são em alexandrinos. Em *Orages*, os poemas com unidade métrica eram 24, dos quais 20 em alexandrinos — esta medida tinha, por sua conta exclusiva, 71 % dos 28 poemas. Em *Le Sang d'Atys*, essa exclusividade do alexandrino sobe para 84 %. A ocorrência de alexandrinos, em *Orages*, era bem superior àquela exclusividade. Mas *Atys* e os outros poemas conexos eram todos totalmente em alexandrinos. Logo, na composição de *Le Sang d'Atys*, a exclusividade métrica do alexandrino absorveu a temática e a exclusividade de *Orages*, conexamente com o mito de Átis, e, em contrapartida, deu a este uma voz heptassilábica (que era, depois do alexandrino, a medida dominante naquela colectânea). Mas porque fala Átis metricamente assim? Antes de mais, para separar Átis e o seu próprio drama, dentro das regras «políticas» com que já, no poema de *Orages*, Mauriac fazia dele um «alter-ego». Mas também porque, certamente, essa medida retira às falas de Átis uma solenidade incompatível, em alexandrino, com a simplicidade natural com que ele fala de si mesmo e das suas traições, como um adolescente irresponsável que tudo isso pagará bem caro, em alexandrino.

É de notar que os três poemas em heptassílabos não são, em número de versos, os mais curtos da sequência: três poemas em alexandrinos são-no mais que o menor e esses três e mais três são-no mais que a dimensão comum aos outros dois. E os três poemas heptassílabos estão todos nos 195 versos da primeira metade exacta do poema: no fim do décimo poema da sequência (observe-se como a metade do desenvolvimento, a metade do número de versos, e a metade do número de poemas coincidem), e sendo o 11.º poema o da traição de Átis vista por Cibele, o que desencadeia o drama. Portanto, a solenidade ritual da tragédia de Átis é incompatível com o heptassílabo anterior à sua cópula com Sangárida.

Passemos a analisar a composição estrófica da sequência. Os três poemas heptassilábicos são em quadras. Em quartetos (análogo esquema rímico-estrófico) são três poemas em alexandrinos. Os restantes treze poemas são: três, em mais do que um agrupamento de número variável de alexandrinos, e dez em um único agrupamento contínuo que vai desde 8 a 24 versos. O que não quer dizer que, rimicamente, o quarteto não apareça frequentemente integrado nestes agrupamentos mais vastos. Independentemente disto, vejamos como se distribuem na sequência os poemas em quadras ou quartetos evidentes, isto é, em que o poeta usa deles para a construção do sentido por estrofes ostensivamente separadas:

| | |
|---|---|
| agrupamento: | 1 poema |
| quadra ou quarteto: | 2 poemas |
| agrupamento: | 1 poema |
| quadra ou quarteto: | 1 » |
| agrupamento: | 1 » |
| quadra ou quarteto: | 1 » |
| agrupamento: | 1 » |
| quadra ou quarteto: | 1 » |
| agrupamento: | 4 poemas |
| quadra ou quarteto: | 1 poema |
| agrupamento: | 5 poemas |
| | 19 poemas |

Há uma evidente alternância, até ao poema que celebra a metamorfose de Átis (em quartetos, como a chegada de Átis e o cântico de Cibele). Daí para diante, é o domínio exclusivo do alexandrino «em massa», como que acentuando o passo solene e o advento do cristianismo: com e sem trocadilho, poderíamos dizer que o Cristo de Mauriac tem muito de alexandrino... De resto, a sequência contínua de alexandrinos é a estrutura que graficamente (e metricamente) melhor imita a do poema de Catulo, que analisámos, ou os livros das *Metamorfoses* de Ovídio, fontes tradicionais da «transformação» em literatura. O gosto pela sequência contínua de versos reflecte afinidades com estruturas da poesia clássica latina (na tradição vergiliana e na elegíaca, e não na das odes de Horácio).

Posto isto, examinemos sucintamente, de poema para poema da sequência, como Mauriac usa do mito de Átis. No primeiro, *Lamentos de Cibele*, esta sente Átis deitado sobre ela, acariciando as ervas, seus cabelos. E compara-o, e mesmo identifica-o, ao mar que lhe roi as margens. Mas há um motivo alheio ao mito de Átis neste poema: é que o rosto de Átis reflecte-se nas águas profundas de Cibele, e ele é assim, de certo modo, um Narciso (e não esqueçamos que Perséfone, quando foi raptada, acabara de colher um Narciso, símbolo da precariedade da vida, símbolo também do perigo de alguém contemplar-se a si mesmo, e, ao mesmo tempo, da recusa à alteridade erótica). O poema, indirectamente, explora a analogia, com Cibele desenvolvendo o seu discurso em imagens aquáticas. É de notar, logo neste poema, uma peculiaridade que dominará toda a sequência: Cibele fala de si mesma, ora na primeira pessoa, ora na terceira, numa ambiguidade muito da sua natureza, muito da natureza do mito (e também do estilo narrativo de Mauriac), e do carácter autodividido das personalizações adolescentes (que observámos em Catulo). Reciprocamente, em passos da sequência, o poeta intervém indirectamente, como quem descreve, e aquela ambiguidade transmite-se a ele próprio. No segundo dos poemas, *Átis a Cibele*, o jovem evoca-se como alguém ainda num estado de pansexualidade predefinida, dominada pela presença da Terra. No seguinte, *Átis vem*, o ponto de vista, que foi primeiro dado a Cibele, e depois a Átis, passa ao narrador que conta de como a terra se prepara para receber sobre si o corpo do jovem, e nada sente senão esse corpo. No quarto poema, *Sono de Átis*, Cibele contempla Átis que dorme, e em torno de quem ela cria uma intensa imobilidade tensa. Mas ela sabe que ele sonha com Sangárida — e é a introdução do tema do ciúme de Cibele, em relação àquela que, na simplificação do mito, simboliza a alteridade viril com que Átis sonha. No quinto poema, Átis de novo fala: e diz de como a felonia e o silêncio, apoiados na lança (cuja simbologia é evidente), o guardam, mas como Cibele é quem penetra nos recessos mais fundos do ser dele, para lá daquelas características que reaparecerão como inerentes, por um lado, ao acto do amor, e, por outro, à manha erótica do adolescente. A palavra, no 6.º poema, passa outra vez a Cibele: ela vê Átis cavalgando em pêlo, e descobre que ele já não é uma criança. O motivo dos pêlos (que recorrerá) está conexo com esta descoberta. Então, no 7.º poema, Cibele canta a sua paixão, usando de uma ardente imagística erótica; e introduz o motivo da inumerabilidade dos Átis sucessivos, que são sempre o mesmo e sempre o único, aquele a quem ela fala e é personagem do poema. E também reaparece o ciúme, como o motivo do oceano roedor — e o motivo do deserto, que será largamente aplicado, surge como comparação para o corpo de Átis. No 8.º poema, particularização do anterior, Cibele fala dos cabelos de Átis, e o motivo da serpente, que aparecera já, em *O Sono de Átis*, para designar-lhe os membros abandonados no sono (e isto é, de certo modo, o motivo do despedaçamento), amplia-se à sua plena ressonância, com a evocação da Gorgona [32]. Em *Queixas de Átis contra Cibele*, ele lamenta-se da sua identificação com Cibele, diz-lhe que ela «não é nada, nem ninguém» (não é um ser antropomórfico), e que é Sangárida quem ele mentalmente possui, quando se deita sobre a terra. *Cibele irritada* afirma a sua natureza panteísta, e como ninguém poderá retirar-lhe Átis. Mas, ao clarão de um relâmpago, ela vê a *Traição de Átis*, um dos mais belos poemas da sequência, na sua descrição sensual: nele, o prazer como absorção, e o tema da profanação do corpo pelo acto sexual ambos afloram [33]. Em *Átis*

---

[32] As Gorgonas eram três, e não uma. Mas, desde que elas se individualizaram, dizer «a Gorgona» significava a mais célebre das três: Medusa. De Steno (a Poderosa), Euríala (a Vagabunda), e Medusa (a Rainha), era esta a que não possuía efectivamente a imortalidade. Por isso, pôde Teseu degolá-la (e, do corpo degolado, saiu Pégaso, o cavalo alado que Poseidon fizera nela). A visão da cabeça de Medusa, ou mesmo de uma «madeixa» do seu «cabelo», paralisava. Que os cabelos de Átis sejam serpentes para Cibele é, ao mesmo tempo, uma identificação de Cibele com ele (as serpentes são cabelos da Terra — e há mesmo a crença popular de que os cabelos não devem tombar no chão, porque se transformarão em serpentes), uma analogia com Medusa do fascínio que ele exerce, e uma simbologia da potência sexual que se oculta nele (e este último sentido reaparecerá na serpente genésica — do Génesis e genesíaca — que é evocada como inerente ao sexo, numa outra alusão do poema de Mauriac). Aliás, a perigosa impossibilidade de «ver os deuses» foi glosada pelos neoplatónicos, em termos de a alma (Psyche) não poder ver o amor (Eros), sob pena de ele desaparecer, como Apuleio magistralmente narrou, na «história dentro da história» (ou seja, episódio-chave) do seu *Asno de Ouro*. Este aspecto tem a sua contrapartida, no mito de Orfeu e Eurídice, em estrita ligação com a crença no poder mágico do canto. Por outro lado, quando Mauriac, num dos seus poemas de *Orages*, fala da alma queimando as asas, ele alude ao mito de Psyche que queimou as asas na luz do amor. Em Apuleio, note-se, ela tem uma irmã — Volúpia — que precisamente contribui para as provações que ela sofre.

[33] Em «Le thème de la route dans l'oeuvre d'Alain Fournier» (*Critique*, n.º 207-208, Août-Septembre 1964), interessante artigo de conjunto sobre vários estudos recentes, dedicados ao autor de *Le Grand Meaulnes* (entre os quais o de Isabelle

*após o pecado* (segundo os títulos na ordem que nos parece a correcta), Cibele (ou o poeta) apostrofa-se do sofrimento que lhe causa o espectáculo a que assistiu, e ao que assiste e são as carícias de Sangárida ao amante. Mas a situação tem suas consolações: o amor morre, o prazer ele próprio se extingue e a revelação da carne é seguida pela revelação da personalidade inquieta: sob a sua «pelagem», Átis sentirá o coração bater. Mas *Cibele aguarda a sua hora*. Saciado, Átis escapa-se à ninfa — como sucede a todo o prazer sem amor verdadeiro. Cibele ronda-o. Os olhos dele já vão perdendo a turvação do prazer sexual e purificando-se como um céu enublado que o vento lava (o que, note-se, tem correspondência arquetípica com a chuva que molhava os corpos enlaçados e dá à traição de Átis um carácter de relação de um deus celeste com outro ser que não a terra). Mas — e é um traço muito de Mauriac —, sob os cílios de Átis — que é agora um adolescente que conhece o pecado — há, dormente, um misto de ardor, de manha e de fadiga (três palavras que excelentemente caracterizam o amor sexual juvenil, feito de malícia, de ardor impetuoso e de fadigas súbitas que o entrecortam). Novamente Cibele toma a palavra, para narrar a metamorfose de Átis. As alusões e as correspondências simbólicas do poema são muito complexas, mas bastante claras. E é interessante notar que as serpentes se identificam

---

Rivière, sua irmã, e viúva de Jacques Rivière), D. Grojnowski chama a atenção, muito justamente, para um ensaio de Fournier, «Le corps de la femme», incluído na colectânea *Miracles* (Paris, 1924), e que é um ataque à nudez feminina que não deve sequer ser imaginada, sendo que desejá-la é como que profaná-la. Grojnowski, a propósito, sublinha o carácter misógino da época, filiando-o em Schopenhauer (que foi, como se sabe, um dos padres-mestres do Esteticismo e do Simbolismo).

às raízes do pinheiro e estas, por sua vez, são, como o próprio pinheiro, nitidamente fálicas: o que tudo é psicanaliticamente exactíssimo. Há, todavia, no poema, duas aparições metafóricas aparentemente insólitas (porque o não é a morte de Átis enquanto pinheiro): o pinheiro morto como uma forca que os astros procuram, e a águia que se abaterá sobre o tronco e o cobrirá de sangue. Ambas são a introdução do cristianismo no poema. *Gibet* está por patíbulo, instrumento e lugar de suplício: os astros tendem a confluir para a pre-cruz que o corpo morto de Átis é (e, por antonomásia oculta, para o Cristo que se identifica com a cruz). Esse corpo morto, a cruz, cobrir-se-á de sangue. Sangue de uma águia? A águia é, por excelência, o animal alado, a ave de Zeus. Transformado em águia foi que ele raptou Ganimedes (e, em *Orages*, um filho de Deus e este mesmo são assimilados ao escansão e a Zeus). Logo, a águia é o próprio Deus ferindo a árvore e é também o Deus crucificado nela. Mas os *Átis inumeráveis são*, diz Cibele. Sempre outro vem, que ela transformará, e que se debruça para ela, interrogando-a sobre o seu sexo, sobre o que de terra e de animal há nele. Desencadeia-se então *A Guerra dos Átis*. A floresta de inumeráveis Átis entredestrói-se e tomba sobre Cibele. São os homens anteriores às virtudes cristãs ou subjacentes a elas, que se devoram e matam, à lei da natureza. Cibele apostrofa o «infecundo peito» de Átis, as coxas... O peito é infecundo, porque só é «fecundo» o que foi abençoado... As coxas sempre tiveram um significado metafórico, por vizinhança anatómica, que é perfeitamente sexual. Mas Cibele lamenta ter de beber-lhes o sangue que eles derramam: isto é, Cibele condena, como antinatural, *a guerra*. Está isto em concordância com o que ela é? Ou já Cibele está contaminada pela cristianização próxima do seu Átis? Não bebeu ela, mitologicamente, o sangue da castração de Átis? Quer-nos parecer que nisto reside a subtileza da alusão. Porque, como autocastração, o sangue de Átis é-lhe natural — a relação mortal de Átis com ela é maternamente individual. Mas a competição dos Átis, pelo amor dela, não o é: eles são sucessivos e não simultâneos. Por outro lado, se quiséssemos dar uma explicação extremamente socio-económica deste poema, ainda que em termos de psicologia profunda, seria possível assimilarmos a descrição à derruba das matas, e, sabendo nós que uma das fontes da riqueza agrária da região de Mauriac é precisamente o abate e o comércio de madeiras (que têm, sob este aspecto, presença nos romances dele), diremos que Cibele-Átis se queixa de que esse comércio a castra e que, através dela, Átis-Mauriac faz exame de consciência, quanto ao facto de viver dos rendimentos dessa castração. Chega então o *Átis cristão* que se deita também sobre Cibele, mas não procura corporizar nela a imagem mental de uma mortal desejada. O desejo abandonou o cacho que se esmaga entre o corpo e a terra. A imagem do cacho de uvas, como símbolo dos órgãos sexuais masculinos, é antiquíssima e estava ligada a todos os cultos telúricos e dionisíacos. No coração ou no âmago desse ser efémero sofre um Deus que Cibele teme. Este Deus, como se vê, anulou o desejo sexual daquele ser, como que o castrou em sublimação espiritual. É o que, indirectamente, Cibele dirá no poema seguinte: *Cibele tem saudades do Átis pagão*. Ela não ousa aproximar-se deste Átis novo, porque não ama almas, mas corpos. Este corpo, porém, está coberto da Graça do seu Deus, como de água: isto é, foi banhado na Graça divina do Cristo, foi *baptizado*. Nesse corpo, ela não reconhece nada do antigo Átis: nem as madeixas, nem a fronte, nem os lábios grossos (sensuais). Nada desse Átis — e as alusões seguintes são descendentes do poema de Catulo: as neves do Ida, a Frígia, a aurora divina (começo dos mundos), a repulsa dos mares (com que Mauriac inverte a fuga do Átis de Catulo, afastado da praia pelo leão de Cibele), o sílex afiado. E são também interpretação do poema do veronês: Átis é um ser duplo que tentou realizar em si a separação dos sexos (confundida com a eliminação do sexo que se possui — e a assimilação da bissexualidade e da assexualidade já era, por vezes, feita na mitologia greco-latina). As ménades seguem o efebo mutilado (como em Catulo); mas a mais jovem delas leva aos dentes o cacho humano separado do tronco. Este acto já tivemos ocasião de obliquamente referi-lo, quando mencionámos as ménades e Eurípedes. Todavia, embora Átis fuja e seja perseguido, o seu sangue pingando — sangue dúbio — fecunda o mundo (isto é, a bissexualidade primigénia e profunda persistirá sempre). Mas quem persegue Átis são os filhos dos pescadores (*pêcheurs*). Quer-nos parecer que há aqui um trocadilho, baseado numa semiantanáclase e cuja amplificação é essencial à plena compreensão do texto. Átis castrou-se para não pecar contra (ou com) a Terra. Os sacerdotes são «pêcheurs d'âmes», metáfora muito corrente e baseada evangelicamente no que é dito de S. Pedro. Os filhos de pescadores que apedrejam Átis são também filhos de «pécheurs» (pecadores). Logo, há uma ambivalência na perseguição de que o Átis pagão é objecto. Por um lado, é a casta sacerdotal a persegui-lo (fazendo-o voltar a Cibele, como sucede com Catulo, e condenando que ele tenha materializado a castração, como Catulo faz; mas, também, em nome da sexualidade socialmente definida, perseguindo o ser que pretendeu realizar em si mesmo a partilha impossível e atingir o princípio feminino que, no macho, lhe permite a diferenciação e o reconhecimento sexual do sexo oposto). Por outro lado, é a humanidade pecadora que o persegue (isto é, condena nele a castração dos órgãos para o pecado e afugenta de si aquela imagem sangrenta da pureza conquistada) [34]. Uns e outros, porém, não escaparão à lei natural que só a espiritualização cristã sublima. É o que longamente Cibele comenta no poema final, em que todos os temas se entrelaçam numa evocação do Dia de Juízo e da ressurreição dos mortos e em que Cibele declara que o Átis novo (que é de certo modo o Átis da civilização) não mais obedece ao fluxo e refluxo das estações, se libertou da sujeição genésica. E os Átis são, na sepultura, todos os homens (que, no «pré-Átis» de Mauriac, assim possuíam todos a terra). Mas é por eles que a terra se mantém viva, será por eles que ela ressuscitará e é a deusa que não morre.

Apenas para maior clareza do balancear narrativo da sequência (cuja análise anterior de modo algum

---

[34] Um outro sentido poderemos ver no apedrejamento de Átis pelos «pescadores» ou «pecadores». Átis seria, na sua castração, uma imagem de adesão espiritual ao cristianismo, e, portanto, o *primeiro mártir* deste, Santo Estêvão. A analogia oculta irá mesmo mais longe: Estêvão não foi apenas o protomártir que os judeus apedrejaram, visto que foi também o primeiro diácono sagrado pelos Apóstolos, e, portanto, é, adolescente que era, o primeiro «Átis» do cristianismo, na simbologia de Mauriac, que ecoa aliás o íntimo paralelo entre o culto de Átis (com Cibele), e o cristão, nos primeiros séculos da nossa era, quando as doutrinas metroácicas sincretizaram amplamente, num quase monoteísmo, a Magna Mater.

pretende esgotar as inúmeras recorrências que a estruturam), resumamos como Mauriac varia a pessoa que fala: Cibele, Átis ou ele mesmo (pessoalmente ou identificando-se com Cibele). Designaremos por «Cibele», «Átis», «descrição», respectivamente, cada uma das vozes puras. O emparelhamento de dois destes nomes e conforme a ordem designará que o primeiro é quem fala, mas em tom de outro. Assim, a sequência esquematiza-se do seguinte modo:

```
1—Cibele            2—Átis              3—descrição
4—Cibele            5—Átis              6—Cibele—descrição
7—Cibele  8—Cibele  9—Átis  10—Cibele   11—Cibele—descrição
12—Cibele           13—descrição—Átis
14—Cibele  15-16—Cibele - Átis          17—descrição
18—Cibele           19—Cibele - Átis—descrição
```

Este esquema patenteia-nos como a sequência se estrutura segundo uma variação narrativa tripla, muito equilibrada, e que vai tendendo, como seria natural a uma epopeia (e o poema de Mauriac é uma pequena epopeia), para a síntese dos pontos de vista e das vocalizações das personagens. E note-se como a estrutura é uma vasta amplificação do «Ur-Átis» de Mauriac, que antes tínhamos analisado.

\*

Posto isto, deixemos que o texto do poema fale na nossa língua [35]. E não comentaremos a par e passo

---

[35] Adiante da tradução se transcrevem em apêndice os textos originais dos poemas de Mauriac, fulcro do nosso estudo. É que, após todas as introduções supostas necessárias, não comentamos directamente o longo, como fizemos com o Ur-Átis, do mesmo passo chamando a atenção para diferenças entre a tradução e o texto de um poema interessante sobretudo como

Que as observações genéricas, as análises e as descrições do que lhe é prévio (a formação de Mauriac, o seu lugar na literatura francesa, o mito de Átis, o poema de Catulo, a poesia que Mauriac escreveu antes do seu magno poema e as estruturas que relevámos neste), o iluminem no espírito do leitor. Já, em extensão e em audácia, falámos demais; e uma tradução, por fiel que seja às ambiguidades fundamentais, é sempre, ela mesma, uma interpretação. Que, depois de tudo isto e do poema mesmo, o comentário que ele merece seja, mais profundamente, a sua fermentação em quem o leia, não tão desprevenido que as alusões lhe escapam, nem tão avisado que se feche a elas. Porque há muito quem, julgando-se capaz de olhar de face os deuses (os antigos, prudentemente, diziam que isso era a morte certa), o que mais teme é encontrá-los, terríficos e sanguinários, no fundo mais oculto da sua alma, lá onde esta é menos nossa que da humanidade inteira, no tempo e no espaço — lá onde uma Cibele estremece e rosna, e um Átis, perplexo, contempla o seu próprio corpo.

---

primeira forma do longo e importante. E, não comentando directamente a tradução, passo a passo, se bem que esteja mais do que comentada, creio que nos cumpre publicar um texto original que não é de fácil acessibilidade. E também porque, como um par de pessoas nos disseram, se possa comparar o texto e a tradução mais lado a lado (coisa que, em geral, os críticos portugueses não fazem, nem mesmo quando eles mesmos traduzem), para concluir-se que, quiçá, a tradução é superior ao original... (coisa que, com uma ou outra excepção honrosa, os críticos portugueses são incapazes de dizer das numerosas traduções do presente autor, ainda que ao nível de as reconhecer melhores e mais poéticas do que as de muitos outros de quem não diferenciam o seu imenso trabalho de tradutor — políticas, não é, meus queridos?).

## O SANGUE DE ÁTIS

Lamentos de Cibele

*Teu riso era cristal entre água cristalina,*
*Os meus ramos rasgavam lentamente a bruma.*
*Sobre Cibele atenta a tua face era uma*
*Estrela mais brilhante que astros sem retina.*
5 *Dormia teu reflexo na água peregrina*
*A que um sopro enrugava a frieza de gelo.*
*Da carne palpitante à minha carne presa*
*Eu só sentia a mão inábil e surpresa*
*Com que Átis afagava as ervas, meu cabelo.*

10 *Por sobre o mar um grito a minha dor atreve,*
*Que despertara dele a gente ribeirinha.*
*Tu me queimavas, Átis, com tua boca breve,*
*Para estreitar teu corpo braços eu não tinha.*

*Uma linha de areia, entumescer de duna,*
15 *Franja de espuma e de algas: eis o mar divino...*
*Sobre a morena pálpebra o sobrolho fino,*
*Rente à vazia fronte uma floresta obscura;*
*Teu rosto iluminado da tua vista ao lume,*
*Da minha noite estrela cujo fogo sume,*
20 *Quando alheio adormeces, para uma outra altura!*
*Átis, num sonho só tudo confundo agora:*
*A criança que me ataca, o mar que me devora.*
*Regatos cuja fuga sobre mim eu sinto,*
*E as águas que, em torrente, entre os seixos*
[*quebradas,*
25 *Agitam-se o cabelo às ninfas enlodadas,*
*E o longo fervilhar que vai flutuando extinto,*

*Que me serão — oh tu por quem meu corpo clama!*
*Oh duro rosto sujo de amoras e lama! —*
*Ao preço desse orvalho que em teu cílio oscila*
30 *E que súbito escava da tua face a argila?*

Átis a Cibele

*Carne que se ignora casta,*
*Eu parto de manhãzinha,*
*Sem sair da sombra vasta*
*Do teu corpo em vida minha.*

35 *Ao meio-dia eu me deito*
*No fogo da carne tua.*
*E mesmo a noite me é leito*
*Que do teu corpo me estua.*

*Sob a relva argila dura.*
40 *Teu orvalho e meu suor*
*Dão à tarde um acre odor*
*De terra e de carne obscura.*

Átis vem

*Onde ele se há-de deitar, curvam-se as ervas já.*
*Ei-lo! Da gente viva que sobre ela existe*
45 *Cibele apenas sente um corpo que tão triste*
*Geme e se torce ansioso em braços que não há.*

Sono de Átis

*Ele dorme. E os próprios deuses calem em seu*
                                                        [*trono.*
*De Átis que dorme, em torno afundem-se universos!*

*O feixe de teu corpo se desfez no sono,*
50 *A terra se partilham membros teus dispersos,*
*Doces serpentes soltas que sua morte imitam,*
*E de Cibele abismos trémulos palpitam*
*Do torvo, solitário, inocente abandono.*
*Teu sono te rodeio de um zumbido intenso*
55 *De moscas, que o cantar de um galo ao longe corta.*
*Não sabe o adormecido o peso de um céu denso,*
*Ou o mugidor desejo a que o Poente exorta,*
*Nem sente após a chuva o meu odor de incenso,*
*Nem o mesmo choro ele vê, que escorre pelas*
[*folhas.*
60 *Sangárida, essa ninfa que em teus sonhos olhas,*
*Das águas ela agita e turva os fundos baços.*
*A comparar com essa que em seus sonhos mora,*
*Que sou eu? — ser sem formas e que o mar devora?*
*Eu que cingir não posso num anel de braços,*
65 *Rainha de imensa fronte que as marés escusas*
*Coroam tristemente de algas e medusas!*

Despertar de Átis

*O silêncio e a felonia,*
*Do meu destino os soldados,*
*Na lança em riste apoiados*
70 *Fazem guarda noite e dia.*

*Só Cibele força a entrada*
*Até ao rio do sangue,*
*E curva a testa pesada*
*Para o meu abismo langue.*

75 *Nem soldados sem bandeira,*
*Nem o brandirem da lança*

*A detem. Num cheiro avança*
*De oceano e de fogueira.*

*Ela sabe quem eu sou,*
80 *No lodo vem avançando,*
*Minhas lágrimas secando*
*com o ar da noite em que estou.*

Cibele descobre que Átis já não é uma criança

*Estava eu dormindo. E Março entumescia os*
[*brotos.*
*O amarelo das flores salpicava os prados.*
85 *Brilhava negra a lama. Os ramos desnudados*
*Erguiam dedos finos para os céus imotos.*
*Senti um frio. Acordo. A argila sacudida*
*Tremia ao choque de um galope furibundo.*
*A vereda encharcada era por cascos ferida,*
90 *De lama esparrinhando os deuses deste mundo.*
*Átis surgiu contendo nas douradas coxas*
*Um hirsuto cavalo, húmido e luzidio*
*Do sal que o baixa-mar pousa nas tardes roxas.*
*Nesse cavalo em pêlo, em pêlo nu, eu vi-o,*
95 *E fiz chover sobre ele os ramos sem folhagem.*
*Ele ria à gargalhada. E uma leve pelagem,*
*Que desde o ventre ao torso era uma chama ovante,*
*O corpo lhe abrasava de um fulgor triunfante.*

Cântico de Cibele

*Antes de haveres chegado, já me possuíste,*
100 *Mil outros me pisaram como tu pisaste.*

*Se em espinhos do meu peito as pernas tu não*
*                                                [feriste,*
*Se nos meus ramos rudes as mãos não picaste,*

*É que eles te abriram, Átis, o caminho, a via.*
*Saberiam porém, será que adivinharam*
105 *Como és sua vingança, como alguém viria*
*Fazer-me chorar mais do que eles não choraram?*

*Recuando à profundeza ante a conquista tua,*
*Em vão eu ressuscito os amantes de outrora:*
*Soergo uma cabeça, fito a testa nua...*
110 *Que o teu silêncio ecoa mais que um grito, agora.*

*Nas íntimas areias, marcas eu procuro.*
*E os olhos eram de um, mais do que os teus,*
*                                                [ardentes...*
*Procuro... Mas, num aperto, tua mão, mais duro,*
*O fôlego suspende-me, e só cerro os dentes.*

115 *Oh doçura tenaz que soube abrir caminho*
*No âmago onde anseia a minha eterna fome!*
*É teu juvenil sangue o que escuto sozinho*
*Reboar no fundo em mim como um rio sem nome.*

*Se esse escoares-te em mim termina no meu ser,*
120 *Se tu te retirasses do meu flanco aberto,*
*Capaz serias tu de me reconhecer*
*Este meu rosto informe, e nele o olhar deserto?*

*Rola na minha treva, cintilante rio!*
*Que um deus não julgue morto este astro, e que*
125 *A carne que sem ti seria pó do estio      [morreu*
*— Esta Cibele a quem teu corpo esconde o céu!*

*Que pistas no teu corpo estranhas eu seguia!*
*Dizes: «Queimou-me o Sol.» E dizes mais, em vão:*
*«Expus meu peito aberto às flechas do meio-dia,*
130 *Nos braços tenho nódoas de dormir no chão...»*

*Mas ruivo e nu teu corpo mais do que um deserto,*
*Suspeitos meandros têm as pistas que nele sigo.*
*O rastro ainda arde de um caçador incerto,*
*As cinzas eu distingo onde acampou contigo.*

135 *E penso: aqui uma boca te mordeu demais;*
*E que percorro a areia do teu corpo ruivo,*
*E que só meu amor de que te irrita o uivo*
*Esse deserto passa sem deixar sinais.*

*Teus olhos, turvo oceano, roem-me mentindo.*
140 *Porém desse desgaste ascendo os traços dignos.*
*Único fito é o meu: interpretar os signos*
*Desse fechado rosto em que a sorte deslindo.*

*Alimento mortal e todavia infindo,*
*Esse rosto de leite e mais de sangue ardente*
145 *Não é senão um fruto em minhas mãos caindo,*
*Que, devorado sempre, é sempre renascente.*

*Nem astro constelado, nem a vaga vasta,*
*Nem bólidos perdidos na água do mar largo,*
*Não valem para mim a tua face gasta,*
150 *Nem esse olhar que eu bebo como um beijo*
[*amargo.*

*Mesmo quando te traio, é a ti que eu respiro.*
*Se durmo contra um peito, ele bate como o teu.*

*O Sol nunca se põe no reino em que te admiro:*
*Um outro mundo abraço, e ainda és tu que és meu.*

155 *Devoto, me dedicas um horrendo culto:*
*Mas poupa-me aos altares, a esses fogos belos...*
*Só quero a luz de aurora que arde no teu vulto,*
*E o perfume animal que brota dos teus pêlos.*

As Madeixas de Átis

*Confusas as madeixas são serpente mansa*
160 *Obedecendo ao vento de que o bosque freme.*
*Teus cabelos rescendem à queimada lança*
*Das ervas incendiadas. Se respiro, treme,*
*E na tua fronte um halo de serpentes dança.*
*Vejo-as sobre as orelhas, sobre a testa crua*
165 *Levemente enrugada como praia nua.*
*Teus cabelos rescendem aos outonos idos.*
*Na fronte da Gorgona os répteis torcidos*
*Não fazem tanto mal como infantis madeixas,*
*Como os anéis sombrios que às aragens deixas,*
170 *Esse brincar de serpes na testa tranquila,*
*Fizeram a meu ser de solto pó e argila.*

Queixas de Átis contra Cibele

*A minha voz vai no vento*
*E vai na chuva meu choro*
*E meu sangue em tua seiva*
175 *— Não é por ti que eu imploro.*

*O só vento move as frondes*
*À insensível floresta.*
*Teus crimes não mos escondes,*
*Que são meus: nada te resta.*

*180 Oceano torpe, tu morres*
*Da dor humana que vem.*
*Do meu choro tu escorres,*
*Não és nada, nem ninguém.*

*E a ninfa que está ausente*
*185 É quem me ocupa a lembrança,*
*E só dela sou ardente*
*Quando a carne em ti avança.*

Cibele irritada

*Tu ris um riso louco que o silêncio ofende.*
*Do mar o glabro rosto enruga-se ferido.*
*190 Esconde-te! Que sempre estás em mim escondido.*
*Treme! Que se respiras é Cibele que estende*
*A ti seu respirar. Unidos em conjura*
*Nem deuses nem humanos poderão raptar-te*
*À minha asa nocturna. Julgas escapar-te,*
*195 E nos meus céus vagueia a tua fome obscura!*

Traição de Átis

*As frondes imitavam o murmúrio do mar.*
*O temporal rondando no arvoredo e no ar*
*De súbito ilumina os corpos confundidos,*
*Dois universos lívidos entretecidos:*
*200 Sangárida com Átis, e a brancura humana,*
*No cintilar do raio, minha raiva empana.*
*Torci sobre os seus corpos braços mil furiosos,*
*Mas, dos deuses alheados nesses acres gozos*
*Em que se me escapavam, não valiam dardos*
*205 Iluminando a fogo os jovens flancos tardos,*

*De chuva e de suores reluzindo ansiosos.*
*Silêncio fiz então em torno desse amor.*
*Meus ramos gotejavam no duplo torpor,*
*Sobre o duplo dormir da carne profanada*
210 *Que exalava de si cheiro a terra molhada.*

Átis depois do pecado

*Que Cibele feche os olhos, ou então que parta!*
*Demais sofres aqui. A mão da ninfa aparta*
*Na fronte do pastor o seu cabelo esquivo,*
*E o titubeante voo da pequena boca*
215 *Vagueia sem pousar-se no seu rosto vivo.*
*Ouviste já os suspiros dessa posse louca*
*E os gritos nupciais ferindo o espaço puro.*
*Mas sabes que esse fogo que queima os planetas*
*Às vezes em seres vivos tem mortes secretas,*
220 *Tu sabes que o prazer extingue o corpo impuro,*
*Que Átis perplexo sai da sua própria luta*
*E que, ascendendo enfim do abismo, já escuta*
*O coração pulsar sob o seu pêlo obscuro.*

Cibele aguarda a sua hora

*Átis saciado vai pelos juncais fugindo,*
225 *E arranha-se escapando à ninfa que o deplora.*
*Cibele brame ao longe, aguarda a sua hora:*
*Átis largou a presa, e já o vai seguindo.*
*Do jovem esse olhar do gozo distinguindo,*
*Ainda turvo azul em que alma se radica,*
230 *É um agitado céu que o vento purifica.*
*Sob os cílios, porém, dormita água inimiga,*
*Um segredo de ardor, de manha, e de fadiga.*

Átis é transformado em pinheiro

*Muito tempo sofri para soltar o laço*
*Em que gozais humanos uma morte breve.*
235 *Para sem medo ter-te num liberto abraço,*
*Numa árvore te fiz, e meu remorso é leve!...*

*Enganando os celestes, Átis, eu fingi*
*Ciúmes que não tinha. Árvore grande e humana,*
*Quente de rubra seiva, do teu tronco mana*
240 *Uma resina doce, como mel de ti.*

*Pinheiro novo e tenso que ao divino tentas*
*Com as longas mãos chamando para os céus*
[*felizes,*
*Tua copa busca um deus; mas as lentas raízes*
*Nas trevas do meu corpo abrem veredas lentas.*

245 *Entrega o teu cabelo em vão à ventania!*
*Tenta prender na fronde o deus que ela tateia!*
*Que nada arrancará tua raiz sombria*
*Ao meu imenso corpo que em prazer ondeia.*

*Erecto quanto mais para esse céu sem fim*
250 *Contendo um puro amor que os deuses des-*
[*conhecem,*
*Mais teus membros profundos gozarão de mim*
*Nas trevas do meu corpo que sobre eles se tecem.*

*Mas, breve eternidade que a Cibele encanta,*
*Dos deuses a vontade todo o abraço arruína.*
255 *Árvore ou homem, seiva, sangue, mel, resina,*
*Um dia, ardente rio, és uma seca planta.*

*Até ao fim do tempo, aguentarei só eu*
*Átis morto, de pé, roído das formigas.*
*Serpentes mortas são as raízes antigas,*
260 *Dormindo para sempre sobre o seio meu.*

*Não apodrecem nunca estes répteis profundos,*
*E eis que ao cadáver de Átis só me estão unindo.*
*Com um morto tronco erecto desafio os mundos,*
*E a um tronco morto estou todo o meu ser cingindo.*

265 *Do corpo calcinado tudo se irradia:*
*As vinhas, as florestas, os sulcos sedentos.*
*E os astros procurando essa forca vazia*
*Como récua de deuses para ele vão lentos.*

*Eu, só, não sei, pastor, negra coluna exangue,*
270 *Árvore humana outrora em folhas tão fremente,*
*No teu cadáver nu, qual águia irá cadente*
*Agarrar-se na casca e te cobrir de sangue...*

Átis inumerável

*Julguei que nessa casca te prendia, e tu,*
*Jovem que árvore fiz, grácil te vejo vir*
275 *Das trevas da floresta, e ressurgir.*
*Gotas de chuva brilham no teu ombro nu.*
*Sob os teus pés em vão a areia entreabro a medo.*
*Em vão teu corpo tenro engrossa de vergões,*
*E sangra, jovem pinho, em longas incisões.*
280 *Um Átis desconhecido emerge do arvoredo*
*Cujos troncos contém, aprisionado em flor,*
*E adormecido, um Átis que me foi traidor.*
*E somos assim outro Átis ao meu bosque humano.*

*E cada vez que o jovem torna de ano em ano,*
285 *Crava-me um olhar selvático, bravio, puro,*
*E espera lhe eu revele o seu segredo obscuro.*

A Guerra dos Átis

*O presságio, num poente de fulgor sangrento,*
*Arranca da floresta um suspirar violento.*
*Os ramos que dormiam nos verdores sombrios*
290 *Cruzam-se as cegas mãos em gestos erradios.*
*Pinheiros que eu amei tornam-se carne inteira*
*De cruéis adolescentes, jovens imolados,*
*Que tombam sobre mim uns aos outros colados,*
*Num perfume de sangue e casca de madeira.*
295 *As já defuntas bocas e os flancos abertos*
*Procuram-me uma a uma, e a nenhuns rejeito.*
*Oh casto seio de Átis, infecundo peito,*
*Do corpo espaços puros, trémulos, desertos!*
*Oh coração tão duro, e que uma flecha vara!*
300 *Oh coxas esfoladas pela agreste sarça!*
*Eu que só tenho sede de uma chuva rara,*
*Hei-de beber da púrpura que em vós se esgarça?*

Átis cristão

*Alongou-se em Cibele um Átis derradeiro*
*Que não murmura o nome de mortal nenhuma*
305 *Nem cujas mãos procuram forma ausente alguma.*
*Tranquilo e puro corre o sangue do estrangeiro.*
*O desejo deixou o cacho que esmagado*
*Fica entre o corpo obscuro e o solo esbraseado.*
*Outro Átis ele sendo, o mesmo jovem era*
310 *Que cada um dos pinheiros que no azul dormia.*
*Tigrado o torso estava de uma sombra de hera*

*E a terra lho queimava de um vapor que ardia.*
*Efémero como era, um Deus em si sofria:*
*Um Deus cheio de sangue e que Cibele temia.*

Cibele tem saudades do Átis pagão

315 *Não ouso aproximar-me, diz Cibele, deste.*
*As almas eu detesto, o corpo amo que as veste.*
*A graça do seu Deus o cobre como de água.*
*Na limpidez deste Átis transparente à mágoa,*
*De ti não resta nada, nada eu reconheço:*
320 *Madeixas, baixa fronte, nem teu lábio espesso,*
*Oh terno Átis da Frígia, que nas neves do Ida,*
*Numa divina aurora, deste-me a tua vida!*
*Oh duplo coração por mares recusado,*
*Oh feminino ser num varão exilado,*
325 *Que para atingires em ti a partilha impossível*
*Te laceraste a carne com um sílex afiado!*
*A terra se embebia o gotejar horrível,*
*O sangue que perdia o efebo mutilado.*
*As ménades corriam no vermelho prado,*
330 *Com risos desvairados, gritos estridentes,*
*E a mais jovem de todas apertou nos dentes*
*O torvo cacho humano ao tronco separado.*
*Na areia que sujavas, sob a luz sombria,*
*Fugias apesar do teu rasgão imundo.*
335 *Dos pescadores a prole já te perseguia*
*A pedradas a carne que jamais morria.*
*Fugias, sem saber que a cada passo fundo*
*O dúbio sangue de Átis fecundava o mundo.*

Átis em estado de Graça

*Esse Átis que tu foste eu não encontro já.*
340 *Do monstro tenro e vil teu Deus te libertou,*

*E dele só te resta a cinza que bastou*
*Para um lume encobrir que não se apagará.*
*E eu, Cibele, rondo o lume que dormita*
*Nesse peito a que apelo num gemer de aflita.*
345 *E choro de te ver tão fraco e tão potente.*
*Dormes? Lá onde dormes seiva te macula,*
*Um pássaro te sonha e sua voz anula,*
*Uma cigarra afina por teu sangue quente.*
*Desse país marinho onde ardem os pinhais,*
350 *Do corpo da tua ninfa o vento sul te traz*
*Um perfume que pousa no teu corpo em paz.*
*Mas à rival que odeio aceito-lhe os sinais.*
*Para entregar-te em sonhos a quem tu te dás,*
*Fechei-te na fornalha deste dia em fogo.*
355 *Em vão! Com os joelhos sujos te levantas logo,*
*Mais forte em tua altura que o insensato ardor.*
*Eu nunca imaginei que Átis fosse tão grande!*
*O Ignoto que te habita, para ser senhor*
*Da serpente enroscada em toda a oculta glande,*
360 *Tem artes que Cibele em seu saber não testa.*
*Ao lívido oceano, ou à triste floresta,*
*Teu sangue ou tua carne já não dão primícias:*
*Teu corpo já não segue o retornar constante,*
*Átis não obedece à seiva rastejante.*
365 *Esse tão magro jovem goza outras delícias,*
*Uma morte melhor, conhece outras carícias*
*Que não essa onda antiga pelo corpo ondeante.*

*No último dia, os corpos que em mim se fundiram,*
*Mais os milhares de mortos que dormem no mar,*
370 *Precipitar-se-ão fora de onde se sumiram.*
*Já pela noite eterna escurecido o olhar,*
*Verei, lá dos confins da solidão infinda,*
*Nos rostos esbraseados uma aurora aflar,*

*E abrir-se em rubro sangue, e fascinar-me ainda.*
375 *Só de Átis eu partilho a eternidade e os fados.*
*É para não morrer que, deusa derradeira,*
*Esposo estreitamente os corpos enterrados,*
*Átis inumeráveis! Sois a minha poeira,*
*E a minha poeira em vós há-de ressuscitar.*
380 *Desses vossos cabelos hão-de flores brotar,*
*E dorme em vossos olhos minha luz inteira.*
*As auroras e os poentes que as águas coravam*
*Ardem nesses olhares que em vosso Deus se*
*A calmaria torva a vosso peito atada* [*cravam.*
385 *Transforma-se tranquila em paz que vos foi dada.*
*A fúria em que eu juncava as praias de detritos*
*E esse arquejar das vagas, que arrancava gritos*
*Aos pinheirais feridos pelo sopro delas,*
*Enfunam para sempre as vossas frontes belas,*
390 *Se erguidas põem no Filho os grandes olhos fitos.*

Araraquara, 21-22 de Dezembro de 1964

# APÊNDICE

## OS TEXTOS ORIGINAIS DOS POEMAS DE MAURIAC

### ATYS

Couleuvres, les chemins dormaient dans la lumière.
Comme Atys, le berger que Cybèle adora,
Crucifiait au sol fendu ses faibles bras,
Du temps que j'étais fou, j'ai possédé la terre.

Les feuillages figés rêvent d'humides vents.
Je sens soufrir sous moi la Terre où je me couche.
Brûlante, et confondue au souffle de ma bouche,
La touffeur de l'argile est un souffle vivant.

Sous un corps, la prairie entière vibre et crie
Comme s'il imposait au monde sa douleur.
Telle est l'après-midi que les hommes ont peur
Et dorment, dans l'odeur de pain des métairies.

Un seul enfant tient l'univers entre ses bras:
Un corps illimité sous l'herbe épaisse plie.
Une seule cigale éclate, grince et bat
Comme le cœur souffrant de Cybèle engourdie.

Jaloux de ce soleil qui te couve et te boit,
Atys a caressé tes plus secrètes mousses,
De sa lèvre renflée et d'un timide doigt,
Cybèle, ô cœur feuillu, chair verdissante et rousse!

Les cigales du jour chantent dans tes cheveux.
Plus qu'un abricot mûr ou qu'une prune chue,
Sens-tu peser sur toi cette bouche déçue?
Tu ne vois pas Atys, ô déesse sans yeux!

Sous les pins où ton sang ruisselle à chaque tronc,
Atys d'un corps terreux va cacher la souillure.
Il ne sait pas encor sa victoire future
Et qu'en l'unique mort nous te posséderons.

# LE SANG D'ATYS

## 1

### PLAINTES DE CYBÈLE

Ton rire jaillissait, vif entre les eaux vives,
Mes branches déchiraient lentement le brouillard
Et ta face brillait sur Cybèle attentive
Mieux que les astres morts qui n'ont pas de regard.
5 Ton reflet s'endormait dans mes sources cachées
Dont un souffle ridait l'eau froide au goût terreux.
De la chair fourmillante à ma chair attachée
Je ne sentais plus rien que les mains écorchées
D'Atys qui caressait l'herbe de mes cheveux.
10 Ma douleur sur la mer poussant un cri farouche,
Eût réveillé le peuple assis aux sombres bords:
Atys, tu me brûlais de ta petite bouche,
Je n'avais pas de bras pour enserrer ton corps.

Une ligne de sable, un renflement de dune,
15 Une frange d'écume et de varech: la mer...
Le doux trait des sourcils sur ta paupière brune
Et l'obscure forêt au bord du front désert:
Ton visage éclairé du feu de deux prunelles,
Étoiles de ma nuit dont les flammes jumelles
20 Quand tu dors vont brûler sur un autre univers,
Atys, je confonds tout dans un unique songe:
Enfant qui me dévaste, océan qui me ronge.

Les ruisseaux dont je sens partout la vive fuite,
Les gaves dont les eaux par les cailloux brisées
25 Agitent les cheveux des nymphes enlisées,
Longues mousses flottant sur le sommeil des truites,
Que sont-ils pour mon cœur, ô toi qui m'as perdue,
Visage dur, souillé de mûres et de boue,
Au prix de cette larme à tes cils suspendue
30 Et qui creuse soudain l'argile de ta joue!

## 2

### ATYS A CYBÈLE

La chair encore endormie,
Je pars au petit jour sombre,
Sans pouvoir sortir de l'ombre
Que ton corps fait sur ma vie.

35 Je m'étends, quand midi luit,
Au feu de ta chair perdue.
Il n'est pas jusqu'à la nuit
Que ton corps n'ait épandue.

Sous l'herbe, l'argile est dure.
40 Ta rosée ou ma sueur
Donnent au soir son odeur
De terre et de chair obscure.

### 3

#### ATYS VIENT

L'herbe déjà se creuse où l'enfant s'étendra.
Le voici! Des vivants qui s'agitent sur elle
45 Cybèle ne sent rien que ce corps infidèle
Qui gémit et qui souffre en d'invisibles bras.

### 4

#### SOMMEIL D'ATYS

Il dort. Je forcerai les dieux même à se taire.
J'anéantis le monde autour d'Atys qui dort.
Le sommeil a rompu le faisceau de ton corps,
50 Tes membres épandus se partagent la terre,
Doux serpents déliés qui feignent d'être morts,
Et Cybèle frémit jusque dans ses abîmes
De ce trouble abandon sans caresse et sans crime.

J'entoure ton sommeil d'un bourdonnement sourd
55 De mouches que le cri perdu d'un coq traverse.
L'endormi ne sait pas ce que pèse un ciel lourd,
Il ne sent pas l'odeur que m'arrache l'averse,
Ni ce désir grondant qui de l'Ouest accourt,
Ni ce ruissellement de larmes sur les feuilles.
60 La nymphe Sangaris qu'en un songe il accueille
Agite les bas-fonds sous l'eau qui ne dort pas.
Auprès de Sangaris qu'il accueille en ses songes,
Que suis-je, être sans forme et que l'océan ronge,
Moi qui ne puis tenir dans l'anneau de deux bras,
65 Reine à l'immense front que les tristes marées
Ceignent de varech noir, de méduses moirées!

## 5

### RÉVEIL D'ATYS

Le mensonge et le silence,
Les soldats de mon destin,
Appuyés sur une lance
70  Montent leur garde sans fin.

Cybèle seule pénètre
Aux bords du fleuve de sang.
Elle penche un front pesant
Sur l'abîme de mon être.

75  Malgré les soldats sans cœur,
Malgré leur lance brandie,
Elle entre dans une odeur
D'océan et d'incendie.

Elle sait bien qui je suis,
80  Elle avance dans la boue,
Séchant les pleurs sur ma joue
Avec le vent de la nuit.

## 6

### CYBÈLE DÉCOUVRE QU'ATYS N'EST PLUS UN ENFANT

Je dormais. Mars gonflait les durs bourgeons gluants.
Le jaune des crocus tachait les prés acides.
85  Les ornières luisaient noires. Les arbres vides
Étendaient leurs doigts nus sur l'azur du néant.
J'eus froid. Je m'éveillai. Mon argile meurtrie
Tressaillit sous le choc d'un galop furieux.
De lourds sabots frappaient les chemins pleins de pluie
90  Et jetaient de la boue à la face des dieux.
Atys parut serrant de ses cuisses dorées
Un court cheval hirsute, humide et blanchissant
De l'écume et du sel que laissent les marées.
Nu sur le cheval nu, je vis passer l'enfant
95  Et fis pleuvoir sur lui les branches sans feuillage.
Mais lui riait, couvert de ce léger pelage
Dont la flamme montant du ventre jusqu'au cœur
Embrasait tout son corps d'une fauve lueur.

## 7

### CANTIQUE DE CYBÈLE

Vous m'avez possédée avant votre venue,
100 Vos mille précurseurs ont foulé mes chemins.
Les ronces de mon cœur griffaient leurs jambes nues
Et mes branchages fous faisaient saigner leurs mains.

Ils ont frayé la route, ils ont coupé les branches,
Atys, pour que tes pieds ne fussent pas blessés.
105 Mais savaient-ils que tu venais, toi, leur revanche,
M'arracher plus de pleurs qu'ils n'en avaient versé?

Jusqu'en mes profondeurs où je fuis ta conquête,
Je ressuscite en vain ces amants d'autrefois:
J'écarte des cheveux, je soulève des têtes...
110 Mais ton silence, Atys, couvre toutes les voix.

Au sable intérieur je cherche des empreintes.
Tel être avait des yeux plus que les tiens ardents,
Je cherche... Mais ta main force un peu son étreinte
Et je n'ai plus de souffle, et je serre les dents.

115 O tenace douceur qui sus frayer ta route
Jusqu'où règne et gémit mon éternelle faim!
C'est votre jeune sang qu'au fond de moi j'écoute
Comme un fleuve étranger qui retentit sans fin.

Si ce ruissellement finissait dans mon être,
120 Si tu sortais de moi par mon flanc large ouvert,
Enfant de l'homme, Atys, saurais-tu reconnaître
Cet informe visage et ce regard désert?

Roule dans ma ténèbre, ô fleuve de lumière,
De peur qu'un dieu ne jette avec les astres morts
125 Cette chair qui sans toi redeviendrait poussière,
— Cybèle à qui le ciel est caché par ton corps!

Je cherche sur ce corps des pistes étrangères.
Tu dis: «C'est le soleil qui me brûla...» Tu dis:
«Ma gorge s'est offerte aux flèches de midi,
130 Mes bras se sont meurtris en dormant sur la terre...»

Mais sur ce corps plus roux qu'un désert, et plus nu,
Les pistes que je suis ont d'étranges méandres.
La trace y brûle encore d'un chasseur inconnu.
D'un camp abandonné je reconnais les cendres.

135 Je songe qu'une bouche, ici, mordit ton cou,
Et que mon seul amour dont t'irrite la plainte
Foule éternellement un corps sableux et roux,
Traversant ce désert sans y laisser d'empreinte.

Ton œil, trouble océan, ronge un monde meurtri.
140 J'en gravis les méplats. J'en suis les pures lignes.
Telle est ma tâche unique: interpréter les signes
De ce visage clos où mon sort est écrit.

Nourriture mortelle et pourtant infinie,
Ce visage de lait, ce visage de sang
145 N'est plus qu'un fruit tombé dans mes paumes unies,
Qui, dévoré sans cesse, est toujours renaissant.

Les constellations et les vagues brisées,
Les bolides perdus que recueille la mer,
Atys, rien ne me vaut ta jeune face usée
150 Ni cet œil où je bois un long baiser amer.

Même en te trahissant, c'est toi que je respire.
Si je dors contre un cœur, il bat comme le tien.
Mon soleil ne se couche pas sur ton empire:
J'embrase un autre monde, et c'est toi que je tiens.

155 J'y fuis le culte affreux que ta piété me voue:
Épargne-moi l'autel, les victimes, les feux...
Je ne veux que ce feu d'aurore sur ta joue
Et l'animal encens qui naît de tes cheveux.

## 8

### LES BOUCLES D'ATYS

Les dociles serpents de tes boucles mêlées
160 Obéissent aux vents qui font frémir les bois.
Atys, dont les cheveux sentent l'herbe brûlée,
Mon souffle les soulève et, tremblante, je vois
De reptiles dressés ta tête auréolée,
Et ton oreille nue et ton front découvert,
165 Ridé comme le sable au reflux de la mer.
Atys, dont les cheveux sentent l'humide automne,
Les reptiles tordus au front de la Gorgone
N'ont pas fait tant de mal que tes boucles d'enfant,
Que ces sombres anneaux dénoués à tout vent,
170 Que ces serpents joueurs jusque sur la paupière
N'en ont fait à mon cœur d'argile et de poussière.

## 9

### REPROCHES D'ATYS A CYBÈLE

Je mêle ma voix au vent
Et mes larmes à la pluie
Et à ta sève mon sang,
175 Mais ce n'est pas toi qui cries.

Le vent seul émeut les cimes
Des insensibles forêts.
Moi seul j'ai commis tes crimes,
Moi seul je les ai pleurés.

180 Ton morne océan bouillonne
De cette humaine douleur.
Tu ruisselles de mes pleurs.
Tu n'es rien, tu n'es personne,

Et l'absente Sangaris
185 Seule occupe mon idée,
Elle seule est possédée,
Quand, couché sur toi, je ris.

## 10

### CYBÈLE IRRITÉE

Tu ris, d'un rire fou qui blesse le silence.
Le front blanc de la mer se ride sous l'offense.
190 Où que tu sois caché, nous y sommes tous deux.
Tremble! Ton souffle naît du souffle de Cybèle,
La conjuration des hommes et des dieux
Ne pourrait te ravir à la nuit de mon aile,
Et ton cœur inconstant mais malgré lui fidèle,
195 Quand il croit qu'il m'a fuie, erre à travers mes cieux!

## 11

### TRAHISON D'ATYS

Les cimes de la mer imitaient le murmure.
L'orage qui rôdait à travers les ramures
Éclaira d'un feu bref deux mondes confondus,

Deux pâles univers l'un dans l'autre perdus:
200 Atys et Sangaris, dont la blancheur humaine,
L'espace d'un éclair, déconcerta ma haine.
Je tordis sur leurs corps mille bras furieux,
Mais l'âpre paradis où ces corps m'avaient fuie,
Le Plaisir, les rendait indifférents aux dieux
205 Et la foudre inutile embrasait de ses feux
Leurs jeunes flancs luisants de sueur et de pluie.
Alors je fis silence autour de ce bonheur.
Mes branches s'égouttaient sur la double torpeur,
Sur le double sommeil de cette chair souillée
210 D'où montait le parfum de la terre mouillée.

## 12

### ATYS APRÈS LE PECHÉ

Il faut fermer les yeux, Cybèle, ou que tu partes!
Tu souffres trop. La main de Sangaris écarte
Sur le front du berger les sauvages cheveux,
Et le vol titubant de sa petite bouche
215 Erre sans se poser sur un visage en feu.
Tu subis les soupirs jaillis de cette couche
Et ces cris insultant ton ombre et ton azur.
Mais tu sais que ce feu qui brûle les planètes
Meurt parfois au secret des humains et des bêtes,
220 Tu sais que le plaisir éteint les corps impurs,
Qu'Atys sort confondu de sa propre déroute
Et qu'enfin remonté de l'abîme, il écoute
Les coups sourds de son cœur sous le pelage obscur.

## 13

### CYBÈLE ATTEND SON HEURE

Atys repu dans les ajoncs s'ouvre une voie.
225 Il s'y déchire, il fuit une nymphe qui pleure.
Chaude et grondante au loin Cybèle attend son heure
Et rôde autour d'Atys détaché de sa proie.
Le regard de l'enfant où meurt l'immonde joie,
Cet azur trouble encor où l'âme reprend vie
230 Est un ciel tourmenté que le vent purifie.
Mais sous les cils toujours sommeille une eau confuse,
Dort un secret d'ardeur, de fatigue et de ruse.

## 14

### ATYS EST CHANGÉ EN PIN

Trop longtemps j'ai souffert de dénouer l'étreinte
Où votre humanité goûte une brève mort.
235 Pour un embrassement libre de toute crainte,
J'ai fait de toi cet Arbre, et je suis sans remords!

J'ai feint d'être jalouse, Atys, et je me flatte
D'avoir d'un faux-semblant joué les dieux du ciel,
Pour que, grand arbre humain, chaud de sève écarlate,
240 La résine à ton flanc coule comme le miel.

Un jeune pin tendu vers l'essence divine
Fait des signes au ciel avec ses longues mains.
Sa cime cherche un dieu, mais ses lentes racines
Dans mon corps ténébreux creusent de lents chemins.

245 Livre en vain tes cheveux à tous les vents du monde!
Tends tes branches au dieu que tu voudrais saisir!
Rien, rien n'arrachera ta racine profonde
A mon immense corps engourdi de plaisir.

Plus tu t'érigeras vers l'azur dont l'abîme
250 Recèle un pur amour inconnu de nos dieux,
Plus tes membres profonds jouiront de leur crime
Dans la nuit de mon corps que j'ai fermé sur eux.

Mais, brève éternité dont Cybèle s'enchante,
Toute étreinte a fini quand les dieux l'ont voulu.
255 Homme, arbre, sève ou sang ou résine gluante,
Un jour, fleuve brûlant, tu ne couleras plus.

Jusqu'a la fin des temps, il faudra que je porte
Atys debout, rougé d'essaims et de fourmis.
Tes racines seront la chevelure morte,
260 Les serpents sur mon cœur à jamais endormis.

Reptiles embaumés que rien ne putréfie,
Au cadavre d'Atys ils emmêlent mon sort:
Je tends cet arbre mort aux dieux que je défie.
Je me ramasse toute autour d'un arbre mort.

265 Mes vignes, mes forêts et mes sillons avides
Jaillissent en rayons de ce corps calciné.
Les astres, dans leur nuit chechant ce gibet vide,
Comme un troupeau de dieux ont vers lui cheminé.

Et seule, je ne sais, noire colonne, ô pâtre,
270 Doux arbre humain qui fus de feuilles frémissant,
Sur ton cadavre nu, quel aigle va s'abattre,
S'agriffer à l'écorce et te couvrir de sang...

### 15

#### ATYS SANS NOMBRE

Cette écorce où je crus t'enfermer, tu l'as fuie.
Enfant dont j'avais fait cet arbre, je te vois,
275 Gracile, resurgir des ténèbres du bois.
Sur ton épaule brille une goutte de pluie,
Mon sable vainement s'ouvre sous tes pieds nus,
En vain ce corps si doux se recouvre d'écailles
Et saigne, jeune pin, par de longues entailles,
280 Je vois réapparaître un Atys inconnu
Du sombre de ces bois où chaque pin recèle
Un Atys endormi qui me fut infidèle.
J'ajoute un autre Atys à l'humaine forêt,
Et chaque fois l'enfant qui me suit d'âge en âge
285 Revient et, me fixant d'un œil pur et sauvage,
Attend de moi l'aveu de son propre secret.

### 16

#### LA GUERRE DES ATYS

Le présage au couchant d'une sanglante gloire
Arrache à la forêt ce soupir inhumain.
Les branches qui dormaient dans la verdure noire
290 Se froissent au hasard de leurs aveugles mains.
Les pins que j'ai chéris redeviennent des torses
D'adolescents cruels et d'enfants immolés
Qui s'écroulent sur moi, l'un à l'autre accolés,
Dans le parfum du sang et l'odeur de l'écorce.
295 Leur bouche déjà morte et leurs doux flancs ouverts
Me cherchent tour à tour sans que je les confonde.
O seins chastes d'Atys, ô poitrine inféconde,
Purs espaces du corps frémissants et déserts,
Impénétrable cœur qu'une flèche traverse,
300 O cuisses qu'écorchaient les ronces et les houx,
Devrai-je boire au fleuve pourpre né de vous,
Moi qui n'eus jamais soif que du froid des averses?

## 17

### ATYS CHRÉTIEN

Mais un dernier venu se coucha sur Cybèle,
Il ne murmura pas le nom d'une mortelle
305 Ni ses mains ne cherchaient l'ombre d'un corps absent.
Tranquille et pur coulait ce flot de jeune sang.
Tout désir avait fui de la grappe écrasée
Entre le corps obscur et la terre embrasée.
C'était le même enfant, c'était un autre Atys
310 Que chacun de ces pins dans l'azur assoupis.
Un Dieu souffrait au cœur de cet être éphémère,
Dans ce torse tigré par l'ombre des fougères
Et que le sol durci brûlait de sa touffeur,
Un Dieu couvert de sang dont Cybèle avait peur.

## 18

### CYBÈLE REGRETTE L'ATYS PAÏEN

315 Je n'ose m'approcher de l'enfant, dit Cybèle.
J'aime les corps mais non les âmes immortelles.
La Grâce de son Dieu le couvre comme une eau.
Dans la limpidité de cet Atys nouveau
Il ne subsiste rien de toi que je connaisse:
320 Tes boucles, ton front bas ni tes lèvres épaisses,
Tendre Atys phrygien qu'aux neiges de l'Ida
Dans cette aube des dieux Cybèle posséda,
Cœur double rejeté par la mer des vieux âges,
Doux être féminin dans un mâle exilé
325 Qui, pour atteindre enfin l'mpossible partage,
Te déchiras la chair, d'un silex affilé.
La terre sèche but, lourdes gouttes d'orage,
Le sang noir que perdait l'éphèbe mutilé.
Les ménades couraient sur sa trace vermeille
330 Avec des rires fous et des appels stridents.
Et même la plus jeune approcha de ses dents
La sombre grappe humaine arrachée à la treille.
Dans le sable que tu souillais, sous un ciel bas,
Pauvre cœur, tu fuyais malgré ta plaie immonde.
335 Les enfants des pêcheurs menaçaient de leur fronde
Ta chair blessée à mort et qui ne mourait pas,
Tu fuyais, ignorant qu'à chacun de tes pas
Le sang trouble d'Atys ensemençait le monde.

## 19

### ATYS EN ÉTAT DE GRACE

Je ne reconnais pas cet Atys que tu fus.
340 Ton Dieu t'a délivré du monstre vil et tendre
Dont tu n'as rien gardé que ce qu'il faut de cendre
Pour recouvrir un feu qui ne s'éteindra plus.
Et moi, Cybèle, autour du cœur où ce feu couve,
J'hésite gémissante et rôde à pas de louve.
345 Je pleure de te voir si frêle et si puissant.
Dors-tu? L'herbe où tu dors te souille de sa sève.
Un oiseau s'interrompt de chanter comme en rêve.
Une cigale bat et s'accorde à ton sang.
Du pays de la mer où brûlent les pinèdes
350 Le vent du sud qui meurt dans les tilleuls flétris
T'apporte le parfum du corps de Sangaris,
Rivale que je hais, que j'appelle à mon aide.
Pour te livrer en songe à ce que tu chéris
J'ai sur toi de ce jour refermé la fournaise...
355 Mais en vain! Les genoux salis d'un peu de glaise,
Tu te dresses, plus fort que l'été délirant.
Je n'eusse jamais cru qu'Atys était si grand!
L'Inconnu qui l'habite a, pour se rendre maître
Du doux serpent lové dans le repli d'un être,
360 Des charmes dont Cybèle ignore le secret.
De l'océan livide et des tristes forêts
Ni ton sang, ni ta chair ne demeurent complices:
Ton corps n'obéit plus au flux ni au reflux,
A la sève qui sourd Atys n'obéit plus.
365 Cet enfant maigre et dur connaît d'autres délices,
Un autre brisement une meilleure mort,
Que la vague arrachée à l'abîme d'un corps.

Au dernier jour, ces corps confondus en Cybèle,
Les milliards de morts qui dorment dans la mer,
370 Se précipiteront hors de mon flanc ouvert.
L'œil obscurci déjà par la nuit éternelle,
Je verrai, des confins de mon dernier désert,
Sur leur joue embrasée une adorable aurore
Monter avec le sang et m'éblouir encore.
375 Ma part d'éternité demeure avec Atys
C'est pour ne pas mourir que Cybèle éphémère
Épouse étroitement vos corps ensevelis,
Innombrables Attys! Vous êtes ma poussière,
Ma poussière, c'est vous qui ressusciterez.
380 De vos cheveux naîtront d'odorantes forêts
Et toujours dans vos yeux dormira ma lumière.
Mes aubes, mes couchants qui rougissaient les eaux,

      Brûlent dans vos regards attachés sur l'Agneau.
      Le calme de la mer à vos cœurs enchaînée
385 Se mue en cette Paix qu'il vous avait donnée.
      Mes fureurs qui jonchaient les plages de débris
      Et ce halètement de la houle marine
      Dont le souffle arrachait aux pins blessés des cris,
      De tout temps à jamais gonflent votre poitrine
390 Lorsque, le front levé, vous contemplez le Fils.

# Sobre Helder Macedo, «Poesia (1957-68)»

(1969)

Em 1957, Helder Macedo estreou-se em volume com *Vesperal*, um livro muito belo, de um equilíbrio refinado e de notável domínio da expressão e do ritmo. Era então muito jovem, tinha cerca de vinte e dois anos, e nesse ano lançara, com António Salvado, as *Folhas de Poesia*. Os anos 1950-56 tinham sido, após a 1.ª série de *Cadernos de Poesia*, a revista *Mundo Literário*, e a agitação surrealista, os de *Távola Redonda* (1950-54), *Árvore* (1951-53), as duas séries seguintes de *Cadernos de Poesia* (1951-53), *A Serpente* (1951), *Eros* (1951-58), *Graal* (1956-57), etc. Também de 1957 foi o início dos fascículos de *Notícias de Bloqueio*, e do ano seguinte os de *Cadernos do Meio-Dia*. Em 1961 aparecem a nova série de *Bandarra* e «Poesia-61», quando, em fins de 1958, a antologia *Líricas Portuguesas* — 3.ª Série, da Portugália Editora, preparada pelo autor deste prefácio, trouxera um «status» editorial público aos poetas nascidos entre 1909 e 1929 (com uma excepção para António Gedeão, de 1906, mas revelado primeiro em 1956), ou sejam a gente que fizera o «neo-realismo», os *Cadernos de Poesia*, o surrealismo e a *Távola Redonda*, com alguns poetas mais ou menos distantes destes grupos (que, na maioria dos casos, o não foram), ou marginais a eles, mas igualmente representativos da variada gama de tendências que havia assumido, com maior ou menor audácia, a vanguarda poética, depois da morte da *presença*, ou a havia continuado com maior ou menor conformidade no que ela também representou de fusão academizante com tendências e formas de expressão e de tratamento rítmico anteriores à revolução modernista de 1915. Com muitas recorrências e entrecruzamentos, os poetas nascidos depois de 1930 (e esta data é, como todas as datas, algo arbitrária), ou seja de Herberto Helder para diante — cuidado com a confusão de Helders! —, foram e são personalidades que tentaram, e por vezes notavelmente têm realizado, o que habitualmente se designa por novos caminhos. Isto não é dizer que os anteriores, muitos deles, o não tenham feito ou continuem fazendo: sob este aspecto, a actualidade da poesia portuguesa não é menos valiosa ou menos interessante que muitas outras mais internacionalmente prestigiosas. Mas é caracterizar que, enfim, a gente começa a poder abrir um novo livro de poemas, sem o temor agoniado de achar nele os que Miguel Torga desdenhou de escrever, ou os ecos do Fernando Pessoa ele mesmo e de Álvaro de Campos (conforme as criaturas escreventes pendem mais para a redondilha ou para as fáceis anáforas versilibristas).

Os poetas que se desenvolveram nos anos quarenta e cinquenta deste século haviam, de um modo ou de outro, repelido os credos «presencistas» se alguma vez um credo existiu coerentemente, para lá do que foi a expressão pessoal de certas figuras, ou a persistência delas no exercício continuado da crítica): aderindo mais ou menos à noção de uma missão protestativa da poesia, preferindo o refinamento estético ao famigerado «humano», ou experimentando com o surrealismo. Mas a tendência dominante dos anos 50, para lá da diversificada gama de personalidades, foi a de um apuramento formal da sensibilidade poética e de uma muito lúcida elegância da expressão. Neste contexto, pode dizer-se que *Vesperal* de Helder Macedo foi, em 1957, um dos livros mais perfeitos que por esse tempo se publicaram.

Não era, como outros o não foram, uma obra epigonal, o que só sucede quando os poetas repetem e mastigam, reduzido a cliché e a receita, quanto a época lhes oferece no arsenal das experiências defuntas. Era, porém, um livro difícil para o jovem que o publicava, porque nada há mais constrangedor para um poeta do que estrear-se com o domínio de uma linguagem que sua fez do melhor e mais vivo que a tradição próxima lhe aponta como possibilidades expressivas; e também porque um livro assim corre grandemente o risco de a crítica precipitadamente ver nele o carácter epigonal que ele indica mas não é. De certo modo, um poeta que juvenilmente se estreia com tão singular perfeição terá de lutar consigo mesmo muito mais que outro que se estreie como quem procura e não como quem encontra. E este livro de agora, em que o de estreia aparece seleccionado e seguido por uma dúzia de anos de actividade poética em fases sucessivas, precisamente prova o que acabámos de dizer e algo mais: tanto o primeiro livro não era epigonal, que o poeta soube libertar-se dele e ultrapassar a elegante beleza desses poemas, para criar uma diversa expressão, mais ressonante e profunda, se bem que — e felizmente — menos imediatamente bela. Porque a poesia não tem que ser bela, mas sim verdadeira. O que esta verdade seja depende inteiramente do poeta enquanto tal e de cada poema que escreve. Procuraremos caracterizar qual é a deste.

Em 1957, o poema titular de *Vesperal* era formado por quartetos de decassílabos (medida então muito do poeta), rimados *abab*, e cada um deles uma fechada unidade estrófico-semântica. O *enjambement* semântico só se dava entre o último par de quartetos, para a asserção final. O sistema de rimas usava de todos os sons vocálicos simples (com excepção do *a* fechado), e só em dois pares de rimas um ditongo (*io* e *ôi*) — mas a predominância ia para o *i* e o *u* que, em partes iguais, tinham à sua conta metade das rimas. Tão habilmente isto era feito, que as primeiras quatro rimas eram todas em *i*, alternando o *u* com o *io* no quarteto seguinte. No 3.º quarteto, a alternância era *á-é*, precedendo, no 4.º quarteto, o retorno do *i*, mas alternando com *u*. O 5.º quarteto era em *ôi-ê*, precedendo um retorno do *i*, no 6.º, mas alternando com *ó*. Mas, para o par de quartetos finais, as rimas eram a alternância de *u-ô*, seguida da de *á-u*. E toda esta subtil graduação de sons vocálicos em rima consoante era acompanhada por assonâncias e aliterações, e como estas em estrita associação com o desenvolvimento do discurso poético, como o leitor poderá verificar, lendo silabadamente e com atenção ao sentido. A dicção era de uma grandiloquência contida e abstraccionante, nua de imagens mas densa de metáforas. Nos trinta e dois versos, todos os substantivos são adjectivados ou acompanhados de determinativo, com excepção (pela ordem por que aparecem) de: *rosto*, *vida, sangue, voz, noite, nada, mundo, liberdade.* No último verso mais três substantivos isolados definem aquela «liberdade» (de quem nada tem e para quem ela é — por esta ordem — *sarcasmo, passatempo, culto).* A essencialidade substantiva da sequência acima apontada é precisamente o eixo semântico do poema desde a aparência da imagem à vida que a anima, ao sangue que é a mesma natureza da vida, à voz que do próprio sangue brota, à noite do nada, de que esta voz se faz ouvir no mundo, em busca da liberdade. E esta, se frustrada — e os oxímoros evidentes ou subentendidos do poema apontam para uma denúncia desta frustração —, só se dignifica pela passagem, todavia irónica, de sarcasmo a passatempo e de passatempo a culto. Como se vê, e não precisamos de pseudofilosofar literatamente sobre o «sentido» do poema citado, estava-se em face de uma peça lírica carregada de tonalidades contraditórias, que prosseguia com o vigor de uma demonstração para a culminância final. Mas tratava-se de um lirismo que se recusava à facilidade sentimental, ao emocionalismo superficial, à retórica convencional, como à fluência imediata de um discurso tradicional. As adjectivações insólitas (muitas vezes locuções adjectivas), as inversões sintácticas, os apostos intercalados, criavam uma atmosfera de solenidade expressiva, finamente associada à cadência rítmica dos versos, em que o melhor de quarenta anos de modernismo, de 1915 a 1955, se decantava numa expressão notável.

Tomemos agora, da última sequência deste livro de agora, o último dos poemas: o VI de *Orfeu*, que o poeta declara de 1968:

*Não à luz antes das sombras
nem vida antes da morte
há um óvulo vazio
fecundado
pelo corpo que o meu canto construir.*

Este pequeno poema mostra que a abstracção metafórica persiste e é uma característica profunda e permanente do poeta. Mas o discurso poético simplificou-se, tornou-se mais directo, e, ao mesmo tempo, menos regularmente musical. A este último respeito é mesmo interessante apontar como o poeta fez de um decassílabo heróico, quebrado pela cesura, os dois penúltimos versos, ou como «errou» outro no último, introduzindo-lhe um «por» inicial. Todavia, a expressão ganhou em real complexidade profunda. Note-se como quem fecunda não é o «canto», como qualquer poeta superficial diria, mas, realisticamente, o corpo que esse canto construir. Mas fecunda o quê? Um «óvulo vazio». O que pode significar que, antes de fecundado, ele é como que vazio; ou significar que, mesmo fecundado, ele continuará vazio. Todavia, ele é o que *há*, por oposição a não haver luz antes das sombras, nem vida antes da morte. Ou seja, a morte e as sombras não existem senão depois de, respectivamente, haver vida, e haver, ou ter havido, luz. Antes da morte e das sombras, só pode haver, no contexto, um óvulo vazio a ser (ou que seja) fecundado pelo corpo vivo que o canto de Orfeu constrói, isto é, o canto do poeta como expressão criadora de um sentido de vida, ainda que esse sentido possa criar-se do nada ou ser nada ele mesmo.

Central a este livro é a sequência de seis poemas *Os Trabalhos de Maria e o Lamento de José*, em que a vida de Cristo («Anunciação», «Natividade», «O Deserto», «Crucificação», «Ressurreição») é simbolicamente contada do ponto de vista de Maria, em quem ele foi gerado, e se conclui por um epílogo em que é José a resumir o drama, do seu próprio ponto de vista. De uma grande intensidade dramática e desinibida violência de expressão na análise da situação mitológica em que Maria e José se vêem colocados por força do papel que lhes é destinado, estes poemas distinguem-se por uma elevada concentração de metáforas referentes à geração, gestação e parto, em que raras vezes a sugestividade poética terá criado uma tão opressiva atmosfera digamos «visceral», em contraste de um destino espiritual e divino. Os versos quebram-se, paralelizam-se arritmicamente, definindo um ritmo sacudido e arquejante, e que rimas consoantes finais não interrompem. Quer-nos parecer que esta sequência, para lá da admirável qualidade em que se situa, marca o eixo crucial entre o momento inicial e o final, representados nesta evolução de um poeta, que a presente colectânea selectiva é, e que acima representámos por dois analisados poemas.

Com efeito, não só a expressão progride em desarticulação rítmica até eles, como certo humor sarcástico que, na poesia anterior, se escondia sob o aparente rigor de uma linguagem contida mas eloquente, surge no primeiro plano, o que vemos suceder no primeiro poema de «O Sete». É muito interessante notar que, entre os ingredientes desse humor, são eminentes as alusões sexuais que constituíam o suporte da violência expressiva de *Os Trabalhos de Maria e o Lamento de José*, e que vinham aliás sendo uma subterrânea corrente manifesta em muitas das construções metafóricas dos poemas anteriores.

A presente colectânea mostra-nos pois um poeta que, partindo de uma acabada expressão, cria e desenvolve a sua libertação de quanto convencionalismo expressivo elaborara como seu, em busca de reformuladas formas de comunicar a sua experiência. Não se trata, de modo algum, de um poeta que procura, como é costume dizer-se, «novos caminhos». Mas de um poeta que prossegue logicamente o seu desenvolvimento, a partir de um domínio formal que corria o risco de tornar-se uma sua «maneira» — o maior perigo de quem começa senhor da sua expressão. Por outro lado, a experiência que o poeta comunica não é aquilo que habitualmente se imagina ou aceita como tal, na crítica literária ainda presa a esquemas ultrapassados de pretenso humanismo subjectivo. É coisa muito diversa: a experiência do poeta enquanto tal, e não a do poeta *como* tal, que era aquilo que iludia e com que se iludia e ilude essa crítica. Ou seja: a experiência que resulta de o poeta conhecer-se enquanto poeta, sem preestabelecer romanticamente que, nele, o ser poeta é um privilégio especial que o desculpe de não elaborar profunda e interiormente os seus poemas. Num dos melhores conjuntos de poemas deste notável livro — «Os Espelhos» —, é isto mesmo o que Helder Macedo afirma, ao terminar um deles:

..................................
*e defini-me.*
*Conheço-me as fronteiras.*
*Quero o resto.*

O que, assim, só poderia ser dito por um poeta que considera como domínio da expressão mais válida o que estiver além e para fora da «subjectividade» com que a si mesmo se haja encontrado e definido. E não é pois evidentemente por acaso que um outro grupo deste volume se chama exactamente «Das Fronteiras» (é o segundo livro de Helder Macedo, publicado em 1962). Dessa viagem para fora das «fronteiras» de uma expressão adquirida, ou de uma visão que possa tornar-se habitual, ou da própria e limitada experiência humana de cada um na sua subjectividade, é este livro como que o registo e o poético arquivo. Mas não é como viagem descrita que o livro vale — e sim pela qualidade intrínseca, objectiva, de cada poema por si mesmo. Não é um «diário» poético, mas a colectânea selecta do que um poeta autêntico pode encontrar, se cruza as suas «fronteiras». E não são muitos, na poesia portuguesa de hoje, os que tenham conseguido, com igual êxito, libertar-se de si mesmos e dos constrangimentos de uma expressão que, na maioria das vezes, não chegaram sequer a adquirir.

Madison, Julho de 1969.

# Observações
## sobre «As Mãos e os Frutos»
### de Eugénio de Andrade

(1970)

Este livro de Eugénio de Andrade, publicado primeiro em 1948, tinha então trinta e seis poemas. Na reedição de *Poemas* (1945-1965), em 1968, considerada definitiva pelo autor, tem os mesmos — mas, entretanto, cinco deles receberam alterações por vezes profundas, oito algumas pequenas variantes e, num outro, dois versos finais foram fundidos num só: o que afectou cerca de 40 % daquele total. Estas modificações analisá-las-emos adiante, pelo que podem revelar da personalidade do poeta e da sua técnica (e nenhuma delas, a não ser aquela última, afectou o arranjo estrófico dos versos).

Os trinta e seis poemas vão desde um dístico a vinte e seis versos, o que daria (no total de 327 versos do livro) uma média geral, para a extensão deles, de nove versos. Mas *vinte e seis* dos poemas têm de 2 a 8 versos. Depois, seis têm de 12 a 16 versos. E outros quatro têm, respectivamente, 19, 20, 21, 26 versos. É evidente que estes poemas mais longos, especialmente o mais longo (que é o último da colectânea), constituem um grupo (ou dois) à parte, ocasional em relação ao conjunto. Se, da contagem para a média, retirarmos esse último anormalmente longo, a média de extensão desce para *oito* versos. E realmente é esta a *extensão ideal* dos poemas do livro, já que *dez* dos trinta e seis poemas a possuem, em vinte e seis que não excedem oito versos. A extensão que, depois desta média, tem mais poemas é seis versos: cinco poemas. Depois, os de quatro ou cinco versos: três com cada uma destas duas próximas extensões. E, com todas as outras extensões referidas (2-8; 12-21; 26)[1], há apenas um ou dois poemas para cada.

Quanto ao agrupamento em estrofes, *dezasseis* dos poemas todos são em *um ou mais quartetos*[2] e *mais três* os possuem nas suas divisões estróficas: o que significa que, possuindo-os ou constituindo-se integralmente deles mais de 50 % dos poemas, o quarteto é a *estrofação dominante* do livro.

As estrofes que não são quartetos compreendem de 2 a 11 versos. Mas *nove* poemas são inteiramente constituídos por uma ou mais estrofes de cinco ou seis versos (e *mais dois* possuem estrofes de cinco versos), sendo que as estrofes de extensão superior (duas de oito e uma de onze) são absolutamente eventuais. Pode, portanto, afirmar-se que, após o quarteto, as estrofes de cinco ou seis versos são a organização imediatamente preferida.

Note-se que *quinze* dos poemas (40 %) não têm mais de uma estrofe que não excede sete versos. Se àquele número acrescentarmos o dos formados por

---

[1] Há poemas de 2 a 8 versos, de 12 a 16, de 19 a 21, e o poema com 26. Os intervalos entre estes quatro grupos são 4, 3, 5, com uma média de 4. Logo, realmente, os grupos constituem-se como é dito no parêntese do texto, visto que o intervalo entre 12-16 e 19-21 é inferior à média.

[2] Usamos *quarteto* para designar genericamente uma estrofe de quatro versos, independentemente das suas medidas.

mais de um quarteto, e dois que são formados por estrofes (3 e 4 estrofes) de cinco versos, teremos que *os poemas unistróficos breves ou de estrofação regular constituem a esmagadora maioria do livro.* Na verdade, só *seis* poemas (um dos quais é um soneto), combinam estrofes de número diferente de versos.

Com as organizações estróficas que apontámos, *todos* (menos um) *os poemas do livro são totalmente ou parcialmente rimados em consoante final.* Mas há, além da rima consoante, uso nítido e frequente de *rimas toantes*, pouco comuns em português (e muito comuns em espanhol). O esquema de rimas mais frequente, *perfeitamente predominante*, é *abcb*, isto é, um 2.º e um 4.º verso rimando alternados, o que corresponde, mesmo que não em estrofação expressamente destacada, ao esquema estrófico do quarteto, que vimos o mais usado. É muito interessante que, em poemas de mais escasso uso da rima final, Eugénio de Andrade os faz concluir com aquele esquema, rimando o antepenúltimo e o último verso. A ocorrência de — *a* — *a* (ou, se quisermos, *abcb*), de uma maneira ou de outra, verifica-se em *vinte e um dos trinta e seis poemas.* Em mais *cinco* ocorre *abab*. Logo, *70 % dos poemas contêm esse esquema* que é o da quadra dita «popular».

À larga regularidade da estrofação e do sistema de rimas, que vemos reger o livro, corresponde uma regularidade menos regular de versos de medida idêntica nas estrofes. Com efeito, só *cerca de uma terça parte dos poemas tem as suas regulares estrofes compostas por versos de igual ou aproximadamente igual medida.*

Metricamente, os versos podem ser eventualmente brevíssimos (2-3 sílabas, cerca de uma dúzia de vezes), e ocorrem em todos os números de sílabas até *treze*, que não excedem. Mas *cerca de 50 % do total de versos do livro têm exacta ou aproximadamente dez sílabas* (uns 160 em 327). Depois deles, *os versos exacta ou aproximadamente de sete sílabas* (uns 70 ao todo) *são cerca de 20 % do total*. E é curioso notar que uma vintena de versos (6 %) é indubitavelmente de oito sílabas, medida muito pouco frequente no verso português. Tudo isto quer dizer que, às outras medidas que não estas, ficam apenas cerca de uma quarta parte de um total de versos em que *o predomínio do decassílabo, seguido do heptassílabo e do octossílabo, é manifesto*.

Ter-se-á notado que temos dito «exacta ou aproximadamente», ao falar de medida dos versos em *As Mãos e os Frutos*. É que a prosódia de Eugénio de Andrade oferece curiosíssimas peculiaridades. Certa flutuação métrica, e aqueles 25 % de versos de medidas diversas das constantes entre as quais se insinuam, são ingrediente de variação rítmica nos poemas deste livro (como também a variação do regime acentual dentro de uma mesma medida silábica) [3].

Não só, dependendo da leitura que lhes seja dada, podemos encontrar um verso de 4-5-6 sílabas, outro de 4-5-6-7 sílabas, outro de 8-9-10, quatro de 2 ou 3, seis de 8 ou 9, um de 10, 11 ou 12 sílabas, outros tantos quiçá de 12, sessenta e tantos aproximadamente de 10 sílabas — ou seja, *um total de cerca de uma centena, quase uma terça parte dos versos do livro* —,

---

[3] Ao falarmos de número de sílabas, não estamos a interligar necessariamente certo número de sílabas com certos regimes fixos de acentos tónicos principais, segundo a empobrecida tradição dos manuais do século XIX, prolongada nos apêndices das más gramáticas (e de algumas boas) deste século.

como, mesmo em versos «certos», uma leitura atenta deve cuidadosamente pressupor, pelos paralelos da repetição de analogias métricas, de que modo o poeta os «ouviu», os «disse» para si mesmo, os lerá. E isto porque, e *ao contrário da evolução prosódica dos últimos séculos da língua portuguesa, Eugénio de Andrade muito raramente pratica as elisões e sinalefas que se tornaram habituais no regime de encontros vocálicos*[4]. Interessantíssimo é observar que *isto ocorre frequentes vezes em sobreposição a aféreses, sinéreses, ectlipses, etc., que se vão tornando cada vez mais correntes em algumas áreas e níveis sociolinguísticos do português falado (mas não escrito) de Portugal.*

Observemos alguns casos específicos.

No poema n.º 1, o verso *flores abertas aos meus segredos* depende da leitura ou pronúncia dadas à primeira e à última palavra, para ter 7, 8, 9 ou 10 sílabas (e com diversas possibilidades prosódicas para 8 e 9): *felores* (como em algumas regiões ou níveis), *flores* (como noutros), *flor's* (como ainda noutros); e *segredos* ou *s'gredos*. Como a primeira estrofe termina com um decassílabo e tal é o 2.º verso da 2.ª estrofe, é de supor que a intenção do poeta é que seja:

*fe-lo-res-a-ber-tas-aos-meus-se-gre-*

---

[4] Vejam-se a este respeito o estudo de Celso Cunha, «A Linguagem Poética Portuguesa na Primeira Metade do Século XVI: Hiato, Sinalefa e Elisão das Éclogas de Bernardim Ribeiro e no *Crisfal*», comunicação ao IX Congresso Internacional de Linguística Românica, em 1959, e depois coligida no volume do mesmo autor, *Língua e Verso*, Rio de Janeiro, 1963; e sobre a evolução do gosto, em relação ao regime de encontros vocálicos, levando à correcção sistemática dos versos anteriormente impressos de um grande poeta, o nosso estudo camoniano «As emendas da edição de 1598», primeiro publicado na *Revista Camoniana*, vol. 2, 1965, e incluído em apêndice ao nosso volume *Os Sonetos de Camões e o Soneto Quinhentista Peninsular*, Lisboa, 1969.

— em que a ênfase prosódico-emocional introduz um *e* suarabáctico em *flores*, pela mesma razão (início de verso) que, no anterior decassílabo, o terá levado a pensar *es*-trelas e não *'strelas*.

No poema n.º 5 — três versos, o primeiro e terceiro dos quais são decassílabos tradicionais e evidentes — o verso intermédio sê-lo-á por certo, mas lido assim:

*e | aves verdes vi͡eram desvairadas* [5]

No poema n.º 6, um dos mais belos do livro, em três estrofes de cinco versos, oito destes são heptassílabos de esplêndido ritmo. O 1.º verso do poema é de 6 sílabas, o 3.º de sete. E o segundo?

*Canto porque és real*

— terá 5, 6 ou 7 sílabas, conforme houver ou não sinalefa (porqu͡e és) e houver ou não ditongação de *real* — re-al ou re͡al. Com 6-7 sílabas, o verso estabelecerá uma transição métrica do 1.º para o 3.º verso, pelo que o poeta por certo não conjuga metricamente os dois fenómenos na sua leitura auditiva, tanto mais que o 4.º verso é de 6 sílabas. Mas o 5.º e último desta primeira estrofe?

*a tua graça animal*

---

[5] Poderia ser: «e͡ aves verdes vi | eram desvairadas». Mas, se havíamos caracterizado um hiato conservado, seguido de uma sinérese, teríamos aqui uma ditongação da prosódia habitual, seguida de uma enfática silabação incomum. De acordo com estas pesquisas, a primeira hipótese parece a mais provável.

— será de 6 ou 7 sílabas, conforme haja ou não sinérese em *tua*, já que a sintagmação emocional por certo lê *gra-çá-ni-mal*. E isto faz a transição para o 1.º verso da 2.ª estrofe, que é sem dúvida de 6 sílabas, seguido por quatro heptassílabos (que o agrupamento contínuo define prosodicamente como tal, forçando analogicamente certas leituras rítmicas). Mas o 1.º verso da 3.ª estrofe (seguido também por quatro heptassílabos)?

*Canto porque o amor apetece*

— terá (nunca 7 sílabas) 8, 9 ou 10 sílabas, conforme se leia:

8 — ...porque͡ o amor...
9 — { ...porque o͡ amor...
     { ...porque o͡ amor...
10 — ...porque | o | amor...

Isto, porém, pressupõe que, no verso, o poeta lê *a-pe-te-ce*. Porque aquelas hipóteses métricas descem para 7, 8 e 9 sílabas, se, na verdade, ele lê, como numa pronúncia de alguns níveis de Portugal: *a-p'téss*. Na concentração silábica que é a máxima possível, o verso seria assim efectivamente heptassílabo:

can-to-por-que͡ o a-mor-a-p'téss.

E esta flutuação métrica de um verso silabicamente mais longo que todos os outros do poema (e sobretudo que todos os anteriores) é precisamente o que, suspendendo o ritmo que após ele se continua, introduz o tema expresso do desejo erótico, que se funde, nos últimos versos, com a descrição de mera exuberância física e do entusiasmo por ela, que é a matéria das duas primeiras estrofes (e a sugestão erótica, ou o que a excita, está implícita nos versos que precedem imediatamente este: *embriagado na alegria / da tua vinha sem vinho* — e que se referem à embriaguez que a visão do sexo [*vinha*] desperta).

No poema n.º 8, de estrutura fortemente anafórica na sua brevidade, o 1.º verso pode ter 7, 8, 9 sílabas:

*Foi para ti que criei as rosas*

— segundo haja ou não sinérese em *criei* e o *para* seja ou não *pra*. O verso introduz outro que é de 9 sílabas (ou 8, se também nele *para* for *pra*). No seguinte, a supressão de *Foi* (comum ao início dos dois primeiros) e de *que* (igualmente comum a ambos) diminui a medida para 7 sílabas, o que corresponde à supressão da anáfora completa no 4.º verso que tem 9 sílabas (ou 8, se o poeta lê *r'mãs* por *ru-mãs*). A 2.ª estrofe é toda, por certo, em decassílabos que amplificam paralelisticamente (e dois a dois) a anáfora da 1.ª estrofe. Os dois decassílabos intermédios, para tal, praticam um hiato e uma diérese, silabando vigorosamente uma cadência martelada (que sublinharemos e acentuaremos) que precede a precipitação do último verso que, em contrapartida, exige uma ditongação e uma sinérese:

e | o *vêr*de mais *vêr*de *dús* pin*háis*.
*Fôi* pa-ra ti que de | i | tei
um corpo aberto como os animais.

No poema n.º 9 (três decassílabos), a mesma silabação emocional caracteriza os três:

Tu já tinhas um nome e | eu não sei
se | eras fonte ou brisa ou mar ou flor.
var.:
se eras fonte | ou brisa ou mar ou flor
Nos meus versos chamar-te- | ei Amor.

— e a silabação enfático-emotiva, neste último verso, não apenas bloqueou a dicção corrente da forma verbal com pronome mesoclítico, como até coloca um dos acentos tónicos do verso em *ei* (hei).

No poema n.º 11, a mesma marcação enfática das sílabas (ou, melhor), dos fonemas sucessivos, não só impõe hiatos —

e como as flo-res e | os animais
abrirás nas mãos de quem te | espera.

— como pratica a interposição vocálica na palavra *ritmo* (ri-*te*-mo):[6]

no *ri* | t | mo da *pró*pria primave*ra*.

No poema n.º 12 (dois quartetos de heptassílabos, com excepção do 3.º verso do segundo), é muito curioso o que se passa com alguns dos versos:

v. 3 — sem sombra de | amargura
v. 5 — Nimba-te *d'mim* e de luar

---

[6] Isto é um fenómeno mais corrente do que geralmente se admite ou já reconheceu do português popular de Portugal. No Brasil, é perfeitamente corrente: *pi*siclogia, indi*gui*nar-se, etc.

v. 6 — Disperso em ti *s'rei* mais teu
v. 8 — de quem já me | esqueceu

— pois que temos, neles, a par do arcaísmo enfático dos hiatos, duas ou três peculiares pronúncias de níveis do português popular, podendo *d'mim* considerar-se uma redução sintagmática.

No poema n.º 13 (três quartetos):

v. 1 — Fecundou-te | a vida nos pinhais
v. 3 — Alargou-te | o corpo como os are | ais
v. 4 — onde o mar se | esprai | a sem contorno e cor
ou — onde | o mar se esprai | a sem contorno e cor
ou — onde o mar se esprai | a sem contorno | e cor
v. 5 — Pôs-te sonho | onde | havi | a apenas
v. 6 — silênci | o de rosas por abrir
v. 10 — Paz onde morava | a solidão
v. 11 — E | a certeza de que a sepultura

— a ênfase emocional repele sinéreses, etc.; e note-se como, em geral, o que é válido para o que vimos e veremos, isto sucede sintacticamente para impedir a aglutinação sintagmático-rítmica do predicado com o seu sujeito proposto ou o seu objecto directo.

O poema n.º 14, muito breve e admirável na sua delicadeza quase feminil, joga com as 7 sílabas e as suas possíveis componentes rítmicas (neste caso, 4 e 3) —

7 sil. — 4 — 4 — 3 — 7

— para terminar por um verso que, mais longo, poderá ter 8, 9, 10 sílabas, conforme a ênfase, se é que este verso não é, de acordo com o sistema métrico do poema, e graças às ditongações e reduções vocálicas do português falado de Portugal, *um heptassílabo*:

ou͡ algum pomar que͡ atra*v'*ssei.

É provavelmente o que sucede, por exemplo (e a própria expressão coloquial-popular o indicará), no 3.º verso do poema n.º 20:

que ca*bi'in*teirinha nos teus dedos

— que será, assim, um perfeito decassílabo. E também no 1.º verso do n.º 21:

Se pudesse, *c'ro* | ava-te de rosas

— em que a elisão, conjuntamente com a firme separação de um possível semiditongo, é típica da conjugação popular portuguesa do verbo *coroar*.

Neste mesmo poema 21, temos também exemplo de hiatos enfáticos:

Terra | onde | os versos vão abrindo

— em contraposição com a contracção *pra* exigida pela medida de um verso (que, com ela, é um decassílabo de arte maior):

meu coração, não tem rosas *p'ra* dar.

Verso de arte maior obtido pelos hiatos enfáticos temos no n.º 22:

Nenhum pomar se | abriu͡ | à passagem

Neste mesmo poema 22, a ênfase emocional força uma diérese:

da morte tran | qu | ila nos teus braços.

O soneto que é o n.º 25 oferece também curiosos exemplos de flutuação métrica (além de sentir-se a intenção juvenil, e muito da época, de o poeta fazer um soneto «errado» metricamente), em que quiçá o descobrirmos certo populismo necessário foneticamente à leitura correcta corresponderá, no subconsciente do poeta, a sublinhar discretamente a amargura da situação que é dada num misto de coloquialismo e de descritivismo apenas tocado aqui e ali de transfiguração metafórica:

v. 3 — onde *no'há* pombos mansos, mas tristeza
v. 4 — e uma fonte p'r onde a água já não passa
v. 5 — Das *árv'res* não te falo poi' *'stão* nuas
v. 6 — das casas *n'vale* a pena porque estão
v. 9 — De mim podia falar-te, mas não sei
v. 10 — que *d'zer-te* dest'*histó*ria de maneira
v. 11 — *q'te p'r'ça* natural a minha voz
v. 13 — tecendo | estes versos e | a noite
v. 14 — que *t'há-d' tr'zer* e nos há-de deixar sós.

— assim, por ironia, os versos que o leitor lerá «errados» estarão *todos* «certos» com um nível de dialogação popular portuguesa, à excepção do primeiro do soneto

*Shelley sem anjos e sem pureza*

— que tem inescapavelmente nove sílabas, e dá ao soneto o seu tom «errado», pois que é impensável supor que, subconscientemente, o poeta houvesse contado em *Shelley* três sílabas [7].

Em contrapartida, no poema n.º 29, a ênfase da silabação não pratica a redução vocálica na palavra *esperança*:

v. 1 — Tu | és a es | *pe* | rança, a madrugada
v. 10 — Tu | és a es | *pe* | rança onde deponho

— e essa ênfase vai ao ponto de emocionalmente fazer três sílabas com *deixei* (como sucede na fala intensificada):

v. 8 — e dei | i | xei no | ar braços suspensos

Mas, *em princípio de verso*, a ênfase *faz* a redução vocálica de *esperança*: é o que acontece nesse mesmo n.º 29, e no n.º 30 —

*Esp'rança* minha onde meus olhos bebem
*esp'rança* destes olhos que molhei

Ainda este n.º 30 nos dá três interessantes exemplos de hiato (que vemos a que ponto é sistemático na prosódia deste livro):

---

[7] O verso, na 1.ª publicação, era «Shelley sem *versos* e sem pureza» (significando o puro poeta, mas despojado de —), em que, na ed. definitiva, *anjos* substitui *versos*, numa possível alusão ao que Matthew Arnold disse de Shelley: «ineffectual angel» = anjo inadequado, deslocado. E o vs. 10, nessa 1.ª publicação, começava *o que*. Este *o* inicial foi suprimido na ed. definitiva, diminuindo uma sílaba ao verso, o que melhor confirma o acerto das nossas observações quanto a os versos do soneto serem, em especiais condições linguísticas, decassílabos.

da | hora mais contrária e mais secreta
como | o coração dos frutos bravos
e rasga | esta sombra que me cerca

e um exemplo de apócope coloquial lusitana:

Há | outra *face* (fáss) na vida transbordante.

Hiato também no n.º 33:

enchemos de sombra | a mesma rua.

E semelhante apócope temos no n.º 36:

ó noite, por*qu' hás-d'* vir sempre molhada

— como também hiato separativo da palavra ou sintagma mais intencionalmente forte:

e as lágrimas e os mitos e | o medo.
e nos quebras os membros e | a voz!
vem de | outra maneira ou vai-te embora.

Estes exemplos, colhidos de um levantamento mais completo do total dos versos do texto definitivo de *As Mãos e os Frutos*, não pretendem esgotar o estudo de alguns aspectos peculiares da metrificação de Eugénio de Andrade nesse livro, mas sim servir de provas das asserções feitas acerca dela. E servir também de aviso de que a fluência elegante e a simplicidade de expressão do poeta neste livro não serão (e, consequentemente, em relação ao sentido íntimo dos poemas, se há razões específicas e reconhecidas de escreverem-se versos) tão prosodicamente *fáceis* quanto a leitura descuidada e superficial de quem só vê o «pensamento», ou admira as metáforas, ou se titila com a sensualidade ou o prazer epidérmico de olhar para poesia lírica, possa supor. É sempre preferível verificar primeiro como é que um poeta sensível, inteligente, culto de poesia e de vivência dela, *acerta* os seus versos [8].

Consideremos agora o que sucedeu com aqueles poemas, uma dúzia deles, que o poeta submeteu a revisões. Variantes são, por vezes, um excelente meio de penetrar melhor, não só no sentido do poema revisto, como na personalidade poética do autor. No caso presente, o interesse poderá ser tanto maior, quanto Eugénio de Andrade reviu, por vezes drasticamente, mais de um terço dos poemas do livro, e deixou intactos os restantes. E, como em alguns dos poemas houve substituição ou modificação substancial de vários versos, as nossas observações podem ser iluminadas pela comparação entre as duas versões.

Cinco, dissemos, dos poemas receberam alterações mais ou menos extensas: os n.ºs 7, 9, 23, 31, 32.

---

[8] Aproveitamos a oportunidade para explanar o que já dissemos na nota 3, acima. Todo e qualquer poeta, em qualquer época e lugar, sempre acertou os versos (ou os errou) à sua maneira, e o que importa é compreender o como e o porquê que nos auxiliem a compreendê-lo e a apreciá-lo melhor, em lugar de «criticar» os versos que estejam «errados». As poéticas tradicionais não se fizeram *antes* de poetas escreverem versos, *mas depois*, baseadas nos exemplos deles. E os exemplos poderiam sempre ter sido muito mais vastos e variados do que os preceptistas tacanhos e seguidores idem imaginam ainda, depois de quase um século de experiências de libertação métrica. No caso de Eugénio de Andrade, neste seu livro (e assim insistimos, porque não ampliámos a investigação à sua obra inteira), o que interessa é mostrar o seu sistema de metrificação e como este revela peculiarmente a sobreposição de um verso linguisticamente *ouvido* ou *dito* e de um verso literariamente *escrito*, fenómeno que, como melhor explicaremos adiante, se enquadra significativamente no panorama da poesia moderna portuguesa.

Oito, alterações menores, às vezes mínimas: os n.ᵒˢ 8, 10, 11, 24, 25, 27, 29, 33. Num outro (o n.º 15), houve apenas a fusão de dois versos finais num só. Uma vez que, na edição definitiva, a ordenação dos poemas continuou a mesma, aqueles números de ordem correspondem aos mesmos poemas que na edição príncipe. E é interessante notar que não só a segunda metade do livro teve maior número de poemas revistos (8 contra 6 para a primeira metade), como houve sequências do livro, que a revisão não tocou, o que é nítido para os primeiros, os últimos, e os poemas da zona intermédia da colectânea:

revist. :          7 8 9 10 11          15
não-rev.: 1 2 3 4 5 6          12 13 14     16 17 18 19 20

revist. :       23 24 25    27    29    31 32 33
não-rev.: 21 22          26    28    30          34 35 36

Por outro lado, é evidente que a atenção revisora se concentrou em certas sequências — 7-11 e 23-33 —, deixando as restantes continuidades praticamente intocadas — 1-6, 12-22, 34-36. Isto pode indicar que, ao primeiro organizar o seu volume, o poeta colocou no princípio e no fim poemas que lhe agradavam e o satisfaziam mais (e assim continuaram a ser para ele), e que um grupo central, tal como era, continuou a corresponder ao seu gosto, mas que, em relação à segunda metade do livro, e sobretudo ao grupo 23-33, o mesmo não aconteceu [9]. Como *As Mãos e os Frutos* não

---

[9] Poetas há que pouco ou nada revêem os seus versos em edições sucessivas, outros que continuamente os refundem de edição para edição, e outros que, a certo momento, os revêem «definitivamente». Dado que isto não deixa de caracterizar o

era o primeiro livro do poeta, mas passou a sê-lo como abertura da obra que ele considerava válida, estes factos por certo indicam que, com o andar do tempo, o autor fez incidir a sua revisão em grupos de poemas que o satisfaziam em 1948, mas que, ulteriormente, sem repudiá-los, desejou torná-los mais «seus», ou clarificá-los do que lhe parecia que eram ainda imperfeições juvenis. E por certo grave erro teria sido repudiar alguns poemas belíssimos. Que tal tenha sucedido a grupos de poemas, e não numa igual dispersão em todo o livro, indicará, por outro lado, a existência de aparentamento expressivo entre os poemas de certos grupos (ou de idênticas memórias quiçá subconscientes da sua composição), para lá da unidade de tom que é sem dúvida uma das razões do sucesso da colectânea [10].

Para analisarmos as variantes introduzidas por

---

tipo de criação poética e de personalidade do autor enquanto artista, as nossas observações têm um interesse que, em geral, escapa totalmente à crítica portuguesa que não costuma ocupar-se de tais coisas — a ponto de fazerem-se antologias de poetas que muito variaram os seus versos, sem se dizer de que edição as versões são tiradas (e isto apenas porque a atenção é tão superficial em relação aos pormenores significativos, que o crítico nem se dá conta, possivelmente, de que variantes existem, por nunca ter-se dado ao trabalho de comparar edições).

[10] A crítica e o público tendem a ficar perplexos ante colectâneas em que haja, voluntariamente ou não, grandes diversidades de tom entre os poemas nelas reunidos. A unidade de tom pode resultar da sobreposição de duas características, ou de uma delas: unidade de inspiração (os vários poemas constituindo um «ciclo», ainda que não tenham necessariamente nexos definidos entre si), e unidade formal e expressiva do poeta (se bem que ele possa ser relativamente diverso noutra colectânea). De um modo geral, a crítica superficial não é sensível a esses «ciclos», a menos que uma crítica mais atenta lhes aponte a existência deles, e costuma tomá-los por aquela «unidade» de tipo de poesia num poeta, que a salva (não à «unidade», mas à crítica) de não saber como classificá-lo com comodidade. E, no entanto, essas unidades podem ser extremamente apenas apa-

Eugénio de Andrade, comecemos pelas mais simples, ascendendo na escala das revisões que ele fez.

No poema n.º 15, houve a fusão dos dois versos finais num único. O poema é formado por uma quadra, seguida de um decassílabo isolado que era primitivamente um par de versos de, respectivamente, 4 e 6 sílabas. O 1.º verso —

*Caem os sonhos um a um*

— poderá ter 8 ou 7 sílabas, conforme seja *Ca-em os* ou *Cáin'us*, pronúncia esta corrente, especialmente na dicção da quadra dita «popular». O 2.º verso terá 7, 6, 5 ou mesmo 4, conforme todos os hiatos sejam mantidos, ou nenhum e a palavra *estremece* tenha a pronúncia coloquial: *'str'mece*. O 3.º verso terá 7 ou 6, segundo for *Ca | em, | e* ou *Cáin'i* a leitura. O 4.º verso poderá ser de 10, 9, 8 ou 7 sílabas, desde o extremo de todos os encontros vocálicos serem rigidamente separados até à leitura: *de quem os morde e os esquece*. Separado por uma pausa gráfica e expressiva, o último verso é

Farto de seiva, o di | a amadurece

e era

Farto de seiva
o dia amadurece

rentes, e encobrirem uma complexidade que então a crítica, sem aprofundar mais se acaso a detecta, se contenta com chamar «riqueza» e passar adiante. Veremos melhor que aquela unidade de tom de *As Mãos e os Frutos* é, na verdade, uma «composição» cuidadosamente organizada.

— não apenas quebrado em dois, mas interpondo um verso branco entre as duas rimas (e prosseguindo o esquema *abcb* da própria quadra). Observemos a sequência das oscilações métricas do poema, na sua primeira estrofe:

1.º verso:     8 7
2.º   »    :      7 6 5
3.º   »    :      7 6
4.º   »    : 10 9 8 7

Este pequeno esquema da sequência, com as suas hipóteses métricas, mostra que 7 *sílabas* é a possível medida comum aos quatro versos e que a estrofe será efectivamente uma *quadra*. Mas uma quadra em que a densidade silábica claramente pretendia e pretende seguir uma curva sinuosa que apontava realmente para a emenda que o poeta introduziu, fazendo dos dois versos de 4 e 6 sílabas um decassílabo. Não há contradição alguma em que *Caem* seguido de vogal seja, no 1.º verso, lido *Cáin'os* e, no 2.º, o seja *Ca--em,* | *e*. E neste 2.º verso lá está uma vírgula que o poeta primeiro pôs e conservou, depois de «Caem» — e essa vírgula não é pois apenas gramatical, mas expressiva, enfática, e foneticamente indispensável. Além de que a pronúncia da palavra ser contraída no 1.º verso e distendida no 2.º, sublinha emocionalmente a anáfora.

Ao transformar num verso único os dois versos finais, o poeta quer, por um lado, reiterar o efeito da rima final cujo esquema era — *abcb db* — e passou a ser *abcb b*. Este emparelhamento final é raro nos finais dos 36 poemas do livro, onde realmente só ocorre no n.º 9 (de três versos) e na 1.ª estrofe do n.º 30 (*aabb*), independentemente de rimas emparelhadas ocorrerem nos versos intermédios de quartetos (n.ºˢ 6, 28, 29) e de quintetos (em n.ºˢ 6 e 10), ou em sextetos (n.ºˢ 22 e 34) [11]. Mas o poeta, ao suprimir a alternância rímica para criar uma rima emparelhada, conservou, por outro lado, a separação estrófica existente anteriormente (mais um sinal de que a 1.ª estrofe era para ele efectivamente uma quadra).

O verso metricamente correcto segundo as acentuações tradicionais, mas quebrado em células tomadas como versos sucessivos para efeito rítmico expressivo, foi muito usado pelos post-simbolistas e os esteticistas, largamente contribuiu para o encanto do sistema rítmico de António Botto na sua melhor fase, e veio a repercutir em vários dos chamados «presencistas» [12]. As rimas ocasionais que se emparelham ou ecoam no último verso do poema têm uma análoga ascendência, e foram um dos mais «pessoais» efeitos, e mais belamente expressivos, do melhor Miguel Torga (e dele passou com frequência aos neo-realistas coimbrões). Ao unir os dois versos num só, realizando o que estava implícito na estrutura métrica do seu poema, o poeta, por outro lado, afastava-se da reminiscência literária do verso quebrado para efeito final.

---

[11] O n.º 17 é um dístico de rima *toante*: jardins — vazias.
[12] No poema n.º 14, que imediatamente precede este e de que analisámos alguns aspectos, há um notável exemplo desta técnica, no antepenúltimo e no penúltimo dos versos: *nem eu sei / se sou água, rapariga,* que, em conjunto, são um perfeito decassílabo, e que, separados, são um verso de 3 sílabas (célula rítmica do heptassílabo, como as quatro sílabas do 2.º e 3.º versos do poema, e que leva em si a rima que rimará com a do último verso) e um heptassílabo (como o primeiro e o último dos versos de um poema que tem seis).

Vejamos agora as *variantes*, ou sejam, os casos de poemas que receberam isoladas alterações.

No n.º 8, Eugénio de Andrade dizia:

Foi para ti que deitei no chão
*uma mulher pura* como os animais

— e substituiu o sintagma grifado por *um corpo aberto*. A variante é curiosíssima. A intenção substitutiva foi tão forte, que o poeta, ao realizá-la, praticou uma irregularidade lógica tanto mais significativa quanto, veremos, grande parte das correcções que veio a efectuar precisamente incidem, com maior ou menor felicidade, na eliminação das que lhe pareceu que primeiro existiam em alguns poemas. Na verdade, «uma mulher» pode ser dita «pura como os animais», mas «um corpo aberto» só poderá sê-lo como «*o dos animais*». É certo que *um corpo aberto como o dos animais* era eufonicamente desagradável, e estaria de qualquer modo em conflito com o sistema métrico, que analisámos, desse poema. Aquilo que chamámos «irregularidade» patenteia, porém, que, na intenção significante do poeta, «mulher pura» equivale a «corpo aberto», e que *como os animais* está, adentro da sua lógica interna, ligado ao substantivo e não ao adjectivo. Na primeira forma, *mulher pura* era uma sugestão violenta mas corrente (a violência vinha do contraste com *animais*, antes de o leitor se aperceber de que «pura» significava «livre de pecado», logo «não-humana», ou seja não restringida pelas convenções morais e sexuais que limitam e deformam o humano, ou o impedem de ser, sem pecado, *natural*, um «natural» em que se inclui qualquer «contra-natura» definida por aquelas convenções). *Corpo aberto*, na experiência, é-o muito menos, mas implica *generalidade* e *ambiguidade* quanto ao sexo da personagem que o poeta declara haver deitado no chão para a pessoa desejada; e é sem dúvida uma imagem (ou metáfora) mais incisiva [13].

No poema n.º 10 («To a Green God»), o 3.º verso da última estrofe tinha «Alheio a tudo o que *havia*», e a última palavra, na edição definitiva, foi reduzida a *via*: assim, o «deus» passa alheado apenas ao que vê, e não a quanto existia na sua passagem. O que limita a área semântica, e sugere que o «deus» o é tanto mais, quanto não se digna, por auto-suficiente, senão a mostrar o seu esplendor, sem atentar em quem o contempla, deslumbradamente, à sua passagem. Note-se que o ele ir «enleado na melodia / de uma flauta que tocava» pode aludir falicamente, de uma maneira notavelmente transposta, à sexualidade não-disponível da jovem personagem masculina deificada no poema: vai embebido em tocar-se o sexo (gesto distraidamente tão português, ou brasileiro também, que os estrangeiros, sobretudo os educados puritanicamente — «don't touch yourself» —, todos notam e comentam), sem que isso signifique que o faz deliberadamente para atrair a atenção dos circunstantes para a sua virilidade...

---

[13] *Corpo aberto* significará ou sugerirá «corpo que se abre», «corpo que se entrega», «corpo que não resiste à posse», «corpo sensualmente apaixonado» — o que é reforçado por *como os animais*: «corpo sem inibições de ordem moral», «corpo de que nenhuma parte se fecha ou retrai ante as mais diversas formas do contacto erótico».

Uma transformação análoga à do n.º 8 corresponde à variante do n.º 11 (que aliás desenvolve a mesma ideia):

Olhos postos na terra, tu virás
*tocada* pela própria primavera

— em que a palavra *tocada* foi substituída por *no ritmo*, do mesmo passo elidindo o sexo da personagem e integrando-a mais profundamente na primavera em que ela virá.

No poema n.º 24, há três variantes nos vs. 3-5:

Somos só folhas *e* o seu rumor.
Inseguros, incapazes de ser *bosque*,
*cada mistério* nos perturba e faz tremer.

*Var.*:

Somos só folhas *ou* o seu rumor.
Inseguros, incapazes de ser *flor*,
*até a brisa* nos perturba e faz tremer.

No 1.º destes versos, o poeta sacrificou *e* | *o* da sua métrica ao menos eufónico *ou* | *o*, mas ganhou dizer do seu plural que poderia ser, menos que folhas, o rumor delas. No 2.º eliminou uma «ilogicidade»: as *folhas* não são *incapazes* de ser *bosque*, pois que, a menos que se trate de um bosque despido de folhas (e isso só acontece em certa época do ano e com as árvores de folha não-perene), fazem necessariamente parte dele. Em compensação, as *folhas* não podem ser *flor* (como o poeta substituiu) — e este dizer prenuncia muito melhor os dois últimos versos do poema:

Por isso a cada gesto que fazemos
cada ave se transforma noutro ser.

— a mais de permear a epifania destes dois últimos versos com uma dramática sombra ominosa de esterilidade, incapacidade de florir, ainda que sublimada em *metamorfose*. Também à lógica se deverá a terceira variante. Folhas inseguras, a brisa fá-las tremer — e, ante a brisa (que o poeta não define como particularmente leve), não há folha que não seja perturbada, como toda a gente sabe. O poeta foi ao ponto de arriscar um aparente truísmo e uma banalidade. *Cada mistério* era mais «misterioso» e imponderável, mais susceptível de perturbar folhas com uma leveza superior à da mais leve das brisas. Mas, por isso mesmo (e além de a palavra *mistério*, à força de ter sido usada, já não sugerir «mistério» nenhum), mais banal que a simples realidade de imagens que tanto melhor significarão *gente* (o *nós* do poema), quanto mais constituam uma descrição naturalisticamente coerente. Isto, como dissemos, projectando-se sobre os dois últimos versos, empresta-lhes um dramatismo que é mais ominoso, porque os gestos que aquelas pessoas ou seres façam apenas «transformam noutro ser» as «aves de silêncio e solidão» (o que pode também significar que os gestos despertam essas aves dormentes nas folhas a que o *nós* do poema é assimilado): uma metamorfose epifânica, ou a aparição de outro ser como aqueles que, humanamente, trazem em si, dormentes, *aves de silêncio e solidão*. Nesta metáfora, estará aliás a chave do poema. As «aves» podem ser o «Eros de Passagem» de que o poeta falou anos depois: e o amor físico que apenas passa é silencioso (não tem, ou não sabe, ou não quer ter comunicação psico-afectiva), solitário, e deixa, por ter passado, uma solidão idêntica à que já trazia em si [14].

No poema n.º 27, há duas modificações mínimas:

v. 4 — que o tocara de maio *e* claridade
v. 4 — que o tocara de maio *ou* claridade
v. 7 — e ficara surdo, cego e mudo
v. 7 — e ficara surdo *e* cego e mudo

A modificação no 1.º destes versos é semelhante à que observámos ter acontecido num verso do n.º 24: preferência pela disjunção sobre a copulação, onde o 2.º termo possa ser parte lógica do primeiro. O que não está em contradição com a reiteração copulativa explícita do segundo dos versos, já que a sucessão de *ee* se refere a diversas qualidades não interdependentes.

O poema é um dos mais interessantes quanto à oscilação métrica: os versos são todos decassílabos, em condições de leitura, que devem ser atentadas para quatro deles — o v. 7 e estes outros três:

v. 2 — O corpo todo | era͡ a sa | u | dade
ou — O corpo todo | era | a sa͡udade
v. 5 — Para*v'o* seu gesto͡ onde pára tudo
v. 8 — *P'ra* que tudo *fôss'* grave no seu ser

[14] Note-se, todavia, que a outra face desta realidade está sempre presente em grande parte do erotismo de Eugénio de Andrade, quando celebra o fascínio momentâneo do desejo, e funde com extremos de expressão apaixonada o caracter *eventual* da satisfação erótica ou da promessa dela.

— que todos revelam peculiaridades prosódico-linguísticas que já vimos em exemplos anteriores. O verso 7, nas suas duas versões, pode ser:

1.ª versão:

    e ficara surdo, cego | e mudo

2.ª versão:

    e ficara surdo e͡ cego͡ | e mudo
    e ficara surdo | e cego e mudo
    e *f'cara* surdo | e cego | e mudo

— e repare-se como, ao acrescentar-lhe a conjunção que serviria a reiterar cumulativamente as qualidades de quem se fala na situação descrita, o poeta continuou fiel aos hiatos enfáticos como silabação emocional. Quer-nos parecer que, das três hipóteses de leitura da última versão, será a terceira a que corresponde melhor aos hábitos linguísticos e ao gosto de escansão dramática do poeta.

No n.º 29, uma única variante, e minúscula [15]:

Esperança minha, onde os meus olhos bebem,
*fundos*, como quem bebe a madrugada.

---

[15] É o que sucede no n.º 28, com apenas a supressão de uma vírgula:

*derramava-se no meu, e eu sentia*

— que era nitidamente enfática, para separar *meu* de *e͡ eu* para a silabação expressiva. Ao que o poeta preferiu uma continuidade análoga à de todos os outros versos do poema, que nenhum (menos um, com *linha a linha* separado por vírgulas) possui vírgulas internas ou finais na sua pontuação.

— a passagem da palavra grifada ao singular: *fundo*, mantendo-se a pontuação existente. É uma emenda de correcção linguística e metafórica: não são os olhos que são «fundos», eles bebem «fundo» ( = fundamente, profundamente = sequiosamente).

No n.º 33, o último verso do poema teve um *e* inicial suprimido, o que o conformou à métrica predominantemente decassilábica dos dois quartetos do poema.

Consideremos agora os poemas que sofreram refundição mais ou menos extensa.

O n.º 9 (três decassílabos rimando *abb*) teve o 2.º verso completamente alterado, e uma modificação morfológica e outra ortográfica no n.º 3. Era:

Tu já tinhas um nome e eu não sei
*se era de bicho ou fonte ou oceano.*
Nos meus versos chamar-te-*ás a*mor.

— e o 2.º verso passou nele a ser, e o terceiro:

se eras fonte ou brisa ou mar ou flor.
..................... chamar-te-*ei A*mor.

Metricamente, aquele verso ler-se-ia:

se͡ era de bicho͡ ou fonte͡ ou | oceano

— e ler-se-á agora:

se | éras fônte͡ ou brísa͡ ou már͡ ou flôr

— como o pentâmetro jâmbico comanda em harmonia com a sucessão continuada das identificações disjuntivas (de uma disjunção não-optativa, mas de iguais possibilidades), e de acordo com a hiatização enfática que precisamente, por contraste, abre aquela sucessão. Mas, no plano lógico, o sentido foi modificado. Na 1.ª versão, o poeta não sabe (i.e. «não recorda») *se o nome* que o ser a quem apostrofa já tinha era de — três hipóteses — *bicho* (ser animal), *fonte* (água brotando pura da terra ou das rochas), *oceano* (a imensidade aquática primigénia). Na 2.ª versão, não é com esse nome que não sabe que o poeta se preocupa: o que ele não sabe (i.e. «não recorda») é *se* o ser em questão *era* — quatro hipóteses — *fonte, brisa* (o que perpassa ligeiro, o afago breve), *mar* ( = oceano, até certo ponto), *flor* (o que será aérea criação ou floração da vida). É como se, ao alterar o verso, o poeta se sentisse mais interessado com a essência simbólica (representada pelas imagens propostas) do que com o *nome* (i.e. o signo representativo da essência, mas não ela). Por outro lado, a supressão de *bicho* e a introdução de *flor* e *brisa* indicam uma intenção de acentuar o carácter delicado dessa essência; como a substituição de *oceano* por *mar* (oceano > mar) contribui para uma redução mais consentânea com a delicadeza tradicionalmente atribuída, como representações simbólicas, às fontes, às brisas e às flores. Assim sendo, o ser *não há-de chamar-se*, pois que já de nome se não trata: o poeta *há-de chamá-lo Amor* — e a maiúscula ortográfica sublinha esta marcha do poema para o essencial, uma vez que «amor» deixa de ser uma hipótese mais pela qual se decide o poeta, para ser o *Amor* em si.

O n.º 31 teve os dois primeiros versos mudados (ficando intacta a segunda estrofe):

1.ª versão

*Horas, horas sem fim,
graves, profundas,*

esperarei por ti
até que todas as coisas sejam mudas.

2.ª versão

*Aqui onde o exílio
dói como agulhas fundas,*
esperarei por ti
até que todas as coisas sejam mudas.

É evidente a maior beleza dos dois versos iniciais agora; e como a coerência gramatical e lógica do *aqui* e o motivo do «exílio que dói» melhor introduzem a espera até que tudo seja mudo, do que o vocativo (ou circunstância de tempo sob a forma de apostrofação retórica) «horas, etc.» que era uma *demora* mas não uma *separação* — e era de uma *separação* apenas remediável na sublimação poética (*Até que um pássaro me saia da garganta / e no silêncio desapareça*) que o poema realmente dizia. Note-se, além disso, como metricamente os dois versos — 6 e 5 sílabas — se harmonizaram em 6 sílabas com o terceiro. E que não escape como o poeta manteve as mesmas rimas *toantes* que possuía:

fim — ti — exílio
prof*u*ndas — m*u*das — f*u*ndas.

Dos quatro versos do n.º 32, os dois últimos foram também mudados:

E é inútil cantar.
O teu corpo completo, abre na madrugada.

— e tornaram-se:

Cantar, de que me serve? Que palavra
abre a noite à mais pura madrugada?

Assim, aos dois primeiros versos, de 9 sílabas, o poeta fez seguirem-se dois decassílabos, em vez de um verso de 6-7 sílabas e um alexandrino. *Cantar, de que me serve?* corresponde a *E é inútil cantar*. Mas qual a razão, por certo fortíssima, de ser substituído um verso lindíssimo como *O teu corpo completo, abre na madrugada*, com a sua sugestão de corpo que se abre, para a entrega amorosa, e se abre *completo*, dando-se inteiro, tal como as flores que abrem no amanhecer? E substituído por

Que palavra
abre a noite à mais pura madrugada?

Quer-nos parecer que o poeta desejou uma lógica externa, de preferência à aparente contradição implícita na 1.ª versão. Se os «olhos férteis de promessas» se vão, e a noite, em consequência, fica (uma noite) fechada [16] (i.e., se a pessoa desejada, ou que é uma não-exaurida promessa de mais prazer sensual, parte após um breve, ou como que breve, encontro nocturno),

---

[16] Repare-se na subtileza expressiva de dizer-se *e a noite fica fechada*, em vez do comum *e fica noite fechada*.

é inútil cantar, de que serve?, para seduzi-la ou prendê-la. E o doloroso é pensar que só numa noite longa de amor, *completada* pelo despertar erótico ao amanhecer, aquele corpo se entregaria (ou teria entregado) *completo* à posse, para possuir, ser possuído, ou deixar-se possuir. Poderia entender-se como uma contradição entre o corpo que se abre completo na madrugada, e os olhos férteis de promessas que se vão, deixando fechada a noite atrás de si — embora seja dever dos leitores de poesia resolver as contradições aparentes. E o poeta preferiu amplificar sobre a inutilidade do canto, da palavra. Porque as não há que dissipem uma noite que como que não chegou a haver e todavia se fecha, e que, na sua ardente insatisfação, não há que abra à sua antítese de uma madrugada *pura* (i.e. uma madrugada *que se realiza*, ou simboliza a «completa» realização). Observe-se ainda como, de versão para versão, certas associações existiram na mente do poeta, e que são as mesmas que vimos numa alteração já estudada:

mulher *pura* → *corpo aberto*

*corpo* completo *abre* na madrugada →
→ que palavra *abre* a noite à *pura* madrugada

O poema n.º 7 recebeu diversas modificações. Há que considerá-lo todo, tal como era, para melhor se compreender o que sucedeu.

1.ª versão

Criança adormecida, ó minha noite,
noite perfeita e embalada

*como as* folhas,
noite transfigurada,
ó noite *mais pequena do que* as fontes,
pura alucinação da madrugada
— chegaste
*sem margens nem* horizontes.

Vens ao meu encontro *carregada
da poeira mais densa das estradas,*
vens *nua, trespassada*
de *lágrimas, de silêncios e de* gritos,
ó minha noite, namorada
de vagabundos e aflitos.

Chegaste, noite minha,
de pálpebras descidas
leve *como o* ar que respiramos
nítida *como os ângulos* das esquinas
— ó noite mais pequena do que a morte:
nas mãos abertas *em que* me fechaste
ponho os meus versos e a própria sorte.

2.ª versão

Criança adormecida, ó minha noite,
noite perfeita e embalada
*pelas* folhas,
noite transfigurada,

ó noite *rumorosa como* as fontes,
pura alucinação da madrugada
— chegaste
*nem eu sei de que* horizontes.

*Hoje* vens ao meu encontro
*nimbada de astros,*
*alta e despida*
de *soluços e lágrimas e* gritos,
ó minha noite, namorada
de vagabundos e aflitos.

Chegaste, noite minha,
de pálpebras descidas;
leve *no* ar que respiramos
nítida *no ângulo* das esquinas
— ó noite mais pequena do que a morte:
nas mãos abertas *onde* me fechaste
ponho os meus versos e a própria sorte.

Note-se como, neste poema, o esquema de rimas *abcb...* aparece em *ada* nos primeiros seis versos da 1.ª estrofe. E como, com a mesma rima, a alternância de rima e não-rima se repetia na 2.ª estrofe, na 1.ª versão, para ser suprimida na 2.ª versão, por certo deliberadamente, para apenas ficar, no penúltimo verso dessa estrofe, um significativo eco dela (*namorada*). É uma transição calculada que, na 1.ª versão, não havia, para a 3.ª estrofe, em que tal esquema ou rima se não repetia nem repete (com excepção da toância de *fechaste*). Metricamente, a 1.ª estrofe não recebeu alterações, como veremos que a última também não. Mas a 2.ª, sim. De:

9 — 10 — 7 — 12 — 8 — 8 sílabas

passou a ser:

7 — 4 — 4 — 10 — 8 — 8.

Houve do poeta uma nítida preocupação de reduzir a extensão métrica dos versos na estrofe. Porém não só, porque isso correspondeu a uma drástica modificação dos atributos da «noite» que deixou de vir, ao encontro dele, «carregada da poeira mais densa das estradas» (que era por certo uma reminiscência literária saudosista-esteticista) [17], e, em vez de chegar «nua», vem *alta* e *despida de*.

O que observámos antes, para outro poema, com a separação de *noite* e de *fechada*, temos analogamente aqui, numa separação mais larga, entre *noite* e *alta* (o que, desfazendo o sintagma *noite alta*, dá feições antropomórficas a essa noite que o poeta invoca). Repare-se como *nua* se transforma em *despida de*, do mesmo passo despojando «de soluços e lágrimas e gritos» a noite que, antes, era «trespassada de lágrimas, de silêncios e de gritos» (e a substituição de *silêncios* por *soluços* e a alteração da ordem das três palavras harmoniza termos semanticamente correlatos com a ideia de «choro») [18].

---

[17] Até certo ponto, *nimbada de astros* não o é menos, que substituiu aquele membro de frase, e a própria associação de ideias e palavras (e sentidos) que preside à substituição o mostra: «poeira mais densa das estradas» → poeira dos astros (nos caminhos da noite) → «nimbo de astros», tudo expressões correntes daquela linhagem poética. E a própria atmosfera rítmico-evocativa do poema, com as suas sequências de metros diversos, é afim da de Teixeira de Pascoaes e seus seguidores, e tem a sua origem em alguns dos poemas de António Nobre (que, por sua vez, o que ainda não foi estudado, estava a fazer o que Laforgue fazia, com o coloquialismo e os amaneiramentos calculados de um narcisismo infantil). Mas a substituição assume no contexto precisamente a função de ser transição para se eliminarem, pela redução ao natural que as modificações indicam, essas transfigurações retóricas do simbolismo saudosista e esteticista.

[18] A alternância de «lágrimas», «silêncios», «gritos» já sugeria, por contraste entre o choro e o silêncio, os «soluços».

Na primeira estrofe, a variante do 3.º verso é meramente de melhor adequação lógica. A do 5.º verso eliminou o paralelo que existia com o penúltimo verso da última estrofe:

ó noite mais pequena do que ╱ as fontes
╲ a morte

— e, por essa eliminação, foi suprimido o contraste que seria inevitável (já que o paralelo o sugeria) entre *fontes* e *morte*, que se baseava no contraste entre o brotar da vida e o parar que é a morte. A noite, nesse verso da 1.ª estrofe, deixou de ser «mais pequena do que as fontes», para apenas ser «rumorosa como» elas. Todavia, que a noite, primeiramente assimilada a uma «criança adormecida», fosse «mais pequena do que as fontes» era imensamente sugestivo (e, no final, enriquecido, então, por ela ser também «mais pequena do que a morte»). Mas o poeta preferiu uma simplicidade descritiva, tal como acontece, com uma tinta de imprecisão emocional, na substituição (no último verso da 1.ª estrofe) de *sem margens nem horizontes* por *nem sei de que horizontes*, passando de uma sugestividade de ilimitado e de amplidão à simples declaração de como essa amplidão (implícita em «horizontes») excede o quanto o poeta pode saber desses horizontes de onde aquela noite chega. De resto, coloquialmente, o «nem sei de que», longe de significar apenas ignorância, acentua o incomensurável com a nossa possibilidade de saber.

Na última estrofe, uma variante *onde* substituindo *em que* é meramente um acerto gramatical (que seria aliás desnecessário, dada a vulgaridade de *em que*); mas talvez seja também o evitar-se da repetição *do que* e *em que* em versos seguidos e que não pretendem realmente explorar fonético-semanticamente a analogia da locução à base de *que*. As outras duas variantes desta estrofe

   como o ar → no ar
   como os ângulos → no ângulo

— transformam *comparações* em *situações*. A noite não é já leve *como* o ar, nem nítida *como* os ângulos das esquinas: mas leve *no* ar, e só nítida *no* ângulo das esquinas. A redução de «esquinas» ao singular acentua, pelo paralelo, a intenção de *situar* abstractamente estas qualidades daquela noite.

A sucessão métrica desta última estrofe era:

6 — 6 — 10 — 11 — 10 — 10 — 10 sílabas

e passou a ser:

6 — 6 — 7 — 8 — 10 — 10 — 10

numa progressão ascendente de quantidade que anuncia a sucessão dos três decassílabos finais, rimados *aba*[19]. A substituição do *como* por *no* não terá alterado, porém, o sistema flutuante dos hiatos enfáticos. É curioso observar que, provavelmente, será de pressupor a leitura *âng'lo* para as oito sílabas, já que uma silabação enfática absoluta para o verso todo que teria então 10 sílabas o tornaria enfonicamente difícil:

ní — ti — da — no — ân — gu — lo — das — es — qui
/ — — — / — — — — /

---

[19] Note-se que, nesta estrofe, *descidas* e *esquinas* (como *minha* também) são rimas toantes que ecoam *despida*, *gritos*, *aflitos* da estrofe anterior.

não só rítmica como foneticamente. Mas que essas 8 sílabas possam ser 10 concorda com a progressão de densidade silábica, que passou a constituir a estrutura métrica da estrofe.

Resta-nos examinar o poema n.º 23, que foi profundamente modificado, tão modificado que passou a significar o contrário (ou o mesmo por termos contrários).

1.ª versão

> *Gostava tanto de me encontrar na vida*
> *com o à-vontade* desta cerejeira
> *e sentir a terra na* raiz
> *e* dar versos ou florir desta maneira.
>
> Abrir os braços *e deixar cair*
> *flores, folhas* ou o que quer que seja,
> *e ver* o tempo, *como um bicho verde,*
> a *roer* o coração *duma* cereja.

2.ª versão

> Acordar — ser na manhã de abril
> a brancura desta cerejeira,
> arder das folhas à raiz,
> dar versos ou florir desta maneira.
>
> Abrir os braços e acolher nos ramos
> o vento, a luz, ou o que quer que seja:
> sentir o tempo, fibra a fibra,
> a tecer o coração de uma cereja.

O esquema das rimas consoantes manteve-se (e com as mesmas palavras). Na 1.ª estrofe, o poeta até conservou a alternância de rimas toantes e consoantes:

vida — cerejeira — raiz — maneira
abril —     »    —   »   —    »

— mas, na 2.ª estrofe, transferiu do 1.º para o 3.º verso o eco toante em *i* (do mesmo passo sabiamente suprimindo a toância em *e*, que, nesse verso, perturbava a nitidez da sua predilecta rima consoante alternada, com a substituição de *verde* por *fibra*). Metricamente, as modificações foram as seguintes [20]:

1.ª versão

11-12 síl. — { Gostava tanto de me͡encontrar na vida
              { Gostava tanto de me | encontrar na vida

10 » — *co'o* | à vontade desta cerejeira
9 » — ...
11 » — ...... *florir* ......
10 » — ... *ca-ir*
10 » — *felores*, folhas͡ou͡o que quer que seja
10 » — ............ como͡um ...
10 » — ............ ro͡er ...

2.ª versão

9 síl. —
9 » —
8 » —

[20] Não escrevemos, dos versos de ambas as versões, senão o que ofereça oscilações métricas de leitura ou peculiares fenómenos de dicção.

```
10  »  —   ...... florir ......
10  »  —
10  »  —   o vento, a̅ luz, ou | o que quer que seja
10  »  —
10  »  —   a t'cer o coração de̅ uma cereja.
```

Como já vimos em casos anteriores de revisão feita pelo poeta, deu-se, em média, uma redução da extensão silábica dos versos, da primeira para a segunda das versões. Mas há, que não havia, um paralelo simétrico entre a variação de extensão dos versos nas duas estrofes:

1.ª versão: 11-12 / 10 / 9 / 11 // 10 / 10 / 10 / 10
2.ª   »   :  9  /  9 / 8 / 10 // 10 / 10 /  8 / 10

— em que o verso mais curto de ambas as estrofes (8 sílabas) aparece na mesma ordem nelas.

Esta simetria terá evidentemente que ver com a modificação que substituiu o primeiro verso da 1.ª versão, para permitir o paralelismo das duas estrofes:

Acordar-ser / ... / arder / dar — florir
Abrir-acolher / ... / sentir /    (tecer)

— que não existia na primeira das versões.

O hiato *ou | o* que não existia no 6.º verso da 1.ª versão — pois que a força da acentuação sáfica do verso o elidia — restaurou-o o poeta, dos seus hábitos prosódicos, na 2.ª versão, pelo mesmo motivo métrico (o que mostra a que ponto, a anos de distância, este regime de encontros vocálicos da dicção falada lhe é peculiar). E, na 1.ª versão, a ênfase emocional que criara o ímpeto sáfico daquele verso não só impedira a comum elisão portuguesa *flor's*, como impusera que, em início de verso, a palavra se lesse *felores* enfaticamente (o que desaparece na 2.ª versão, juntamente com as aliterantes *f*olhas que reiteravam aquela ênfase). Mas note-se, nesta 2.ª versão, o típico *t'cer* de certos níveis linguísticos.

Analisemos agora semanticamente as modificações. *Gostava tanto de me encontrar na vida / com o à-vontade desta cerejeira*, com o seu coloquialismo correntio, concentrou-se em *acordar*, prolongado por *ser* (...) *a brancura desta cerejeira*, em que se intercalou, sugerindo «vida (juvenil)» — e por certo atraída pela toância em *i*, que o poeta desejava manter —, uma *manhã de abril*, vinda sem dúvida do arsenal literário arcádico-romântico-parnasiano-esteticista, e que é um dos raros casos de tópico banal não redimido pela força do contexto, neste livro, ainda que corresponda à tendência para a redução naturalística da descrição, que em geral presidiu às revisões da colectânea. *À vontade* tornou-se *brancura*, na transformação desta frase. Seguidamente, *sentir a terra na raiz* (que era expressão daquele tipo que a crítica gostava de chamar *telúrico* em Miguel Torga) transmutou-se em *arder das folhas à raiz* — i.e. onde o poeta se desejava de pés na terra, se queria sentindo na raiz (e *raiz* pode ser uma imagem fálica) quanto há de radicalmente vital e terreno, passou a desejar-se uma brancura (ardente) de cerejeira em flor, cujo fogo vai das folhas à raiz (percorrendo o corpo todo, desde o que está externamente submetido às sensações ou as recebe, até ao que radica na terra ou é o mais íntimo desse corpo). Assim, a manutenção do último verso da 1.ª estrofe (suprimindo o *e* inicial, para a exactidão do decassílabo) implica, para os *versos*, deixarem de ser uma espontaneidade natural de quem floresce porque é da sua natureza fazê-lo, para serem, mais intensamente, um ardor vital que exuberantemente produz flores. Na 2.ª estrofe, a substituição de *deixar cair flores, folhas, etc.* por *acolher nos ramos o vento, a luz, etc.* inverte totalmente o contraste que existia em relação ao primeiro membro da frase (*Abrir os braços* — que prosseguia a assimilação do poeta à cerejeira). Em lugar de a cerejeira-poeta se despojar do que produz ou é parte do seu corpo, no ciclo natural de cobrir-se de folhas e flores e de perdê-las, ela passa a acolher nos seus ramos-braços as entidades meteóricas e, na aparência, imateriais (os influxos exteriores, quaisquer que eles sejam). O resultado desta inversão semântica reflecte-se na segunda metade desta última estrofe: onde o poeta-cerejeira, do mesmo modo que se despojava de flores e folhas, *via* o tempo *roer* (como um *bicho* destruidor, mas naturalmente inevitável) os seus frutos, agora, tendo acolhido nos braços-ramos os influxos imateriais, *sente* o tempo a *tecer* o âmago desses frutos. E o poema, que abria e fechava um círculo de floração e destruição, passou a significar a construção sensível, *fibra a fibra*, do fruto. O poeta menos abandonou a visão naturalística que tanto preside às suas revisões, do que a suspendeu numa vivência ardente (em que o tempo se torna intemporal) da criação. Resumidamente:

    deixar cair → acolher
        ver → sentir
        roer → tecer

— e o *bicho verde*, que significava o próprio mal destruidor que a natureza leva em si, desapareceu.

As modificações significam realmente um aprofundamento e um amadurecimento da concepção de poesia, que o poeta primeiro exprimira. Da poesia que o poeta produz espontaneamente por ser poeta, e que dissipa naturalmente, passou-se à visão de uma poesia como o resultado, na concentração epifânica do tempo, de uma tessitura que é a destilação de quanto o poeta recebeu do mundo exterior. A poesia deixa de ser as *flores*, feitas romanticamente à custa do coração, para ser o que das flores vem tecer, criar, construir, esse âmago profundo, esse coração de uma cereja, esse sentido íntimo que justifica o fruto.

Como se vê, o estudo das variantes iluminou-nos e completou-nos, sob muitos aspectos, a compreensão dos poemas e do poeta.

Consideremos, agora, um outro plano de análise, em que os comentários que fizemos à distribuição dos poemas que o poeta modificou extensa ou brevemente nos poderá, de outro ângulo, iluminar a sua poesia neste livro.

Em *As Mãos e os Frutos*, Eugénio de Andrade dirige-se, *em dois terços dos poemas, directa ou indirectamente, a um «tu»*. E o «tu» directamente apostrofado rege a expressão de metade dos poemas da colectânea: n.ºs 1, 2, 3, 5, 7, 8, 9, 11, 12, 13, 16, 18, 20, 21, 22, 29, 31, 32. Noutro, n.º 33, o *tu* pluraliza-se em *nós* (o poeta e a pessoa a quem ele fala), sem que esta pluralização deixe de fazer parte de algo dito a alguém. Noutro, n.º 19, o poeta dirige-se de *tu* a uma entidade simbólica (a Terra), para falar-lhe do «tu» com quem não conversa directamente. Em cinco poemas mais (n.ºs 6, 14, 17, 25, 28), em que o poeta fala pessoalmente, o *tu* está presente. E o *tu* é usado para entidades simbólicas (*rio* e *canção*, e *noite*) em mais dois (n.ᵒˢ 30, 36). *Só em dez poemas do livro (menos de um terço) o tu e a relação tu-eu não predominam:* três poemas de meditação descritiva não-personalizada (n.ᵒˢ 15, 26, 35), três em que há o *nós* genérico (n.ᵒˢ 4, 24, 34), *dois* em que se descrevem figuras humanas esplêndidas ou carregadas de graves signos (n.ᵒˢ 10, 27) e só em um o poeta fala de si mesmo, mas enquanto poeta, sem falar de outrem (n.ᵒ 23).

A distribuição destas tonalidades na colectânea é muito interessante (para lá de a predominância do «tu» directo ou indirecto ser um dos elementos decisivos, ao lado das regularidades estróficas e rímicas que apontámos, para o tom de unidade do livro). *Nos primeiros dois terços do livro, três quartas partes dos poemas são, directa ou indirectamente, de «tu»* (sendo-o directamente dezasseis). Em compensação, *no último terço, apenas um terço dos poemas o é,* directa ou indirectamente. Isto contribui decisivamente para a impressão de apóstrofe directa que a colectânea comunica ao leitor, e para a sensação que lhe dá de, ao lê-la, ser como que alguém que, às escondidas, surpreende a intimidade do poeta, nas suas relações com a pessoa amada, pois que ouve o que ele lhe diz (na ambiguidade de poder supor que o «tu» é ele mesmo, o leitor). E esta ilusão é discretamente sublinhada pelo tom genérico que predomina no último terço do livro, quando a identificação ou projecção do e sobre o leitor já se verificou.

Se recordarmos haver observado que, ao rever os poemas da sua colectânea, o poeta deixou intocadas as zonas 1-6, 12-22, 34-36, tendo concentrado as suas modificações mínimas ou profundas nas zonas 7-11 e 23-33, é interessantíssimo notar que *a proporção de poemas atingidos pelas revisões é, no último terço, quase o dobro da dos atingidos nos primeiros dois terços*, o que significa que o poeta tivera sempre maior predilecção pelos poemas com que compusera a maior parte da sua colectânea, e continuou a tê-la; pelo que, independentemente de excepções, o tom directo ou indirecto de «tu», não apenas pela sua frequência, era o da sua confiança emocional como artista, nesta colectânea.

Quer isto dizer que ele, neste livro, não é *subjectivo*, ou não medita muitas vezes, em termos genéricos, sobre o destino humano? Seria absurdo deduzi-lo [21]. Mas sem dúvida que a sua subjectividade não se centra egoisticamente sobre a própria personalidade do poeta; e a predominância do *tu* nas suas diversas correlações mostra que a subjectividade *se projecta*, não como uma projecção de si mesmo com quem o poeta fale, mas *como outrem*, um interlocutor que é apostrofado, descrito, caracterizado na sua magnificência ou pelo desejo que esta provoca no poeta, ou criticado, através de símbolos, pelo seu comportamento de quem é um ser feito de muitos seres, perpassante, ao mesmo tempo firme e fugidio, real e evanescente, para quem o amor é uma condescendência (sem palavras) sobre que o poeta realiza a sua paixão sensual, cuja celebração (feliz ou desiludida) é a própria essência da unidade do livro. Quase todos os poemas são, obliquamente, meditações, muitos deles de contida pungência, outros de vigorosa alegria de viver, sobre o destino humano — porém

---

[21] Entenda-se que um poeta pode falar continuamente na 1.ª pessoa, sem ser por isso necessariamente «subjectivo», e que pode sê-lo intensamente um poeta que fale «impessoalmente».

(há que entendê-lo), em termos de relação erótica. E o que o poeta sente ou pensa é posto *no modo* metafórico como descreve ou caracteriza *o outro*. Assim, neste livro, temos realmente epifanias eróticas, em que o poeta só se debruça sobre si mesmo, *na medida em que se debruça sensualmente sobre outrem*. E aquele predominante «tu», tão abstracto e tão concreto, conta pelos hiatos enfáticos, os coloquialismos fonéticos, etc., de uma metrificação muito mais *falada* do que superficialmente se deduziria do carácter de concisão epigramática (e às vezes mesmo de dicção solene) em que aparece *escrita*. Concentrada densamente em momentos privilegiados, ou que, na memória do poeta, assumem abstractamente essa qualidade intensa e intensificada, a criação poética «corporiza--se» num *tu*, para quem o poeta «tece» mentalmente, com apaixonada ênfase, o seu discurso sempre repetido e sempre renovado, incantatoriamente vasado em esquemas análogos que a «escrita» condensa e fixa.

A brevidade média dos poemas, a predominância neles da estrofação em quarteto ou da unistrofe, o uso da rima, a predominância dos esquemas *abcb* ou *abab*, a associação de versos de medida diferente, mas não muito, nas estrofes regularmente divididas, a predominância do decassílabo seguido do heptassílabo, o uso da flutuação métrica (não indo a libertação ao verso inteiramente livre ou ao versículo), a presença quase sistemática da hiatização e do coloquialismo fonético, uma tendência, revelada pelas variantes, para a unificação lógica, para a concentração expressiva que se realiza em torno de momentos privilegiados, a frequência do tom dialogado com que o poeta se dirige à pessoa amada — tudo isto são características da poesia de Eugénio de Andrade, em *As Mãos e os Frutos*, cuja natureza de transmutação epifânica analisámos em muitas das suas imagens e sintagmas. Definem elas, simultaneamente, peculiares aspectos dessa poesia e, por certo que também, integram-na em certas linhas do Modernismo português.

As observações prosódicas e rítmicas que sistematicamente fizemos e exemplificámos revelam o que sucedeu à permanência da métrica em poesia, depois das audácias simbolistas e modernistas. Não se é modernista, necessariamente, a não ser de aparência, pelo abandono da métrica, como se não é «tradicional» só por conservá-la. Mas, na medida em que a métrica é conservada, sem que sejam conservados os padrões silábicos dela (por o verso se tornar «individual», ouvido «automaticamente», etc.), os versos revelam a distância maior ou menor existente entre os aspectos da metrificação escrita e uma dicção que tende a ser, naturalmente, «falada» (porque, vocalmente, uma pessoa mentaliza uma palavra ou um encontro vocálico, tal como, sem se dar conta, na vida quotidiana, aprendeu a dizê-los). Por outro lado, dada a verificada tendência crescente, no português falado de Portugal (especialmente em Lisboa, ou em áreas influenciadas pela capital), para a supressão das vogais mudas ou menos acentuadas [22], uma distância cada vez maior tem existido, em certas áreas ou níveis linguísticos, entre a *língua escrita* e a *língua falada*, não apenas no plano vocabular, sintático, etc. (que são, do ponto de vista da lusa ignorância linguística, os

---

[22] Ver, por exemplo, as observações consignadas por Pilar Vázquez Cuesta e Maria Albertina Mendes da Luz, *Gramática Portuguesa*, Madrid, 1961, com bibliografia fundamental.

únicos que, e normativamente, interessam aos gramáticos e aos revisores que põem ortografia e sintaxe oficiais aos escritores que as não saibam), *mas no plano fonético e da dicção*. De modo que, na metrificação que modernistas conservassem, necessariamente se revelariam, não só esta distância, como, para as convenções métricas [23], a que existiria entre estas e uma libertação rítmico-linguística. Tal peculiaridade, uma vez que o ensino da língua em Portugal nunca foi feito no sentido de uma correcção fonética e prosódica (pois que a mania normativa se fixou em fazer as pessoas conhecer a língua *como* escrita), reflectirá, por sua vez, níveis sociolinguísticos, áreas geográficas, tipo de escolaridade. E, no caso de uma metrificação extremamente baseada numa prosódia emocional, poderá, além disso, exigir e possibilitar uma observação íntima dos padrões linguísticos de um poeta, sob a linguagem literária com que, para os seus próprios fins expressivos, se educou.

As diversas observações que fizemos (e só na análise de alguns poemas tratámos do sentido deles) patenteiam o carácter uno de *As Mãos e os Frutos*, algo como uma série de variações ou improvisos (no mais elevado sentido da palavra) sobre não exactamente um mesmo tema, mas uma mesma *tonalidade temática*, baseada a série em esquemas fundamentais que se continuam ou ecoam de poema para poema. O poeta que as realizou é, nesse livro, uma personalidade que emerge da tradição simbolista-esteticista--vanguardista que ficou fiel ao uso de esquemas regulares ou afins, mas cuja diferença radical em relação

---

[23] Nunca será demais acentuar que a métrica é, até certo ponto, uma *convenção*.

a poetas das gerações anteriores se afirma nitidamente, que mais não fora, pela sua constante projecção para fora de si mesmo, tingindo das cores das suas metáforas, não o mundo, mas *o outro*.

Nada do que afirmámos — para lá das observações que dizem respeito a uma obra escrita numa época e revista noutra, conservando o poeta as mesmas características prosódico-linguísticas — se deve entender, senão como aproximação a verificar, para a obra completa de Eugénio de Andrade, a que não aplicámos a mesma investigação que foi aqui aplicada a *As Mãos e os Frutos*. E, neste livro admirável, apenas quisemos conhecer, com rigor, que gestos verbais essas mãos fizeram, para colher os frutos de que foi feita tal poesia.

Madison, Junho de 1970.

# Do Conceito de Modernidade
## na Poesia Portuguesa Contemporânea

(1971)

Vai para setenta anos que «moderno» e «modernidade» se tornaram um dos mais usados e mais confusos critérios críticos, desde aqueles anos dos princípios do século, em que os promotores do Modernismo, por um lado, e os inimigos dele, e deles, por outro, sabiam muito melhor do que se tratava. Nesse tempo, as linhas divisórias entre o «tradicional» e o «académico», e o «moderno» que se lhes opunha, eram por certo mais claras do que o são hoje. Mas mesmo nesse tempo se criou alguma da confusão que hoje persiste ou até proliferou. Porque o *modernismo* era realmente formado por duas correntes principais que, em muitos casos, trabalharam juntas, ou até coexistiram na mesma personalidade: o *post-simbolismo*, que continuava e levava a extremos limites o simbolismo e o esteticismo do Fim do Século, e o *vanguardismo* que propunha e praticava uma renovação iconoclástica das formas e do ponto de vista criador. Isto aconteceu mais ou menos em todo o Ocidente, e faz com que ainda hoje se não perceba, a não ser no vago com que a maioria se contenta, como é que Rilke e Ezra Pound são ambos «modernos», ou porque é que Sá-Carneiro, que levou o simbolismo e o esteticismo a últimas consequências, é todavia, pela reversão que opera, um «vanguardista», ao mesmo título que Fernando Pessoa ou Almada Negreiros. Por outro lado, a iconoclastia vanguardista não implicava necessariamente a repulsa absoluta e total por formas consagradas ou até obsoletas: se assim fôra, Pessoa seria menos «moderno» por escrever sonetos, ou haver reinventado com Ricardo Reis a ode horaciana, ao tempo em que a agressividade formal de Alberto Caeiro e de Álvaro de Campos eram também invenções suas. O que é demasiado fácil e mecânico rotular como expressão das suas «contradições». Mas, em Portugal, demasiado se esquece que o Vanguardismo, nas suas implicações profundas, realmente teve sempre uma vida precária e ameaçada pelas más vizinhanças. Com efeito, se a revista *Orpheu*, em 1915, está cheia de post-simbolismo que, por refinado e «novo» que seja, não é realmente «vanguardista» (e o mesmo se pode observar no *Portugal Futurista* de 1917), as revistas e livros que continuaram o movimento mais e mais patenteiam que era uma continuidade simbolista e esteticista o que tendia a predominar, salvo nas ocasionais ressurgências do velho espírito de Vanguarda, nas actividades eventuais de alguns dos seus detentores. No fim dos anos 20 e nos anos 30, à *Presença* e crítica dela se deveu a afirmação do prestígio e da importância do que sucedera em 1915-17, mas só realmente quando essa revista se dissolvia é que as edições ou reedições começaram a pôr ao alcance do público leitor as obras dos melhores «vanguardistas» — e quando já o neo-realismo militante por essa época era abertamente hostil ao experimentalismo que a Vanguarda implicava. Esta hostilidade, independentemente de razões políticas, encontrava um campo favorável no ambiente literário. Muito poucos dos próprios «presencistas» eram realmente de «vanguarda», ainda que o fossem nas suas posições críticas ou nas suas predilecções estéticas, e o maior de todos, José Régio, era realmente a esplêndida culminação, como poeta e dramaturgo, da tradição post-simbolista (do mesmo modo que a sua ficção é fusão do realismo oitocentista com as implicações simbolistas e alegóricas do fim do século). E, por outro lado, o saudosismo republicano, os saudosistas passados a conservadores políticos ou mais à direita ainda, ou os nacionalistas literários, todos eles, de um modo ou outro, continuavam a atmosfera pré-vanguardista, e eram na verdade quem dominava a cena literária, com a gente da *Seara Nova*, fiéis ou dissidentes, que continuavam, por diversos caminhos pessoais, o Naturalismo, o esteticismo, etc., daqueles anos cruciais de 1895 a 1915, cuja análise sistemática ao nível da erudição e da escolaridade (e não apenas de polémicas posições brilhantemente expostas) ainda não foi feita pela crítica [1]. De toda esta gama de tendências, em que se não pode dizer que o autêntico Vanguardismo fosse ingrediente fundamental, até à vulgaridade super-

[1] Tal estudo ainda continua por fazer, mostrando a «preparação» do ambiente em que se formarão os homens do *Orpheu* e do *Portugal Futurista*, para uma série de anos, dominados (ainda muito para além deles) pelo simbolismo e o saudosismo, mas muito mais complexos, mesmo com só isto. Felizmente que, anos depois de composto este breve artigo, e coroando esforços esparsos de vários estudiosos em escritos mais ou menos dispersos, e do mesmo passo abrindo o caminho a trabalhos mais minuciosos ou específicos, temos, de recente publicação, o excelente estudo de José Carlos Seabra Pereira, *Decadentismo e Simbolismo na Poesia Portuguesa*, Coimbra, 1975, para o que respeita às bases «simbolistas» de quanto se seguiu.

ficial e provinciana em que as lágrimas românticas ainda persistiam lado a lado com caricaturas da dignidade filosófica dos sonetos de Antero, formou-se um vasto e generalizado pano de fundo, de onde tem emergido a maior parte do que passa ainda hoje por «moderno», ou até por «vanguardista». Assim, ironicamente, os «presencistas» (e pouco importa se uns foram tal toda a vida da revista, e outros dela se separaram logo nos princípios dela) que defendiam a Vanguarda, e os «neo-realistas» suspicazes em relação a ela (e com alguma razão, dado que, no Ocidente, a maioria dos grandes «modernistas» regularmente manifestara inquietantes tendências conservadoras ou pior), uns e outros contribuíram para que a ênfase da agressividade vanguardista se diluísse, já que a uns interessava provar a respeitabilidade do Modernismo (e eles mesmos não eram mais «modernistas», às vezes, do que outros escritores que não tinham a sua modernidade reconhecida), e aos outros interessava sobretudo uma agressividade política. Quando, de certo modo, a gente que fez os *Cadernos de Poesia* (e que, nas suas divergências políticas e estéticas, não é realmente um «grupo» literário) buscou ao mesmo tempo um retorno à criação vanguardista, uma autonomia da criação em relação ao «político» (o que não implicava hostilidade em relação ao «neo--realismo»), e uma individual pesquisa incompatível com manifestos e a pretensa proposição de um «movimento», evidente seria que tal posição não seria compreendida, ou sê-lo-ia o suficiente para ser atacada ou silenciada por todos os interesses já investidos na vida literária, e que todos fingiam ser os representantes daquele vanguardismo que fora proclamado, parcialmente, em 1915. Assim, quando o surrealismo fez a sua aparição «escandalosa», ou a *Távola Redonda* a sua estreia conspícua (um e outro grupo aqui tratados independentemente dos subgrupos em que vieram a dividir-se), por certo que os escritores identificados com esses grupos ou movimentos eram diversamente conscientes de uma necessidade de revitalizar a vida literária, mas também conscientes — dentro da habitual linha de comportamento de movimentos literários portugueses, que é a angústia da falta de espaço, do «tira-te tu que me ponha eu» — de que só com o ataque aos imediatamente anteriores, numa linha de acção, ou com a aliança tácita com os «presencistas» menos de Vanguarda, numa outra linha de acção, era possível apresentar como diversos movimentos ou grupos o que intensificava o que aqueles imediatamente anteriores não tinham ignorado, ou o que só continuava a linha «presencista» e paralelas linhas (independentemente do talento e originalidade individual que vários escritores vieram a comprovar), levando-a, porém, a uma maior consciência crítico-estética em termos contemporâneos (daí a preocupação de promover Vitorino Nemésio, que então houve aliás justamente, ante José Régio, quando para os neo-realistas Afonso Duarte e Miguel Torga haviam sido mais quem opor a Pessoa e Régio). No fim dos anos 50 e nos 60, novos grupos surgiram, propondo-se como os detentores da «Vanguarda». Mas a associação directa ou indirecta com o mito do «neo-realismo» (e uma coisa é o princípio de uma consciência política progressiva, e muito outra o reconhecimento obrigatório de alguns génios que nunca tiveram génio algum), a continuada insistência de tudo se julgar, conforme as conveniências, em termos de oportunismo político, a prevalente ideia de que a aparente integração em movimentos ou atitudes internacionais que são realmente *epigonais* do Vanguardismo (como é o caso da poesia «concreta», com toda a inteligência e brilho dos seus apóstolos brasileiros, cuja circunstância de serem brasileiros devia fazer pensar na tradição brasileira de «formalismo», com os hábitos barrocos da oratória e a longa persistência do Parnasianismo) é que é a «modernidade» — tudo isso levou à confusão que hoje predomina. Por isso, e em que pese a muita gente honestamente iludida ou viciosamente apaixonada, a minha opinião sobre um presente *conceito de modernidade* é negativa. De resto, Portugal não é nisto senão um caso particular, e curiosamente agudo, da situação geral das artes e das letras do Ocidente (desde a América à Rússia), em que só há três posições possíveis: o conformismo tradicionalista, o conformismo vanguardista que é uma espécie de leal oposição de Sua Majestade, e a superação de tudo isso que instantemente se impõe. Há, por certo, em Portugal como em toda a parte, personalidades agudamente conscientes deste problema. Mas quase todas sucumbiram ou sucumbem à chantagem que domina a vida literária contemporânea, e/ou lhes agrada serem elogiados pelas razões erradas, ou temem ser atacados ou silenciados pelo exercício do mais vergonhoso e descarado compadrio de conformismos que jamais controlou a vida intelectual portuguesa, e em que títulos universitários, redacções de jornais, revistas, casas editoras, fundações, a rádio e a televisão, etc., tudo foi tomado de assalto por uma vasta conspiração (em que já não há «esquerda» ou «direita») de elogio mútuo, de promoção pessoal, e de vantagens financeiras, que algumas polémicas pela côdea não conseguem disfarçar. A este respeito, posso citar o meu caso pessoal. É perfeitamente conhecido quais sejam as minhas opiniões e a minha independência. Mas não é tão publicamente sabido que, se não colaboro na maior parte das publicações portuguesas, não tem sido porque disso tenha sido oficialmente impedido, mas porque aqueles que as dominam e as controlam me excluíram ou excluem, para fazerem crer que eu não sou quem sou, ou que eu fui quem se excluiu delas e do que elas pretendem representar de «vanguarda» estética ou política... Do mesmo modo, se em publicações da mais variada espécie o meu nome é suprimido, isto é iniciativa pessoal de algumas criaturas, ou a cobardia com que outros se curvam às imposições de uns quantos papas controladores de favores e benesses, aos quais a minha independência ofende como um ferrete na testa. Nada disto, que dou apenas como exemplo do que aliás sucede também com muitos outros, tem que ver com concepções de «modernidade», mas simplesmente com a tremenda ascensão do reles e do ordinário à primeira fila da actividade intelectual portuguesa, que se deu nos últimos vinte ou quinze anos, a uma escala que devia apavorar simultaneamente os conservadores e a extrema-esquerda, pelo que significa de total sacrifício de quaisquer valores estéticos ou políticos ao carreirismo desenfreado e pequeno-burguês. Tudo o mais, excepto em alguns momentos de coragem e de condigna criação estética, são apenas pretextos e disfarces. O único «ismo» que vejo avassaladoramente triunfante em Portugal é o *cinismo*, por certo a mais tradicional das poucas-vergonhas [2].

[2] Este texto foi escrito em 1971, e seis anos depois, e tendo sucedido a Revolução de Abril entretanto, nada tenho a alterá-lo. Cumpre-me porém acrescentar que a triste e vergonhosa con-

Posto isto que não me criará mais inimigos do que já tenho ou virei a ter pelas razões descritas, tratemos de analisar um possível *conceito de modernidade*. Como se depreende do que ficou historiado, inclino-me cada vez mais a usar do termo com muita reserva. Tanto tem sido tido por «moderno», que já não há que não possa parecer que o é. Na dissolução de uma autêntica virulência vanguardista, o termo, realmente, voltou a significar sobretudo «contemporâneo» — o que é um critério de coexistência cronológica, com o qual se pode aclamar o que se quiser, e excluir o que se detesta, sem razões profundas ou realmente estéticas. Se se olhar sem preconceitos para os juízos críticos contemporâneos, e para a poesia dos últimos vinte e cinco ou trinta anos, verificar-se-á que esses juízos têm invariavelmente preferido aquilo que de algum modo continua a «modernidade» anterior, precisamente no que ela tinha de compromisso com as diversas correntes sobrevivas que pouco ou nada tinham de «moderno», e que, em contrapartida, acusam de «continuadores» aqueles mesmos que têm tentado, de uma maneira ou de outra, renovar, alterar, ou quebrar a continuidade. E sem dúvida que uma das

---

fusão de valores de toda a ordem, que à desvergonha reinante os partidarismos políticos, com as suas paixões e ambições, somando-se, mais ainda acentuaram no abuso da «liberdade», e que hoje totalmente absorveu qualquer vida intelectual portuguesa (e o presente autor nunca defendeu nem defende o divórcio entre a vida pública e a vida cultural, muito pelo contrário, e ao contrário de tantos que, sustentando-se por anos e anos do divórcio, agora são patriarcas e sacerdotes de tal matrimónio), só reitera, em liberdade democrática, o que já antes, com as mesmas companhias do teatro da vida, sucedia em tempos de fascismo. A liberdade — conquista inestimável — nem sequer tem a desculpa que a censura dava a tantos no tempo da outra «senhora».

maneiras, e a mais difícil, é fazê-lo pela recusa a pactuar com um estado de coisas intelectuais que subverteu todos os valores. O que realmente continua a dominar a maioria da produção poética são as tradições saudosistas, a estrofe de metros variáveis e rima livre (posta em uso pelos simbolistas e aperfeiçoada pessoalmente por um Miguel Torga), uma regularidade métrica e até regularmente rimada que ficou do tempo em que o surrealismo de Aragon deu licença à extrema-esquerda que fosse «resistente» com tais impropriedades burguesas, ou um versi-librismo de estruturação versicular predominantemente anafórica que já Álvaro de Campos havia desenvolvido. Sobre isto, têm surgido duas direcções opostas de experimentalismo: a verborreia de associação metafórica que se inspira de recentes (ou até antigas) teorias linguísticas (com quanto de precário há em experimentar à base de teorias cujos fundamentos científicos se desconhecem num país aonde a preparação linguística é nula), e que elide a distinção entre verso e prosa (do mesmo passo que desenvolve certos sistemas expressivos do surrealismo); e a concentração vocabular repartida por pequenas unidades, mas claras, de verso (e que é influída por linhas condutoras que descendem, ainda que os cultores o não saibam, do expressionismo alemão em poesia, como dos franceses que foram «pré-surrealistas», ou dos italianos que reagiram, sinteticamente, contra o futurismo e a sua discursividade declamatória, o que se exemplifica com Stramm, Réverdy, Ungaretti). A par disto, é nítida também a tendência para valorizar a «pesquisa» expressional, parecendo que realmente se entende por isto uma reacção em favor de uma linguagem «poética» e de um formalismo que evite simultaneamente o prosaísmo e o descuido de usar-se do imenso arsenal de lugares-comuns que sessenta anos de poesia «moderna» e não-moderna puseram à disposição dos poetas. Em tudo isto, observa-se um terrível perigo de academização em todos os níveis e direcções, corrido sobretudo pelos poetas e críticos que receberam os eflúvios mefíticos do ensino universitário de letras, em que predominam ainda os hábitos catedráticos, a citação do que não se leu, as ideias feitas e não-discutidas em classe, etc., etc., para não falarmos da aula dada como sermão de Quaresma ou sobre a vitória contra as Armas de Holanda, na melhor tradição do famigerado Padre Vieira, e que tanto se reflecte nos folhetins hebdomadários de crítica, que parecem sempre sugerir que todos iremos para o Inferno, se não nos corrigirmos dos nossos pecados, e que, não escrevendo como o crítico deseja, pomos pura e simplesmente a pátria em perigo. O que, por certo, juntamente com as características acima descritas, aponta para uma situação de provincianismo e cosmopolitismo, a comparar com a qual o que Fernando Pessoa denunciou há décadas transforma aqueles sujeitos de bigode e de chapéu de coco da República Velha, de lojistas da Rua da Palma em cidadãos do Universo. E isto, quando provavelmente nunca tanta gente em Portugal teve condições de ver e saber o que vai pelo mundo. O mal, porém, de toda a «modernidade» é sempre a escala a que a cultura portuguesa se reduziu — e ai do génio ou talento que, sendo-o, não cuide de o ser também de Vila do Conde, da Avenida de Berna, ou da Estação do Rossio!...

Actualmente, nas condições em que vive ou sobrevive o mundo ocidental e na vastíssima multiplicidade dos acessos à cultura (uma cultura cujas bases tradicionais se estão a modificar radicalmente e vertiginosamente), o maior equívoco acerca da *modernidade* consiste em supô-la necessariamente dependente de programas literários ou estéticos. O mundo cada vez mais descobre que esses programas só prestam, e sempre prestaram, para serem grandes poetas os que se afastaram deles, ou que tudo absorveram para transfigurá-lo em algo de diverso (o que é, na literatura portuguesa, o caso do maior escritor, Camões, por certo o mais epigonal dos epígonos, se no mundo houve algum). Não há orientação estética que se não divida em personalidades diferentes, e que não se realize pela diferenciação delas — ou será uma colecção de mediocridades elogiando-se umas às outras como génios. E nunca a integração expressa num movimento ou grupo, ou teoria, foi condição *sine qua non* de ser-se mais moderno que outrem: pelo contrário, sempre serviu de capa para ser-se menos, à vontade. Mas, contemporaneamente, quando os grupos proliferam, o que realmente está a suceder é a derrocada sociocultural dessas unidades como promotoras de «modernidade». Porque uma boa organização de propaganda não deve ser confundida com «modernidade» em si. E cada vez mais se verifica, na multiplicação das individualidades, que os agrupamentos, mais do que nunca, são meras associações por coincidências afectivas e de interesses comuns, que às vezes já não existem realmente, quando ainda são apresentados como tal — e não correspondem efectivamente a mais do que isso, de um ponto de vista de uma expressa orientação estética. E é por isso que cada vez menos os historiadores da literatura, ao tratarem do mais contemporâneo, não sabem que fazer, habituados como estão a arrumar as personalidades em mais ou menos vastos rótulos grupais, independentemente de ser sempre difícil de perto ver a floresta por causa das árvores, tal como é demasiado fácil só ver a floresta na distância em que as árvores se não distinguem. De resto, a tal ponto a crítica se viciou no uso desses rótulos, e que são sobretudo um reflexo dos hábitos literários do século XIX prolongados no nosso (e com origem nas Academias Barrocas do século XVII e nas «arcádias» do século XVIII), e em que se baseou a sistematização, então fundada, da historiografia literária, que, se sem hesitação destaca individualmente os grandes escritores do passado (em cuja sombra desaparecem, às vezes injustamente, os menores seus contemporâneos), torce-se para não fazer o mesmo com os mais contemporâneos — do que deve concluir-se que, em história literária como em crítica hebdomadária, tudo é afinal uma questão de sombra...

A «modernidade», de hoje em dia, e grande parte do aparente experimentalismo que se propõe como Vanguarda, são na maioria dos casos meros produtos da sociedade de consumo e de promoção burguesa: a diferença apenas está em que, hoje, o que se disfarça de «moderno» é facilmente aceite pelo snobismo e pelo possidonismo culturais de uma massa totalmente desorientada, e que é controlada pelos analfabetos funcionais que na verdade são quase todos os que posam de intelectuais, enquanto setenta anos de repetidas e às vezes superficiais «vanguardas» fizeram que não haja «vanguarda» que choque alguém. Tudo realmente se passa num gigantesco tédio e num colossal vazio. Daí que os clamores de «modernidade» sejam muito mais altissonantes do que as obras respectivas. Espírito de *vanguarda* não é repetir à saciedade aquilo que muitas pessoas ignoram ou esqueceram que vem sendo dito há mais de meio século, nem é viver numa febre de auto-importância, que é um dos mais ridículos traços do escritor ou artista lusitano, nem é constantemente supor, ou fazer supor, que a «modernidade», num sentido vanguardista, é necessariamente apanágio dos mais novos (a altura e a actividade estética podem, como tudo, sofrer de retrocessos). «Modernidade», sem mais, é ser-se do tempo em que se vive (embora nunca ninguém saiba ao certo o que isso seja), mas «Vanguarda» é propor-se alguém uma superação desse mesmo tempo (talvez precisamente por ser tão incerto, ou tão igual ao que passou). Se assim não fora, a obra-prima do Modernismo português seria *A Amadora de Fenómenos*, de António Ferro, ou coisa assim, e não, por exemplo, a poesia de Fernando Pessoa. Da mesma forma, ninguém é mais moderno, ao fim de setenta anos de Modernismo, por escrever pílulas poéticas, endoidecer os tipógrafos com acrobacias de composição, ou por retorcer gongorismos que os grandes barrocos já fizeram com mais ciência, imaginação e génio. Tudo isso, quando tomado como *condição* de «vanguarda», é típico da mistificação que invadiu o campo da criação poética e da sua crítica. *Vanguarda*, hoje, é usar de todos os meios, mesmo os mais tradicionais, para caricaturar e destruir o pretensiosismo de que a poesia é alguma coisa de inefável ou transcendente, é manifestar, por todos os meios, uma revolta contra tudo o que o mundo actual deseja eternizar, mas é, sobretudo, libertar a linguagem das correlações lógicas e semânticas em que a falsidade social e moral se perpetua. Isto não deve ser identificado, de modo algum, com uma das tendências mais gerais hoje: que é a confusão da expressão, o caos do capricho metafórico — em que claramente se denuncia a divisão mesquinha em que quase todos apoiam a sua sobrevivência e a do que fazem. Ou seja, o não ser claro, para poder-se, ao mesmo tempo, sentir revolta e viver em conformismo.

Um outro ponto de fundamental importância é reconhecer-se que, se um espírito de «vanguarda» é de todos os tempos e lugares na modificação das direcções da expressão, o Modernismo como época literária morreu há muito, e apenas se prolonga hoje tal como o Romantismo ainda subsistia décadas depois de defunto. O que não obriga de modo algum à obsessão de criarem-se «ismos» como sinal e garantia de ser-se «vanguardista» e não «académico». O academismo do Modernismo é precisamente os «ismos» como obrigação social e histórico-literária.

Tendo presente no espírito que a maioria dos outros colaboradores desta iniciativa, segundo é prevalente costume, aproveitará a oportunidade que lhe é dada, para eternizar em volume os seus amigos e silenciar dos que acha que o não são, analisaremos alguns exemplos de mais proposta «vanguarda». Seja Exemplo I um poema de *Micropaisagem*, de Carlos de Oliveira, sem dúvida um dos poetas mais válidos do neo-realismo, e em que o tradicionalismo saudosista e simbolista se fundiu com conquistas expressivas do Modernismo. O livro (ed. de 1968) é formado por 12 poemas, todos eles divididos em números que são as sucessivas estrofes tradicionais, em que os versos da tradição modernista da estrofe livre se desarticulam em fragmentos. Mas a sequência discursiva persiste intacta, numa ordem sintáctica tradicional, e em que nenhum elemento de relação gramatical é suprimido ou elidido: «*O poeta/(e cartógrafo?)/observa/as suas/ilhas caligráficas/cercadas/ /por um mar/sem marés,/arquipélago/a que falta/ /vento,/fauna, flora/e o hálito húmido/da espuma,// pensando/que/talvez alguma/ave errante/traga/à solidão/do mapa,/aos recifes desertos,/um frémito,/um voo,/se for possível/voar/sobre tanta/aridez.*» Mais, nesta sequência cuja estrutura sintática é a do contínuo da prosa, a repartição sucessiva em «versos» não só não destaca as palavras concretisticamente, como acentua a que ponto a imaginação metafórica vai progredindo segundo a lógica tradicional, a partir da assimilação da composição poética ou do acto de compor ao isolamento de uma ilha deserta que, de gráfica, se torna real precisamente por efeito dessa progressão. É o autor menos o excelente poeta que tem sido? Não. Apenas sacrificou a sua musicalidade métrica a um arranjo externo mais conforme a certos gostos actuais. E, se não houvera praticado esse sacrifício, e tivesse conservado os «versos» que se lhe formaram na mente rítmica, teria, paradoxalmente, escrito alguns dos versos mais ambiguamente e ricamente musicais da sua obra: «*O poeta (o cartógrafo?) observa as suas ilhas/caligráficas cercadas por um mar/sem marés, arquipélago a que falta/ /fauna, flora e o hálito húmido da espuma,//pensando que talvez alguma ave errante/traga à solidão do mapa, aos recifes/um frémito, um vôo, se for possível/ /voar sobre tanta aridez.*» Nesta sucessão de 12-11- -10-11 e 12-12-10-8 sílabas métricas, com os seus *enjambements* acentuando a oscilação métrica, e repartindo abruptamente as unidades de verso, o discurso tradicionalmente estruturado e ordenado ter-se-ia «desarticulado» muito mais. E isto é o que sucede em toda a colectânea de notáveis poemas, pelo equívoco de querer ser aparentemente «vanguardista» um poeta que o é sem necessidade de aparências, mas também sem ostensividades formais.

Passemos ao Exemplo II, um poema de Gastão Cruz, recentemente seleccionado para *Líricas Portuguesas*, 4.ª série, por A. Ramos Rosa. Trata-se, e a epígrafe o patenteia, de uma glosa livre de um verso de Sá de Miranda. É formado por quatro estrofes, duas de quatro e duas de três versos, arranjo que sugere o soneto. Aliás a estrutura do poema, com exposição na primeira estrofe, repetição ampliada na segunda, e síntese bipartida sintacticamente pelas duas últimas, segue rigorosamente o esquema do soneto petrarquista do Renascimento e do Maneirismo. Todos os versos, menos o 4.º da primeira estrofe (que é de seis sílabas, unidade métrica da cesura do decassílabo heróico, e como tal o companheiro do decassílabo nas estrofes bimétricas da canção petrarquista), são decassílabos metricamente tradicionais (e o 1.º e o 2.º verso da última estrofe são um decassílabo separado pela 6.ª sílaba métrica), quatro dos quais «sáficos», sendo todos os outros «heróicos», inclusivamente e desarticulados. Esses sáficos concluem a primeira estrofe, a última, e são os dois últimos versos da terceira, pelo que a desarticulação que constitui os dois primeiros versos da última estrofe corresponde, no jogo rítmico, ao hemistíquio que termina a primeira. O poema não tem pontuação alguma (a mania da pontuação só começou com a expansão da tipografia no século XVI, não existe nos manuscritos coevos, e culminou nos gramaticões liceais do século XIX, quando já os simbolistas se libertavam dela). Há nele, porém, uma pontuação implícita (o poema acima estudado de Carlos de Oliveira conserva a pontuação convencional), comandada pelo próprio desenvolvimento do discurso: «*Que farei no outono quando ardem/as aves e as folhas* (,) *e* (,) *se chove* (,)/*é sobre o corpo descoberto que arde/a água do outono* (?) *Que faremos do corpo e da vontade/de o submeter ao fogo do outono* (,)/*quando o corpo se queima* (,) *e quando o sono* (,)/*sob o rumor da chuva* (,) *se desfaz* (?)/*Tudo desaparece sob o fogo* (,)/ /*tudo se queima* (,) *tudo prende a sua/secura ao fogo* (,) *e cada corpo vai-se/prendendo ao fogo raso* (,)/*pois só pode/arder imenso* (,) *quando tudo arde*» (.) Como é fácil de verificar, pela leitura seguida, e com o subtil jogo de «fogo» e «água», o discurso poético é perfeitamente convencional e tradicional na sua estrutura, à base de bi e trimembrações, e do anaforismo de *Que-que, quando-quando--quando*. A invenção que existe nele limita-se ao elegante uso da metrificação em desfasamento com os membros de frase, e à ambiguidade aparente que resulta da ausência de pontuação. Mais ainda que o poema de Carlos de Oliveira, o estilo evita a adjectivação directa, que só existe para *corpo* (*descoberto*), *fogo* (*raso*), e *corpo* (pois só arde *imenso*, quando...), sendo que a adjectivação empregada não é descritiva, mas definidora da situação metafórica — o que não sucede no poema de CO, com *hálito húmido, ave errante, recifes desertos,* e só com *ilhas caligráficas*. E é esse cuidado do discurso o que lhe dá o encanto que possui, dentro de uma tradição de modernismo contido e controlado.

Seja Exemplo III, da mesma antologia, um poema de Armando de Silva Carvalho, a segunda parte de

*Os Resíduos do Campo* (a primeira deu uma descrição de arrabalde, subúrbio, lixo, pobreza, para concluir pela afirmação de que a única canção que o povo ainda canta é a *música suave* das camas em que se constroem filhos). A composição desenvolve-se em três estrofes rigorosamente paralelísticas (cujo predicado é dado na primeira e subentendido nas duas seguintes), de dois versos cada, e conclui-se por três versos adversativamente introduzidos. Não há adjectivação alguma. Observemos a muito simples estrutura, formada por unidades tão ou mais breves que as de Carlos de Oliveira:

>   Um boi bate          nas pedras
>   o sapateiro          na sola
>   e a mulher           no filho.
>   Mas todos estão batendo  no silêncio.

À primeira vista, trata-se de uma pura banalidade, com uma pobreza absoluta da expressão. Mas, reparando melhor, aquele *boi* que bate nas pedras não faz sentido lado a lado do sapateiro (que, batendo sola, significa o bater mecânico de que se realiza com maior ou menor frustração o trabalho quotidiano), e da mulher (note-se que o poeta, num país aonde o mito da «mãezinha» faz parte do sentimentalismo popular e pequeno-burguês, não escreveu *mãe*, e escreveu «mulher», termo que só se emprega em sentido genérico ou para conotar indivíduo feminino das classes inferiores) que no filho se vinga das suas frustrações. Abrindo os paralelos em série, ele não é insólito, mas é-o com os outros a seguir, e para mais associado a eles na estrofe final. Que significa este boi que não é uma relação de trabalho, nem uma relação de família? Por certo que o homem em geral, paciente e no entanto teimoso e irritado, malhando animalmente *nas pedras*. E que ele seja associado aos outros dois elementos, no esclarecimento final, quando é dito que os três *estão batendo* (repare-se na transição para a forma perifrástica e, dir-se-ia que à brasileira, com particípio presente, em que o acto de bater é prolongado, do mesmo passo que se acentua o significado profundo e inútil do triplo acto), não em algo de exactamente paralelo às *pedras*, à *sola*, e ao *filho* (como faz o paralelismo banal), mas em algo que, sendo *o silêncio*, não é sequer um resumo destes três, faz desta a palavra-chave do sentido do poema. O arranjo dos versos e das estrofes parece repetir o que é tão comum de hoje em dia, e é a preocupação de não escrever versos longos, por medo a ser-se catalogado de «discursivo». Mas tira partido dessa estrutura formal e da própria despojada simplicidade da expressão, menos por preocupações de forma do que para tornar mais incisivo o «silêncio» final.

Nos três exemplos citados, a que poderíamos acrescentar exemplos de discursividade apoiada no jogo das metáforas (de que um Herberto Hélder seria notável exemplo), ou do experimentalismo «concreto», observa-se o intento de usar de fórmulas de Vanguarda, ou de transferir a fórmulas de Vanguarda as tradicionais, ou de usar de umas e de outras para criar um efeito expressivo. Mas, em todas, o discurso gramaticalmente convencional não se alterou, nem foi caricaturado ao nível de si mesmo e do que ridicularize ironicamente os próprios esquemas, convencionais ou não, da metrificação. São estes poetas menos «modernistas» do que os seus antecessores?

Mais «vanguardistas» do que eles? Sim e não. Como os antecessores, debatem-se no beco sem saída do formalismo tomado como a solução para uma nova expressão: e é precisamente o que contemporaneamente se observa na prosa de ficção, que se esforça por quebrar as fronteiras da causalidade «realista» tradicional e da sucessão cronológica, como das motivações psicológicas. Mas nenhuma transformação será efectiva, se não se dirigir contra a «poesia» enquanto tal, entidade mítica a depôr do seu trono, e contra a linguagem mesma, cujas categorias lógicas ainda obedecem à imposição de uma ordem político-social. Neste sentido, mais velhos ou mais novos, todos estamos no mesmo saco, cujos limites se deseja quebrar. E poderia dizer-se que o paradoxo do Vanguardismo tem sido o de aceitar realizar-se no campo de experiências que a Ordem constituída lhe deixa livre, e em que necessita dele para reafirmar-se. Enquanto isso não fôr superado, e quando não é eventualmente superado, toda a gente é boi batendo na pedra e no silêncio, e acabando arquivado nas histórias literárias, ou nas selectas mesmas, como exemplo de como se escreve *bem*, na tradição milenária do Trono e do Altar, sejam estes quais forem. Poderia acrescentar-se, então, que o Vanguardismo não se realizará, se persistir na obrigação de ser «moderno», sem prejuízo de ser-se «moderno» ser uma categoria activa. Isto, no caso português, implica o abandono de um mito que tem sido usado durante décadas: a ideia de que chorar em verso irónico, triste, ou sarcástico, a condição do «povo» e da incomunicabilidade do poeta com esta entidade abstracta é realmente *resistência*. Na maior parte dos casos, é apenas uma técnica de *sobrevivência*. E o que só faz por sobreviver é tragicamente tão desprezível como o que lhe impede que viva. Do que se conclui que, no tempo que nos é dado, discutir da «modernidade» é tão absurdo, ou mais, que inquirir do sexo dos anjos — problema este de palpitante interesse, quando já Fr. Bartolomeu Ferreira, pilar da Ordem e censor de *Os Lusíadas*, avisava que os Deuses dos Gentios são Demónios.

Santa Bárbara, Califórnia, 1 de Maio de 1971.

# A Terra dos Pais e a dos Outros ou breve introdução a um livro de Alexandre Pinheiro Torres

(1972)

Este quinto volume de poemas de Alexandre Pinheiro Torres creio eu que inicia uma segunda fase da sua poesia, aliás já anunciada, em 1968, em *Ilha do Desterro*, o livro que ele publicou após quinze anos, não de silêncio, mas de não publicar colectâneas de poemas (e lançara três, de 1950 a 1953). Se começo por estabelecer essa diferença entre aquele livro e o presente, é por me parecer que, entre ambos, se significam uma nova continuidade poética, há, apesar do grande valor e interesse daquela «reaparição», uma nítida diferença de qualidade. Entenda-se qualidade, porém, no sentido exacto de o que é essencialmente diverso, de diferente natureza. A temática de ambos os livros tem muitos pontos de contacto — o evocar de memórias para transformá-las em poemas, nos quais personalidades que foram importantes para o poeta, ou lugares em que ele viveu e cresceu, se transfiguram em pessoal expressão. Mas não só há nesse método uma mais intensa concentração neste livro, como a recriação linguística se exerce aqui com um vigor e uma originalidade que, naquele, mais directamente partiam de uma imagística mais tradicional e de uma sintaxe e de um jogo semânticos menos entregues à liberdade (ou, mais precisamente), à paixão de serem inventados. O poeta que reaparecia em 1968 quase se separava do que, na obra anterior, havia sido literatura de si mesmo, para atingir uma expressão emocionalmente directa e uma linguagem só não despojada do directamente efectivo (no que se incluem a ironia e o sarcasmo que sempre foram características suas), apoiada nas estruturas coloquiais da linguagem falada, e saudavelmente não recuando, por falsas delicadezas, de a usar até àquela aparente grosseria que os delicados e os hipócritas fingem não ser «poesia» (quando o foi na de todos os tempos). Naquela separação, estava já o germe do que viria depois — e é este *A Terra de Meu Pai*, sem dúvida um dos mais belos e comoventes livros da poesia portuguesa, nos últimos anos.

Em 1958, quando apenas os três primeiros livros deste poeta estavam publicados, eu disse que ele patenteava «grandes dotes de uma inquietação lírica e de visão profunda, que uma expressão rica, muito dúctil e volúvel, por vezes cinge com relevante vigor e uma notável capacidade para a construção do poema longo» (*Líricas Portuguesas*, 3.ª série, Portugália Editora, 1.ª ed., p. 362) — e perdoar-me-ão que seja eu a citar-me de uma antologia que, em muitos anos, outros têm citado tantas vezes. O que então disse e considerei que era a verdade encontra, todavia, neste livro, não tanto confirmação (desnecessária, pois que eu falava da obra até àquela data), quanto uma espécie de realização de profecia (e não havia nada de tal intenção naqueles juízos). Porque são os dotes de inquietação lírica e de visão profunda, uma expressão rica e muito dúctil e volúvel, o vigor e a capacidade para a construção do poema longo (ou, se quiserem, de uma sequência de poemas que, brotados de um tema central, se articulam e unificam pela síntese de outros temas com aquele), que eu entendera visíveis nos primeiros livros, o que, neste, atinge esplêndida realização.

Se os temas da «ilha» e do «desterro» estavam presentes no memorialismo do livro anterior, para transcendê-lo como crítica social e criação poética (aquela «Ilha do Desterro» era o nome de uma «ilha» na Póvoa do Varzim, pobre conglomerado urbano, cerca da casa em que o poeta foi, menino, morar mais sua família) [1], eles identificam-se, agora, mais concretamente, à ilha de S. Tomé aonde seu pai viveu e administrou, e, nessa identificação, transformam o exílio e o isolamento na terra de nossos pais, nas ilhas que somos e em que vivemos, e no mundo que nos é negado, tanto na pátria como alhures. Isolados e exilados vivemos todos, mas não porque isso seja inerente a uma condição humana, ou porque esteticisticamente nos comprazamos em como tal nos vermos em grandes prazeres de desespero simbolista, e sim porque, mais profunda e mais extensamente, os senhores do mundo nos roubaram até o direito de escolher o próprio exílio e o próprio isolamento, se a nossa liberdade os desejasse, para nos imporem o exílio deles e o isolamento deles, sem alternativa alguma.

[1] É de muito interesse, e na sua despretenciosa modéstia exemplo das informações e notas de ordem local, às vezes extremamente interessantes para a compreensão de pormenores de poemas referenciais, que a ciência e a crítica literárias consideram indignas do seu majestoso e inspirado (em Portugal) saber, o artigo de João Marques, «Introdução à leitura da *Ilha do Desterro* de Alexandre Pinheiro Torres», em *Boletim Cultural da Póvoa do Varzim*, vol. X, n.º 1, 1971, abundantemente ilustrado.

Mas, e neste livro isso queda muito claro, o passo das memórias às identificações superiormente significativas não se processa só por uma passagem do individual ao abstractamente «humano». Seria muito distraidamente nascido em Portugal o poeta que saltasse de si mesmo para o geral da humanidade, sem levar consigo como que um sarro amargo, uma tristeza raivosa, algo de um uivo doloroso que transportamos em nós, há oito, há pouco mais de cinco, há pouco mais de três séculos, ou há século e meio, há um século, ou há meio, conforme as efemérides de que se conte o nosso destino em situação. Assim, a «ilha», o «deserto», a «terra paterna» são igualmente uma transição inescapável entre a pessoa do poeta e a humanidade de que fala: aquele canto de solidão e de agonia, aonde se nasceu, tanto para amá-lo como para não ser amado por ele. É Portugal um canto tão estranho, que dir-se-ia que toda a gente lá nasceu *para ser a mais*, estar a mais. Talvez seja por isso que tanto se comemoram centenários de dignos ou indignos: comemora-se, ao mesmo tempo com alívio e com inveja, a liberdade que a morte lhes deu, sem lhes perguntar onde viveram ou fugiram de viver, nem que língua aprenderam, juntamente com as glórias, pouco depois de nascidos.

Erro seria, e não corresponderia às intenções deste livro, considerar em sentido absoluto o que acabo de dizer. Nada há de tão longo que não mude, nada de tão numeroso ou tão intenso que se não modifique na sua essência, nada de tão triste que dure sempre; e mesmo um demorado e generalizado conformismo leva necessariamente em si a contradição que há-de destruí-lo. Nunca nada ou ninguém, nem mesmo os deuses, escapou à lei fundamental do ser e do não ser, segundo que o universo se amplia, o nosso mundo se transforma, e a vida nele se refaz. Mas duas reservas cortam estas esperanças imanentes: por um lado, nunca o que resulta de uma transformação se identifica com o nosso sonhar dela; e, por outro lado, uma vida humana (e é o que todos sempre tivemos e temos) é muitas vezes curta, mesmo para esperar-se pela desilusão trazida pelo que se esperou com excessiva esperança. Se «condição humana» invariavelmente existe (sempre em resultado de tudo o que varia), é essa de sonhar a mais e de ter tempo a menos. Com algo mais: a morte que é sempre fortuita, ainda que trazida por anos a roer--nos, e sempre injusta, por não ter que ver com os nossos sonhos, as nossas desilusões, ou mesmo com o desejo que nos faça amá-la, ou o cansaço que nos leve a aceitá-la. Desta morte comovidamente fala este livro.

Mas como fala este livro? Os seus trinta e oito poemas organizam-se todos por quartetos, o que lhe dá uma unidade estrófica imediatamente evidente. O número de quartetos por poema varia de *um a nove*; e a totalidade de quartetos do livro, dividida pelo número de poemas, dá uma média de 4,5. Poderia suceder que o poeta tivesse muitos poemas de poucos quartetos e vários de maior número, para ter-se esta média. Não é, porém, o que se passa: vinte e dois têm menos que a média, e dezasseis têm mais. Com três quartetos há *dez* poemas; com quatro, há *sete*; com cinco, há *seis* — mas com dois há só quatro, e com seis apenas três. Pelo que os poemas com 3-4-5 quartetos predominam, e constituem (23) quase 2/3 do livro. Como varia o número de quartetos na ordenação da colectânea? Nos primeiros dez (poemas de uma a oito estrofes), nenhum número se repete contiguamente, e só numa contiguidade há dois poemas com diferença de uma estrofe. Nos vinte e oito seguintes, a repetição na contiguidade é de regra, havendo *oito* grupos com o mesmo número de estrofes, ou mais ou menos uma, que incluem vinte e quatro daqueles poemas. Os poemas mais longos (nove quartetos) formam aí um par, e seguem-se a um de oito estrofes (de que há quatro no livro, dois dos quais entre estes vinte e oito poemas). Mas, entre estes, estão também, e por vezes em sequência compacta, catorze dos dezassete poemas que, no livro, têm 3-4 quartetos.

Para melhor compreendermos o que isto estruturalmente significa, notemos que o livro está dividido em *Endereço* (um poema), *Meditação no Cais de S. Tomé* (oito poemas), *Paisagem para Um Homem Só* (oito poemas), *O Espaço entre as Palavras* (doze poemas), *O Fim Não Extremo* (nove poemas). Que o poeta sentiu ser 4-5 o número médio de estrofes do livro, patenteia-se em que o poema que serve de abertura tem quatro estrofes. Mas, provavelmente sem o ter sentido, ao organizar ele o livro naquelas diversas partes, o seu senso íntimo levou-o a respeitar, em todas as partes, a média: com efeito, ela é 5, 4,5, 4,7 e 4, apesar do diverso número de poemas nelas e da variada extensão dos poemas nelas agrupados. Conclusão sem dúvida extremamente curiosa. A ondulação das médias das sucessivas partes, por sua vez, como que reflecte a ondulação do número de estrofes dos poemas acima e abaixo da média. Esta tendência é tão real, que, se trinta e sete dos poemas se distribuem por quatro partes, em número diverso, a última parte tem nove, que é precisamente a média do número de poemas nas quatro. Aliás, se o poema de abertura tinha quatro estrofes, a média do número de estrofes por poema, nesta última parte, é *quatro*, como se o poeta desejasse que essa média ecoasse aquele módulo inicial.

Dissemos, acima, que não há nos dez primeiros poemas do livro uma contiguidade de igual número de estrofes por poema (e só uma vez há uma contiguidade com diferença de uma), enquanto tal contiguidade ou com diferença de uma é de regra nos vinte e oito seguintes. Como se coaduna esta observação com as que fizemos sobre as partes em que o livro se divide? Note-se que os primeiros dez poemas incluem o de abertura, os oito da primeira parte, e o primeiro da segunda. Este último é, no livro, o único com uma só estrofe — e é evidente que, constituindo a abertura da segunda parte, está para ela como o de abertura do livro está para o poema da primeira parte, que imediatamente se lhe segue. Tanto assim é, que, se aquele de abertura geral tinha quatro estrofes e é seguido por um de oito, que abre a primeira parte, o de uma estrofe, que abre a segunda, é seguido por outro de quatro. Mais: o 18.º poema, que abre a terceira parte, tem duas estrofes, e é seguido por outro com cinco. Uma conclusão se impõe: o poema de abertura e a primeira parte, num total de nove poemas, constituem um conjunto que, apoiado na charneira que é o 10.º poema a abrir a segunda, serve como que de introdução geral aos restantes poemas — naquele primeiro conjunto de dez poemas a repetição de número igual de estrofes, em contiguidade, não existe, e é de regra, como apontámos, nos restantes. Isto corresponde exactamente ao desenvolvimento da sequência: o poema de abertura introduz um tema aglutinante e central que dá o título ao livro; e a primeira parte, sob o disfarce de referir-se a S. Tomé e ao pai do poeta, introduz, com o tema da «ilha» e o do «desterro», a identificação de Pai e Filho, e o de «ilha do desterro», com um destino português — o que, na sua significação mais ampla, é sublinhado pelo 9.º poema, último da primeira parte, composto de uma sequência de três, e que se chama e é, nesses termos, *Definição de História*. E nenhum outro poema do livro é assim formado por uma sequência (aliás de três partes, o número de partes que, no livro, a ele se seguem).

Observemos agora o que se passa com os sucessivos conjuntos que são o poema de abertura mais a primeira parte, a segunda e a terceira, que são começadas por poemas dos mais breves, e a quarta parte. Consideremos o número de estrofes dos poemas que os abrem e encerram, e tenhamos em conta o máximo e o mínimo número de estrofes por poema, nelas:

| Partes | Número de poemas | N.º de estrofes no poema Inicial | N.º de estrofes no poema Final | M | m |
|---|---|---|---|---|---|
| A + I | 1 + 8 | 4 — 8 | 5 | 8 (2) | 2 |
| II | 8 | 1 | 7 | 8 | 1 |
| III | 12 | 2 | 9 | 9 | 2 |
| IV | 9 | 9 | 2 | 9 | 2 (2) |
| Médias | 9 | 4 — 5 | 6 | 8 | 2 |

A análise deste pequeno quadro mostra-nos que o número de estrofes dos poemas que abrem cada parte, apesar de variação de valores, respeita, em média, a média geral de 4,5 estrofes por poema, que é a do livro inteiro, e que essa coincidência é afirmada até pela variação resultante de considerarmos A + I, começando por um poema de quatro estrofes, ou só I, começando por um de oito. Todas as partes, independentemente do seu número de poemas, e da variabilidade de estrofes neles, possuem pelo menos um poema com um dos dois valores máximos de número de estrofes (8 e 9), que só seis poemas possuem no livro; e todas possuem pelo menos um poema de valor mínimo de estrofes (1 e 2), que só cinco poemas no livro têm. A média dos máximos e mínimos é 5, que está decididamente próxima do módulo 4 do livro, indicado pelo poema de abertura. A média 6 do número de estrofes dos poemas finais de cada parte, levemente superior à do número das que têm os poemas que as começam, reflecte a forte diferença ascendente, entre os poemas iniciais e finais das duas partes intermédias, que só a última parte, em sentido inverso, compensa. Note-se como a primeira parte começa com oito estrofes num poema e acaba com cinco, a segunda com um para acabar com sete, a terceira com dois e acabando com nove, e como a última começa com um poema de nove estrofes e termina com um de duas. Isto corresponde internamente, e em conjunto com as observações imediatamente anteriores, a uma simetria que aqui se revela. Se a primeira parte constituía, como já apontámos, uma introdução em relação ao total dos restantes poemas do livro, estes, por sua vez, nas três partes em que se agrupam, têm sentidos simétricos e sucessivamente complementares. A segunda parte, *Paisagem para um Homem Só*, é aquela em que o tema da solidão exilada se aprofunda a ponto de opor-se à circunstância que a primeira parte definira. A terceira parte, *O Espaço entre as Palavras* (e até como o seu nome indica) amplifica essa oposição e transporta-a para o plano da crítica da comunicação possível e da correspondente construção de uma poética *in extremis*. E a quarta parte, se em simetria directa com a primeira reafirma as circunstâncias trágicas, em simetria inversa com as partes intermédias (ou especificamente com só a anterior) resolve no plano da morte e do desespero poético a oposição que elas haviam erguido. Pelo que se vê que, numa estrutura autêntica, mesmo estas simples aritméticas a revelam e sublinham, por serem integrante constituinte da significação, como não podia deixar de ser. Repare-se, o que mais acentua o carácter de «ritornello» e «coda» resolutiva da última parte, como o poeta, se terminara a terceira (que culmina a sucessiva exposição e discussão temática das partes anteriores) por um par de poemas de oito e nove estrofes, abre essa última parte por um poema de nove estrofes, que é o último poema longo do livro, e, depois dele, os restantes oito poemas do livro são uma sequência cerrada de poemas com quatro, três ou duas estrofes — e o último par com duas cada, num derradeiro martelar de epigramáticas reiterações.

A rima é rara e ocasional no final dos 172 quartetos do livro, distribuídos pelos 38 poemas. Mas não tão rara e ocasional, em sentido amplo, quanto possa parecer à primeira vista ou ouvido. Várias vezes ao longo da obra ela aparece toante, e, muito curiosa e originalmente, em formas aliterativas e até de acentuação (*translúcido — cadáveres*) — o que é de apontar-se, já que se não tem, em geral, a noção de que a rima, ou sugestão dela, possui diversas formas de manifestar-se. Esta situação da rima no livro está estreitamente relacionada com a própria estrutura do discurso poético. Uma das mais evidentes e constantes características deste é (como já sucedia no livro anterior do poeta, mas não com tal frequência) o sintáctico *enjambement* ou *overflow* violento, que vai mesmo ao ponto de separar, do final de uma estrofe para o começo da seguinte, a contracção preposicional *à* e o nome que ela esteja a reger. Disto resulta que a rima ou sugestão dela se organiza de forma inesperada ou demasiado «ocasional» para os ouvidos e vista habituados à consonântica dentada dela, e que, por outro lado, ela se integra na continuidade do discurso, ao mesmo título que as rimas de qualquer espécie que internamente aos versos ocorrem. Um tal tipo de estrutura do discurso poético parece à primeira vista colidir com a absoluta regularidade estrófica do livro inteiro, já que os quartetos raramente são unidades sintacticamente periódicas, por incluírem no começo o final de uma, e no fim o começo de outra que se conclui na estrofe seguinte. Mas a sobreposição da regularidade estrófica, constante do livro, e do amplo *enjambement* também uma constante dele, não é tão arbitrária quanto parece — pelo contrário, corresponde essencialmente às intenções da obra. De facto, poderia parecer que aquela regularidade estrófica é uma persistência das metrificações tradicionais, enquanto aquele *enjambement* seria uma contraditória aderência do poeta a formas contemporâneas do discurso poético que em versos se reparta e que, em várias línguas, tem caminhado para a quebra total de uma relação necessária entre o verso e este construído com uma unidade, ainda que parcial, do sentido global. Sucede que a forma do quarteto ou quadra foi sempre uma das preferidas do autor, como se observa nos seus livros anteriores, e não há lei que o proíba de continuar-lhe fiel — e que a permanência dela, e em absoluto, neste livro, se é manifestação dessa fidelidade, é também uma metamorfose dela para fins expressivos. Com efeito, a intenção modular do livro e a sua correlação com o sentido dele ficaram acima provadas. E, se um discurso continuado, ao mesmo tempo se enquadra (passe o trocadilho) nos quartetos e os desrespeita constantemente, por certo isso significa algo de muito essencial. O quê? A sobreposição da *ilha* que o quarteto simboliza, e do desesperado desejo de sair-se dela — e de ultrapassar-se uma *alienação* fundamental — que o *overflow* violento sublinha, assim, com maior intensidade.

Metricamente, os versos do livro, até — registe-se já — aos quatro últimos poemas deles, são esmagadoramente compostos de uma oscilação silábica à volta de 10 e 12 sílabas — versos (sobrepondo ou dicotomizando a silabação vocabular e a prosódica) de 9, 10, 11, 12, 13 sílabas. Menos que nove (e nunca menos de sete, como no livro inteiro) é coisa raríssima nos primeiros trinta e quatro poemas: curiosamente, a única concentração deles constitui o 10.º poema, que abre, em estrofe única, a segunda parte (o que é adequado prenúncio do que sucederá nos poemas epilogais do livro). A buscada ou aceitada irregularidade métrica naqueles versos de 9-10-11-12-13 sílabas (e, de um ponto de vista estrutural, é perfeitamente indiferente saber-se se o poeta a buscou de propósito, ou ela lhe veio assim e ele aceitou que assim fosse), irregularidade que se cifra na própria ambiguidade métrica de cada verso, na dureza resultante de cacofonias e de hiatos, e nas quebras da unidade sintáctica (ou na sequência de membros parciais de frase), tem sem dúvida um profundo sentido. O quarteto foi sempre, na tradição, predominantemente decassílabo ou alexandrino — mantê-lo como ilha inevitável e formá-lo de tais hesitações e rudezas métricas (que são e não são verso livre) corresponde por certo não apenas a uma afirmação de revolta, mas a uma intenção de destruição e libertação *desde dentro*. Não é isto, obviamente, uma regra geral da metrificação contemporânea, nem está necessariamente correlacionada com rebeldia ou conformismo a obediência ou desobediência a ela. Mas é, aqui, a maneira que o poeta encontrou na sua inspiração, ou que queira chamar-se-lhe, para equacionar a relação íntima entre a sua libertação formal e a liberdade impossível, e do mesmo passo trabalhar esteticamente por esta última, nos termos de identificação Pai-Filho e Pátria-Ilha, como também entre o Não-Poeta que sofre e o poeta que diz, que são a raiz temática do livro. Os versos de oito sílabas, com um discreto acompanhamento de versos de sete, começam a dominar nos poemas 34 e 35 sobre os de dez e onze. O poema 36, como uma despedida e uma lembrança, é de verso *quase* de dez sílabas, e o mesmo acontece ao 37. Mas o último, epílogo dos epílogos, é libertadamente em redondilha (e, sendo-o, regressa a uma medida tradicional regular, que é todavia, ao contrário do decassílabo e do alexandrino, a da lírica «popular»). Não por acaso este último poema é uma afirmação (*Grito*, se chama) de renascer, que o poeta expressamente põe na sua própria boca, sem correlações identificatórias (que já todas se resolveram anteriormente). Mas — e é da maior importância dramática — o poema não dá o poeta como renascido na e para a vida, como aconteceu regularmente em décadas de neo-realismo superficial e fácil, e sim dando o seu grito de nascituro, «*no mundo dos mortos*», e dando, assim, «*dentro da morte o grito/nunca dado dentro da vida*». Nas duas quadras do último poema, o último verso, que é o segundo citado, tem na verdade oito sílabas métricas. Como se, ao fim da trágica demonstração que o livro é, tivesse de ficar bem claro que o mergulho na tradição popular não se efectua impunemente, nem ela, por si, resolve coisa alguma. Todas as tradições são hábitos que ou a riqueza conserva ou a pobreza alimenta. No primeiro caso, significam que o passado morreu, mas dele se faz algum alimento livre da comunidade humana (quando se não faz o luxo de nos fingirmos o que já não somos); no segundo, que é o que mais nos importa na terra de nossos pais, apenas significam que o passado nunca morreu o suficiente para renascer livre de misérias e de sujeições indignas, que fazem mesmo a redondilha ser uma forma de alienação. E, por isso, não podemos senão renascer num mundo de mortos, ou quando os falsos vivos morrerem de vez (e, num tal contexto de desterro e exílio ilhado, não há quem possa ter a falta de humildade de supor que o não é), ou quando, de entre os mortos, a nossa voz se erguer numa liberdade que não conheceu na vida (e esse, desde pelo menos os tempos da celebrada *austera, apagada e vil tristeza*, parece que tem sido o destino dos portugueses, como nestas palavras sublinhou amargamente o maior de todos). Que todavia o poeta sinta que dará então um *grito* de nascituro, deixa em dolorosa abertura a dúvida de se, então como sempre, por circunstâncias a que não aprendemos nunca a escapar, o grito não irá ter às orelhas de *gente surda e endurecida*, apenas empenhada, na estreiteza da ilha, em devorar-se e sobreviver-se. Tudo isto, à sua maneira e não à deste prefácio, o poeta o diz pela linguagem sarcasticamente solene que é a do seu livro. Evocações, termos rigorosamente precisos, imagens, metáforas, distorções vocabulares e sintácticas, variações semânticas, membros de frase incompleta, vocativos, encadeamentos regidos apenas pela lógica interna da indignação e da amargura, diversos níveis de linguagem desde a retórica ao coloquialismo e à gíria, se misturam e entrechocam para carregar de pungência, no misto do *enjambement* e da interrupção abrupta, o sarcasmo que seria gratuito se não fosse solene, e a solenidade que seria ridícula se não fosse sarcástica. Assim, no fogo continuado das unidades modulares de que o livro se organiza, há como que o arquejo angustiado de uma vida fracassada e frustrada que é a do simbólico Pai.

Sirva-nos de exemplo para análise o terceiro poema do livro: *Super flumina*, cujo título abertamente refere a situação do salmo famoso que tantas glosas poéticas inspirou nas épocas Maneirista e Barroca (com a glória das redondilhas de Camões à frente delas), na Península Ibérica dos marranos, dos judeus exilados, ou de católicos bíblicos e alumbrados [2]. Isto

---

[2] Para aprofundamento destas questões e informação acerca delas, recomenda-se a leitura dos dois amplos verbetes do autor, *Alumbrados* e *Babel e Sião*, ambos parte do 1.º volume, terminado e publicado em 1977, do *Grande Dicionário de Literatura Portuguesa e de Teoria Literária*, dir. de J. J. Cochofel, Iniciativas Editoriais. Um e outro são indispensáveis para elucidação de toda uma corrente complexa de religião e ideologia no século XVI peninsular, e de um dos maiores poemas do maior poeta da língua portuguesa, as redondilhas *Sobre os rios que vão*, corrente essa em que portugueses se integram ou parti-

toca-nos de perto: quem não é, se pensa e escreve, um cristão-novo suspeito e invejado?

*Ó desamável pátria minha Tens vivido* — ao vocativo anunciador da personagem a quem o poema se dirige, e que é *des-amável* (com o que isto implica de negação do amor e da amabilidade = = afabilidade), segue-se a afirmação de que ela tem vivido (de algo).

cipam, juntamente com castelhanos de influência portuguesa, e que teve nos reinos da Espanha numerosos e ilustres partidários que a Inquisição perseguiu. Se não é lícito, necessariamente, identificar os católicos eruditos, partidários da revisão dos textos bíblicos que eles consideravam mal traduzidos (como é o caso do grande poeta e catedrático de Salamanca, Fr. Luís de León), ou os frades e freiras espiritualizantes e místicos, sedentos de reforma religiosa, e perseguidos tremendamente (como foi o caso de Santa Teresa de Jesus e de S. Juan de la Cruz, aquela um dos grandes escritores de prosa mística e memorialista em qualquer tempo e lugar, este um dos maiores líricos de qualquer língua no seu erotismo ardentemente religioso), com os *alumbrados* (grandes personalidades como Fr. Luís de Granada, ou como S. Francisco de Borja, o ex-duque de Gandia que veio a ser Geral dos Jesuítas, ambos de fortes laços portugueses, foram tidos como «suspeitas», sem que, de certo modo, o merecessem), o caso é que toda esta gente desejava uma espiritualização liberta das formas exteriores do culto religioso, ou um aprofundamento douto da religiosidade, uma e outro parentes próximos de um «reformismo» espiritual, altamente suspeito à ortodoxia, e de que um Montemór ou um Camões, como muitos dos seus contemporâneos, não estão isentos (e note-se que os «Alumbrados» & C.ª nunca se quiseram *contra* a Igreja, nem se viam como tal — a Igreja é que não era da mesma opinião, quando os perseguia ou os punha no Index, por conta própria ou por denúncia de cristãos-velhos que, em muita de toda a gente acima referida, cheiravam o fumo das fogueiras em que os avós judaicos que eles tinham tido haviam ardido, ainda que os netos fizessem o impossível para esconder esses antepassados recentes (porque judeus na família, perdidos entre a ancestralidade, até as Casas Reais, e as dos Grandes, tinham nas Espanhas, e os apontavam uns aos outros quando se tratava de lutar por uma comenda ou um favor do governo...).

*do sangue de teu Filho  Mas agora* — o segundo verso declara aquele algo, e introduz, em oposição, qual seja a situação presente daquele Filho de cujo sangue ela se tem alimentado.

*que toco teus seios de maçã tudo* — após a adversativa e o advérbio de tempo (que ficaram ligados numa mesma unidade métrica ao «sangue de teu Filho»), temos o que concretiza a circunstância temporal, o tocar dos seios dela, da pátria, que não são *como* mas *de* maçã (em que temos, dentro da metáfora, a transformação desta mesma em metáfora de grau superior). Este verso, porém, marca a transição do nível da retórica discursiva dos dois primeiros, para o do metaforismo que dominará as duas estrofes seguintes do poema. No final do verso, temos já a indicação de que «tudo» se terá modificado por aquele toque.

*me é indiferente  É tão fácil a* — essa modificação, todavia, faz-se por uma súbita e breve descida à simplicidade da fala correntia: depois da solenidade do começo e do metaforismo que se lhe seguiu, afinal o que aconteceu foi apenas uma indiferença total, um «tanto faz» que é implícita crítica à própria assimilação da pátria a uma mulher de seios duros e carnudos, desejável (o que, se nos lembrarmos do papel bíblico da *maçã*, significa ainda mais), e cuja tentação pode fazer esquecer o vampirismo da natureza dela (aliás, é das lendas dos vampiros que a vítima, após o susto inicial, sente enorme prazer dormente em sentir-se esvair).

*tua poesia de tramar lágrimas* Sei — o que é fácil ao poeta que se deixa levar pela tentação da mãe-madrasta (e acentue-se, semanticamente, a ambiguidade da língua portuguesa em chamar paternalmente *pátria* à terra-mãe, o que não pouco contribui para a ambiguidade sexual dos sentimentos patrióticos, submetidos a um complexo de Édipo, que não sabe para onde está virado) é o que esta pátria lhe oferece prontamente: uma *poesia de tramar lágrimas*. A gíria de surpresa, e o facto de «tramar» ser ao mesmo tempo «conspirar contra», «conspirar a favor de», e «prejudicar», acentuam vigorosamente a queda da solenidade no sarcasmo, e da metáfora na ironia que antes ficara apenas apontada. E aquela poesia é da tradição comum, à poesia e ao sentimento dito lusitano, que vive do sentimentalismo banal e da emoção fingida (que são traição ao sentimento e à emoção autênticas). Note-se que este verso é o primeiro da segunda estrofe, pelo que, na primeira, tudo ficou exposto se bem que não revelado — e é o *enjambement* entre ambas o que trará a explicação agressiva.

*teu parado sonho de passar em tudo* — a pátria que tão facilmente oferece a tramação das lágrimas regressa, mas marcada de gíria, ao metaforismo. Ela não sonha senão a negação do dinamismo vital, já que o seu sonho é passado e de passar em sonhos. *Passar em tudo* — em sonhos e na vida, sem que nada fique e sem que nada mude.

*por cavalos brancos e que o sol se* — o sonho da pátria é passar em tudo, não *como* cavalos brancos, mas «*por* cavalos brancos». O que significa que o sonho não vai sequer ao ponto de ela se ver montada, para o seu passar *em tudo* (não *por* tudo, mas mesmo dentro de tudo), em elegantes e sugestivos cavalos brancos. O *por* acentua que ela os usa, mesmo em sonhos, como que por procuração — ela vê-se cavalos brancos, mas não neles. Mas não apenas isto o poeta sabe (qual introduzira o verbo no final do primeiro verso desta segunda estrofe). Ele mais sabe que o sonho dela não apenas é aquele passar-não--passando à custa de cavalos metafóricos, mas é também algo que envolve o próprio sol ou seja a luz do mundo, reflexamente considerado.

*economize em todo o mundo não em ti* — aquele sonho implica, pois, além do já dito, uma mesquinharia egoísta em relação ao sol (e o *se economize* sublinha o carácter dito económico daquela pátria, um contar dos tostões de sol), que ela sonha a iluminá-la só a ela e não ao resto do mundo (ou pelo menos economizando-se para ela, e para as suas vaidades solipsistas). E o verso sublinha ironicamente o carácter absurdamente ridículo (e trágico) da Mãe-Pai que vive do sangue de seus filhos: isto é, exigindo deles o que lhes não dá. Com estas duas estrofes encerra-se, como veremos, uma primeira secção do poema.

*Crescem meus braços por teus ramos* — ou seja, o poeta vê-se abraçando voluptuosamente, com braços que se alongam, não um corpo mas uma árvore (o que já fora anunciado pelos «seios de maçã»), símbolo do que está radicado, não é animal ainda que ser vivo, e se diversifica em ramos para que os braços não chegam.

*esponjados Continua-te um céu* — aqueles ramos nada têm, todavia, da dureza e da compacidade dos ramos de uma árvore *normal*. São, não «esponjosos», mas «esponjados». A sugestão de *esponja* dá um carácter especial à expressão. Mas *esponjar* significa (Dicionário de Morais): limpar, absorver com esponja, etc., mas também «ressumar», «transudar», e ainda surripiar, eliminar. Isto como transitivo. Como intransitivo, significa sugar, chupar, tirar. O particípio adjectivado acumula tudo isso em si. E aqueles ramos são continuados, como em paisagens sucede a ramos, por *um céu*.

*em jejum de tempestade Beberes o meu* — o céu que poderia continuar a estranha árvore em que a pátria se tornou por sê-la, não é descrito senão por uma metáfora sociomoral: o céu tão sem tempestades, tão parado e indiferente, ou tão desesperadamente vácuo, que está em estado de *jejum* («jejum» que contrasta com aquele sangue que sabemos ser grande alimento da personagem em causa, e que vai reaparecer no fim do poema). A segunda metade do verso diz-nos que ela bebe algo que é do poeta.

*sangue é a forma de me teres e amar* — e o vampirismo da personagem fica completamente caracterizado, num retorno explícito, e não transposto («tens vivido do»), à afirmação inicial do poema.

Mas, se recordarmos as analogias arquetípicas entre o vampirismo e as diversas formas da posse sexual, o que o verso final diz, e está subjacente ao poema inteiro, é que aquela *desamável*, porque o é, devora insaciavelmente não só a vida como a virilidade dos seus próprios filhos, ou pelo menos aquilo com que eles fariam noutrem o que não fazem na esterilidade incestuosa dela.

Outros poemas deste livro são mais belos, mais profundamente comoventes, e mais ricos da diversidade linguística e estilística que apontámos. O que, porém, com este fizemos, se aliado ao que foi dito antes sobre os aspectos formais do livro, por certo que claramente define a alta qualidade e o notável valor de toda a sequência. Todos nós, os que passaram ou que já rondam os cinquenta anos, estamos, um por um, e todos em uníssono, a caminhar para ou a penetrar resolutamente nesta indignação profunda, nesta violência expressiva, neste decidido quebrar das peias de todas as tradições poéticas — mesmo aquelas de indignarmo-nos por tanto tempo. É qualquer coisa do rubro branco, e do impiedoso desenterrar de tudo, no lixo e na glória da vida. Qualquer coisa a que tudo é convocado, e não apenas as aderências de qualquer espécie, ou as graças de ser insólito ou desabusado, ou original pela superstição de sê-lo. Neste processo, que é um corajoso exame de consciência (tanto nossa como dos outros), vai alguma esperança e muito de adeus e maldição, chocantes para os que se agarram desesperadamente aos farrapos das cortinas que escondem a realidade, como aos trapos que se despegam da nudez daquela mãe que quereríamos tão bela, tão digna de nossos pais, tão amável para os nossos filhos. Diz-se que a nossa mãe é a única mulher que não temos o direito de ver nua. É também a que, homens, não temos o direito de possuir. Mas, para que ela não seja desnudada em praça pública, como se fazia na Idade Média às mulheres de mau porte (e houve algumas rainhas que não escaparam a tal injúria do povo), cumpre que ela seja materna e amorável, e que não se entregue incestuosamente até aos filhos que não gerou. E seja digna dos grandes livros de poesia que são escritos com a raiva do muito amor.

Santa Barbara, Julho de 1972.

## Camões: Novas Observações acerca da Sua Epopeia e do Seu Pensamento

(1972)

Celebramos este ano o quarto centenário d'*Os Lusíadas*. Por padrões contemporâneos de obsolescência, é sem dúvida uma idade muito avançada. E não penso que muitos escritores e críticos portugueses possam crer que chegou o tempo de eles lerem ou relerem um autor tão velho: a maioria deles continuará a pensar que celebrar tais antiguidades é dever e divertimento dos eruditos. Os leitores estrangeiros nem sequer ouvirão falar de este livro tão respeitavelmente velho de quatro séculos. Por outro lado, de hoje em dia, *Os Lusíadas* vieram a tornar-se uma obra bastante suspeita, por exactamente as mesmas razões que deram a essa obra fama internacional. A própria crítica portuguesa retrai-se perante ela, ou é-lhe abertamente hostil, uma vez que o livro se tornou de tal modo um símbolo da glória imperial portuguesa, e de tal maneira uma arma nacionalista para excitar o orgulho português de um passado que, e com razão, muitos consideram que ainda pesa demasiado na vida portuguesa. E, a estrangeiros, tão suspeitosos de intenções e tendências colonialistas na cultura portuguesa, poderá parecer que celebrar *Os Lusíadas* é de certa maneira uma capa para tais negros desígnios. É muito difícil separar Camões e a sua epopeia, do que os homens fizeram dela por séculos, usando-a para os seus pessoais propósitos. E, ao falarem a auditórios estrangeiros, raramente os estudiosos portugueses têm consciência de quanta crítica adversa tem prejudicado um claro e equilibrado entendimento daquela obra-prima. Quando a fama d'*Os Lusíadas*, e traduções da obra atingiram a Europa, para além dos limites do mundo hispânico, a epopeia era já demasiado maneirista para o gosto barroco e neoclássico ou, mais tarde, para os críticos do período Rococó, e a mistura de pensamento estóico e neoplatónico, em que Camões apoiara a sua estrutura, não estava já em moda, quer porque era demasiado religiosa, quer porque, em termos Protestantes ou Contra-Reformistas, não era religiosa suficientemente. Ainda hoje críticos eminentes se vêem aflitos para aceitarem a audácia e a coerência profunda com que Camões juntou o maravilhoso pagão e o maravilhoso cristão.

Quando há anos tentámos elucidar a «estrutura d'*Os Lusíadas*», o nosso propósito era múltiplo. Queríamos mostrar que a obra era extremamente equilibrada e arquitectonicamente sólida, ao contrário do que, em Portugal e no estrangeiro, muitos ainda pensam dela, se alguma vez se dignaram pensar em termos de estrutura de uma obra literária. Mas queríamos outras coisas mais. Revelar a arquitectura do poema era aproximarmo-nos, tão de perto quanto possível, das intenções de Camões, e compreender não só o tema, mas ele mesmo como poeta e homem. E, com revelar essa estrutura, podíamos dar início a um outro processo de revisão crítica — provar que o poema pode ser tido por belo, fascinante, e atraente para espíritos modernos, por essas intenções serem muito mais ambiciosas e universais do que se depreenderia da concepção tradicional de o poema ter sido escrito apenas para celebrar a História de Portugal. Por outras palavras: a epopeia de Camões é um grande poema, não só por ser a obra-prima máxima jamais escrita na língua portuguesa, mas porque transcende, para o seu próprio tempo e para o nosso, as limitações aparentes que tanto contaram para que tivesse sido considerada uma obra-prima. Por certo que a expansão portuguesa foi uma excepcional aventura; por certo que, para bem e para mal, mudou a face do mundo. Mas celebrá-la, mesmo com todos os dons do génio, não teria sido bastante para fazer da epopeia uma obra universal. E é facto que, através dos séculos, e a uma escala que ainda não foi sistematicamente investigada, o poema de Camões fascinou muitos grandes espíritos que não se sentiam necessariamente atraídos pelo esplendor das conquistas orientais. Claro que, mesmo em traduções muito livres ou infiéis, a grandeza de Camões transparece, e a qualidade da sua poesia pode ser pressentida. Mas é mais verdadeiro reconhecer que não só isso contribuiu para obviar muita da crítica adversa (demasiado catolicismo, ou deuses pagãos a mais, ou poucas aventuras pessoalmente passadas pelo herói, etc.). Algo mais. O quê? Só o génio de Camões, o seu poder de descrever e sugerir com elegância e emoção? Sim e não. E não, porque esse génio não teria bastado, se não tivesse sido um génio altamente complexo e fascinante.

Não nos deixemos cair na mais difícil de evitar das armadilhas da crítica, e que é o saltar-se dos talentos de um poeta enquanto tal, para as suas ideias, ou para as ideias que desejamos ou acreditamos terem sido as suas, e, nesse processo, perdermos de vista que nenhumas ideias fazem a grandeza de um poeta, a menos que cheguem a nós perfeitamente materializadas na vera textura das suas obras. Não é assim por acaso que acima falámos de *intenção arquitectónica*, e agora de *textura* ou *tessitura*. São planos diversos ou diversos níveis da análise de uma obra literária como *estrutura em si*, e para a sua compreensão íntima. Aquela intenção ou desígnio não é só as proporções e relações entre as várias partes componentes da obra, mas também o *sentido intencional* que tais proporções e relações constroem, a um nível já mais profundo que o das meras exterioridades de «forma» e «conteúdo». A investigação de tal desígnio ou projecto foi a nossa preocupação no livro sobre a estrutura d'*Os Lusíadas*, e tudo, se era para ser começado pelo princípio, teria de começar por aí. Longe de nós, é óbvio, a intenção de insinuar que *Os Lusíadas* ou o próprio Camões estavam ainda à espera do seu crítico, e que ninguém produzira trabalhos relevantes — muitos o fizeram, e estão por sua vez em dívida para com os críticos do século XVII que foram os primeiros a analisar seriamente o poema. Todavia, resta de pé a circunstância de grandes obras sobreviverem à passagem do tempo, porque são susceptíveis de revelar facetas diversas a épocas diferentes, por serem suficientemente ricas para tanto. E também o facto de essas obras *recusarem* — e, muito mais do que se julga, é isto um dos sinais maiores da sua grandeza — a revelação de muitos dos seus sentidos mais íntimos ou das suas mais audaciosas intenções a quem não esteja livre daqueles preconceitos, que, ao longo do tempo, obscureceram uma compreensão das mais profundas camadas de pensamento, que encerram. Como assim? Muito simplesmente, e sem que tal prove qualquer especial predestinação crítica: muito apenas a obra pode ter sido escrita, por exemplo, em tempos conturbados, quando seria perigoso afirmar declaradamente certas ideias, ou torná-las demasiado evidentes numa estrutura, e também porque seria da vera essência de tais ideias a exigência de que fossem «ocultadas». Deste modo, se uma obra de arte não foi composta para que fanáticos de qualquer espécie se apercebam dos seus sentidos mais profundos, e foi ao mesmo tempo concebida como uma *utopia* crítica (o que todas as utopias têm a intenção de ser), destinada a só abrir-se a espíritos peculiarmente reverentes, disto se segue que só novos tempos e novos métodos de pesquisa poderão ver e evidenciar o que, no passado, alguns viam mas tinham extremo cuidado em não revelar — o que foi muitíssimo o caso de Camões e dos seus apologetas no século XVII. Enquanto descobríamos e patenteávamos a estrutura do poema em termos da sua intencionalidade arquitectónica, estávamos preocupados com a própria tessitura da obra. A análise desta tessitura, para ser completa e exaustiva, é, de certo modo, o impossível sonho: nem mesmo grupos de investigadores, apoiados por computadores, conseguiriam concluí-la. Mas isto não é dizer que as análises objectivas são entretenimentos ociosos, que afinal levam às mesmas conclusões a que podem chegar espíritos brilhantes. Ainda quando tal possa acontecer, aquelas análises teriam modificado radicalmente a qualidade das descobertas, dando-lhes uma base científica, e libertando-as de divergências polémicas de opinião. A textura de uma obra tem de ser analisada em si mesma, para ser compreendida —

mais: para o próprio autor efectivamente o ser. Uma obra literária é feita de palavras. Mas estas palavras sofrem de limitações que constituem precisamente a única maneira, que temos, de entendê-las. Mesmo para uma obra contemporânea é totalmente absurdo pretender que as palavras possam significar para o autor, no contexto que criou, exactamente o que a nossa desatenção de leitores queira crer que significam. Se isto pode parecer um problema menor para muitos críticos é porque muitos críticos não passam de leitores superficiais e pretensiosos. Mas confrontemo-nos com uma obra de categoria superior, não só escrita noutros tempos, mas refractada por preconceitos e paixões de toda a ordem desde que primeiro foi publicada, e o problema torna-se crucial. E tanto mais, quanto mais a obra tenha sido concebida para ter vários níveis de sentido. Ninguém contestará que *Os Lusíadas* são uma obra complexa, e assim capaz de complexos sentidos. Mas por tentador que seja fazer Camões e o seu poema significarem para além de todas as expectativas, cumpre-nos ter presente que duas espécies de limitações condicionam a poesia dele: as palavras não poderão significar mais do que significariam no seu tempo (ainda que devamos não esquecer a vastidão e a profundidade da cultura que foi a dele), e foram *escolhidas* para significarem exactamente o que ele desejava que elas significassem (mesmo quando ele joga com a ingenuidade do leitor comum, fazendo-o crer que as palavras não declaram mais do que, na aparência, se esperaria que declarassem). Assim sendo, a compreensão de um poeta como Camões reclama que a análise semântica seja conduzida dialecticamente: qualquer contexto deve ser iluminado por todos os outros em que a mesma palavra ou conceito ocorre, e o sentido último dessa palavra, para o poeta, é o que for deduzido dos próprios contextos e que, ao mesmo tempo, os ilumina. Comecemos por um exemplo, para o método ser claramente apreendido. Sem dúvida que a família *natura, natural*, etc., ocorre várias vezes em *Os Lusíadas*. A análise de todos os contextos das ocorrências, *na sua sucessão* (uma vez que, inevitavelmente, o autor estava mais ou menos consciente de jogar com esses elementos), constitui um dos *fios condutores* do sentido, que, entretecidos, compõem a textura completa do poema. Mas, ao analisarmos um desses fios, automaticamente ficamos envolvidos com muitos outros que igualmente percorrem o poema, do princípio ao fim, e a análise de qualquer destas linhas condutoras do sentido implica a participação das outras no conjunto. Deste modo, não apenas nos aproximámos mais de perto dos específicos sentidos que o poeta quis que as suas palavras sugerissem, mas as referências entrecruzadas poderão revelar-nos o que ele, artificiosamente, tentou esconder por trás delas.

Para as nossas investigações, escolhemos algumas das áreas consideradas mais importantes ou mais controversas, para sondarmos alguns dos sentidos mais profundos. Por certo que a ideia de *amor* (e seus cognatos e análogos) representa um importante papel em *Os Lusíadas*. Toda a gente está de acordo com isto. Mas que papel? Por certo que concepções religiosas e morais são importantes no poema. Quem disto discorda? Mas que ideias são importantes? Como a análise da concepção do Amor, em termos das ocorrências vocabulares, nos levou a suspeitar de muitas coisas (como já o vínhamos suspeitando havia muito), observámos então que papel os santos da Igreja Católica e quaisquer milagres desempenham no poema. Se se analisa do amor num poema em que tantas sugestões eróticas palpitam, cumpria-nos analisar como a noção de vergonha, o amor sexual, e os órgãos sexuais são tratados na epopeia. Assim, fomos levados a observar um outro fio condutor: *natureza* e mais família semântica. Depois de termos visto o que sucedia com amor, sexo, natureza, havia que investigar o conceito de *virtude*, e a sua concepção camoniana de ser-se *humano*. Uma vez que a ideia de destino é aceite como poeticamente importante na obra de Camões e na sua concepção da vida humana, tínhamos que analisar o *fado*, o destino, os astros, etc., no poema. Após tudo isto, investigámos quais eram na epopeia as relações entre pais e filhos, assim descendo a nível mais fundo no espírito de Camões. Mas todas estas análises iluminaram tantas linhas, que era inevitável considerar qual a atitude de Camões em relação aos não-cristãos. O que nos levou a examinar o papel representado, se é que representava algum, pelo Inferno no poema. Uma vez visitado o peculiar Inferno de Camões, analisaríamos, é claro, o papel do próprio Demónio. Os deuses pululam na epopeia, e não apenas como personagens, mas como alusões, metáforas, comparações, etc. — o que tinha de ser avaliado em detalhe. E, por fim, Deus e o Cristo teriam também de ser submetidos ao mesmo minucioso exame. O seguir de tantas linhas semânticas colocou-nos em contacto com centenas e centenas de outras séries que tinham de ser examinadas nas suas relações com as seleccionadas, com as quais muitas vezes constituem unidades sintagmáticas.

Deste modo, a nossa pesquisa da estrutura d'*Os Lusíadas*, numa fase de análise da textura linguística, procurou evitar ser uma série de ensaios sobre o amor, os santos e milagres, os órgãos sexuais e a vergonha, a natureza, a virtude, o conceito de Homem, os Fados, mães e filhos, judeus e pagãos, o Inferno, o Demónio, os deuses pagãos, e o próprio Deus, em que, segundo as nossas impressões de leitura do poema, tentássemos provar a nossa visão de como tais temas ou questões figuravam nele, temperando o discurso com selectas citações. Para cada um dos estudos que levámos a cabo, reunimos todas as citações possíveis (e o resultado foi, em muitos casos, que a mesma citação aparece repetida em diversas séries, assim recebendo nova luz) — e os resultados obtidos, dentro das limitações humanas, não são o que pensamos daquelas coisas no poema, mas o que Camões disse ou deixou por dizer para nós o entendermos nas entrelinhas, usando para tal de ocorrências cuidadosamente e astuciosamente organizadas. O que viemos a encontrar não são as nossas opiniões substanciadas por algumas ocorrências, mas o que todas as ocorrências, elas mesmas, denunciaram.

Não vamos, é claro, apresentar agora uma massa enorme de citações comentadas, nem todas as descobertas que elas nos permitiram fazer. É nossa intenção comunicar algumas dessas descobertas, e insistir em algumas das mais reveladoras ou fascinantes. Cumpre-nos ainda dizer que a nossa pesquisa não teria sido possível, sem o índice analítico d'*Os Lusíadas*, recentemente publicado no Brasil pelo Instituto Nacional do Livro, sob a direcção de A. G. Cunha. Este índice regista cada palavra do poema e as suas ocorrências, e facilitou o nosso trabalho:

era partir dos versos registados para os contextos. Mas, em numerosos casos, a pesquisa foi muito além disto, na busca de vocabulário analógico.

Comecemos pelos *santos* e os *milagres*. À primeira vista, depois de séculos de termos ouvido que o maravilhoso pagão e o cristão deveriam ou não deveriam estar presentes no poema (um deles, ou ambos), é sem dúvida um ponto a investigar, e que deveria tê-lo sido. Talvez a razão tenha sido que os santos e seus milagres, se são mencionados no poema, têm uma curiosa tendência a ser topónimos, ou para terem sido escolhidos, estranhamente, para definidos fins. Para um poema tido como o mais católico dos poemas, por certo que os santos se mostraram extremamente reservados quanto a serem parte dele. E os milagres, quando são, e raramente, referidos, representam papéis muito determinados na estrutura — ou são prodígios ou acidentais eventos, que é possível entender poeticamente como sinais providenciais, ou como simples lendas. Os católicos terão sido cautelosos acerca de encontrarem, no poema, o que pudesse diminuir o conceito de Camões como «o Poeta da Fé», título a que ele dificilmente poderia de resto aspirar, se alguma vez aspirou a ele, pelo menos em comparação com Dante ou Milton. E os não-católicos foram iludidos pela sua obsessão com o que cheire a católico, e levados a uma análoga reserva. Isto não é afirmar que Camões não é um grande poeta com definidas, se bem que peculiares, crenças — mas é apontar que estas poderão não ser exactamente o que por tanto tempo se tem aceitado que elas seriam.

*Santo*, como substantivo, ocorre apenas três vezes no poema: para *Santiago*, o apóstolo de Compostela e o padroeiro militar da Espanha, uma vez, e duas vezes para São Tomé, o lendário apóstolo das Índias. Como adjectivo, a palavra aparece 47 vezes (o que lhe dá o 15.º lugar na ordem dos adjectivos mais frequentes do poema). Mas *santo* é, para Camões, qualquer homem bom, cuja santidade e senso de justiça não funcionam neste nosso mundo, ou qualquer boa empresa, a guerra santa contra os infiéis, quer pelos portugueses na sua conquista do território nacional aos mouros, na sua expansão norte-africana, ou em qualquer combate com eles, quer no espírito das Cruzadas de antanho. Aplicado a noções morais, o adjectivo caracteriza apenas um ideal de vida vivida em bondade, não muito possível neste mundo, ou o espírito religioso e moral de sacrifício dos Cruzados ideais. Assim, o Infante Santo morrendo em Marrocos, ou o Conde D. Henrique indo à Terra Santa, são tão santos como São Tomé ou a própria Jerusalém. Mas *santos* são igualmente o Espírito Santo, a Providência, o auxílio recebido por decisão da *Divina Guarda*, as hostes dos anjos, o Domingo de Páscoa, o Rei David, o cristianismo em geral (incluindo os ritos da Índia ou da Etiópia, nestorianos ou monofisitas), a estrela e a confiança que guiam Nun'Álvares, a água do baptismo (em qualquer religião, mesmo herética ou pagã), um templo dedicado a Minerva ou uma igreja em Belém nos arredores de Lisboa, etc. E o rosto da ninfa que se renda ao amor físico, como as boas intenções de um homem convertido de boa fé ao Islão — são igualmente *santos*. É isto um despropósito, puramente descuido em usar o adjectivo, ou é uma definida concepção que abarca tolerantemente tudo o que possa ser considerado moralmente puro ou providencialmente destinado? O Espírito

Santo e o grupo dos Apóstolos, na cena de Pentecostes falsamente criada por Baco para enganar a ingenuidade dos portugueses, não são menos santos por isso, e o próprio Baco assume a forma de um santo homem — e não são, em pura inocência, menos venerados de verdade. O que significa que as ilusões da santidade são também caminhos para a pureza de espírito.

E os próprios santos? Não muitos aparecem sendo mais que topónimos, como já dissemos, ou referências cronológicas (o dia de tal santo, etc.), ou populares superstições em que uma alma experiente não acredita. De outro modo, para serem referidos, terão de haver sido os primeiros Apóstolos, ou personagens históricas portuguesas (como o Infante Santo ou Nun'Álvares) que, de uma maneira ou de outra, tenham sido heróis patrióticos. Mesmo santos portugueses famosos em tempo de Camões estão ausentes, e nenhum estrangeiro (com a excepção de um cruzado) que tenha vindo ser santo em Portugal ou no seu império é mencionado. Os santos, para Camões, no plano das suas concepções, são só portugueses e ligados ao ideal de conquista como Cruzada. São Paulo é mencionado três vezes, em comparações duas vezes referentes ao Velho Testamento, e só uma como apóstolo. Assim, os santos, e num sentido mais geral, são para Camões apenas os primeiros Apóstolos, ou personalidades veneradas como santos segundo o costume e a tradição (e de maneira alguma os que oficialmente a Igreja promoveu), ou personagens históricas cujos feitos os podem fazer ser considerados «santos» em tão peculiar Corte Celeste. De todos os Apóstolos, quem recebe mais larga atenção é São Tomé, o apóstolo das Índias, mas também o símbolo, pelo seu comportamento, do cepticismo último da Fé, e em cujo nome seitas não-católicas se desenvolveram no Oriente.

Mas o caso da Virgem Maria, cujo culto era tão importante em Portugal, é ainda mais chocante. Observemos primeiro a palavra *virgem*. Só ocorre duas vezes no poema, uma para ela num contexto que já examinaremos, e outra para o caso do soldado mandado executar por Afonso de Albuquerque, por ter violado uma escrava. Como Camões diz, este soldado não havia violado, no fim de contas, uma *virgem pura*. Se notarmos que *castidade* e *casto* não ocorrem no poema, e que as deusas, as ninfas, as personalidades históricas, etc., que vivem no poema não são por certo paradigmas de castidade ou de virgindade (excepto a deusa Diana, por certo mais virgem que Inês de Castro ou Leonor Teles, ou que a lendária rainha Semíramis que Camões recorda, curiosamente, mais de uma vez), começamos a sentir que a «virgindade» não conta muito nas ideias de Camões, como todas as referências eróticas, por outro lado, claramente mostram. A Virgem Maria é referida três vezes (e não por acaso só três vezes, já que nada no poema, nem mesmo a mínima referência, é acidental). Primeiro, na pintura falsificada por Baco, ela é a *única Fénix, Virgem pura*. Na segunda vez, é mencionada pelo seu nome, apenas como a mãe de Cristo que é *filho de Maria*, quando da aparição dele em Ourique. Na terceira vez, Monçaide, ao descrever o Cristianismo aos indianos, diz-lhes que os portugueses seguem a lei de um *profeta* (como bom muçulmano que ao tempo era, não chama a Jesus mais do que isso) que haveria sido gerado sem detrimento da virgindade da mãe. Estas três ocorrências, duas em contextos algo estranhos, são muito curiosas. Não acentuam nenhum culto pela Virgem Maria, referem-na duas vezes por fórmulas onomásticas, e em todas elas é ela a mãe de Cristo, no famoso misterioso modo que certamente era uma obsessão no espírito erótico de Camões. As virgens são só para o Deus que se arranjaria para não as desflorar. E note-se como o sintagma *virgem pura* é aplicado tanto à Virgem Maria, como à escrava indiana que afinal o não era. Para almas puras, isto é um tanto inquietante.

Vejamos os milagres. É muito interessante apontar que *milagroso* ocorre só uma vez, para o fenómeno do maremoto (II, 47), um «*caso nunca visto*», e que *miraculoso* aparece também só uma vez, para as estranhas águas de um rio oriental que petrificavam um tronco submergido nelas (X, 134). A palavra *milagre* ocorre dez vezes. Primeiro, no Canto II, em duas ocorrências quase contíguas, que são uma chave admirável para compreender-se a relação entre o maravilhoso cristão e o maravilhoso pagão na epopeia. Vénus faz que as nereidas desviem as naus de entrarem no porto de Mombaça. Era tão estranho caso o que acontecia, como os fenómenos igualmente conexos com a água nas ocorrências de *milagroso* e de *miraculoso*, que Vasco da Gama, diz o poeta, o considerou um *milagre* («*havendo-o por milagre*»), e em conformidade assim o chamou na sua oração à *Guarda divina* — oração que, ouvida por Vénus, a decide a seduzir Júpiter, numa das cenas mais belas e mais escandalosas da epopeia. Não há interpretação piedosa que consiga apagar o erotismo da descrição de Vénus e do que esteve a ponto de suceder (e era pura e simplesmente incesto). O Almirante considerou milagre o evento, reza não a Deus mas à Divina Guarda (o que em Deus se ocupa de alguém ou de alguma coisa, quando ocupa) e é ouvido por Vénus que representa o papel dessa qualidade na ideia de um Ser Supremo. Mas, uma vez que Vénus não é uma qualidade abstracta, mas uma personificação, não se dirige ao próprio Deus (que está totalmente ausente do poema), mas a seu pai Júpiter, no intento de seduzi-lo sexualmente. Ele concede-lhe o que ela pede, e o incesto não é consumado (mas o poeta não deixa de nos informar, a propósito, que já uma vez o havia sido, precisamente para Cupido = Eros ser trazido ao mundo dos deuses e dos homens). Se os deuses são a corporização da nossa incapacidade de compreender e imaginar o próprio Deus, e possuem de certo modo uma vida própria que não está só na nossa imaginação (visto que podem ser entendidos, também, como seres humanos promovidos à categoria divina, exactamente porque haviam personificado a uma escala heróica a magnitude dos atributos de Deus), conservarão, todavia, como a ideia de Deus não, todos os atractivos sexuais e todos os lados sexuais obscuros da humanidade primitiva. Recordemos, além disso, que Vénus era muitíssimo dupla no neoplatonismo; era a grande deusa, não nascida de mãe alguma, e, também, de modo mais exotérico, a olímpica gerada por Júpiter. Assim, no gerar de Eros, ela era e não era incestuosa, com toda a ambiguidade requerida para estes casos. Mas, como vemos, a ocorrência de *milagre*, que estamos a analisar, claramente aponta não só para os aspectos míticos das origens do amor, como sublinha que qualquer milagre de qualquer espécie é apenas um sucesso estranho que o nosso espírito pode interpretar como um sinal divino — e é este interpretarmos o que provoca à acção os atributos de Deus. Outros milagres são, na epopeia, o de Ourique, que é como que a aliança entre Cristo e Portugal, a palmeira que nasce junto da tumba do cruzado alemão Heinrich von Bonn em Lisboa, as sete maravilhas do mundo antigo (aludidas quando Adamastor é comparado a uma delas, o Colosso de Rodes), uma ironia retórica quando Camões interrompe a sua narrativa da sequência das Bandeiras, na Índia, exclamando que, para ele, ser salvo dos seus trabalhos era milagre maior do que a concessão de mais longa vida a um rei judaico. Milagres, pois, são casos maravilhosos. Mas uma concentração de milagres ocorrerá para o único santo que tem um papel efectivo no poema: o São Tomé das Índias. São maravilhas que testemunham da condição especial dele como apóstolo — mas um apóstolo que desempenha o papel de um pré-Messias, se a chegada, mais tarde, dos portugueses à Índia é para ser compreendida como a chegada do Messias àquelas partes.

Que os milagres, e não muitos, são maravilhas que podem ser sinais, recebe a sua contraprova no facto de outros «milagres» aparecerem no poema como especificamente *sinais*. A criança que, no berço, aclama D. João I, ou a aparição de um sinal do céu, quando da conquista de Alcácer do Sal, são *sinais*.

Mas cuidado. *Sinal* ocorre 27 vezes no poema, e só destas duas para denotar especiais prodígios, que são sagrados. Outras três vezes (VIII, 45-46) os sinais são notoriamente diabólicos. E todas as mais ocorrências se referem à busca de indicações, informações, etc., em sentido geográfico.

De qualquer modo, santos e milagres foram cuidadosamente escolhidos por Camões para acentuar o papel que desempenham em qualquer crença supersticiosa, e para sublinhar uma visão apostólica e providencial da História, como uma tolerante visão de um bondoso comportamento humano. Mas nenhum santo representa um papel no poema, à excepção do apóstolo que era suspeitosamente visto desde que Santo Agostinho denunciara o carácter herético das narrativas piedosas a respeito dele. Toda a propaganda desencadeada por Portugal no século XVI, quanto à descoberta do túmulo de São Tomé, não diminui que ele estava marcado de heresia, o que, em lugar de pôr Camões a distância, por certo o terá atraído.

Consideremos agora as mães e os filhos em *Os Lusíadas*, ou qualquer espécie de relação entre pais e filhos. *Filho* aparece 79 vezes, 22 no plural. *Filha* 24 vezes, 8 no plural. *Pai* 30 vezes (*padre* é usado só nos mais solenes contextos, como *madre*, que é palavra usada duas vezes para a Igreja Católica ou, se é o caso, para a Igreja de Cristo, em geral, e uma vez, note-se, para a deusa Téthys), *mãe* 25 vezes. É evidente que o definir alguém como sendo filho de alguém é mais frequente do que no caso das filhas. Muito curiosamente, e perfeitamente em acordo com a tradição, muitas vezes a relação parental é usada como perífrase, mas também é comum, no poema, que os filhos o sejam de suas mães, enquanto as filhas o tendam a ser de seus pais. Cristo é filho de Maria, como Apolo é filho de Latona, e as nereidas são, como o nome indica, filhas de Nereu. Todavia, este uso da perífrase em vez do patronímico tradicional não é apenas um artifício retórico ou um epíteto. Era e continuava a ser uma das maneiras de aludir concisamente a um mito e às implicações dele. Apolo, como filho de Latona, é o deus nascido dela numa ilha flutuante como a Ilha do Amor, e que ficou ancorada, quando ele e sua irmã Diana nasceram. Dizer os filhos de Agar em vez de «árabes» — identificados como o Islão — é recordar a narrativa bíblica da origem deles.

Como antes dissemos, há *madres* só três vezes: aquela que nos Céus está em essência, e aos quais os portugueses são sumamente obedientes (VII, 2) — e a análise do passo deixa algumas dúvidas sobre se ela é a Igreja, a Afrodite-Urânia primigénia, ou ambas; a Igreja, e quem por ela luta é ajudado por Deus (X, 40); e Téthys, para quem o ser «madre» (adjectivamente) acentua que ela era, de facto, uma das deusas máximas. A pura ideia maternal do Amor, a igreja como símbolo de um espírito cavalheiresco, e uma gloriosa deusa pagã. Vejamos as *mães*.

A primeira a ser mencionada é Agar de judaica memória (I, 52), e a segunda é a que protesta contra a retaliação que Vasco da Gama infligiu aos indígenas de Moçambique (I, 90). A terceira é dupla, a mãe de Baco (II, 10), quando Camões diz que Baco, detentor de eterna juventude, havia nascido de duas mães (Sémele e a coxa de Zeus). A seguinte é a aurora como mãe de Mémnon (II, 92), e como tal outra vez referida em IX, 51. Repare-se em como as mães aparecem: a primeira é bíblica, a segunda é uma mãe genérica que clama contra os desastres da guerra, a terceira é uma estranha combinação de sexo originário, e a quarta mãe, na verdade, só a Aurora. Só duas vezes ela é chamada mãe de Mémnon, e para as duas mais magnificentes manhãs da epopeia: aquela em que Vasco da Gama e o rei de Melinde se encontram, e a História de Portugal vai ser trazida, no espaço e no tempo, ao eixo central do poema, e aquela que desponta sobre a Ilha dos Amores. Lembremo-nos, que Titono, irmão de Príamo, havia sido raptado pela Aurora ou Eos (e Camões sabe isso muito bem, porque uma vez lhe chama *moça de Titão*, II, 13), o que ela fazia a vários jovens de notória beleza como ele era. Mémnon foi filho de ambos, e terá sido morto por Aquiles em Tróia. Eos suplicou a Júpiter-Zeus a imortalidade para ele, o que lhe foi concedido. Cada manhã do mundo Eos chora o orvalho da madrugada, e Mémnon recebe a imortalidade. Note-se como a Aurora aparece como mãe dele só duas vezes na epopeia: o sol ergue-se para dois dias em que os heróis do passado vão ser historicamente celebrados, e os heróis do presente serão epifanicamente glorificados.

A mãe seguinte, já nos nossos estudos anteriores mostrámos que grande e trágico papel representa numa interpretação mítica da história portuguesa — D. Teresa, a mãe de Afonso Henriques. O comportamento dela justificara a revolução que colocara seu filho no trono e Portugal no seu destino histórico, mas a origem de Portugal ficara manchada por esse «pecado original» contra o poder matriarcal. Curiosamente e não pouco, a mãe que vem depois é, de todas as possíveis, Agripina, a mãe de Nero, quando Camões procura desculpar a deposição de D. Sancho II. A lista de nomes que Camões reúne para sublinhar que D. Sancho II não era afinal dado aos horrendos vícios daquelas ilustres figuras históricas, é um significativo exemplo de como, na aparência da mais inocente maneira, ele se delicia a catalogar estranhezas eróticas como se não passassem de alusões retóricas. E vem então, a seguir, uma das grandes mães d'*Os Lusíadas*: Inês de Castro, símbolo da perfeita união erótica sacrificada a razões de Estado e da própria natureza complexa do Amor (os Sepúlvedas também pagam por tal amor com a morte na costa oriental da África, e verão morrer os filhos que geraram na sua paixão, como é fortemente sublinhado no poema). Na sua fala ao rei, Inês menciona uma outra mãe... E que mãe... Semíramis — mas que havia sido abandonada em criança pela sua, e que havia cometido incesto com o próprio filho, e tivera relações bestiais com um cavalo, tudo coisas que Camões não se esquece de mencionar em VII, 53, e o incesto ainda outra vez em IX, 34. É Camões apenas descuidado quando faz Inês de Castro comparar-se a uma tal criatura (cuja glória lendária precedera, como a de Baco, a glória portuguesa no Oriente)? Absolutamente não. Apenas está a assumir a mesma terrível posição que consistentemente assume em todo o poema, ao tratar de mitologias ou de conotações eróticas de qualquer história — no mais primevo sentido, tudo é ambíguo, perigoso, incestuoso, monstruoso, e ao mesmo tempo redentor e glorioso. E é este o sentido profundo de tantas alusões a personagens históricas ou mitológicas no poema, que podem ser vistas como ornamentos segundo a tradição clássica, mas também, e como nesta tradição, como modos de sugerir mais íntimos níveis de sentido. Em *Os Lusíadas*, qualquer filho é-o de, ainda que divinas, ilícitas uniões, ou filho de pais cujas mulheres não são referidas, ou de mães cujos homens não são mencionados, ou é duvidoso que pai ou mãe alguém terá tido. É quase como se, para Camões, não houvesse uma conexão necessária entre o acto sexual e o gerar de filhos: por um lado, temos o máximo do erotismo; por outro, temos um senso e um impulso que sonham de amplexos sexuais que não impliquem agressão a qualquer virgindade, o que é também um sonho do erotismo que não se complique de tendências sado-masoquistas. E todo este amor, este jogo de amor, é como uma dança sobre um abismo de sombrios segredos e repressões, de que Camões era agudamente ciente de como estavam representados nos mitos clássicos.

Tudo isto, porém, deve ser entendido nos limites do que seriam para ele vergonha e pudor. Ao longo da epopeia, se não ocorressem lugares específicos, as alusões mitológicas chegariam para introduzir uma insidiosa atmosfera de desvergonhado erotismo, ou de cândida aceitação do corpo humano. Mas Camões jamais perde uma oportunidade de sublinhar ou de afirmar a sua mensagem de liberdade, e, em muitos casos, mesmo agarra as oportunidades pelos cabelos. Sem dúvida que muitas referências ou ironias poderiam não ter lugar no poema — se o têm, é porque o poeta as queria lá. A palavra *pudicícia* só ocorre uma vez, quando Camões, dirigindo-se às ondas, as admoesta a que não retardem os navios que se aproximam da Ilha dos Amores, e diz (referindo-se, numa apóstrofe, ao Amor como masculino, IX, 49): «*É forçado que a pudicícia honesta / Faça quanto lhe Vénus amoesta.*» Por outras palavras: as ninfas deverão ser astuciosamente tão dispostas ao amor quanto possível, usando a «honestidade» apenas para incitar os desejos eróticos. *Honesta* aparece a intensificar *pudicícia*, como em geral é a prática de Camões com os adjectivos. Este adjectivo ocorre cinco outras vezes no poema, e só duas em contextos que não são tão libidinosamente eróticos como este. É usado ou para Thétis, a mãe de Aquiles, quando se recusa aos desejos de Adamastor, para a outra Téthys ao dar-se ela a Vasco da Gama, ou para a *honesta fúria* dos amplexos sexuais da Iha dos Amores. Não há dúvida de que *honesto*, se podia ser, para Camões, o estudo das humanidades, a que ele mesmo se dera, como uma vez acontece, era muito mais uma maneira irónica de intensificar amplexos sexuais não condicionados por quaisquer limitações de ordem moral...

*Pudico* também só ocorre uma vez e, negativamente: para Cleópatra que o não era... *Pudibundo* também só uma vez ocorre, mas o seu sentido é o originário em latim: tímido, casto, discreto — e é aplicado à Aurora, cujos desmandos eróticos no assaltar de pudibundos e castos jovens belos eram bem conhecidos. *Incontinente* é Semíramis uma vez, e *incontinência* é uma vez usado para Semíramis também, outra para a condessa D. Teresa, a mãe de Afonso Henriques, outra a propósito de Leonor Teles e do Conde Andeiro, e ainda outra é usado para um governador da Índia, Henrique de Meneses, que, ao contrário de toda esta gente sem escrúpulos sexuais, sabia como triunfar dela. Note-se como a mesma ideia nos aparece ligada a Semíramis e a D. Teresa igualmente, ambas mães que já observámos antes.

*Lascivo* ocorre três vezes: para as mãos — descuidadas, no sentido latino originário — da menina que destroem flores, no símile para o aspecto de Inês de Castro morta, uma primeira. Mas, na segunda vez, a palavra significa mais: *lasciva* é a escrava, também *vil* e *escura*, que foi violentada por um soldado de Afonso de Albuquerque. E, na terceira ocorrência, não há dúvida quanto à progressão semântica: *lascivos* são os beijos trocados pelos cisnes e as pombas de Vénus, quando ela corre a visitar seu filho

Eros, para preparar a Ilha dos Amores. *Beijos* ocorre duas vezes só: nesta premonitória ocasião, e os que são dados pelos heróis e as ninfas na Ilha dos Amores, e que dito é serem *famintos* e acompanhados de *mimoso choro*. Assim, *beijo* é, para Camões, coisa extremamente erótica. O verbo *beijar* é usado quatro vezes numa muito curiosa progressão. A primeira, na sedução de Júpiter por Vénus, quando ele a beija e abraça; a segunda, quando Adamastor beija a sua amada ninfa e é transformado em pedra; a terceira, quando os Cupidos beijam respeitosamente a mão de Vénus, quando ela visita o filho, o supremo Amor; e por fim, quando um indiano beija o manto de São Tomé, depois de ele ter realizado o seu milagre máximo (uma ressurreição). Claramente, o verbo é usado numa escala ascendente, e é, de qualquer modo, menos erótico do que o próprio acto.

*Abstinência* ocorre só uma vez, em muito estrito sentido, logo posto em contraste com *venéreo ajuntamento*, quando é dito que os indianos são abstémios de carne na alimentação mas não nos actos sexuais. *Venéreo* só ocorre essa vez. Mas *ajuntamento* ocorre mais outra, para o medonho acto de que as mulheres do Pegu eram acusadas: o juntarem-as a cães (X, 122). O facto de *ajuntamento* ser *venéreo* para os indianos, e *feio* para o caso do Pegu, mostra que não há condenação moral na primeira ocorrência, mas apenas uma afirmação de facto, que por certo deleitava a imaginação de Camões.

*Vergonhoso* ocorre duas vezes para actos moralmente repreensíveis, mas destituídos de conotações sexuais; e uma vez para os órgãos sexuais de nativos que os escondem com um pano. *Vergonha*, que ocorre cinco vezes, tem em três das ocorrências um sentido sexual muito claro: é a vergonha o que defende os órgãos sexuais femininos, que Vénus mal cobre quando se prepara para ganhar os favores de Júpiter, e é parte do jogo erótico das ninfas da Ilha dos Amores, nas outras duas ocorrências. Assim, *vergonha* é na verdade irónico, quando num contexto sexual. E é curioso repetir que *casto* e *castidade* não ocorrem nunca no poema.

*Partes* ou *parte* é um dos substantivos mais comuns da epopeia, devido ao seu carácter auxiliar. Três vezes, porém, denota os órgãos sexuais: para Vénus, na cena famosa; para os nativos há pouco referidos; e mais outra vez para indianos dos quais é dito que cobrem com um pano o que a natureza nos ensinou a cobrir. Mas o Tritão que convoca os deuses do mar para o consílio marinho está nu em pêlo, e Camões compraz-se em descrever as suas partes sexuais. Nus como ele estão os indígenas que atacam Fernão Veloso, os povos do Benomotapa, as ninfas da Ilha dos Amores (que, quando não estão nuas, estão *despidas*), etc. Em *Os Lusíadas*, a nudez total é a indumentária própria de deuses ou seres divinos, de povos primitivos ou gentílicos, ou a adequada para ser feito o amor (tal como nos é dito, a propósito de um dos amantes da Ilha dos Amores, que tão ansioso estava de possuir a sua ninfa, que nem parou para despir-se). O que tudo claramente aponta para uma correlação entre o estado de natureza, as desvergonhadas maneiras dos deuses, e o amor como prazer sexual. Por certo que a castidade não é uma das virtudes propostas por Camões na sua epopeia, e que a vergonha não passa de um artifício da natureza, para ele.

Cumpre-nos, pois, dizer algo sobre a *natureza* e a *virtude* no poema.

*Natura* ocorre 10 vezes, e *natureza* 11. *Natural*, como substantivo, 5, e como adjectivo 14 vezes. Como substantivo, *natural* é usado apenas para povos nativos do Oriente (Etiópia, Índia, Ceilão, etc.), nunca para os da Europa e da África; e, como adjectivo, qualifica entidades físicas, políticas, morais, para acentuar que são parte da natureza de alguém ou de alguma coisa. Com os dois vocábulos para «natureza», é muito interessante apontar que, como sucede com muitos outros casos semelhantes na epopeia, Camões os alterna ao longo do texto, quando o conceito vem a ser usado. Com efeito, Camões ou faz isto, ou propositadamente concentra agrupamentos repetitivos, ao manipular famílias de termos cognatos. *Natura* e *natureza* não significam diversamente no poema, apesar de as ocorrências de ambas as palavras, para o fim do poema, indicarem que *natureza* vai tendo um sentido mais personalizado, usualmente marcado pelo uso do possessivo. Ambos os vocábulos denotam o que é do mundo da vida, mas do largo mundo, composto de coisas e de seres. Mas, quando estão em relação com seres humanos, denotam não só uma animalidade comum aos homens e aos animais, mas também certo grau de desenvolvimento civilizacional. É neste sentido que a natureza nos ensina, segundo Camões, a tapar os órgãos sexuais, quando os não exibimos para fins eróticos — mas o facto de viver-se nu não é, de modo algum, no poema, apenas um modo de ser como os animais. Deste modo, a natureza não é algo, para Camões, que a civilização deva considerar seu dever dominar. Pelo contrário, é algo que, em determinados termos, deve reconhecer e aceitar.

E a *virtude*? A palavra ocorre 16 vezes, enquanto *virtuoso* apenas duas. Estas duas ocorrências são para os frades e padres que em procissão acompanham Vasco da Gama às suas naus, no fim do Canto IV, e para os homens que, por serem virtuosos, é dito que chegam, por eleição, a imperadores da China ou da Mongólia. Uma vez mais se vê que Camões não reserva a virtude, palavra-chave como outras, aos cristãos, e muito menos a eclesiásticos. Além do mais, é interessante sublinhar que as duas únicas aparições *en masse* de frades e padres são esta e o famoso passo em que eles são atacados por mais zelosos na pátria do que apostólicos fora dela. E Camões, ao denunciar a corrupção provocada pelo dinheiro, retira a virtude ao mesmo número exacto de gente de religião: se eles eram um milhar a acompanhar o Gama à praia do Restelo, é um milhar de vezes que nós podemos ouvir da corrupção deles pelo dinheiro, e mais, com um acerado toque, por eles esconderem tal corrupção com a capa da virtude (VIII, 99). Eis um exemplo de como Camões, usando a mesma palavra em passos muito distantes do poema, denuncia exactamente aquelas coisas ou gentes que parecia ter louvado. Mas isto, na epopeia, que *virtude* significa? Apenas o que se deve esperar das profissões religiosas? De modo algum, e assim a ironia, no que a eles se refere, é ainda mais acentuada. *Virtude*, se às vezes significa apenas uma peculiar qualidade de alguma coisa, pela qual essa coisa pode ser poderosa, significa na maioria das vezes, estritamente, o complexo sentido da italiana *virtù*, segundo a tradição cultural do Renascimento e do Maneirismo. É um conceito inteiramente *laico* que envolve coragem, dignidade, força de propósitos, comportamento viril, elegância de espírito, e com o qual se pode ganhar o paraíso dos deuses como os heróis antigos, ou mesmo salvar a alma. Por certo que há uma parte religiosa neste conceito complexo — mas está ligado a um sentido do dever, se uma pessoa é ou se comporta como deve comportar-se um cavaleiro cristão. É pela vida heróica, em todos os níveis de comportamento e de entendimento do mundo, que a salvação se ganha — e não apenas porque se tenha sido uma pessoa piedosamente devota. Seja como for, a salvação é algo de certo modo garantido, uma vez que não há Inferno em *Os Lusíadas*. O Inferno está aqui connosco, se é que algum existe para as superstições comuns.

*Infernal* ocorre cinco vezes. Em quatro delas qualifica ou más intenções contra os portugueses, ou guerreiros gentios ou infiéis muito difíceis de vencer e submeter. E eis porque, numa última reviravolta do termo, *infernais* como demónios serão os próprios portugueses, se o rei D. Sebastião os olhar quando lutem por ele. Curiosamente, é esta a única ocasião em que nos é servida uma descrição de quaisquer demónios: *infernais, negros e ardentes*. E o adjectivo é destituído assim de qualquer conotação diabólica real, para se tornar metáfora de uma metáfora.

*Inferno* aparece quatro vezes. Digamos, a propósito, que esta palavra, como outras igualmente suspeitas, ocorre com maiúscula das primeiras vezes, mas não nas restantes. O Fado, as Estrelas, etc., sofreram o mesmo triste «fado», mais ou menos depois do Canto IV. É perfeitamente claro que a tais cuidados o censor se deu, quando começou a aperceber-se de que Camões jogava com as maiúsculas para fins estranhos ou irónicos, como efectivamente ele faz. Mas o censor não se terá dado ao trabalho de voltar atrás para corrigir o que deixara como estava, antes de tomar consciência de tais artes suspeitas. Deve igualmente insistir-se, neste ponto, em que a ortografia ao longo do poema, tanto quanto a análise das diferenças o revela, pode ser atribuída a vários compositores segundo secções do livro (a julgar-se do exemplar que mais de perto submetemos a exame). Não obstante, parece que as correcções acima referidas não coincidem com essa distribuição de secções por compositores tipográficos, e terão sido por certo obra de outra mão agindo por razões específicas. Das quatro ocorrências de *Inferno*, apenas uma delas é possível aceitar como não sendo o inferno das tradições clássicas ou apenas um modo de sugerir figuradamente as profundezas da terra. É a que aparece na descrição da batalha do Salado, quando é dito que os mouros não estavam cientes de os cristãos terem a ajuda de um poder mais alto a que mesmo o Inferno se rende. Isto não é inferno clássico, mas não é também o vulgar da cristandade — é antes apenas o Mal; e os Mouros invadindo as Espanhas eram certamente o Mal, segundo os mitos da Reconquista e do espírito de Cruzada.

Em termos especificamente clássicos, Camões menciona o Inferno nove vezes. O facto de a algumas delas ser acrescentado o adjectivo *escuro*, ou de serem mencionadas *sombras* vagueando nele, corrobora ainda mais a natureza clássica das referências ao lago de Aqueronte, ao reino de Plutão, de Cocito, de Sumano, etc. E quem vai para esse lugar escuro, cujos sofrimentos não são sublinhados? Toda a gente, e não menos que outros, os judeus. Mesmo Afonso Henriques, quando morre, paga, o mais classicamente possível, o seu direito à *triste Libitina*.

*Profundo*, como substantivo, está três vezes por Inferno, e, como adjectivo a qualificar *reino*, uma vez. Os versos são menos claros acerca da perdição do que em outros lugares. Mas, todavia, só traidores ou invasores estrangeiros são remetidos, ao que é de supor, a um lugar mais infernal que o estritamente clássico; ou, segundo o Velho do Restelo, o primeiro homem que se deu a navegações deveria lá ir parar. Poderia assim dizer-se que o Inferno, como o Profundo, é apenas uma ênfase para intensificar, para especiais malfeitorias, a atmosfera geralmente neutra do Inferno clássico — nada de chamas, de torturas, diabos, etc., resta de facto nele. E tanto assim é que nos é dito que a música ouvida na Ilha dos Amores podia dar repouso aos nus espíritos no Inferno.

De qualquer modo, o Inferno em *Os Lusíadas* não tem conexão directa ou necessária com o Inferno cristão, e não é povoado ou regido pelo Demónio e os seus companheiros.

Examinemos, portanto, o *Demónio*.

Como seria de esperar, há um *espaço diabólico* em *Os Lusíadas*. O Demónio não entra no poema antes do Canto VII. E o VIII é seu «par excellence». O nome *Demónio* é usado três vezes, como o é o adjectivo *diabólico*; *demo* e *vaso de nequícia*, uma vez cada. E as intenções peculiares destas ocorrências são acentuadas pelo facto de outras palavras usualmente usadas para denotar o Demónio, como *inimigo* ou *maligno*, se ocorrem no poema, não terem

473

qualquer relação com ele. E *diabo* ou *Satã* (ou outros nomes de diabos ilustres) não ocorrem nunca.

É muito curioso ver como as ocorrências se ordenam:

|     |      |        |                   |
|-----|------|--------|-------------------|
| vii,  | 47 — | 712 — | Demónio           |
| viii, | 45 — | 797 — | diabólico         |
| viii, | 46 — | 798 — | Demo              |
| viii, | 65 — | 817 — | vaso de nequícia  |
| viii, | 83 — | 835 — | diabólico         |
| x,   | 108 — | 1054 — | Demónio          |

Nesta lista não incluímos uma ocorrência de *diabólico* e a última de *demónio* por serem puramente retóricas, para a artilharia e para os portugueses, respectivamente. E que estávamos correctos em tal proceder é provado pelo facto de que, nesta simetria do grupo acima, o par interior tem 19 estâncias entre si, e o adjectivo *diabólico* está distante 38 estâncias da ocorrência mais próxima. Por outro lado, se considerarmos que o «espaço diabólico» é definido pela concentração máxima, da primeira ocorrência à penúltima o número de estrofes é, compreensivelmente, 123; e este espaço, se ampliado à última, cobre 8 vezes 19. Oito é o número do Canto em que aparece a concentração máxima, é o número total das ocorrências (incluindo as duas retóricas), e é o cabalístico número sagrado para Jeová como Adonai, exactamente como 123 é 3 vezes 41, ou seja a adição mística de 31, que representa o Poder de Deus, com os 10 *sefirot*. Observemos as próprias ocorrências em que o Demónio aparece, se é que aparece, ainda quando Camões tão cautelosamente o circunscreva. A primeira é quando, na Índia, os portugueses vêem as imagens num templo, e, habituados a ver Deus em forma humana, se espantam com essas figuras que só o Demónio poderia ter inventado. Mas Camões trata logo de evocar deidades clássicas e egípcias que também tinham representações monstruosas — o que, de certo modo, retira o mau carácter àqueles novos monstros. As duas ocorrências seguintes estão agrupadas em estrofes contíguas, quando nos é dito que os magos, na Índia, haviam reconhecido «*por sinais diabólicos e indícios*» que eram obra do *Demo verdadeiro*, o que para a Índia significava a chegada dos portugueses. O passo é tão subtil e tão perigoso, que Faria e Sousa se torceu, nos seus comentários, para afastar a suspeita, como ele diz, de vir a supor-se que Camões acreditaria na veracidade de tais práticas mágicas. O grande problema é evidentemente que o Demo é verdadeiro não só por, no caso, ser real, mas porque os magos haviam visto o que seria a verdade histórica. Recordemos que, em X, 83, Téthys fala com respeito (era, no fim de contas, uma pagã, que mais se podia esperar?...) da *profética ciência*, e vai ao ponto de dizer aos seus hóspedes que a Divina Providência opera através de mil espíritos, uns bons, outros maus... Faria e Sousa lembra-nos que *diabolos*, em grego, significava «caluniador» — mas, se isto pode contar pela circunstância de os magos acreditarem na *falsa opinião* que se fia de tais práticas divinatórias, não obstante os sinais não eram caluniadores, a menos que no mesmo jogo ambíguo que levou Camões a colocar a chegada à Índia na estrofe 666 do poema, fazendo coincidir o acontecimento com o número apocalíptico da Besta Triunfante. Contudo, Camões é sempre tão rigoroso e exacto com as suas palavras e sentidos, que nos cumpre saber que, se na aparência não havia diferença alguma entre *Demónio* e *Demo*, ele teria algumas razões filosóficas para uma pequenina diferença... De facto, *demónio* é *daemonium* do latim tardio, um helenismo, o diminutivo de *daimon*; e *demo* pode ser identificado com o originário *daimon*. Deste modo, Camões — para o intento determinado de fazer passar pelo censor, incolumemente, tudo o que se referisse a mitologias e magias — podia usar ambas as palavras para o Demónio que os outros teriam em mente, enquanto ele — mais sabido em Demónio *et alia* — assim retinha nos vocábulos o sentido helenístico deles: *daimon* significando qualquer espírito sobrenatural, e mesmo um deus como ingenuamente Fr. Bartolomeu Ferreira dissera, na sua licença, que todos os deuses pagãos eram (imagine-se o sorriso de Camões ao lê-lo), e o *daemonium* significando, de um modo ou de outro, todos os outros espíritos menores através dos quais Deus opera. O maligno lado providencial da divindade suprema havia inventado aqueles monstros, uma vez que Deus opera por revelações que são mais ou menos abstractas, espirituais, antropomórficas, etc., segundo as ilusões, as ignorâncias e as assimilações das nossas limitações humanas. É agora o momento de acentuar que, se Camões diz que os cristãos estavam habituados a ver Deus em forma humana (e note-se como, por omissão, ele declara que os judeus não estavam habituados a vê-lo em forma alguma, como também não os muçulmanos), jamais ele, ao longo do poema, menciona quaisquer imagens para fins de devoção, quer de um santo, quer do próprio Deus. A única ocasião é a falsa e fingida, quando Baco engana, precisamente com imagens dessas, a credulidade de alguns cristãos. Repare-se ainda em como é o *Demónio* que inventa as imagens monstruosas, mas é o *Demo* quem aos magos revela a verdade da história futura. A última ocorrência de *Demónio*, na nossa lista, confirma tudo isto: ele é quem, à Índia, repartiu entre Gentios e Mouros, e aos reinos deles deu leis (religiosas) escritas. Camões fazia assim aos seus piedosos leitores o mesmo que Baco havia feito aos cristãos crédulos, mostrando-lhes, de todas as cenas possíveis, uma pintura de Pentecostes, e iludindo-os com as suas mesmas ilusões. E chegamos agora ao *vaso de nequícia*, um dos mais complexos passos da epopeia. É um passo tão especial, que Camões, na estrofe, usa palavras que não ocorrem em parte alguma do poema (*delito, prisco, nequícia*), e a maioria das outras são raras nele. Vasco da Gama queixa-se ao rei indiano das suspeitas contra os portugueses, e diz que ele, rei, não estaria tão suspeitoso deles,

> *Se os antigos delitos, que a malícia*
> *Humana cometeu na prisca idade,*
> *Não causaram, que o vaso de nequícia,*
> *Açoute tão cruel da Cristandade,*
> *Viera pôr perpétua inimicícia*
> *Na geração de Adão, co a falsidade, (etc.)*

Nas nossas investigações, coligimos e colacionámos todas as referências ao Paraíso e ao Pecado Original na epopeia, e há que afirmar-se que Camões sempre busca e estabelece um equilíbrio entre a tradição pagã e a judeo-cristã, e que, com suma habilidade, separa a doutrina da Queda e o conceito de Pecado Original. Este conceito, com efeito, fica sempre ambíguo, não tanto por estar colhido entre aquelas duas tradições contraditórias, mas sobretudo porque Camões parece querê-lo como algo de uma alusão que olhos sumamente católicos e piedosos pudessem entender como lhes aprouvesse. Na citação aqui presente, vemos que a Queda foi causada pela malícia humana, e que o receptáculo de iniquidade tem, desde então, sido capaz de semear inimizades entre as raças humanas, com as falsidades com que sabe e pode jogar. Mas dir-se-ia que tal iniquidade, com o seu cortejo de inimicícias e falsidades, é algo peculiar ao Cristianismo — ou porque os cristãos, sendo a religião verdadeira, estão mais do que ninguém sujeitos a serem presa do «vaso de nequícia», ou porque, mais do que os outros, são orgulhosos, preconceituosos, intolerantes, suspeitosos uns dos outros, e consequentemente gente que não merece confiança. E é este — recorde-se — o retrato que Camões pinta mais de uma vez, quando fala da Cristandade do seu tempo. Depois disto, não é para admirar que, no último dos passos do conjunto mais denso, o Catual trate de buscar no seu espírito algum *engano diabólico, e estupendo* para destruir os descobridores.

Vejamos, agora, como trata Camões os pagãos, os gentios, e os judeus. *Pagão* ocorre duas vezes no poema; estranhamente, para o rei de Melinde — *rei pagão* por contraste com o *rei cristão* com quem ele deseja estabelecer boas relações. Nada há de mal nisto: pelo contrário, Camões atribui a esta personagem todas as qualificações dignificadoras reservadas a bons e nobres reis. Mais: Camões sabe e diz que ele é um muçulmano, e assim *pagão* é, no caso, uma licença poética para sublinhar como um generoso muçulmano, se em boas relações com os portugueses, podia aspirar a uma categoria superior. Por outro lado, é interessante apontar que, na epopeia, nunca «paganismo» é relacionado com «idolatria» — idólatras são os gentios, os que, para o poema, não são cristãos, nem muçulmanos, nem judeus, nem os povos do mundo greco-romano da Antiguidade. Deste modo, a monstruosidade que vimos atribuída aos deuses da Índia, ainda que tenha a sua contrapartida mediterrânica, era algo de diverso para Camões, uma vez que os deuses pagãos eram, nas suas representações, predominantemente corporizações da beleza física. A relação entre a gentilidade e a idolatria é precisamente colocada na boca de Júpiter (II, 51), quando refere os gentios orientais que adoram ídolos... Mas Camões jamais maltrata, em lugar algum, a idolatria ou os gentios — mais de uma vez insiste na venerável antiquidade dessas religiões. Basta pormos todas as referências uma após outra, à medida que ocorrem, para vermos com que delicadeza Camões trata a questão. Na verdade, para ele, todas as religiões participam em diversos graus da revelação divina, e são assim dignas de respeito, desde que não ataquem o mundo ocidental. E mesmo quando, com zelo apostólico ou espírito cruzadesco, o mundo ocidental as ataca, Camões sempre acentua que Deus não alinha nunca com a injustiça, a menos que para castigar quem pecou, menos contra Ele, que contra a dignidade humana. É por uma evidência de pureza de espírito e de fortaleza de ânimo que a última vitória é atingida. E a tolerância de Camões não recua perante nada: com a mesma elegância de ritmo e o mesmo aberto espírito descreve ele (ou faz que as suas personagens falantes descrevam, o que não é dos menores dos seus artifícios) as mais refinadas e as mais primitivas religiões. Cuidemos dos judeus e da sua religião, sem dúvida uma pedra de toque para ajuizarmos de Camões em relação ao seu tempo.

Se as palavras *israelita* e *hebraico* não ocorrem (e *ismaelita* ocorre, por seu lado, quatro vezes), *hebreu, Judeia, judaico, Israel* ocorrem dez vezes («número perfeitíssimo», como diria Faria e Sousa). Todas as referências são extremamente factuais, sem qualquer sombra de preconceito, ou estavam decididamente calculadas para darem ao contexto uma especial coloração. Mas insistamos em que outras referências mais ocorrem, através de personagens ou de alusões bíblicas ao Velho Testamento, de que trataremos imediatamente, após analisarmos aquelas dez.

A primeira destas aparece quando Camões diz que Maomé era filho de mãe hebreia e pai gentio (I, 53) — não é, porém, a primeira de todas as ocorrências judaicas (na mesma estrofe, a primeira de todas é, como cumpria que fosse, Abraão). A segunda daquelas dez é *Judeia*, quando é dito que o Conde D. Henrique de Borgonha voltou após a conquista de Jerusalém (III, 27). A terceira, *Judeia* outra vez, não significa só o país, mas o povo também: «*Judeia que um Deus adora e ama*» (III, 72). Ocorre, quando Camões se dirige retoricamente (ou faz que Vasco da Gama se dirija, pois é quem fala na ocasião) a Pompeu, a quem a *justa Némesis* fez que viesse a ser derrotado em combate, após as conquistas que incluíam o povo judaico — e a comparação é usada para acentuar o sentido da derrota de D. Afonso Henriques em Badajoz (como castigo de haver atentado contra sua mãe). Nada senão uma respeitosa maneira de caracterizar os judeus se observa na ocorrência. A quarta, *Judeia* ainda uma vez mais, vem algumas estrofes depois (III, 86), quando é dito que os cruzados que seguiam para ajudar à reconquista de Jerusalém ajudam D. Sancho I a atacar Silves. Estas dez sefiróticas referências terminam com *Judeia* outra vez, como veremos. Mas atentemos na tripla sequência do Canto III: *Judeia que um Deus adora e ama* está entre *Judeia sojugada* e *Judeia já perdida*, curiosamente. Em IV, 12, D. João I é comparado a *Sansão Hebreo da guedelha*, o que marca o carácter sagrado da batalha de Aljubarrota. Em IV, 63, quando se diz dos homens que João II mandou a colher informações do Oriente, é-nos dito também que eles atravessaram o mar que «*o povo de Israel sem Nau passou*». Este mesmo acontecimento é evocado por Vasco da Gama, na ocorrência seguinte, quando (VI, 81), se dirige à *Divina Guarda* — o que sugere como a sua própria viagem é de certo modo em busca da Terra Prometida. E é de novo Israel, *todo Israel*, quem é mencionado. Mais outra vez, a seguir, temos o povo — *Judaico povo antigo* — que não tocava a *gente de Samária* (VII, 39), quando Monçaide explica ao Gama o sistema de castas da Índia. Seguidamente, é *judaico* (VII, 80), quando Camões compara o seu escapar-se tantas vezes por um fio ao rei judaico que teve a sua morte adiada. A última das ocorrências é muito interessante — *Judeia* como o país (IX, 34), no contexto de Camões nos dizer dos estranhos modos de amor, devidos aos enganos perpetrados pelos Cupidos menos destros, quando Vénus vai visitar seu filho, e este está a preparar uma grande expedição contra o género humano. Note-se que o Amor está, nesse momento, a ponto de castigar a humanidade por toda a casta de erros sexuais, políticos e sociais — e como tal acção é obstada porque Vénus quer que ele participe na glorificação dos heróis portugueses.

É como se a descoberta da Índia pudesse ser vista — e é-o, pois que Camões menciona o Oriente como uma das localizações do perdido Paraíso Terrestre — como o Paraíso Reconquistado, e como perdão de todos os pecados não contra Deus mas contra o Amor supremo. Numerosos exemplos de *amor nefando* podem ser encontrados entre heróis do mais insigne estado — e são-nos dados quatro exemplos de incesto, dois vindos de fontes clássicas, outro de semiclássicas (mais uma vez Semíramis e o filho), e um *mancebo de Judeia*, que pode ser Amnon, filho do rei David. O mais ilustre passado está cheio de exemplos de aberrações sexuais, como quaisquer outros tempos... Mas notemos, agora, como a série das 10 ocorrências se ordena: duas ocorrências de *hebreu* (uma mãe e um dos Juízes) enquadram a tríade de *Judeia* (subjugada, fiel, perdida), e são seguidas por *Israel* duas vezes em conexão com a travessia do mar Vermelho, depois por *judaico* duas vezes (o povo que não tocava em impuros, o rei que teve a sua vida por Deus acrescentada), e, por fim, *Judeia* outra vez, como tão pecadora como os mais em matérias eróticas. Que a travessia do Mar Vermelho seja assimilada à viagem do Gama é posto na boca do próprio Gama. E que Cupido se preparava para destruir o género humano (ou algum povo) pelos seus pecados contra o Amor, quando o Gama descobria o Oriente, pode ser visto a uma luz muito curiosa, se entendermos a viagem como um Êxodo simbólico, e tanto mais quanto soubermos que 1497, o ano da sua partida, era considerado pelos judeus portugueses (e os cristãos-novos que fossem criptojudeus, ou quem simpatizasse com os sofrimentos de uma raça que não era já a sua) como um dos anos maiores das suas tribulações. Samuel Usque assim o declara no seu livro famoso, *Consolação às Tribulações de Israel* (1553), porque a conversão forçada e as perseguições foram ordenadas nos últimos dias de 1496 e seriam postas em execução no ano seguinte. Se quisermos, podemos até encontrar, na própria epopeia, uma lamentação acerca do caso, localizada exactamente na estrofe cujo número de ordem é 1496 dividida pelo divino 8 (II, 81):

*Que geração tão dura há i de gente?*
*Que bárbaro costume, e usança feia,*
*Que não vedem os portos, tão sòmente:*
*Mas inda o hospício da deserta areia?*
*Que má tensão? que peito em nós se sente?*
*Que de tão pouca gente se arreceia,*
*Que com laços armados tão fingidos,*
*Nos ordenassem ver-nos destruídos?*

Além das palavras que analisámos, temos em *Os Lusíadas*, como já apontámos, várias referências a Jerusalém e a personalidades do Velho Testamento. Dissemos que a primeira das personalidades e das referências é Abraão, em I, 53. E, muito adequadamente, a última de todas as referências judaicas é a Moisés, em X, 98, outra vez numa correlação com o Mar Vermelho. Todas as referências, colacionadas em conjunto, desenham uma estrutura tremendamente cabalística. Mas — perguntar-se-á — porque será que Abraão e a referência a uma mãe judaica aparecem em I, 53? É na verdade muito simples, desde que se saiba ou recorde que 53 é o número aritmosófico para o nome de Deus em hebraico: YHVH, que se transcreve YAVEH; e era também o número do século judaico em que Camões vivia: com efeito, o 53.º século desde a Criação do Mundo começara em 1540, o que incidentalmente aponta para a importância que 1640 viria a ter como ano da Restauração de Portugal.

Apenas para dar-se uma ideia de a que ponto a Cabala embebe *Os Lusíadas*, ofereçamos um muito singelo exemplo. Quem não recorda o começo do poema, quando Camões se dirige a D. Sebastião e pede ao rei que ponha na terra «*os olhos da real benignidade*»? Sabeis acaso o que isto é? Uma fórmula cabalística da mais alta transcendência, pois que a tradução latina do membro viril equacionado com o Microprosopus e com o Macroprosopus (ou sejam, o Adão primevo, e o próprio Deus) era *Benignidade*, Suprema Benignidade. E fitar com a Benignidade era, ao mesmo tempo, ser circuncidado, e ter relações sexuais. Tudo isto está no *Zohar*, bem como o número para isto, 248, que é dos números básicos nos cálculos arquitectónicos da epopeia. De resto, o que será equivalente a *Luís Vaz de Camões* pelo mesmo processo de Yaveh ser 53? Pois 156, o número de estrofes do último Canto d'*Os Lusíadas*.

Da série de *Jerusalém*, tomemos uma das mais cruciais estâncias (III, 117), em que Camões apostrofa o imperador romano Tito, sobre a destruição de Jerusalém. A estância encerra ao mesmo tempo o episódio da batalha do Salado e precede a que introduz Inês de Castro:

> *E se tu tantas almas só pudeste,*
> *Mandar ao reino escuro de Cocito,*
> *Quando a santa Cidade desfizeste*
> *Do povo pertinaz no antigo rito:*
> *Permissão e vingança foi celeste,*

*E não força de braço, ó nobre Tito,*
*Que assi dos Vates foi profetizado,*
*E depois por JESU certificado.*

Cumpre apontar que *pertinaz* ocorre três vezes no poema: a primeira, aqui; a segunda para o povo que não perdoa a Inês de Castro, algumas estrofes adiante; e a terceira, no Canto V, para a descuidada confiança dos portugueses, ironizada nas palavras do Adamastor. *Pertinácia* tinha aparecido — e é a única ocorrência — no Canto III, como aquelas duas primeiras, para a vera virtude de Afonso Henriques, que o leva ao desastre de Badajoz (aonde paga por ter pecado contra sua mãe). Atente-se em todos os inter-relacionados sentidos que estas ocorrências implicam em conjunto — mas atente-se também em como Camões aplicou aos judeus o termo característico da fidelidade deles à sua fé, tal como um vulgar leitor cristão esperaria, mas retirou do termo qualquer conotação condenatória: a menos que estenda a condenação aos próprios portugueses e ao primeiro rei de Portugal. *Certificar* ocorre no poema só seis vezes, e no sentido de «verificar», «confirmar» nas outras cinco além desta. A estrofe diz (a Tito) que ele, se matara muitos judeus, mandando-os assim não para o Inferno mas para um equivalente pagão inteiramente despojado da ideia de danação (poderíamos também dizer que Camões, no seu realismo e nos seus astuciosos artifícios, é por delicadeza que não refere a um pagão ilustre o Inferno cristão...), ao destruir a cidade santa desse povo tão pertinaz em religião, tal feito não havia sido resultado de força militar, mas efeito de uma licença dada pelo Céu por vingança, como tinha sido profetizado pelos *vates*, os

Profetas de Israel, e como o advento de Cristo confirmara. Mas como? Porque os judeus ignoraram Cristo foi Jerusalém destruída? Ou porque alguns judeus acreditaram nele? Assim, o advento do Cristianismo, neste contexto, pode ser lido de ambos os modos, e ser igualmente aceitável a judeus e cristãos. É historicamente sabido que os judeus sempre atribuíram os seus desastres à própria perda do fervor da fé, ou à acomodação deles a diversas religiões ou culturas — de cada vez que eles tendessem a esquecer que eram judeus, Deus permitiria uma perseguição que lhes lembrasse a aliança com Ele selada pela circuncisão de Abraão. Para os judeus — os peninsulares sobretudo — não acontecera maior confirmação do «status» especial deles do que o cristianismo, exactamente pelas razões opostas às dos cristãos para tal advento. Sem dúvida que Jesus viera «certificar», tornar reais todas as ameaças trovejadas pelos profetas de outrora. E é muito interessante apontar que a tradição histórica datava a vinda dos judeus para a Península Ibérica da *diáspora* ordenada por Tito.

O nome de *Jesus* é expressamente escrito em *Os Lusíadas*, como seria de esperar, apenas três vezes. Esta é a primeira, no passo acima comentado. As outras duas ocorrem no Canto X, no episódio de São Tomé (X, 108 e 115), quando é dito que o santo era o que tocara no lado de Jesus, e o que ressuscitara um jovem assassinado, em nome de *Jesus crucificado*. Não é nunca Camões em pessoa quem fala em qualquer das três ocorrências: Vasco da Gama, na primeira vez, e Téthys nas outras duas. *Cristo* ocorre várias vezes, na maioria dos casos adjectivamente, como *de Cristo* = cristão. Só uma única vez os dois nomes ocorrem juntos. Quando? Precisamente quando, em x, 108, na segunda das três ocorrências de Jesus, é dito de São Tomé *Que a Jesu Cristo teve a mão no lado*. São Tomé tocou o corpo de Jesus para ficar seguro de que se não tratava de uma ilusão do seu espírito ou obra de magia — e, ao fazê-lo, com toda a ambiguidade da fé, de qualquer fé, estava sem dúvida a tocar, ao mesmo tempo, o homem e o Messias. E note-se como *crucificado* ocorre só uma vez na epopeia, para aquela terceira ocorrência de Jesus. A palavra *cruz* ocorre naturalmente só três vezes também — mas sempre e apenas em relação com as armas de Portugal.

Comecei por dizer que não era possível resumir numa comunicação o que foi a minha leitura das palavras significativas ou tidas por insignificantes d'*Os Lusíadas* — o que é matéria de um monstruoso volume que ora recebe os últimos retoques para publicação nestes anos em que somos chamados a celebrar em 1972 o 4.º centenário da epopeia, em 74-75, o 450.º aniversário de Camões, em 1980 o 4.º centenário da sua morte. Nenhuma comemoração será digna se continuarmos a limitar o escopo e o sentido da obra de Camões, recusando a tremenda e terrífica mensagem que ele pôs nela. *Os Lusíadas* não são, na sua estrutura, só uma glorificação dos feitos portugueses: são também uma trágica penitência pelas malfeitorias que os acompanharam. Ambas as direcções do seu sentido último desempenharam, por certo, papel importante, desde o início, no facto de o poema atrair admiração e amor (e também ferozes inimigos). Mas não reduzamos à pequenez mesmo do maior orgulho um poema que o poeta quis que se elevasse do plano nacional ao universal.

Santa Barbara, Fevereiro de 1972.

# Rubén Darío — «La Dulzura del Ángelus»

(1974)

*La dulzura del ángelus/ matinal y divino*
*que diluyen ingenuas/ campanas provinciales,*
*en un aire inocente/ a fuerza de rosales,*
*de plegaria, de ensueño/ de virgen y de trino*

5 *de ruiseñor, opuesto/ todo al raudo destino*
*que no cree en Dios.../ El áureo ovillo vespertino*
*que la tarde devana/ tras opacos cristales*
*por tejer la inconsútil/ tela de nuestros males*

*todos hechos de carne/ y aromados de vino...*
10 *Y esta atroz amargura/ de no gustar de nada,*
*de no saber adónde/ dirigir nuestra prora*

*mientras el pobre esquife/ en la noche cerrada*
*va en las hostiles olas/ huérfano de la aurora...*
*(¡Oh, suaves campanas/ entre la madrugada!)*

Este soneto de Darío, para los tradicionalistas que no aceptaban sus reformas formales, era doblemente irregular: sus rimas eran ABBA-AABB-ACD-

-CDC, y su metro el famoso «hexámetro» [1]. Cuanto a la primera irregularidad en relación a la mayoría de los sonetos del Siglo de Oro, hay que notar que lo que el poeta ha hecho fue intercalar una rima A entre lo que sería el ABBA de los cuartetos clásicos, y en consecuencia prolongar las rimas de los cuartetos hasta el primer verso de los tercetos que se quedaron con una rima de menos en lo que sería uno de los esquemas más petrarquistas de la tradición: CDC--DCD. Si tenemos en cuenta esta observación, una primera mirada al texto nos indica que el desarrollo estructural está de acuerdo com las rimas: es como si los cuartetos tuvieran nueve versos, y los tercetos cinco... Cuanto a la segunda «irregularidad», considerándose que los hexámetros implican una nítida cesura, el poeta la usa para acentuar una doble respiración del verso, en que la segunda mitad es complementaria de la primera:

1 *La dulzura del ángelus // matinal y divino*
3 *en un aire inocente // a fuerza de rosales*
7 *que la tarde devana // tras opacos cristales*
9 *todos hechos de carne // y aromados de vino*
10 *y esta atroz amargura // de no gustar de nada*
11 *de no saber adónde // dirigir nuestra prora*

[1] Son de todos conocidas las palabras de Darío en el prefacio a *Cantos de Vida y Esperanza*, cuando, después de celebrarse orgullosamente («el movimiento de libertad que me tocó iniciar en América se propagó hasta España, y tanto aquí como allá el triunfo está logrado»), de pronto defiende el hexámetro (e invoca a Horacio, Carducci y Longfellow) que, si otras pruebas no tuviéramos, así se ve cuánto le era especialmente querido. Los hexámetros del soneto no son sino la yuxtaposición de pares de heptasílabos regulares, esdrújulo apenas el primero de todos (*la dulzura del ángelus*) y métricamente difícil el primero del v. 6 (*que / no / cree en / Dios... / El / áureo*).

12   *mientras el pobre esquife // en la noche cerrada*
13   *va en las hostiles olas // huérfano de la aurora*
14   *(¡Oh suaves campanas // entre la madrugada!)*

En los restantes cinco versos, que están todos en la primera mitad del número total (con la única excepción del v. 8 que es todavía contiguo a los primeros siete), la cesura corta sintagmas poéticos:

2   *que diluyen* ingenuas // campanas provinciales
4   *de plegaria, de* ensueño // de virgen, *y de trino*
5   *de ruiseñor,* opuesto // todo *al raudo destino*
6   *que no cree en Dios... El* áureo // ovillo vespertino
8   *por tejer la* inconsútil // tela *de nuestros males*

Este corte de sintagmas hecho por la cesura permite al poeta subrayar con una suspensión métrica palabras que le importan tanto para el tono de la primera mitad de los versos (*ingenuas, ensueño*) como para la antítesis contenida en la segunda (*áureo, inconsútil*), estando una otra como clave de transición entre dos partes del soneto (*opuesto*). Ya veremos más detenidamente las nítidas partes en que el soneto se divide. Por ahora, hay que notar que los dos tipos semántico-rítmicos de versos están organizados en perfecta simetría adentro de las dos partes que de pronto eran definidas por el esquema de rimas (designados por *V* los versos del primer grupo, y por *v* los del segundo en que la cesura corta sintagmas):

|           | 1 | 2 | 3 | 4 | 5 | 6 | 7 | 8 | 9 | 10 | 11 | 12 | 13 | 14 |
|-----------|---|---|---|---|---|---|---|---|---|----|----|----|----|----|
| rimas     | A | B | B | A | A | A | B | B | A | C  | D  | C  | D  | C  |
| tipo de v.| V | v | V | v | v | v | V | v | V | V  | V  | V  | V  | V  |

En cada una de estas dos partes, los versos 5 y 12 nos aparecen como ejes del desarrollo del soneto, como efectivamente lo son.

Observemos además que sólo dos veces, en todo el soneto, los versos no son por sí mismos unidades de sentido que el poeta va adicionando sucesivamente: en 4-5 en que hay el único encabalgamiento sintagmático (*de trino // de ruiseñor*), y en el 6 en que termina en medio del verso (y sin coincidir con la cesura) una parte del soneto y empieza otra. Esta proximidad del fenómeno en tres versos contiguos (4-5-6) nos confirma que el verso 5 es, como geometricamente habíamos visto, un eje del soneto, definido por el corte *opuesto // todo*.

Una primera lectura nos muestra que el poema está dividido, como hemos dicho, en dos partes que coinciden con el esquema de rimas. Pero desde luego es evidente que en la primera hay dos (una hasta *Dios* en el v. 6, otra hasta *vino* en el v. 9), y en la segunda también (una hasta *aurora*, y otra el último verso). Cuatro partes pues, en un nivel gramatical que es sutilizado estructuralmente por los ejes contenidos en los versos 5 en la primera y 12 en la tercera.

Estas cuatro partes del soneto están organizadas por secuencias de enumeraciones nunca gramaticalmente predicadas, lo que crea el tono de evocación deseado por el poeta. En la primera parte acumúlase toda una sugestividad de pureza, dulzura, inocencia, ingenuidad, sentimiento de sencilla religiosidad, hecha de los más vulgares lugares comunes tradicionales y románticos — *dulzura del ángelus, ingenuas campanas provinciales, aire inocente* que lo es a fuerza de *rosales, plegaria, ensueño de virgen* (las vírgenes por definición convencional no sueñan más que de cosas puras), *trino de ruiseñor* (que los ruiseñores cantan, por tradición poética, por la noche y no por la mañana era indiferente a Darío). Tal enumeración enteramente convencional compone un *todo* que es *opuesto todo* «al raudo destino que no cree en Dios». El eje que es el v. 5 tiene así su fulcro en este punto que opone la enumeración a ese «raudo destino», o sea a la vida desordenada del que no tiene una fe como la que las campanas o el imaginarlas hacen al poeta suponer que la tiene el pueblo provincial. Esto es identificar (muy en armonía con la tradición romántica de los Lamartines y el tradicionalismo católico anti-intelectualista) la paz con una fe sin angustias aún cristianas, y admitir implícitamente que no hay paz donde no haya una religiosidade cristiana hecha de plena conformidad con las estructuras de la tradición que la vida provincial conservaría. Que en la imaginación del poeta «todo» esto haya sido evocado con imágenes convencionales de la tradición literaria es doblemente significativo de la identificación conservadora apuntada, y de cómo él sentía que sólo en términos *convencionales* tal identificación era posible. El tema del soneto está todo en esta primera doble parte: la *dulzura* enumerada se opone al *raudo destino que no cree en Dios...* [2].

La segunda parte evoca, por oposición a lo *matinal* del ángelus, el *áureo ovillo vespertino*. Así la

---

[2] Un «tema» como algo que se expone y desarolla en un poema es, en verdad, una categoría crítica anterior a las revoluciones expresivas de la Vanguardia, cuando el poema deja de ser «ilustración» de un filosofema para cambiarse en expresión contradictoria de una situación. Esto no quiere decir que, después del Modernismo, en un César Vallejo o un García Lorca,

pureza de la vida sencilla y creyente es matinal, y la complicación de la vida sin la gracia de Dios es «vespertina»: es la idea romántica y sobre todo esteticista del pecado como algo nocturno. Pero ese *ovillo* es *áureo*. ¿Por qué? Porque los pecados de los esteticistas son requintados y refinados: la tarde los devana tras *opacos cristales* (los cristales siempre fueron símbolos eróticos y su opacidad subraya que no tienen, por pecaminosos, la trasparencia «matinal»). Y los devana por tejer la *inconsútil tela de nuestros males* («inconsútil» fue la legendaria túnica del Niño Jesús que crecía con él y que la Virgen le hiciera). ¿Pero estos males son sociales, políticos, etc.? Nada de eso: son *todos* hechos de carne y aromados de vino. Son pecados de quien vive una vida de mujeres y de orgías. Así el que no cree en Dios es identificado como un hombre que necesariamente vive, aunque refinadamente, dado entero a los placeres o desastres de la carne y la bebida. Es la vulgar licencia de la burguesía aristocratizada del «Fin de Siécle» (el mundo convencional de las «cocottes» francesas regadas con champaña) opuesta a la virtud de una fe sencilla que el poeta mismo, por su enumeración de lugares comunes, siente, sin confesarlo, como convencional. No hay referencia alguna a otros pecados que pueden existir en los más castos y más sobrios de los hombres: la soberbia, la envidia, etc. Una convención se opone a otra convención.

Pasando a otro nivel de análisis, descompongamos las dos primeras partes, para ver cómo se desar-

un tema no pueda ser encontrado, mas que el poema no es concebido como una «composición» ilustradora de ideas previamente aceptadas en cuanto tales.

rollan por membraciones estrictamente paralelas y antitéticas:

| | | |
|---|---|---|
| la dulzura del ángelus matinal divino que ingenuas campanas [provinciales diluyen en un aire inocente a fuerza de <br>⎧ *rosales* [1] <br>⎪ ⎧ plegaria <br>⎨ ⎨ ensueño de virgen [2] <br>⎪ ⎩ <br>⎩ trino de ruiseñor <br><br>todo | <br><br><br><br><br><br><br><br><br><br><br><br><br><br><br>opuesto al | el ovillo vespertino áureo <br><br>que la tarde devana tras cristales opacos por tejer la inconsútil tela de nuestros males, todos hechos de carne [2] y aromados de vino [1] raudo destino que no cree en Dios |

Claramente se ve que, si la primera parte se opone «toda» a la segunda, significando «todo» lo que se opone al «raudo destino etc.», la *dulzura del ángelus* se opone, sencilla y trasparente, a la complicación de un *ovillo* (esta metáfora es también el antiguo hilo de las Parcas identificadas con la tarde en que los pecados nocturnos empiezan); *matinal* a *vespertino* (que asume, por contraposición, las calidades negativas del pecado de ateísmo); *divino* a *áureo*.

Es inescapable en la estructura del texto esta última oposición. *Áureo* (por «atrayente», «fascinante», etc.) se opone a *divino*. Se esperaría que una de las calidades poéticas visuales de Dios fuera al revés el oro de la grandeza y de la gloria celestial.

Pero no. ¿Qué contradicción es esta, y qué nos dice de Darío? ¿Ve Rubén a Dios como un ente nocturno? Seguro que no, puesto que «divino» está asociado a «matinal». Una de las razones de este empleo extraño de los oros retóricos es evidentemente sencilla y tradicional: se trata del dorado de la luz de la tarde, sin más. Además, ¿qué otra explicación para que Darío haya aceptado que, por la estructura paralela-antitética, *áureo* se contraponga a *divino* sino la idea (muy esteticista) de que la virtud no tiene los atributos coloridos del pecado?

Seguidamente, esta descomposición nos muestra que *ingenuas campanas provinciales* es en el poema un sintagma indescomponible y la llave (por indescomponible) de la inspiración del soneto. Después esas campanas *diluyen* el ángelus, en cuanto la tarde *devana* el ovillo. Así la unidad sugestiva de campanas- -ángelus es algo que se diluye, en cuanto el ovillo vespertino es algo que la tarde devana. Este último verbo es resultado del empleo (e invención) por el poeta de la metáfora del ovillo: un ovillo es cosa que se devana. Pero nos indica que si una cosa se diluye *en un* aire (que no es cualquiera, o el poeta hubiera dicho *el*) la otra es devanada *tras*. Lo que sirve para subrayar la diferencia entre un aire que es inocente (= trasparente) y, como aire, sin dureza alguna, y los cristales que, imagen habitual de la transparencia, son aquí *opacos* [3]. Todavía es curioso registrar otra aparente contradicción que viene luego después: el hecho que el aire sea inocente *a fuerza de*, en cuanto la

---

[3] Lo que puede sugerir que los cristales de las ventanas iluminados por el sol de la tarde reflejan la luz, y son pues opacos, no dejando ver lo que pasa en el secreto de las casas (= almas).

inconsútil tela es hecha por el delicado *tejer*. Sin duda que «a fuerza de» está como locución indicadora de una acumulación (rosales, plegaria, ensueño, trino) que corresponde a «la inconsútil tela», etc., aunque no sea muy feliz donde todo era delicadeza. Hay contrastes en este paso: *aromados de vino* se opone a [aroma de] *rosales* del mismo modo que *hechos de carne* se opone a la pureza no-carnal supuesta la materia de los ensueños virginales. La enumeración contiene reiteraciones asociativas: *plegaria* y *ensueño de virgen* son cosas humanas, *rosales* y *trino de ruiseñor* son cosas de la naturaleza; *plegaria* y *trino* evocan asociaciones sonoras. En este cuadro, «ensueño de virgen» era, en lo espiritual, lo correspondiente a perfume de los rosales, para Darío-el-«littérateur».

La tercera parte del soneto *(«Y esta atroz amargura...»)* amplifica lo que quedó dicho en la segunda. Según las convenciones tradicionales, después del coito el animal es triste, y el placer por el placer no puede sino engendrar el tedio que Baudelaire enseñó a generaciones de poetas: *esta atroz amargura de no gustar de nada* («amargura» en antítesis de la «dulzura» con que empezó el soneto). Pero la oposición que el poeta convencionalmente dibujó entre dos convenciones le fuerza a pensar que el que no cree no puede saber *adónde dirigir nuestra prora*. «Prora» introduce la metáfora del *barco*, viejísimo lugar común para la vida humana, especialmente la vida humana perdida sin rumbo. Esa imitación figurativa es exactamente la materia de los versos seguientes en que la sentimentalidad verbal tradicional de nuevo se acumula como al principio: no tenemos un barco cualquiera sino un *esquife* (que hace central el v. 12) que será embarcación más pequeña, no un esquife sin más sino un *pobre esquife*, en la *noche cerrada*, en las *hostiles olas, huérfano*. ¿Huérfano de qué? *De la aurora* de la primera parte. Por eso puede el poeta concluir con una exclamación parentética, evocando a las campanas cuyo sonido desencadenó el soneto.

Las campanas tienen en el soneto los dos únicos momentos en que, más allá de la novedad métrica y de la elegancia del lenguaje, Darío es aquí inventor [4]. Las ingenuas campanas provinciales (que hemos visto como llave sintagmática del soneto) no empezaron por repicar el ángelus: *lo diluyen en un aire...* La inversión verbal del hecho físico da el sonido de las campanas cuando y como *diluido* en el aire que simboliza todo lo que se opone, etc. Y esas campanas, cuando suenan otra vez, al final, en el recuerdo de ellas que el poeta tuvo y nos hizo con el soneto, no suenan más en el aire (espacio donde) como antes, ni en la madrugada (tiempo cuando), pero *entre* la madrugada, transformándola en el espacio-tiempo del poema.

El poeta en él no habla personalmente, sino en un plural de majestad que es, al mismo tiempo, el viejo expediente retórico de la identificación con el oyente: ese plural sólo aparece dos veces: *nuestros males, nuestra prora*. Aunque las necesidades de la rima pudieran haber intervenido, debemos subrayar el sutil pasaje del plural al singular, en los dos plurales que indicamos: primero se habla de la inconsútil tela de *nuestros males* (nosotros somos como el

---

[4] Habíamos notado el *ovillo*. Lo que queremos decir es «invención» al nivel de la estructura misma del lenguaje y no de metáforas o palabras inesperadas.

poeta personas que no creen en Dios, o no creen en El a la manera ingenua que las campanas simbolizan), para hablarse después de *nuestra prora* (lo que significa que estamos todos embarcados con el poeta en la *Narrenschiff*, la nave de los locos, el «pobre esquife» perdido en la noche del pecado y del tedio del pecado).

Todavía no es todo el mundo quien va en ese viaje perdido. «Nuestros males» son la sensualidad y su tedio, desde luego opuestos al ejemplo de una vida sencilla, hecha toda de idealidades convencionales: rosales, plegarias, ensueños de virgen, trinos de aves canoras. Lo que quiere decir que *nosotros* a quienes el poeta embarca con él mismo somos gente igual a lo que él se considera, una fracción mínima de la humanidad que sufre y pena, somos los que se dan o pueden dar una vida de placeres en la ociosidad, y para quienes no creer en Dios al modo tradicional es un lujo más (en El creen, para nuestro bien, y para que recibamos nuestras rentas, amén, los inocentes provinciales...).

Soñemos pues con las campanas hexamétricamente — o sea la terrible dicotomía que es la tragedia de América Latina, lo real verbalmente escamoteado tras los opacos cristales de las convenciones y tradiciones oligárquicas, y lo formal nuevo o supuestamente nuevo presentado como movimiento de libertad. ¡Qué bien trinaba el ruiseñor por la mañana! Pero ¿quién era virgen para los ensueños? Seguro que no lo era — y el soneto lo dice con espantosa inocencia — la internacional de periodistas y diplomáticos que hizo el modernismo y su triunfo. ¡Ay Rubén, Rubén, que lo sabías todo de las retóricas antiguas!

# Notas Bibliográficas e Explicativas aos Estudos Coligidos

## A Sextina e a Sextina de Bernardim Ribeiro

Este estudo foi publicado na *Revista de Letras*, Assis, vol. IV, 1963 (tendo sido redigido em versão definitiva em 1962), da qual se fez separata que teve, até esgotar-se, alguma difusão. É de notar que, após a publicação deste estudo, um artigo dos críticos brasileiros. M. Cavalcanti Proença e Sávio Antunes, «Sextina Lúdica», retomava a minha descoberta da construção e invenção da forma *sextina*, mas transformando as minhas deduções aritmosóficas nas equivalentes transformações geométricas. Esse notável artigo saiu no n.º 27-28, ano VIII, 1965, da prestigiosa e extinta *Revista do Livro* (editada pelo Instituto Nacional do Livro, Rio de Janeiro, e organizada com a mais alta competência, pelo eminente crítico Alexandre Eulálio, «redactor responsável», como era chamado). Referente a 1965, aquele derradeiro número da revista só foi efectivamente publicado em 1967. Nele apareceu uma terceira e última divisão (as anteriores outras duas haviam saído na revista, em 1961 e 1964) do estudo titular do meu livro *A Estrutura de «Os Lusíadas» e outros estudos camonianos e de poesia peninsular do século* XVI, Lisboa, 1970. Escusado será apontar que o título do estudo imita calculadamente o de uma admirável novela de Jorge Amado, então de publicação recente: «A Morte e a morte de Quincas-Berro-de-Água».

## A Poesia de António Gedeão

Este prefácio para as «poesias completas» de António Gedeão foi escrito, em 1964, para a 1.ª edição (Lisboa, 1965), por confluência de três circunstâncias: a solicitação do poeta que desejava um prefácio meu, o gosto de escrever sobre ele (estimando-o desde a minha juventude, quando, ainda por décadas o não sabendo o poeta que é, ele havia sido para mim um estreante e admirável professor de Física, no meu 7.º ano do Liceu Camões, que eu não esquecera nunca), e a insistência dos editores, depois aterrados com a escala (tamanho e «ares» científicos) do meu escrito que, suponho, naquele tempo, só não assustou o próprio Gedeão, honra lhe seja e ao homem de ciências que ele é. Para a reedição foi pedido um *Post-Scriptum* que me permitia, com a continuação da obra do poeta, confirmar as previsões «científicas» anteriormente feitas.

### «O Sangue de Átis», de François Mauriac

Este estudo ocupou quase totalmente, por generosidade da direcção, o n.º 29, 1965, da revista *O Tempo e o Modo*, e dele se fez separata que teve bastante difusão.

### Sobre Helder Macedo, «Poesia (1957-68)»

O livro em epígrafe viu a luz em fins de 1969, na Colecção «Círculo de Poesia» de Moraes Editores, aonde, com apenas um par de excepções, desde que ela se iniciou com uma colectânea minha (*Fidelidade*, 1958), têm saído todos os meus livros de poemas. Além desta circunstância que nos irmanava (se bem que a colecção tenha publicado as mais diversas e opostas pessoas), e da grande amizade pessoal e poética que me tem ligado ao autor (desde aqueles anos 50, em que, em serões da minha casa do Restelo, único tempo livre, e nem sempre, que a vida me deixava, acolhi e ouvi tantos dos jovens poetas de então, que uns triunfaram, e outros, como sempre sucede, a morte já devorou e bem depressa e cedo) quis Helder Macedo um prefácio meu para o que era, de certo modo, «poesias completas», todavia em grande parte inéditas. Era naquele tempo, e sobretudo para um poeta mais jovem, um grande risco, de que o avisei, tentando dissuadi-lo de atrair sobre si os ataques gratuitos que caíam então sobre mim. O mesmo fiz por esses anos com outros; mas não convenci o Helder Macedo, e escrevi o prefácio, como antes acontecera com Gedeão.

### Observações sobre as «Mãos e os Frutos» de Eugénio de Andrade

Estudo expressamente encomendado pela Editorial INOVA, Porto, para o volume colectivo, *21 Ensaios sobre E. de A.*, Porto, 1970. Deste estudo se fez separata que teve ampla difusão.

### Do Conceito de Modernidade, etc.

Este estudo foi elaborado como resposta minha a um vasto inquérito sobre a «modernidade», que me solicitou expressamente Fernando Ribeiro de Melo, para um amplo volume dedicado ao tema, a publicar por Edições Afrodite. Acedi ao convite e remeti o escrito logo depois. Por circunstâncias e dificuldades várias cujos pormenores ignoro totalmente, o ambicioso (e sem dúvida muito útil) volume não se publicou nunca. Este meu escrito é, pois, inteiramente *inédito* (e aliás o único deste volume que o é).

## A Terra de Meu Pai, etc.

Nos princípios de 1972, não posso precisar a data (e não é necessário ir aos meus arquivos, por ser secundário ao caso), Alexandre Pinheiro Torres enviou-me o manuscrito do seu livro com o título em epígrafe, para que eu o lesse e o prefaciasse, se acaso gostava dele. Como do prefácio é evidente, eu gostei muito, e escrevi o que me era pedido. E, confesso com duplo prazer: prefaciar um excelente e inovador livro de um poeta que eu sempre estimara, e de uma personalidade notoriamente «neo-realista» (com o que eu podia na prática desmentir um dos mitos destas décadas, a meu respeito: a hostilidade, que nunca tive, para com os «neo-realistas» e que alguns deles sistematicamente mantiveram contra mim). Cumpre ainda acrescentar o seguinte, como elucidação e rememoração do que sucedia naqueles idos de 1972, que parecem perder-se já nas brumas da memória, que são parte integrante do hino português como da civilização idem. Datado de Junho de 1972, este meu prefácio foi acabado de escrever quando em Portugal saíra (em Maio) a minha colectânea de poemas, *Exorcismos*, incluindo violentos poemas que reflectiam a minha cólera ante o Portugal que eu visitara impante de novo-riquismo e de misérias coloniais (como os mutilados de guerra, que mencionei nesse livro e se viam pelas ruas), no Verão de 1971. Esse meu livro, em que nem todas as violências chegaram a ser incluídas (ou o livro teria sido apreendido, e não chego a perceber como o não foi, a não ser por «jogo político» de fazer de conta...), veio todavia a ser atacado por tais violências mesmas, que chocaram muitos que, antifascistas, não estimavam grosserias poéticas (cuja ancestralidade é das mais respeitáveis, na literatura universal, e em termos de indignação patriótica). O livro de Pinheiro Torres, com o meu prefácio impresso nele, recebi-o só muito mais tarde, com dedicatória de Fevereiro de 1973, ao tempo em que as tempestades dos patriotas ofendidos ainda ressoavam. Bem que eu, ao louvar aquele livro dele, como aceitara fazer, já sabia que, como se diz, «me sangrava em saúde», aplaudindo justamente um livro de intensa indignação, tão diversa das meias-águas e meias-tintas com que tanto protesto se lavrou, durante décadas, sem que, é claro, a Ditadura se incomodasse, a não ser se queria chatear o autor por ser ele, ou a editorial para a pôr em maus lençóis financeiros. Há que francamente dizer-se: muita gente resistiu e bem, durante décadas, em verso ou prosa. Mas muito poucos ousaram desafiar certos limites que, devemos corajosamente dizê-lo, eles tinham dentro de si mesmos, naquele «recato» delicado que (agora isso mudou, felizmente) só permitia o palavrão entre «homens», segundo a tradição nacional a que quase ninguém jamais escapou, e de que a repressão salazarista, como certos moralismos actuais, era — por muito que nos custe — a *hipóstase* suprema.

*Camões: novas observações, etc.*

Este estudo foi escrito em Fevereiro de 1972, para o Simpósio Camoniano, que se realizou em Abril desse ano, com enorme êxito, na Universidade de Connecticut, nos Estados Unidos, por iniciativa do Prof. Dr. António Cirurgião, e do qual, entre outros, foram participantes, além de mim, personalidades tão ilustres de catedráticos nos Estados Unidos como os brasileiros Wilson Martins (New York University), Heitor Martins (Indiana University), o norte-americano Louis L. Martz e o inglês Charles Boxer (ambos então de Yale University, e o último «emérito» da Universidade de Londres). O presente estudo foi solicitado pela comissão organizadora para comunicação de abertura do Simpósio, cujas actas foram publicadas em *Ocidente*, Lisboa, número especial, Novembro de 1972, Nova Série, graças à gentileza e à compreensão de uma mulher admirável, Maria Amélia da Azevedo Pinto, tão longamente e até à morte, a directora do que foi, por anos e anos, internacionalmente, a mais prestigiosa e conhecida revista portuguesa de cultura, e a quem aproveito aqui uma oportunidade para prestar a minha comovida homenagem. O presente texto foi tradução portuguesa, para publicação na revista, do original em inglês, e do supracitado número especial extraído em separata que teve alguma divulgação. Este original, nesse ano de 1972 (ou outros textos) foi por mim lido em outras comemorações do centenário de *Os Lusíadas*, promovidas por diversas grandes universidades norte-americanas, que nelas me chamaram a participar. Uma versão paralela — mas algo diversa aqui e ali, porque o público seria outro, e os alvos também outros —, escrita em francês, foi por mim feita, para corresponder ao convite de proferir o discurso de encerramento das correspondentes comemorações em Paris, promovidas pelo Centro Cultural Português da Fundação Calouste Gulbenkian, por iniciativa do então seu director, o Prof. Dr. Joaquim Veríssimo Serrão, as quais — viajando eu expressamente à Europa para o efeito, graças à generosidade daquela Fundação — se realizaram em Março de 1972. As comunicações dos participantes, pela ordem em que foram lidas (Profs. Doutores Costa Pimpão, Roger Bismut, Pina Martins, F. Mauro, Eduardo Lourenço (de Faria), Luís de Albuquerque, e o presente autor), foram publicadas por aquele Centro Cultural, em Paris, 1972, constituindo o importante volume, *Visages de Luis de Camões*. Do texto francês do presente autor se fez também separata que tem tido difusão.

Devo acrescentar que, nesse ano de 1972, eu me senti uma espécie de caixeiro-viajante de Camões e *Os Lusíadas*, por amor de ambos e honrosas solicitações e convites: estes dois simpósios, o de Connecticut e o de Paris, várias reuniões ou conferências em universidades americanas, a minha viagem a Moçambique (promovida pela Associação dos Antigos Estudantes de Coimbra, aonde nunca estudei, mas que encobria gente progressiva do país, congregada em Lourenço Marques, e à frente da qual estava então A. de Almeida Santos — durante essa viagem, cujos acidentes e incidentes não são para memorializar aqui, e em que tive como permanente companheiro o grande poeta e admirável pessoa humana que é Rui Knopfli, ele e Eugénio Lisboa os iniciadores da espantosa realidade de tal viagem, falei várias vezes, e em vários lugares, do Camões diverso e revolucionário que é o meu), e a malograda viagem a Lisboa, que não se realizou por doença minha, para proferir o discurso inaugural da 1.ª Reunião Internacional de Camonistas, que está todavia publicado nas Actas respectivas, Lisboa, 1973.

Tanto o texto inglês traduzido ao português, como o escrito e publicado em francês, não são mais que calculadas e dirigidas «apresentações» de apenas alguns aspectos das descobertas referentes ao pensamento profundo de Camões na sua epopeia, feitas através da análise semântico-contextual do vocabulário do poema, que constitui o livro inédito (ainda em vias de revisão final e conclusão), *Estudos sobre o Vocabulário de «Os Lusíadas»*. Este novo Camões, grande patriota à sua maneira, e imperialista-anti-imperialista, vai contra a visão tradicional que a Direita tem imposto, e a Esquerda tem aceitado em Portugal. O presente ensaio deve ser, assim, lido em conjunto com o meu vasto artigo sobre *Camões* na última edição da *Enciclopédia Britânica* (que estou contratualmente proibido de publicar mesmo em tradução portuguesa, e de que foram feitas escassas separatas) e outros decisivos artigos sobre o poeta, recentes, como *Babel* e *Sião* no *Grande Dicionário de Literatura Portuguesa e Teoria Literária*, em publicação em fascículos (Iniciativas Editoriais, Lisboa) sob a direcção de J. J. Cochofel. Para não mencionar os meus volumes camonianos, em especial *A Estrutura de «Os Lusíadas»*, etc., em que esse aprofundamento «herético» de um Camões «herético» (política e religiosamente) se desenvolve já. Como ficou dito na Introdução deste volume. Para não falarmos no «discurso da Guarda», que proferi em Junho de 1977.

### Rubén Darío — «La dulzura del ángelus»

Este estudo, que se publica no espanhol em que foi escrito (é tempo de os portugueses aceitarem que precisam de ler espanhol, como os espanhóis português, não para iberismos ultrapassados, mas porque os dois países necessitam de defender e defender-se mutuamente o seu interdependente caminho para a democracia e a justiça social, e porque devem *reviver* o cadinho cultural que a Península Ibérica foi por séculos, em que, historicamente, uns não podem ser compreendidos sem os outros), constituiu o contributo do presente autor para o monumental volume, *Antología Comentada del Modernismo*, que, composto e impresso em Medellin, Colombia, 1974, é efectivamente uma edição da excelente revista *Explicación de Textos Literários*, publicada pelo Departamento de Espanhol e Português da Califórnia State University em Sacramento, Califórnia, e foi organizado pelos Profs. Drs. Francisco Porrata e Jorge Santana. Para essa magna antologia, contendo numerosas selecções de cerca de uma dezena de importantes poetas hispano-americanos, participantes do chamado «modernismo» espanhol e hispano-americano, igualmente numerosos críticos foram chamados a comentar cada um um poema, cabendo (como ele desejava) o grande e importante Rubén Darío (1867-1916) e um dos seus mais aparentemente só belo mas profundamente tão revelador dos seus poemas ao presente autor. Para o volume, o eminente hispanista espanhol (e notável lusófilo) Prof. Dr. António Sánchez-Romeralo (Universidade da Califórnia em Davis), escreveu uma ampla Introdução, *El Modernismo y su época*, absolutamente indispensável não só para compreender-se esse movimento hispânico e hispano-americano (que para portugueses e brasileiros, franceses, ingleses, etc., aparece não como o que designamos por *modernismo*, mas por parnasianismo + simbolismo + esteticismo inglês, em variáveis proporções) do mais actualizado comparativista ponto de vista, mas para entender-se o que só agora começa a ser visível: como esses movimentos do «Fim do Século», contra os quais a Vanguarda do século XX se levanta, na verdade a precediam e preparavam em muitos aspectos. É de notar que, não por acidente, o simbolista português Eugénio de Castro foi rival e companheiro de Darío, em prestígio internacional, e em influência em Hispano-América (ainda por estudar-se devidamente), e Darío, no seu livro «propagandístico» *Los Raros* (1896), dedicou-lhe um entusiástico artigo.

# ÍNDICE GERAL

| | |
|---|---:|
| Introdução | 9 |
| A Sextina e a Sextina de Bernardim Ribeiro (1962) | 45 |
| A Poesia de António Gedeão — Esboço de Análise Objectiva (1964-68) | 107 |
| «O Sangue de Átis» (1965) | 189 |
| Apêndice: Os Textos Originais dos Poemas de Mauriac | 319 |
| Sobre Helder Macedo, Poesia (1957-68) (1969) | 333 |
| Observações sobre As Mãos e os Frutos, de Eugénio de Andrade (1970) | 345 |
| Do Conceito de Modernidade na Poesia Portuguesa Contemporânea (1971) | 395 |
| A Terra dos Pais e a dos Outros, ou breve introdução a um livro de Alexandre Pinheiro Torres (1972) | 419 |
| Camões: Novas Observações acerca da Sua Epopeia e do Seu Pensamento (1972) | 443 |
| Rubén Darío — La Dulzura del Ángelus (1974) | 489 |
| Notas Bibliográficas e Explicativas aos Estudos Coligidos | 503 |

## DO AUTOR

POESIA:

*Perseguição* — Lisboa, 1942 — Esg.
*Coroa da Terra* — Porto, 1946 — Esg.
*Pedra Filosofal* — Lisboa, 1950 — Esg.
*As Evidências* — Lisboa, 1955 — Esg.
*Fidelidade* — Lisboa, 1958.
*Poesia-I (Perseguição, Coroa da Terra, Pedra Filosofal, As Evidências, e o volume inédito Post-Scriptum)* — Lisboa, 1961, 2.ª ed., 1977.
*Metamorfoses*, seguidas de *Quatro Sonetos a Afrodite Anadiómena* — Lisboa, 1963.
*Arte de Música* — Lisboa, 1968.
*Peregrinatio ad loca infecta* — Lisboa, 1969.
*90 e mais Quatro Poemas de Constantino Cavafy* (tradução, prefácio, comentários e notas) — Porto, 1970.
*Poesia de Vinte e Seis Séculos* — I — *De Arquíloco a Calderón;* II — *De Bashô a Nietzsche* (tradução, prefácio e notas) — Porto, 1972.
*Exorcismos* — Lisboa, 1972.
*Trinta Anos de Poesia* (antologia) — Porto, 1972.
*Camões Dirige-se aos Seus Contemporâneos* (textos, e um poema inédito) — Porto, 1973.
*Conheço o Sal... e Outros Poemas* — Lisboa, 1974.
*Sobre esta Praia...* — Porto, 1977.
*Poesia-II (Fidelidade, Metamorfoses, Arte de Música)* — Lisboa, 1978.
*Poesia-III (Peregrinatio ad loca infecta, Exorcismos, «Camões na Ilha de Moçambique», Conheço o sal... e outros poemas, Sobre esta praia)* — Lisboa, 1978.

TEATRO:

*O Indesejado (António, Rei)*, tragédia em quatro actos, em verso — Porto, 1951; 2.ª ed., Porto, 1974.
*Amparo de Mãe*, peça em 1 acto — «Unicórnio», 1951.
*Ulisseia Adúltera*, farsa em 1 acto — «Tricórnio», 1952.
*Amparo de Mãe, e mais Cinco Peças em Um Acto* — Lisboa, 1974.

FICÇÃO:

*Andanças do Demónio*, contos — Lisboa, 1960.
*Novas Andanças do Demónio*, contos — Lisboa, 1966.
*Os Grão-Capitães*, contos — Lisboa, 1976.
*O Físico Prodigioso*, novela — Lisboa, 1977.
*Antigas e Novas Andanças do Demónio*, reed. rev. — Lisboa, 1978.

OBRAS CRÍTICAS, DE HISTÓRIA GERAL, CULTURAL OU LITERÁRIA, EM VOLUME OU SEPARATA:

*O Dogma da Trindade Poética* — (Rimbaud) — Lisboa, 1942 — Esg.
*Fernando Pessoa — Páginas de Doutrina Estética* (selecção, prefácio e notas) — Lisboa, 1946 — 2.ª edição.
*Florbela Espanca* — Porto, 1947.
*Gomes Leal*, em «Perspectivas da Literatura Portuguesa do Século XIX» — Lisboa, 1950.
*A Poesia de Camões*, ensaio de revelação da dialéctica camoniana — Lisboa, 1951.
*Tentativa de Um Panorama Coordenado da Literatura Portuguesa de 1901 a 1950* — «Tetracórnio», Lisboa, 1955.
Dez ensaios sobre literatura portuguesa, *Estrada Larga*, 1.º vol. — Porto, 1958.
*Líricas Portuguesas*, 3.ª série da Portugália Editora — Selecção, prefácio e notas — Lisboa, 1958; 2.ª edição revista e aumentada, 2 vols., 1.º vol., Lisboa, 1975.
*Da Poesia Portuguesa* — Lisboa, 1959.
*Ensaio de Uma Tipologia Literária* — Assis, São Paulo, 1960.
*Três Resenhas* (Fredson Bowers, Helen Gardner, T. S. Eliot) — Assis, 1961.
Três artigos sobre arte e sobre teatro em Portugal, *Estrada Larga*, 2.º vol. — Porto, 1960.
Nove capítulos originais constituindo um panorama geral da cultura britânica e a história da literatura inglesa moderna (1900-1960), e prefácio e notas, na *História da Literatura Inglesa* de A. C. Ward — Lisboa, 1959-60.
*O Poeta É Um Fingidor* — Lisboa, 1961.

*A Estrutura de «Os Lusíadas»-I* — Rio de Janeiro, 1961.

*La Poésie de «Presença»* — Bruxelas, 1961.

Seis artigos sobre literatura portuguesa e espanhola, *Estrada Larga*, 3.º vol. — Porto, 1963.

*Maravilhas da Novela Inglesa*, selecção, prefácio e notas — São Paulo, 1963.

*A Literatura Inglesa*, história geral — São Paulo, 1963.

*Os Painéis Ditos de Nuno Gonçalves* — São Paulo, 1963.

*«O Príncipe», de Maquiavel, e «O Capital», de Karl Marx*, dois ensaios em *Livros Que Abalaram o Mundo* — São Paulo, 1963.

*A Sextina e a Sextina de Bernardim Ribeiro* — Assis, São Paulo, 1963.

*A Estrutura de «Os Lusíadas»-II* — Rio de Janeiro, 1964.

*Sobre o Realismo de Shakespeare* — Lisboa, 1964.

*Edith Sitwell e T. S. Eliot* — Lisboa, 1965.

*Teixeira de Pascoaes — Poesia* (selecção, prefácio e notas) — Rio de Janeiro, 1965, 2.ª ed., 1970. Ed. portuguesa muito ampliada, no prelo.

*Maneirismo e Barroquismo na Poesia Portuguesa dos Sécs. XVI e XVII* — Madison, 1965.

*«O Sangue de Átis», de François Mauriac* — Lisboa, 1965.

*Sistemas e Correntes Críticas* — Lisboa, 1966.

*Uma Canção de Camões* (Análise estrutural de uma tripla canção camoniana, precedida de um estudo geral sobre a canção petrarquista e sobre as canções e as odes de Camões, envolvendo a questão das apócrifas) — Lisboa, 1966.

*A Estrutura de «Os Lusíadas»-III-IV* — Rio de Janeiro, 1967.

*Estudos de História e de Cultura*, 1.ª série (1.º vol., 624 pp.) — «Ocidente», Lisboa, 1967. (2.º vol. a sair brevemente, com os índices e a adenda e corrigenda).

*Os Sonetos de Camões e o Soneto Quinhentista Peninsular* (As questões de autoria, nas edições da obra lírica até às de Álvares da Cunha e de Faria e Sousa, revistas à luz de um inquérito estrutural à forma externa e da evolução do soneto quinhentista ibérico, com apêndices sobre as redondilhas em 1595-98, e sobre as emendas introduzidas pela edição de 1958) — Lisboa, 1969.

*A Estrutura de «Os Lusíadas» e Outros Estudos Camonianos e de Poesia Peninsular do Século XVI* — Lisboa, 1970.

*Realism and Naturalism in Western Literatures, with some special references to Portugal and Brazil*, Tulane Studies, 1971.

*Camões: quelques vues nouvelles sur son épopée et sa pensée* — Paris, 1972.

*Camões: Novas Observações acerca da Sua Epopeia e do Seu Pensamento* — Lisboa, 1972.
*«Os Lusíadas» Comentados por M. de Faria e Sousa*, 2 vols. — Lisboa, 1973 (introdução crítica).
*Dialécticas da Literatura* — Lisboa, 1973; 2.ª ed. ampl., 1977, como *Dialécticas Teóricas da Literatura*.
*Maquiavel e Outros Estudos* — Porto, 1974.
*Francisco de la Torre e D. João de Almeida* — Paris, 1974.
*Poemas Ingleses de Fernando Pessoa* (edição, tradução, prefácio, notas e variantes) — Lisboa, 1974.
*Sobre Régio, Casais, a «presença» e outros afins* — Porto, 1977.
*Dialécticas Aplicadas da Literatura* — Lisboa, 1978.

OBRAS NO PRELO OU EM PREPARAÇÃO:

*Poesia do Século XX* (prefácio, traduções e notas).
*Estudos Camonianos*
*Estudos sobre o Vocabulário de «Os Lusíadas»*.
*Oitenta Poemas de Emily Dickinson* (tradução, prefácio e notas).
*«Ela Canta, Pobre Ceifeira»* (estudo de crítica textual e literária de um poema de Fernando Pessoa, com dois inéditos do Poeta), etc.
*Estudos de Literatura Portuguesa*.
*Estudos de Literatura Brasileira*.
*Teoria da Literatura*.
*Sinais de Fogo (Monte Cativo - I)*, romance.

PREFÁCIOS CRÍTICOS A:

*A Abadia do Pesadelo*, de T. L. Peacock.
*As Revelações da Morte*, de Chestov.
*O Fim da Aventura*, de Graham Greene.
*Fiesta*, de Hemingway.
*Um Rapaz da Geórgia*, de Erskine Caldwell.
*O Ente Querido*, de Evelyn Waugh.
*Oriente-Expresso*, de Graham Greene.
*O Velho e o Mar*, de Hemingway.
*A Condição Humana*, de Malraux.
*Palmeiras Bravas*, de Faulkner.
*Poema do Mar*, de António de Navarro.

*Poesias Escolhidas*, de Adolfo Casais Monteiro.
*Teclado Universal e Outros Poemas*, de Fernando Lemos.
*Memórias do Capitão*, de Sarmento Pimentel.
*Poesias Completas*, de António Gedeão.
*Poesia (1957-1968)*, de Helder Macedo.
*Manifestos do Surrealismo*, de André Breton.
*Cantos de Maldoror*, de Lautréamont.
*Rimas de Camões, Comentadas por Faria e Sousa*.
*A Terra de Meu Pai*, de Alexandre Pinheiro Torres.
*Camões: Some Poems*, trad. Jonathan Griffin.

*Execução gráfica*
*da*
TIPOGRAFIA LOUSANENSE
Lousã          Março/78